The Arrangement
by Mary Balogh

終わらないワルツを子爵と

メアリ・バログ
山本やよい[訳]

ライムブックス

Translated from the English
THE ARRANGEMENT
by Mary Balogh

First published in the United States by Dell

Japanese translation published by arrangement with
Maria Carvainis Agency, Inc
through The English Agency (Japan) Ltd.

終わらないワルツを子爵と

主要登場人物

ソフィア・フライ……………………男爵家の次男の娘。バートン館の居候
ヴィンセント（ヴィンス）・ハント……ダーリー子爵。元軍人
マーティン・フィスク………………ヴィンセントの従者
マーサ・マーチ………………………ソフィアのおば
サー・クラレンス・マーチ…………マーサの夫。バートン館の当主
ヘンリエッタ・マーチ………………ソフィアのいとこ
ヒューゴ・イームズ…………………トレンサム卿。元軍人
グウェンドレン（グウェン）・イームズ……レディ・トレンサム。ヒューゴの妻
ジョージ・クラブ……………………スタンブルック公爵。ペンダリス館の主人
フラヴィアン・アーノット…………ポンソンビー子爵。元軍人。
ラルフ・ストックウッド……………ベリック伯爵。元軍人
サー・ベネディクト（ベン）・ハーパー……元軍人
イモジェン・ヘイズ…………………レディ・バークリー。士官の未亡人
フィリッパ・ディーン………………ディーン家の令嬢

1

春のあいだ家でじっとしていたら、本格的な夏が来る前に婚約させられるに決まっている、下手をすれば結婚まで行くかもしれない。そうはっきりと悟ったとき、ダーリー子爵ヴィンセント・ハントは家出をした。屋敷の所有者であり、もうじき二四歳になる男に〝家出〟などという言葉を使うのは滑稽だし、子供扱いしているようなものだ。しかし、とにかく家を飛びだした。

従者のマーティン・フィスクを連れ、旅行用の馬車に乗り、そこには一カ月か二カ月ぐらい、いや半年でも暮らしていけそうな衣類と必需品が積んであった。いつまで家出を続けるつもりか、彼自身にもよくわからなかった。一瞬迷ったのちに、バイオリンも持っていくことにした。友人たちはバイオリンをすぐ冗談の種にして、ヴィンセントがバイオリンを顎の下にはさむたびにおおげさに怖がってみせるが、自分ではけっこう上手だと思っている。それに何より、バイオリンを弾くのが好きだった。心が癒される。もっとも、そんな思いを友人たちに告白したことは一度もないけれど。フラヴィアンならきっと、近くにいる者全員のブーツの底をひっかくような音だ、などと感想を述べることだろう。

家にいていちばん困るのは、女性の身内が多すぎることと、男性の身内がほとんどいないことだった。しかも、自分の意見をはっきり言える男性が一人もいない。祖母と母親が同居しているし、すでに結婚して自分の家と家族を持っている三人の姉もしじゅう泊まりに来る。しかも長く滞在することが多い。一カ月のうち数日、あるいは一週間、あるいはもっと長いあいだ、かならず三人のうちの誰かが泊まりに来ている。姉の夫たちは、妻と一緒にやってきても――毎回ではないけれど――ヴィンセントの問題には巻きこまれないように如才なくふるまって、弟の人生を支配しようとする妻たちを自由にさせている。ただし、妻が夫の人生を支配することはけっして許さないという点は注目に値する。

ふつうの状態であっても、充分に理解できることだ――ヴィンセントはしぶしぶそう考えた。なんといっても、身内のみんなからすれば、たった一人の男の孫、たった一人の息子、たった一人の弟なのだ。だからつい、保護し、可愛《かわい》がり、心配し、人生設計を立ててやりたくなるのだろう。ヴィンセントがおじから爵位と財産を受け継いだのはわずか四年前、一九歳のときだった。おじは頑健な人だったが四六歳の若さで亡くなった。息子がいて、同じく頑健で健康だったが、二人とも事故で命を落としてしまった。人生は儚《はかな》く、相続財産も儚いものだ――ヴィンセントの身内の女性たちはすぐそう考えたがる。そのため、ヴィンセントに対して、跡継ぎの息子と可能なかぎり多くの予備の息子で子供部屋を満たすことを求めるようになった。彼はまだとても若くて、結婚など考えてもいないのに、身内からすれば、当人の気持ちなどどうでもいい。紳士階級の貧乏暮らしがどういうものか、誰もが骨身にしみて知っている。

しかも、ヴィンセントの状態がふつうではないため、その結果、身内は母鶏《ははどり》の群れみたいに世話を焼き、この弱いひよこが餌で喉を詰まらせないよう気をつけながら、せっせと餌を与えているのだ。母親はグロスターシャーの屋敷ミドルベリー・パークに彼よりも早く移ってきた。息子のために屋敷のしつらえを整えた。母方の祖母もバースの家の賃貸契約を解除して、同じくこの屋敷にやってきた。そして三年前にヴィンセントがここに住むようになって以来、姉たちはミドルベリーこそ世界でいちばん魅力的な場所だと思うようになった。〝ぼくたちが妻にないがしろにされていると思うんじゃないかなんて、きみが心配する必要はないんだよ――姉の夫たち全員がこう言ってヴィンセントを安心させた。〝充分に理解しているからね〟この言葉はつねに、ひそやかな声で恭しく口にされる。

じつを言うと、誰もがヴィンセントにほぼ同じ口調で語りかける。まるで、貴重な存在ではあるが心を病んだ子供だと思っているかのように。

今年に入ってから、みんなが何かにつけて結婚を話題にするようになった。ヴィンセントの結婚のことだ。世継ぎの問題は別にしても、結婚によって心の安らぎと人生の伴侶を得ることができるし、ほかにもさまざまな利点がある、というのが周囲の意見だった。みんなの緊張が解けて、ヴィンセントのことを心配しなくてもよくなる。祖母は住み慣れたバースに戻ることができる。それに、彼と結婚してもいい、いや、ぜひ結婚したいという令嬢を見つけるのは、少しもむずかしいことではない。悲観する必要はどこにもない。なにしろ爵位と財産があるのだから。おまけに、若くて、眉目秀麗で、魅力的だ。彼を理解し、いそいそと結婚したがる令嬢はいくらでもいるはずだ。すぐにヴィンセントという人間そのものを愛するようになるだろう。少なくとも、彼が選ぶ令嬢はそうに決まっている。もちろん、身内の女性たちが花嫁選びに手を貸すだろう。口にするまでもない。もっとも、誰もがそう口にしているのだが。

結婚への動きが具体化したのは復活祭のころで、ヴィンセントの姉三人とその夫と子供たちまで含めて一族全員がミドルベリーに集まった。ヴィンセント自身はコーンウォールのペンダリス館から戻ってきたばかりだった。そこはスタンブルック公爵の本邸で、毎年数週間ずつ、ナポレオン戦争を生き延びてきた者たちが作った〈サバイバーズ・クラブ〉の仲間と過ごしている。世界でもっとも親しいこの仲間に別れを告げてきたところなので、ヴィンセントはいつものように、しばらくのあいだ見捨てられたような寂しさを感じていた。身内の女性たちのおしゃべりを、たいして注意を払うことも、きっぱりやめさせようとすることもなく、黙って聞いていた。

それが間違いのもとだった。

復活祭からわずか一カ月後に、姉たちとその夫と子供たちがふたたび大挙して押し寄せてきて、その翌日には招待された客たちもやってきた。いまは春、ロンドンの社交シーズンが最盛期を迎えようとしているときなので、田舎でハウスパーティを開くには不向きな季節だった。しかし、ヴィンセントがほどなく知ったように、これは本格的なパーティではなかった。

た。身内以外に招かれていたのは、祖母がバースでいちばん親しくしている女性の孫、ジェフリー・ディーン氏と、その夫人と三人の娘たちだけだったからだ。息子二人は遠くの学校へ行っているらしい。娘のうち二人もまだ勉強中の年齢で、家庭教師同伴だった。しかし、長女のミス・フィリッパ・ディーンはもうじき一九歳、二週間前に王妃陛下に拝謁したばかりで、お披露目《ひろめ》の舞踏会では次々とダンスを申しこまれた。社交界デビューは大成功だったわけだ。

しかし、一家がミドルベリー・パークに到着したあとのお茶の席で、ディーン夫人が娘の華々しいデビューについて語りつつも、あわててつけくわえた――古いお友達の方々と田舎で静かな二週間を過ごせるとなったら、どうしてお断わりできまして？

〝古いお友達？〟

ヴィンセントに説明しようとする者は誰もいなかったが、どういう状況なのかは彼にもすぐ、うんざりするほど明らかになった。ミス・フィリッパ・ディーンは結婚市場に身を置き、いちばん高い値をつけてくれる相手を待っているのだ。妹たちがどんどん成長しているし、学校へ行っている弟二人はおそらく大学進学を望んでいるだろう。ディーン家はそう裕福でもなさそうだ。となると、一家は狙いを定めてここに来たわけだ――長女の結婚相手がミドルベリーにいる、社交界デビューから一カ月もたたないうちに婚約の栄誉を手にしてロンドンに戻ることができる、と考えて。すばらしい勝利だ。財産も爵位もある相手をつかまえるわけだから。

だが、その相手はたまたま目が不自由でもあった。

母親の話では、ミス・ディーンは金髪に緑色の目、そして、ほっそりしたすばらしい美人とのことだった。もっとも、容貌はヴィンセントにとってはどうでもいいことだ。口調からすると、優しくて性格のいい令嬢のようだった。

また、ミス・ディーンがヴィンセント以外の人々と会話をするときは、とても思慮分別のある意見を述べていた。もっとも、それから数日のあいだ、彼とも何度か会話をした。邸内の女性たちは全員——ヴィンセントの幼い姪《めい》三人だけはたぶん別として——二人が顔を合わせるように仕向け、二人をそっとしておくためにあらゆる手を尽くした。目の不自由な男でもそれぐらいのことは察知できる。

ミス・ディーンは声をひそめ、優しい口調であたりさわりのないことばかり話題にした。まるで病人の部屋にいて、その病人が生死の境をさまよっているかのように。ヴィンセントが彼女の関心や意見や知的レベルを知りたくて、意味のある話題のほうへ会話を向けようとしても、向こうはいつも彼の言うことに全面的に同意するため、ときとして愚かしい印象になるほどだった。

ある午後、強い風にもかかわらず屋敷の正面に広がる格調高いパルテール式庭園のベンチに二人ですわっていたとき、ヴィンセントは彼女に言った。「科学の世界が過去何世紀ものあいだ、大衆に敵対する邪悪な陰謀に加担し、地球は丸いなどとわれわれに信じこませてきたことを、ぼくは確信しています、ミス・ディーン。もちろん、地球は平らに決まっている。

どんな馬鹿にでもわかることだ。人が地球の端まで歩いていけば、そこから落ちてしまい、以後、行方知れずになってしまう。あなたはどう思われます？」

不親切な質問だ。いささか意地が悪い。

ミス・ディーンがしばらく無言だったので、ヴィンセントは反論してくれるよう念じた。あるいは、嘲笑してくれても、馬鹿な人だと言ってくれてもいい。ようやく口を開いたとき、彼女の声はこれまで以上に優しかった。

「そうお考えになるのが当然だと思います」

ヴィンセントは思わず〝くだらない！〟と言いそうになったが、ぐっとこらえた。不親切な質問に冷酷な言葉まで加えるのはやめようと思った。黙って笑みを浮かべ、自分を恥じつつ、強い風のことに話題を変えた。

やがて、ミス・ディーンの指が彼の袖に触れるのを感じ、フローラル系のほのかな香水の香りが強くなった。彼女のほうから身を寄せてきたようだ。ふたたび彼女が語りかけてきた。甘くひそやかな声で早口に。

「ここに来るのがいやだなんて少しも思いませんでしたわ、ダーリー卿《きょう》。生まれて初めてのロンドンの社交シーズンをずっと楽しみにしていましたし、社交界にデビューした舞踏会の夜ほど幸せだったことはありませんけど。でも、わたしだって人生というものを知っていますから、社交界デビューが浮かれて遊ぶためのものではないことぐらい承知しています。今回のご招待がわたしにとって、また、妹や弟たちにとってどれほどすばらしいことかを、父と母が説明してくれました。こちらにお邪魔することを少しもいやだとは思いませんでした。本当です。それどころか、喜んでまいりました。ちゃんと理解していますもの。少しもいやではありません」

彼女の指がヴィンセントの腕に強く食いこんだかと思うと離れた。

「積極的すぎる女だとお思いになったでしょうね」ミス・ディーンはつけくわえた。「でも、わたし、ふだんはこんなに不躾《ぶしつけ》な物言いをする人間ではありませんのよ。わたしがいやだとは思っていないことを、あなたに知っていただきたかっただけなの。たぶん、その点を心配してらっしゃるでしょうから」

これはヴィンセントが人生で遭遇したなかで最悪の耐えがたい瞬間だった。我慢がならないほど腹立たしい瞬間でもあった。といっても、ヴィンセントの怒りの原因は彼女ではなく、彼女の両親、彼の母親、祖母、姉たちだった。ミス・ディーンがここに連れてこられたのは、おたがいに好意を持てば今後交際を深めていく可能性があるから、などという単純な理由からでないのは明らかだった。ここを辞去する前に彼から結婚の申し込みがあることを前提として連れてこられたのだ。両親に圧力をかけられたのだろうが、親孝行な娘のようだから、長女として責任を果たすことにしたに違いない。相手の目が不自由でも結婚する覚悟を決めたわけだ。

いやがっているのはどう見ても明らかだ。

視力を失えば心にまで影響が及ぶと母親や姉たちが思いこんでいることが、ヴィンセントには腹立たしかった。みんなが自分を早く結婚させたがっていることは知っていた。いい縁談をと願っていることも知っていた。ただ、まさか自分にひと言の相談もなしに花嫁候補を選び、その選択を強引に押しつけてこようとは思いもしなかった。しかも、彼自身の屋敷で。

この屋敷は、じっさいには自分のものではない——突如、そんなことを悟らされた。自分のものだったことは一度もない。その責任が誰にあるのか、いずれあらためて考えなくてはならない。悪いのは身内だとつい思いたくなるが……このさい、すべてをじっくり見つめ直す必要がある。

ただ、自分がこの屋敷の主人ではないとすると、それはやはり自分の責任だという思いも消えなかった。

いまの彼は泥沼状態だった。別の状況でミス・ディーンと出会っていれば、好意を持ったに違いないが、いまのところ、彼女に対してなんの魅力も感じない。向こうも結婚するという義務感以外に何も感じていないのは明らかだ。おたがいに望んでいない方向へ強制的に追いやられるのは、ヴィンセントにとって受け入れがたいことだった。

二人で屋敷に戻ると、ミス・ディーンは彼が差しだした腕に手をかけ、優しい仕草ながらもきっぱりした態度で彼の案内役を務めようとした。ヴィンセントには杖《つえ》があるし、人に助けてもらわなくても屋敷のなかを自由に歩きまわれるのだが。彼専用の居間まで行った。一人になり、本来の自分に戻ることができる邸内で唯一の場所。マーティン・フィスクを呼んだ。

「出かけるぞ」やってきた従者に、ヴィンセントはいきなり言った。

「お出かけですか」マーティンは陽気な声で尋ねた。「で、どのようなお召し物が必要でしょう？」

「ぼくがペンダリス館へいつも持っていくトランクに入るだけの服が必要だ。おまえに必要な服は、もちろん自分で決めてくれ」

低いつぶやきのあとに沈黙が続いた。

「今日のわたしはまた一段と頭の働きが鈍いようです」マーティンは言った。「説明してもらえませんか」

「二人で出かける」ヴィンセントは言った。「追跡の手を逃れるために、ミドルベリーからできるだけ遠く離れるんだ。こっそり出ていく。逃げだす。卑劣にも逃亡する」

「お嬢さまのことがお気に召さないので？」

やれやれ！　あの令嬢がここに連れてこられた理由をマーティンまでが知っている。

「妻にしたいタイプじゃない」ヴィンセントは従者に言った。「とにかく、ぼくの妻にする気はない。いいかい、マーティン、ぼくはそもそも結婚する気がないんだ。いまのところは。結婚する気になったら、相手は自分で選ぶつもりだ。細心の注意を払って。そして、相手がイエスと言ってくれた場合は、〝ちゃんと理解しています〟とか〝少しもいやではありません〟とかそんな理由からではないことを確かめるつもりだ」

「ほほう」マーティンは言った。「あのお嬢さまにそう言われたのですね」

「このうえない柔らかさと優しさに満ちた愛らしい口調でね。確かに愛らしく優しい人だ。家族のために自分を犠牲にする覚悟でいる」

「それで、どこへ逃げようというんです？」

「ここ以外の場所ならどこでもいい。今夜のうちに出発できるか？　誰にも知られず、こっそりと」

「わたしの実家は鍛冶屋ですよ」マーティンはヴィンセントに思いださせた。「馬を馬車につなぐぐらいは、どうにかやれると思います。手綱がもつれてほどけなくなるようなこともなく。しかし、そんな危険を冒す必要はないのでは？　馬車を走らせるのはハンドリーに任せたほうが安心じゃないでしょうか。わたしから話をしておきます。口の堅いやつですから。午前二時でいかがでしょう？　お部屋に伺ってトランクを運びだし、それから戻ってきて着替えをお手伝いします。三時までには余裕を持って出発できるでしょう」

「すばらしい」ヴィンセントは言った。

屋敷を出発した馬車が二キロほど走ったあたりで、ヴィンセントの向かいの座席にすわっているマーティンが、いまちょうど三時だと報告した。

ヴィンセントは罪悪感を持つまいとしたが、もちろん、頭のなかは罪悪感でいっぱいだった。自分は世界最悪の恥知らずで卑怯者《ひきょうもの》だ、最悪の息子であり、弟であり、孫であることは言うまでもない、と思われてならなかった。おまけに、最悪の紳士でもある。だが、ミス・フィリッパ・ディーンと結婚するか、もしくは、人前で彼女に恥をかかせる以外にどんな方法があっただろう？

しかし、彼に逃げられたことを知ったら、向こうはやはり、恥をかかされたと思うのではないだろうか。

ああ……！

一瞬そう思うかもしれないが、その陰には大きな安堵《あんど》があるはずだ――ヴィンセントはそう信じることにした。彼女もほっとするに決まっている。

三人は湖水地方まで行き、そこで至福の三週間を過ごした。ここはイングランドでもっとも風光明媚な景勝地の一つとして有名だ。もちろん、目の不自由なヴィンセントにその美しさを愛《め》でることはできないけれど。いや、まったくできないわけではなかった。散策にぴったりな田舎の小道がいくつもあって、その多くは、ウィンダミア湖や、もっと小さなほかの湖の岸辺と並行に延びていた。丘にのぼることもできた。かなりの奮闘が必要な丘もいくつかあり、高くまでのぼれば、強い風と希薄な空気という褒美が待っていた。雨と陽光と肌寒さと暖かさがあり、これらはすべて、イングランドの気候と田舎ならではのすばらしい魅力だった。ボート遊びもできて、そんなとき、ヴィンセントは自分でオールを握ることができた。また、馬に乗ることもあり、そのときはマーティンがそばについてくれるが、彼がヴィンセントに手を添えることはけっしてなかった。平坦《へいたん》な土地を馬で爽快に駆けたことさえあった。マーティンが事前に注意深く調べて、思いがけない窪《くぼ》みや穴が隠されていないのを確認したうえでのことだった。小鳥のさえずりや、虫の音や、メーメー鳴く羊や、モーッという牛の声に耳を傾けることもあった。田園地帯の無数の香りもあった。いちばん強いのはヒースの香りで、視力を失う前はこうした香りの多くに気づかず過ごしていたものだ。すわって瞑想にふけることや、彼に残された四つの感覚をのびやかに開放することもあった。体力作りのための日々の鍛錬もあり、その多くは戸外でおこなっていた。

安らぎがあった。

だが、ヴィンセントはやがて落ち着かなくなってきた。

屋敷を出た最初の日と二日目に、家に宛てて二通の手紙を書き――マーティンが代筆したのだが――しばらく一人にさせてほしい、従者が行き届いた世話をしてくれるのでなんの心配もいらないと説明した。いまどこにいるのか、これからどこへ行く予定なのかは伏せておいた。一カ月ほど戻るつもりはないことを母親に告げた。二通目の手紙で自分の気持ちを正直に伝え、安全で幸福で健康に過ごしていると知らせて母親を安心させた。

ミス・ディーンとその両親と妹たちはおそらく、社交シーズンが終わる前に理想の花婿をつかまえるため、すでにロンドンへ戻ったことだろう。義務と個人的な好みの両方を満たしてくれる相手に彼女が出会えるよう、ヴィンセントは願った。彼女のために、そして自分の良心のために、心からそう願った。

そろそろ帰ることにしようか――ようやく決心した。ディーン一家はすでに去ったはずだ。たぶん、ヴィンセントの三人の姉も。いまなら母親と祖母を相手に率直に話ができる。ちょうどいい機会だ。二人がミドルベリーに越してきてくれたことを心から喜んでいると伝えよう。二人にとって安心できる快適な暮らしであることは彼にもわかっている。だが、バースに帰りたいというなら、その願いも喜んで受け入れるつもりだった。決めるのは二人に任せるが、彼のためにミドルベリーにいなくてはという義務感は捨ててほしかった。どうしても二人が必要なわけではない。それをできるだけ如才なく説明したかった。日々の生活に母と祖母の助けは必要ない。身のまわりのことはマーティンと充分な数の召使いが完璧にやってくれる。また、人生をさらに心地よいものにするための花嫁探しについても、二人の助けは必要ない。その時期が来たと判断したら、自分で妻を選ぶつもりでいる。

彼の言葉が真実であることを母親に納得してもらうのは、簡単なことではないだろう。母親は大世帯と大きな家屋敷の女主人となることにその身を捧《ささ》げ、みごとにやってきた。はっきり言って、みごとすぎるほどだ。母親より一年遅れてミドルベリーに移ったヴィンセントは、寄宿学校から帰省してママに世話を焼いてもらう少年になったような気分だった。女主人の役割をこなすことが母の生き甲斐《がい》になっていたし、彼のほうは新しい屋敷と新しい人生に困惑し、さらには圧倒されていたせいで、最初から、自分が屋敷の主人だと主張するための努力をほとんどしようとしなかった。

なにしろ、当時のヴィンセントはわずか二〇歳だった。

もう一度コーンウォールへ行って、スタンブルック公爵ジョージ・クラブの屋敷にしばらく身を寄せようかとも思った。この三月に何週間か滞在したばかりだし、戦闘で視力を失ってイベリア半島から帰国したあとの数年をあの屋敷で過ごしたのだ。ジョージはこのうえなく大切な友達だ。ただ、公爵がヴィンセントを喜んで迎え、好きなだけ泊まっていくように言ってくれるのは間違いないが、ヴィンセントには、公爵を精神的な支柱として利用しようという気はなかった。いまはもう。あの日々も、必死に求めたあの支えも、すでに遠い過去のものだ。

　人を頼る年月も過去のものだ。そろそろ大人になって、自分で人生を切り開かなくては。簡単ではないだろう。しかし、ずっと以前に悟ったように、満ち足りた幸せな人生を送りたいなら、目が見えないことを障害ではなく挑戦だと思わなくてはならない。
いずれミドルベリー・パークに帰り、自分が思い描く人生を始めなくてはならない。ただ、いまはまだ心の準備ができていない。湖水地方でいろいろと考えた。いますぐ屋敷に戻って以前と同じ日常に身を委ねることになれば、そこから抜けだすのは永遠に無理だろうから、それがいやなら、しばらくじっくり考える必要がある。

　しかし、湖水地方には飽きてしまった。これ以上ここでじっとしていることはできない。

　ミドルベリー以外のどこへ行けばいいだろう？

　驚くほど簡単に答えが浮かんだ。

　それしかない。帰るのだ……家に。

　ミドルベリー・パークは三年前から住みはじめた場所に過ぎない。爵位と共に受け継いだ壮麗な館で、それまでは足を踏み入れたこともなかった。まことに立派なあの屋敷をヴィンセントは大いに気に入っている。あそこに腰を落ち着けて、自分自身の屋敷にしたいと思っている。ただ、いまのところ、自分の本当の家だとは思えなかった。本当の家は彼が生まれ育ったコヴィントン荘だ。ミドルベリーに比べればはるかに質素な住まいで、じっさいにはコテージとほとんど変わらない。サマセット州のバートン・クームズという村のはずれにある。

六年近く帰っていない。イベリア半島へ出発したとき以来一度も。不意に、自分の目で家を見ることはできなくとも、あそこに戻りたいという熱い思いが湧いてきた。あの家は幸せな思い出にあふれている。一五の年に父親を亡くす以前からずいぶん貧しい暮らしではあったが、幸せな子供時代と少年時代を送ったところだ。

「家に帰るぞ」ある日、朝食のあとでヴィンセントはマーティンに宣言した。一カ月の約束で借りているウィンダミアの小さなコテージの窓に雨音が聞こえていた。「ただし、ミドルベリーじゃない。バートン・クームズの家だ」

「はあ……」マーティンはテーブルの食器を集めながら、はっきりしない返事をした。

「おまえもうれしいだろう？」ヴィンセントは尋ねた。

マーティンもバートン・クームズの出身だった。父親は村の鍛冶屋。ヴィンセントはマーティンと一緒に村の学校に通った。身分は紳士階級でも、家が貧しくて家庭教師をつける余裕などなかったからだ。鍛冶屋のほうは読み書きのできる息子を持つのが夢だった。ヴィンセントは姉たちと同じく、かつて学校教師をしていた実の父親から勉強を教わった。マーティンとはよく遊んだものだった。じっさい、村の子供たちのほとんどが身分や経済状態や性別や年齢に関係なく、一緒に遊んでいた。のどかな時代だった。

ヴィンセントが一七歳のときに、極東で長く暮らしていた母方の裕福なおじが帰国し、甥《おい》であるヴィンセントのために軍職を購入してくれた。これを知ったマーティンは帽子を握りしめてコヴィントン荘を訪ね、ヴィンセントの従卒として一緒に行かせてもらえないかと頼みこんだ。結果から言うと、従卒の役目は長くは続かなかった。ヴィンセントが初めての戦闘で視力を失ってしまったからだ。しかし、マーティンは従者となって彼のもとにとどまった。給金を払う余裕がヴィンセントになかった最初の数年間でさえ。何があっても彼から離れようとしなかった。

「わたしの顔を見たら、おふくろが喜ぶでしょうね」マーティンは言った。「おやじだって。もっとも、大事な一人息子が紳士の〝じゅっしゃ〟なんかになったと言って、仕事場の金床に向かってぼやくに決まっていますけど」

というわけで、二人は故郷の村へ向かった。

旅の最後の日は二人とも疲労困憊《こんぱい》ではあったが、夜通し馬車を走らせて、夜明けの光が射しはじめるころコヴィントン荘に到着した——というか、マーティンがヴィンセントにそう伝えた。だが、馬車が止まって扉があいた瞬間、ヴィンセント自身もそれを知ったことだろう。彼が耳にした小鳥のさえずりは、夜明け前のひとときにしか聞くことのできない透明な響きを帯びていた。そして、大気の爽やかさが、夜は終わったが本格的な一日はまだ始まっていないことを告げていた。

何も秘密にする必要はないのだが、ヴィンセントとしては、コヴィントン荘に戻ったことを少なくともしばらくは誰にも知られたくなかった。昔の友人や隣人たちから興味津々の目で見られるのはいやだった。目の不自由な男はどんな様子なのかという好奇心を満たすために、みんなが挨拶にやってくるような事態は避けたかった。それに、誰かが彼の母親に手紙を出し、母親があわてて飛んでくるようなことになっても困る。いずれにしろ、ここに長く滞在するつもりはなかった。考えをまとめるだけの時間があれば充分だった。

玄関の鍵の置き場所は、家の裏手にある園芸用具の小屋の扉の内側と決まっていて、いつもその扉の上に渡された横木にのせてあった。ヴィンセントは御者のハンドリーに命じて、鍵がいまもそこにあるかどうかを見に行かせた。なくなっていた場合は、マーティンが窓からワインセラーに入りこめばいい。この六年間に窓の掛け金を修理しようと思った者がいるとは思えない。ヴィンセントが少年だったころから一度も修理されたことがないからだ。じつを言うと、真夜中に家を抜けだし、またこっそり戻ってくるときは、いつもこの窓を使っていた。

ハンドリーが鍵を持って戻ってきた。わずかに錆《さ》びていたが、玄関ドアの鍵穴にぴったりはまり、少し力を入れると、ギーッと音を立ててまわった。そして、玄関が開いた。ずっと閉めきってあったのに、家のなかにはカビ臭さも澱《よど》んだ臭いもなかった。ヴィンセントが料金を払って二週間に一度ずつ掃除を頼んでいる業者が、丹念に仕事をしてくれているおかげに違いない。ただ、この家独特の匂いはあった。なんの匂いかはっきりしないが、少年の日々と、一家そろってここで暮らしていたころの母と姉たちのことが思いだされる匂いだった。父親のかすかな記憶までよみがえった。不思議なもので、ここに住んでいたころは匂いなど意識したこともなかった。たぶん、あのころは匂いに気づく必要がなかったのだろう。

杖の助けを借りて玄関ホールの様子を調べた。オーク材の古いテーブルがドアと向かいあった昔どおりの場所に置いてあり、その横に傘立てがあった。両方とも布の覆いがかぶせてある。

「この家のことなら隅々までわかっている」ヴィンセントはマーティンに言いながら、傘立ての覆い布をはずして杖を入れた。「いまから一人で探検してくるよ。そのあとは自分の部屋で一時間か二時間横になる。馬車というのは、睡眠をとるには不向きだからね。そうだろう？」

「イングランドの道路を走らなきゃいけないときは、確かにそうですね」マーティンは同意した。「しかも、旅をするには馬車を使うしかない。わたしはハンドリーのところへ行って馬の世話を手伝ってやります。それがすんだら、お荷物を運びこんでおきます」

ヴィンセントから見て、マーティン・フィスクのとくにすばらしい点は、あわてず騒がずに彼の世話をしてくれることだった。いちばんすばらしいのは、何があっても動じないところだ。ヴィンセントが壁やドアにぶつかったり、行く手にころがっている品につまずいたり、ときに階段をころげ落ちたり、あるいは（どうしても忘れられないことだが）睡蓮の池に頭から落ちたりすると、マーティンがいつもそばにいて、切り傷や、ひっかき傷や、その他さまざまな怪我《けが》の手当てをし、いっさい感情のこもらない声で適切な、もしくは不適切な感想を述べてくれる。

ときには、雇い主に向かって〝不器用なドジ男〟と言うことさえあった。

ほかの知り合いはみな、優しい気遣いを見せるばかりで、そのためヴィンセントは窒息しそうになるのだが、それに比べれば、マーティンといるほうが楽だった。そう、はるかに楽だ。

自分がとんでもない恩知らずであることはわかっていた。

じつを言うと、〈サバイバーズ・クラブ〉の仲間もマーティンと同じような態度で接してくれる。毎年恒例のペンダリス館での集まりを彼が楽しみにしている理由もそこにあった。だが考えてみれば、七人の仲間は戦争で深く傷ついた者ばかりで、いまも心のなかに、外見に、もしくは両方に傷を抱えている。やたらと同情に満ちた世話をされることの息苦しさを理解している。

ヴィンセントは家のなかで一人になると、左のほうの居間まで行った。日中はいつもここで過ごしたものだった。すべてが記憶どおりの姿のまま、記憶どおりの場所に置かれていた。ただ、どの家具にも覆い布がかかっている点だけが違っていた。居間を抜けて客間へ行った。居間より広いが、あまり使われたことのない部屋だ。ときたま、ここで人々がダンスをしたくらいだった。カップルが八組なら余裕を持ってカントリーダンスを楽しむことができたが、一〇組だと少々踊りにくく、一二組になるとひどく窮屈だった。

この部屋にはピアノフォルテが置かれていた。ヴィンセントは手探りでそちらへ行った。ほかのすべての家具と同じく、覆い布の下に隠れていた。布をはずして蓋をあけ、弾いてみたくなった。しかし、音程がひどく狂っているに違いない。

どういうわけか、子供のころに弾き方を習ったことは一度もなかった。習ってはどうかと人に勧められたこともない。ピアノフォルテは女の子が弾くもの、女の子だけを拷問にかけるための楽器――いちばん上の姉のエイミーがいつもそう言っていた。

不思議なもので、ここに戻ってみると、三人の姉が恋しくなった。母親のことも。亡くなってすでに八年になる父親のことまで思いだされた。子供時代と少年時代の屈託のない日々がなつかしかった。しかも、そう遠い昔のことではない。いまだって、まだ二三歳だ。だが、二三歳もやがて五〇歳になる。

あるいは七〇歳に。

ヴィンセントはため息をつき、布の覆いはそのままにしておこうと決めた。ところが、ピアノフォルテの前に立ち、てっぺんに両手をかけてうなだれた瞬間、不意にいつものパニックの波に襲われた。

頭から血がひいていき、そのあとにじっとりした冷たさが広がるのを感じた。鼻腔《びこう》を通り抜ける空気が冷たく薄くなり、息ができなくなるような気がした。終わりなき闇がもたらす恐怖に、いまのように目を閉じ、ふたたびあけたところで、やはり何も見えないいままだという恐怖に包まれた。

つねに。永遠に。

闇から解放されることはない。

光はない。

永遠に。

呼吸を乱すまいとあがいた。これまでの経験から、発作を起こしたときに呼吸が乱れるとそのうちに息苦しくなり、ひどいときには意識を失うこともあるのを知っていた。意識が戻ったときは一人きりかもしれないし、悪くすれば、誰かが不安げに付き添っているかもしれない。しかし、何も見えないことには変わりがない。

目を閉じたまま、ふたたび呼吸の回数を数え、心のなかにあふれて渦巻くさまざまな思いをすべて捨て去って、呼吸だけに集中しようとした。

吸って、吐いて。

しばらくしてから目を開き、ピアノフォルテのてっぺんをつかんでいた手をゆるめた。顔を上げた。闇が自分の内部に広がるのを許すぐらいなら地獄に落ちたほうがましだ、と思った。自分の外側にいつも闇が広がっているだけで充分だ。戦闘中の不注意のせいで、外側の闇を招くことになってしまった。内部の光まで消して若き日の過ちをさらに大きくすることだけは、ぜったいにしてはならない。

自分の人生を生きてみせる。存分に生きてみせる。人生から、自分自身から何かをつかんでみせる。憂鬱や絶望に負けるわけにはいかない。

けっして。

ひどい疲れに襲われた。問題は疲れていることだけ。そんなものは簡単に解決できる。少し眠れば気分はよくなる。家のなかの探検はそれからにしよう。

階段は難なく見つかった。段を踏みはずすことなく無事に二階まで上がった。壁を手探りしなくても、自分の部屋は楽に見つかった。夜中に家を抜けだしては夜明け前に戻ってきたことが何度もあるので、闇のなかで部屋を探すのは慣れている。

ドアのノブをまわして部屋に入った。ベッドにせめて毛布だけでものっているよう願った。疲れがひどすぎるため、シーツなどどうでもよかった。ところが、ベッドを探りあてたら、寝具がすべて整えられていて、まるで彼を待っていたかのようだった。母の言葉を思いだした。二週間ごとにやってくる清掃業者に、家族がいつ戻ってきてもいいように家のなかをつねに整えておくよう指示してあるとのことだった。

上着とブーツを脱ぎ、ネッククロスをほどいて、ほっとした思いでベッドにもぐりこんだ。一週間でも眠りこめそうだった。

しばらくここに滞在し、胸が痛くなるほどなつかしい環境に身を置いて、マーティン以外の誰にも邪魔されることなく一人で静かに過ごそうと思った。それだけの時間があれば今後のことをじっくり考えられるし、ミドルベリー・パークに戻ってからは、単に押し流されて生きるのではなく、自分で人生を切り開いていけるだろう。

馬車はただちに人目につかない場所に隠すよう命じてある。マーティンには、誰かに会って質問されたら、鍛冶屋の両親に会うため一人で帰郷した、雇い主がコヴィントン荘に泊まる許可をくれた、と答えるように言ってある。マーティンが誰か一人にでも何か言えば、一時間とたたないうちに村人すべての知るところとなってしまう。

自分もここに帰っていることは、誰にも知られてはならない。

これで至福のひとときが過ごせる。

その幸せを嚙《か》みしめる前に、ヴィンセントは眠りに落ちていた。

2

誰にも気づかれずにこっそり到着、というわけにはいかなかった。

コヴィントン荘は村を貫くメインストリートのいちばん端に建っていて、その向こうには木々に覆われた低い丘がある。丘の木立のなかに一人の若い娘がいた。おばのレディ・マーチとその夫のサー・クラレンスにひきとられて、バートン館という屋敷で暮らしている娘で、昼間はいつも屋敷の周囲の田園地帯を歩きまわっている。もっとも、これほど早い時刻に外に出ることはめったにない。しかし、けさは暗いうちに目がさめて眠れなくなってしまった。部屋の窓があけっぱなしだったため、一羽の小鳥の耳ざわりなさえずりが聞こえてきたのだ。小鳥はきっと、まだ夜明け前であることに気づいていないのだろう。娘は窓を閉めてベッドに戻るかわりに着替えをして、早朝の冷えこんだ空気にもかかわらず外に出た。夜明けが訪れて闇が消えていくのを眺めるのは、わくわくする貴重なひとときだった。この丘にやってきたのは、木々の枝に何十羽もの、いや、たぶん何百羽もの小鳥が止まっているからだ。その多くが彼女を起こしたさっきの一羽より甘い声で鳴いていて、新たな一日の始まりを告げるさえずりはことのほか熱が入っている。

彼女は小鳥たちの邪魔をしないように、ブナの木の頑丈な幹にもたれて身じろぎもせずに立ち、腕をうしろへ伸ばして、薄い手袋越しに伝わってくるざらざらした幹の感触を楽しんでいた。手袋があまりにも薄いため、左の親指と右の人差し指の部分がすでに破れている。彼女は周囲の美しさと安らぎだけを楽しみ、はおっていないも同然のすり切れたマントからしみこんで指先を疼《うず》かせる寒さは無視した。

コヴィントン荘を見下ろした。バートン・クームズの村のなかでも彼女のお気に入りの建物だ。大邸宅ではないけれど、簡素なコテージでもない。荘園館でもない。だが、大きくて、四角くて、どっしりしている。誰も住んでおらず、彼女がここで暮らしはじめた二年前からずっとそうだった。いまもハント家の所有で、この一家については彼女もさまざまな噂《うわさ》を耳にしている。それはたぶん、数年前に一人息子のヴィンセント・ハントが思いがけなく爵位と財産を相続することになったからだろう。まるでお伽話《とぎばなし》のようだ。ただ、多くのお伽話と同じく、悲しいことも含まれていた。

彼女はこの家を眺めながら、ハント一家が暮らしていたころの様子を想像するのが好きだった――うわの空になることが多いものの、みんなから慕われている校長、忙しそうな妻、愛らしい三人の娘、そして、スポーツといたずらが好きな元気いっぱいの息子。この息子はどんなスポーツをやってもつねに一番で、みんなでいたずらを企《たくら》めばいつも先頭に立ち、大人からも子供からも愛されていた。例外はマーチ一家だけで、いたずらの被害を受けることがもっとも多かった。そのころわたしがこの村に住んでいれば、ハント家の女の子たちと仲良くなれただろう。そしてたぶん、弟とも。四人全員、わたしよりも年上だけど。

ノックもしないでわが家のようにコヴィントン荘に出入りする自分の姿を想像するのが、彼女は好きだった。ほかの子供たちと一緒に村の学校に通う自分の姿を想像するのも好きだった。ただし、いとこのヘンリエッタだけは別。彼女は自宅でフランス人の家庭教師から勉強を教わっている。

娘の名前はソフィア・フライ。もっとも、名前を呼ばれることはめったにない。おばたちがたまに彼女を呼ぶときは〝ネズミ〟と言っている。召使いたちもおそらくそうだろう。ほかにどこへも行くあてのないソフィアはお情けでバートン館に置いてもらっている。父親は亡くなった。母親は遠い昔に家を出ていき、そのあとで亡くなった。おじのサー・テレンス・フライは父親ともソフィアとも関わりを持とうとしなかった。ソフィアは父の死後、いちばん上のおばのところに預けられたのだが、そのおばも二年前に亡くなった。

ソフィアはときどき、自分がバートン館の一家と召使いたちのあいだに広がる無人地帯にいて、どちらのグループにも属さず、気づいてもらうことも、気にかけてもらうこともないように感じている。誰からも無視されているおかげで、ある程度自由に行動できるということを、心の慰めにしている。いとこのヘンリエッタはいつも、メイドと、お目付け役の女性と、監視の目を光らせる母親と、父親に囲まれている。父親が娘に対して抱いている野望はただ一つ、爵位を持つ紳士に嫁がせることだけだ。できれば裕福な相手が望ましいが、サー・クラレンス自身が金持ちなので、不可欠の条件というわけではない。ヘンリエッタも両親と同じ野望を持っているが、一つだけ大きな違いがある。

ソフィアのこうした思いは村の向こうから近づいてくる何頭かの馬の蹄《ひづめ》の音に破られた。ほどなく、馬が馬車をひいているのが見えてきた。旅行者にしては時刻が早すぎる、もしかして、乗合馬車？ ソフィアは木の幹をまわって、その陰に半分ほど身を隠した。もっとも、下から見られる心配はないのだが。マントは灰色だし、木綿のボンネットは色も形も平凡だし、夜はまだ明けきっていない。

よく見ると個人が所有する馬車で、しかもずいぶん上等なものだった。村の通りを走り抜けて視界から消えていくであろう馬車を題材に、ソフィアは何か物語をこしらえようとしたが、その前に馬車が速度をゆるめ、角を曲がって、コヴィントン荘へ通じる短い馬車道に入った。玄関ドアの前で止まった。

ソフィアは目を丸くした。もしかして……？

御者台から御者が飛びおり、馬車の扉をあけてステップを下ろした。すぐさま男性が降りてきた。若い男性で、背が高く、いかついタイプだ。あたりを見まわして御者に何か言った――低く響く声がソフィアの耳に届いたが、言葉は聞きとれなかった。やがて、二人そろって向きを変え、もう一人の男性のほうを見た。

その男性は誰の手も借りずに降りてきた。しっかりした足どりで、ためらう様子はなかった。しかし、ソフィアはすぐに、彼の杖が単なる装飾品ではなく、進む方向を見つけるための道具であることを見てとった。

思わず息を吸いこみ、馬鹿げたことだが、少し距離を置いて下のほうに立っている三人の男たちにいまの息遣いが聞こえなかったことを願った。彼はいずれ戻ってくるとみんなが言っていたが、本当に戻ってきたのだ。

目の不自由なダーリー子爵が、かつてのヴィンセント・ハントが故郷に帰ってきた。

おば夫妻はきっと、天にものぼる心地だろう。なにしろ、子爵が戻ってきたらヘンリエッタを嫁がせる気でいるのだから。

だが、ヘンリエッタは喜ばないはずだ。これまで珍しくも両親の切なる願いに逆らっていたのだ。たとえ相手が子爵で、父親よりはるかに裕福だとしても、顔が傷だらけでめちゃめちゃになり、視力をなくしてしまった男と結婚するぐらいなら、八〇歳まで独身を通して死んだほうがましだ、とソフィアにも声の届くところで、何度もきっぱり言っていた。

ダーリー子爵は――いま到着したばかりの人物が彼に違いない――確かに若い男性だった。背はそう高くなく、ほっそりした優美な体格で、動作がしなやかだ。背を丸めて杖にすがることも、空いたほうの手で宙を探ることもない。服装は整っていてエレガントだ。じっと見下ろすソフィアはいつしか唇を軽く開いていた。目の不自由なダーリー子爵のなかに、昔のヴィンセント・ハントがどれぐらい残っているのだろう？　さっきは誰の手も借りずに馬車から降りてきた。その事実がソフィアにはうれしかった。

彼の顔は見えなかった。シルクハットで顔が隠れているからだ。気の毒な方。どれだけ醜い顔になってしまったのかしら。

子爵といかつい男は車寄せにしばらくたたずみ、そのあいだに御者が大股で家の裏へまわって、鍵とおぼしきものを持って戻ってきた。御者が玄関の鍵穴のほうへ身をかがめ、ほどなく玄関ドアが大きく開いた。ダーリー子爵は今度もまた人の手を借りずに玄関前の石段をのぼって家のなかへ姿を消し、いかつい男があとに続いた。

ソフィアはさらに何分かその場に立ったまま見ていたが、見るべきものはもうなかった。御者が馬を厩《うまや》へ、馬車を馬車置場へ運んだだけだった。ソフィアは向きを変えてバートン館のほうへひきかえした。じっと立っていたため、身体の芯まで冷えてしまった。

子爵が戻ってきたことは誰にも言わないでおこうと決めた。いずれにしろ、彼女に話しかける者も、何かの知らせや意見を彼女から聞こうという者もいない。それに、自分が言わなくても、村中にすぐ知れ渡るに決まっている。

コヴィントン荘にひっそり滞在したいと願っていたヴィンセントにとっては不運なことだが、彼の到着を目にしたのはソフィア・フライだけではなかった。

牛の乳搾りに出かける途中だった農場の作男が、ダーリー子爵の馬車がコヴィントン荘に到着したのを目にするというすばらしい幸運に恵まれ、それから数日間、仲間の作男たちに自慢してまわった。けさは牛たちにしばらく待ってもらうことにして、その場にとどまり、かつてのヴィンセント・ハントが鍛冶屋の息子のマーティン・フィスクに続いて馬車から降りてくるのを見守った。朝の七時には妻にその話をしていた。それだけのために家まで駆け戻ったのだ。赤ん坊の息子はこの大ニュースになんの興味も示さなかった。作男は農場の仲間や、鍛冶屋とその妻や、朝早く鍛冶屋にやってきたケリー氏にも話した。氏は飼っている馬の一頭に前夜遅く蹄鉄《ていてつ》を打ってもらったのだ。

八時になるころには、農場の作男たちと最初の作男の妻が顔見知り全員に、いや、少なくとも声の届く範囲にやってきた顔見知り全員にその話をしていた。ケリー氏は肉屋と牧師と年老いた母親に話した。鍛冶屋の妻は息子がダーリー子爵（かつてのヴィンセント・ハント）の従者という身分になって帰郷したのでもう大喜び。小麦粉を買い足そうと思ってパン屋へ飛んでいき、店主と、見習い二人と、早朝からパンを買いに来ていた三人の客にその話をした。鍛冶屋自身は〝じゅっしゃ〟の息子のことを、首をふりながら軽蔑の口調で語りつつも、誇りではちきれんばかりになっていて、仕事に遅刻した見習いにその話をした。見習いも今日だけは言い訳の言葉を延々と並べずにすんだ。サー・クラレンス・マーチのところの馬番と牧師の耳にも噂が届いた。牧師は一五分のうちに二度もこの知らせを聞かされたが、二度とも喜んで耳を傾けた。

九時になるころには、夜が明けきらないうちにダーリー子爵（かつてのヴィンセント・ハント）がコヴィントン荘に到着し、以後一度も外へ出ていないことを知らない人間を、バートン・クームズの村のなかで、あるいは、村の周囲の半径五キロ以内で見つけようとしても、きわめて困難だっただろう。

「でも、そんな早い時間に着いたのなら」おたがいの裏庭を隔てる生垣越しに二人の女性が顔を合わせたとき、片方のミス・ワッデルがもう一方のパーソンズ夫人に言った。ついでながら、彼女の夫は村の牧師で、聖職者を意味する〝パーソンズ〟はまさにぴったりの名字だ。「夜通し馬車を走らせて、いまはほっとひと息入れてるに違いないわ。きっとお疲れでしょうから、あわてて挨拶に行くのは遠慮したほうがいいわね。歓迎委員会の人たちにはわたしからそう言っておくわ」

牧師は歓迎のスピーチを練習し、堅苦しすぎるだろうかと迷った。ダーリー子爵といっても、かつては陽気でいたずら好きな、村の教師の息子に過ぎなかったのだから。ただ、戦争の英雄だ。しかも、いまは立派な爵位を持つ身分。やたらと馴れ馴れしい口調より堅苦しいぐらいのほうがいいだろう。牧師はそう判断するに至った。

フィスク夫人は何週間も前から作るつもりでいたロールパンとケーキを焼いた。息子が、大切な一人息子が帰ってきた。もちろん、ダーリー子爵も一緒だ。いつもマーティンと二人で走りまわり、さまざまな窮地にマーティンをひきずりこんでいた陽気で屈託のない少年。もっとも、マーティンが無理やりひきずりこまれていたわけではないが。気の毒な少年。気の毒な子爵さま。夫人は鼻をぐすんといわせ、小麦粉だらけの手の甲で涙を拭いた。

午前一〇時、グレインジャー家の若き姉妹が同じ年ごろのミス・ハミルトンの家を訪ねた。村のパーティで彼女が何を着るつもりかを探るためだった。ダーリー子爵が帰郷したとなれば、パーティが開かれるに決まっている。三人で当時のヴィンセント・ハントの思い出話にふけった。「毎年恒例の村祭りでは、どんなレースに出場しても楽々と優勝していたわね。

クリケットの試合に出れば、彼の投げたボールを打ち返そうという勇敢で大胆な敵チームの選手を全部アウトにしてしまった。カールした金色の髪をいつも長くのばしてて、澄んだ青い目に華奢《きやしや》な体格で、ほんとにハンサムな人だった。そして、いつも愛らしい笑みを浮かべていた。わたしたちにまで笑いかけてくれたわね。あのころは三人ともまだ幼い少女だったのに。ヴィンセントはいつでも、誰にでも笑顔を向けていた」

こうした思い出話をしながら三人は涙ぐんだ。ダーリー子爵がレースで優勝することも、クリケットの試合でボールを投げることも、ハンサムな顔を見せることも、もしかしたら人に笑いかけることも、二度とないのだ。パーティで踊るのも無理かもしれない。これ以上に残酷な運命は想像もできない。

バートン・クームズに自分が帰郷するのを村人たちが待ち構えていたことを知ったら、ヴィンセントは震えあがったことだろう。いや、〝待ち構える〟という言葉が強すぎるなら、少なくともみんなが熱心に期待し、慎重に待っていたと言っておこうか。

ヴィンセントは母親と姉たちに関するきわめて重要な二つの事実を忘れていた。一つは全員が手紙好きであるということ。もう一つは、バートン・クームズにそれぞれ無数の友人を持っていて、村を離れたあともけっして友達づきあいをやめなかったということ。以前のように毎日友人宅を訪問することはできなくなったが、手紙を書くことはできるし、現にそうしてきた。

マーティン・フィスクの無骨な字で書かれた手紙を二通受けとっただけでは、母親は安心できなかった。じっとすわって息子の帰りを待とうという気にはなれず、息子の居所を突き止めるために手を尽くした。推測のほとんどは大はずれだった。しかし、ひょっとするとバートン・クームズに戻るかもしれないという気がした。少年時代を過ごした幸せな場所だし、友達も親切な知人もたくさんいる。あそこなら居心地がよく、大事にしてもらえる。考えれば考えるほど、いまはまだバートン・クームズに戻っていないとしても、いずれかならず戻るという確信が強くなった。

そこで母親は手紙を書いた。とにかく手紙を書くのがいつもの習慣だ。母親にしてみればごく自然なことだった。

ヴィンセントの姉のエイミー、エレン、アーシュラも手紙を書いた。もっとも、ヴィンセントがバートン・クームズに戻ることを母親と同じように確信していたわけではなかった。ふたたびコーンウォールへ出かけた可能性のほうが高いと思っていた。あそこにいるときのヴィンセントはとても幸せそうだから。あるいは、押しつけられる縁談から逃れるために、スコットランドか湖水地方へ行ったのかもしれない。ヴィンセントの三人の姉はみな、ミス・ディーンを弟に押しつけようとした強引なやり方を少々後悔していた。彼女はどう見ても弟の好みのタイプではなかった。彼のほうもミス・ディーンの好むタイプではなかった。ヴィンセントの家出がわかったとき、彼女が傷ついた表情ではなく安堵が顔に出てしまうのを必死に抑えようとしていたのは、誰の目にも明らかだった。

それはともかく、ヴィンセントがじっさいにバートン・クームズに到着するずっと以前から、彼の帰郷を確信していない者は村には一人もいなかった。みんながやきもきしていた点はただ一つ、いつ到着するかということだった。

待つ期間がついに終わったという知らせが村とその周囲に広がると、誰もがほぼ例外なく狂喜乱舞した。ヴィンセントが村に帰ってきた。

村全体がお祭り気分に包まれるなかで、唯一の例外はヘンリエッタ・マーチだった。彼女は怯《おび》えきっていた。

「ヴィンセント・ハントが？」と叫んだ。

「ダーリー子爵よ」母親が言って聞かせた。

「グロスターシャーのミドルベリー・パークの主《あるじ》だぞ」父親がつけくわえた。「控えめに見ても、年に二万ポンドの収入がある」

「そして、見えない目と崩れた顔」ヘンリエッタは言い返した。「まっぴらだわ！」

「別に顔を合わせる必要はない」父親は娘に言った。「ミドルベリー・パークは広い屋敷だ。わたしはそう聞いている。うちよりはるかに広い。しかも、おまえは流行の装いに身を包んだ子爵夫人としてロンドンにも滞在しなくてはならん。それが子爵夫人たる者の義務だ。子爵が一緒に行くことはまずなかろう。それから、里帰りをしたいと言えばいい。子爵がこちらの村に頻繁に足を運ぶことはないはずだ。毎回、あのワッデル家の娘に悩まされるのは迷惑だろうからな。牧師や近所に住むその他のごますり連中は言うに及ばず」

マーチ家の客間の隅にすわって枕カバーの繕いをしていた〈ネズミ〉ははっと顔を上げ、軽率にも部屋の向こうのおじに目を向けた。ごますり連中？ その他の？ おじさんったら、最近鏡を見たことがないのかしら？ しかし、おじに気づかれる前にあわてて顔を伏せた。じっと見ていることを知られたら大変だ。しかも、疑いのまなざしを向けていたのだから。繕いものに目を向けておかなくては。

部屋の片隅のネズミでいることに、別に抵抗はなかった。ソフィアはこれまでずっと、目につかない存在でいるよう心がけてきた。母親が家を出ていく以前のことはおぼろげにしか覚えていないが、昼も夜も夫婦喧嘩《げんか》ばかりで、ときにはつかみあいになることもあり、そんなとき、ソフィアは部屋のいちばん暗い片隅にひっこむことにしていた。そして、ソフィアが五歳のときに母がいなくなり、二度と戻ってこなくなったあとは、父親が酔って帰ってくるのでなるべく近寄らないようにしていた。もっとも、父親は暴力をふるうような人ではなく、しょっちゅう酔っぱらっているわけでもなかった。ソフィアはそれよりむしろ、父の騒々しい友人たちを避けていたのだ。友人たちは帰宅する父にくっついてやってくると、あとはどこへも行かずにカードゲームに没頭する。幼いソフィアを抱きかかえて膝の上でバウンドさせるのがみんなの癖だった。しかも、ソフィアはいくつになっても年齢より幼く見えたらしい。家賃を滞納して夜逃げするときは、家主に見つからないようにしなくてはならなかったし、つけの支払いや借金の返済を求めてやってくる商店主や村役人からも身を隠さなくてはならなかった。要するに、子供のころから人目につくのを避けるために、誰にも見えない沈黙の存在でいるよう心がけてきたのだ。

ある男爵家の次男だった父親は、端整な容姿と、魅力と、さらには教養までも備えた紳士で、ソフィアに読み書きや算数を教えてくれたが、世渡りの才に欠けていた。いつも大海原のように広く大きな夢を持っていたが、夢と現実とは違う。安心して暮らせる家を与えてくれるわけでも、胃袋を満たす食料をつねに届けてくれるわけでもない。ソフィアは父のことが大好きだった。ときたま酔っぱらって大騒ぎをするところもすべて含めて。

メアリおばのところでも、ソフィアは見えない存在でいることに満足していた。メアリおばは父の姉で、父が亡くなったときソフィアはもう一五になっていたが、このおばのところへ送られた。おばの家に着いたとき、頭のてっぺんから爪先まで軽蔑の目でじろじろ見られて、可愛げのない子だと言われた。以後の扱いも同じく冷淡なものだった。言い換えれば、ほとんど無視されていた。しかし、少なくとも追いだされはしなかったし、最低限の生活必需品は与えてもらえた。

人目につくよりは無視されるほうが楽なことを、メアリおばのもとで暮らすあいだに経験が教えてくれた。一人だけ友達ができて、その人への恋心に胸をときめかせたが、熱い思いはすぐにつぶされ、最後は心をずたずたにひきさかれた。

やがて、メアリおばにひきとられて三年が過ぎたとき、おばが急死し、今度はマーサおばのもとで暮らすことになった。このおばはソフィアのことをメイド同然にしか思っていないが、食事だけはしぶしぶ一緒にとり、一家が自宅で過ごすときは同じ部屋に置いてくれた。ごくたまに彼女の名前を呼ぶこともあった。サー・クラレンスのほうは名前など呼びもせず、ときどき〝ネズミ〟と呼ぶだけだった。ヘンリエッタはソフィアのことを頭から無視した。しかし、ソフィアは三人の目につきたくなかった。ひきとってもらったことには感謝しているが、この一家のことはどうしても好きになれなかった。

ソフィアは音を立てないように気をつけながらため息をついた。〝ネズミ〟というのは外見だけのことで、心のなかまでネズミになってはいないという自尊心がなかったなら、自分の名前すら忘れてしまったかもしれない。本当のソフィアはけっしてネズミではない。でも、ソフィア以外の誰もそのことを知らない。それは彼女が喜んで胸に隠している秘密なのだ。ただ、ときどき将来が不安になる。なんの変化も望めないまま、長くわびしく前方に延びている将来が。世間には貧しい親戚という境遇の女性がたくさんいる。ときどき、自分が貴族階級の生まれでなければよかったのにと思うことがあった。それなら父親が亡くなったときに働き口を探すことができただろう。しかし、貴族階級の女性が働くのは品のないことだと思われている。とにかく、ひきとってくれる親戚がいるかぎりは。

「おまえと結婚できれば、ダーリー子爵はきっと大喜びだ、ヘンリエッタ」サー・クラレンス・マーチが言った。「公爵家の跡継ぎである侯爵さまという、かつてのレイバーンのような身分でないことは事実だが、それでもとにかく子爵さまだ」

「お父さん」ヘンリエッタは哀れな声を上げた。「耐えられないわ。崩れた顔と見えない目のことを考えただけでもぞっとして、ヒステリーを起こしそうになるのに、あのヴィンセント・ハントなのよ。わたし、そこまで身分を落とすことはできないわ」

「それは過去の話でしょう」母親が娘に言って聞かせた。「現在はダーリー子爵よ。天と地ほどの差があるわ。父親が長年ここに住んで村の学校の校長をしていたことに、しかもそれほど裕福な暮らしじゃなかったことに、わたしはいまも驚いてるのよ。あの父親が子爵家の次男だったなんて、夢にも思わなかったわ。子爵と跡継ぎの息子が亡くなってヴィンセント・ハントが爵位を継ぐことにならなかったら、そんなことは永遠にわからなかったでしょうね。あの二人が街道で追いはぎに襲われたとき、黙って金品を差しだすかわりにどうして立ち向かおうとしたのか、わたしにはどうしても理解できない。でも、二人が抵抗して撃たれたおかげで、あなたに幸運がころがりこんできたのよ。社交界でふたたび頭を高く上げられるようになるのよ」

「ふたたび？　そもそもうなだれる必要などなかったんだ」サー・クラレンスが辛辣な声で言って、妻に渋い顔を向けた。「あの不届きなレイバーンめ！　混雑した舞踏室の真ん中で、うちのヘンリエッタの心を傷つけようと企むとはな。まあ、娘はやつの自慢の鼻をへし折ってやったが！」

その舞踏会にソフィアは出ていなかった。ついでに言っておくと、どんな舞踏会にも出たことがなかった。しかし同じロンドンにいたので、噂話をつなぎあわせ、ヘンリエッタとレイバーン侯爵をめぐる真相らしきものを探りだしていた。スタイルズ家の舞踏会でヘンリエッタと母親が侯爵に近づくと、向こうは背を向けて二人に気づかなかったふりをし、決意を固めた母親とその哀れな娘を避けるのはときとして不可能に近いという意味のことを、仲間の面々に大声で言ったらしい。

ヘンリエッタは女性用の休憩室に逃げこみ、気付け薬とブランディを大量に必要とする母親と三〇分ほど過ごしてから、侯爵のさっきの言葉を何人かが聞いていたはずだからもう誰もが知っているに違いないと思い、こっそり家に帰ろうとして部屋を出た。そこで間の悪いことに、侯爵本人とばったり顔を合わせてしまった。負けず嫌いのヘンリエッタはつんと顔を上げて、この悪臭の原因は何かしらと母親に尋ねた。ところが、彼女にとって不運なことに、大恥をかくことになりかねないと見た侯爵と取り巻き連中は、彼女の言葉を爆笑の種にしてしまうのがいちばんだと判断した。それから一五分もしないうちに、舞踏会に出ていた全員が笑いころげていたという。

その夜、ソフィアはいとこのヘンリエッタに同情を覚えた。もしヘンリエッタが一部始終を話してくれていれば――じっさいには、召使いたちの噂話から知ったのだが――少なくともしばらくのあいだは、彼女を心から気の毒に思ったことだろう。

「さっそくコヴィントン荘を訪問するとしよう」サー・クラレンスは懐中時計で時間を確かめてから立ちあがった。「ほかの連中に先を越されないうちに。あの退屈きわまりない牧師が午餐《ごさん》の前に押しかけて演説をぶつに決まっているし、ワッデル家の馬鹿娘も歓迎委員会の面々をひきつれて押しかけることだろう」

〝そして、あなたも押しかけるのね〟〝ネズミ〟は心のなかでつぶやいた。〝自分の娘を結婚相手として差しだすために〟

「子爵を晩餐に招待するぞ」サー・クラレンスは宣言した。「料理番と相談しておいてくれ、マーサ。今夜は何か特別な料理を出すよう、念を押しておくのだぞ」

「でも、目の見えない人に何を出せばいいの？」困惑の表情で妻が尋ねた。

「お父さん」ヘンリエッタの声は震えていた。「目が不自由で顔のない男とわたしが結婚するなんて思わないで。ヴィンセント・ハントなんかと結婚する気はないから。あの人、いつもお父さんにひどいいたずらばかりしてたじゃない」

「男の子は元気だからな」父親は手をふって娘の言葉を退けた。「よくお聞き、ヘンリエッタ。またとないチャンスを皿にのせて差しだされたのだぞ。このためだけに一家そろってロンドンから早めに戻ってきたようなものだ。今夜子爵をうちに招待して、みんなでじっくり観察するとしよう。こちらが何をやっているのか、子爵には見えないんだからな。そうだろう？」

父親は自分の小さなジョークにご満悦の様子だった。もっとも、笑いはしなかったが。サー・クラレンス・マーチが笑うことはめったにない。重要人物のつもりでふんぞり返ってるものね――ソフィアはあいかわらず意地悪なことを考えた。

「結果が合格なら、おまえは子爵と結婚するんだ、ヘンリエッタ。今年でもう三度目の社交シーズンだ。三度目だぞ。おまえの責任でないことは確かだが、どういうわけか、一年目は男爵と結婚するチャンスを逃し、二年目は伯爵、そして、今年は侯爵だった。社交シーズンというのも安くはないのだぞ。しかも、おまえは若くなっていくわけではない。いつまでもぐずぐずしているようでは美貌も失《う》せていき、求婚者にすぐに逃げられる令嬢という評判が立つようになる。さあ、娘や、あの連中を見返してやろう」

サー・クラレンスは妻と娘ににこやかな笑みを向けた。ネズミのことは無視だ。ヘンリエッタの呆然《ぼうぜん》とした表情と妻の当惑の表情にもまったく気づかない様子だった。

そして、ヘンリエッタのために子爵をつかまえに出かけていった。

ソフィアはダーリー子爵を気の毒に思った。しかし、同情に値しない人かもしれないと考え直した。彼のことは何も知らない。彼の分身である少年時代のヴィンセント・ハントについて噂を聞いているだけだ。とはいえ、服装が整っていてエレガントで、召使いの手を借りずに歩きまわれる自立した人間であることは、はっきりわかっている。

とりあえず、今夜はふだんほど退屈せずにすみそうだ。子爵の顔をじっくり眺めることができる。たとえ、その顔を見たときに、ヘンリエッタと同じく吐きたくなるか、気絶しそうになったとしても。求婚の始まりというものを観察することができる。少しは楽しめるに違いない。

サー・クラレンスが出かけたあと、ソフィアはそっと部屋を抜けだしてスケッチブックと木炭をとりに二階へ駆けあがった。小遣いはまったくもらえないので、これらを大切にしている。はるか昔に使われなくなったヘンリエッタの勉強部屋からこっそり持ってきたのだ。

森へ行こうと思った。そこなら誰にも見られずにスケッチができる。厚い胸板と、たくましい二の腕と、小さな頭と、ひょろ長い脚をした乱暴そうな男が、目に包帯を巻いた小男にのしかかるように立って、ずんぐりした手で結婚指輪を高く掲げ、女性二人――一人はふくよかな中年、もう一人は若くて華奢――が脇のほうに立っている。ふくよかなほうは勝ち誇った表情、若いほうは悲しみに沈んだ表情。いつものように、ニッと笑う小さなネズミを右下の隅に描き添えておこう。

3

「きっぱり言ったんだぞ」夜の装いにふさわしい形にしようとマーティンがネッククロスを結ぶあいだに、顎を上げたままの姿勢で、ヴィンセントは反論した。「晩餐の招待は断わった。どんな料理が出てきたのかわからないまま、皿の上で料理を追いかけ、それと同時に礼儀正しく会話を続け、顎やネッククロスにグレイビーソースを飛ばしていないだろうかと心配するのがどんなに大変なことか、誰もはっきりとは理解してないんだろうな」

マーティンはネッククロスを結ぶ手を止めようとはしなかった。

「本当にきっぱり言っていれば、行かずにすんだはずです。マーチのおやじさんにはうんざりだ！　そして、レディ・マーチ！　そして、ミス・ヘンリエッタ・マーチ！　もっと言う必要がありますか」

「そのまま続けたら、強調のためのイタリック体と感嘆符が品切れになってしまうぞ、マーティン。確かに高慢ちきな三人組で、ぼくたち下賤《げせん》の者に対しては足元を這《は》う虫けら同然の扱いだった。だけど、こっちもあの三人に悪さばかりしてたから、あまり文句も言えないだろ」

「あの威張り屋が古代ローマのものとされる石の胸像を中庭の台座に据えたときのこと、覚えてますか。近隣の住民たちを全員招待して、石像のまわりに然《しか》るべき距離を置いて立たせてから、偉そうに仰々しく除幕式をやったじゃないですか。そして、マーチが思いきりもったいぶって幕をはずしたとたん、マーチ一家を除く全員が笑いころげた。石像の目が黒く長い睫毛《まつげ》に縁どられ、まぶたを鮮やかな青に染めてウィンクし、真っ赤な唇を突きだしていた光景は、いまでも忘れられません。ああいういたずらをやらせたら、あなたは天下一品だった」

片目をつぶって人々に流し目を送っていた石像のおぞましさを思いだして、二人はくすくす笑いだし、やがて大笑いになった。

「うん、そうだったな」ヴィンセントは言った。「あのときは地下室の窓から屋敷のなかに戻ろうとして、危うくつかまるところだった。窓の下に置いてあった樽《たる》がぐらっと揺れたんだ。もしぼくがその下に身を投げだして音を消さなかったら、床に落ちてすさまじい音を立てていただろう。肋骨《ろっこつ》の何本かにひびが入って、そのあと一週間ほどは大変だったけど、痛みを我慢するだけの値打ちはあった」

「ああ、楽しい時代だった」マーティンはなつかしそうに言いながら、ヴィンセントの肩を軽く叩《たた》き、外出の支度が整ったことを告げた。「そして、あなたはいまから夜の訪問に出かけていく。敵に降伏したわけだ」

「マーチに玄関ドアをノックされて面食らったんだ。頭がうまく働かなかった。寝ぼけてたせいだ」

「そうでしょうとも。わたしが玄関に出て、何かの間違いです、わたしは両親に会うために一人でバートン・クームズに帰ってきて、子爵の許可を得てここに泊まっているのです、とあの威張り屋に説明していたところへ、あなたが大胆不敵にも階段を下りてきてわたしのうしろに立った。ドアから丸見えで、わたしは大嘘《うそ》つきにされてしまった」

「顔色一つ変えずにもっともらしい嘘をつけるのが、優秀な執事の証《あかし》とされている」

「わたしは執事じゃありません」マーティンはヴィンセントに指摘した。「もし執事だったとしても、あなたのことをどう説明すればよかったんです？　目の錯覚だとでも？　さあ、出かける前に台所へ行って、わたしが作ったウサギのシチューとおふくろの焼きたてパンを食べてください。うちのおふくろ、五〇〇〇人分ぐらいのパンを持たせてくれたんです」

ヴィンセントは立ちあがり、ため息をついた――やがて、ふたたび笑いだした。この午前中の出来事ときたら、徹底的にリハーサルを重ねた笑劇の舞台のようだったので、もしかしたら偵察隊が村の周囲に配置されていて、近づいてくる者がいればただちに報告するよう命じられているのではないかと思ったほどだった。午前一一時少し過ぎにサー・クラレンス・マーチが大物ぶった偉そうな態度でやってきた。そういうところは六年たってもまったく変わっていない。やがてレディの一団と思《おぼ》しき面々がヴィンセントの帰郷を歓迎するためにやってきたので、サー・クラレンスはそそくさと暇《いとま》を告げた。みんなを代表して歓迎の挨拶をしたのはミス・ワッデルだったが、一人一人の名前をはっきりした声でゆっくり告げ、ヴィンセントがみんなに椅子を勧めると、それをもう一度くりかえした。ヴィンセントは椅子を勧めた直後に覆い布のことを思いだしたが、腰を下ろしてみて、覆いがすでにはずされていることを知った。次に、レディたちがおしゃべりにとりかかる暇もないうちに牧師がやってきた。もっとも、牧師の妻がミス・ワッデルの歓迎委員会の一人だったため、みんなの前で妻から叱責された。

「わたしたちが一一時一五分にお邪魔することは、あなたもご存じだったでしょ。だったら、せめて一二時ぐらいまで、来るのを遠慮してくだされればよかったのに。これじゃダーリー卿もお気の毒に、圧倒されてしまうでしょ」妻が牧師に言った。

「とんでもない」ヴィンセントはコーヒーの香りに気づき、磁器をカチャカチャいわせてマーティンがトレイを運んできた気配を感じながら、みんなを安心させた。「こんなに温かく迎えてもらえて、とても喜んでいます」

マーティンの表情が見られないことを、ヴィンセントはむしろありがたく思った。

数分後、パーソンズ牧師が空虚な歓迎の辞に最後の仕上げを加えようとしていたとき、ケリー氏が年老いた母親を連れてやってきた。母親の耳が遠いため、みんなの会話がさらに声高になった。

それから二〇分ほどたったころ、おしゃべりがほんの一瞬静まったときに、ミス・ワッデルが本日の本題を切りだした。明日の夜、〈泡立つ大ジョッキ亭〉という名の宿屋の二階にある集会室でパーティを開くので、ダーリー子爵に主賓として出席してもらいたい、というのだった。

そこでようやく、ヴィンセントも気がついた。母だ！　姉たち！　彼がこの村に来ることを見越し、たぶん一人一人がインクをひと壜《びん》ずつ使って、バートン・クームズの村とその周辺数キロに住む知人すべてに手紙を出したのだろう。

何日か静かにくつろぎたいという夢はもはやこれまで。

ヴィンセントは微笑を浮かべ、感謝の言葉を口《つ》にしながら、四方八方からの女性たちの攻勢に耐えつづけた。彼のためにコーヒーを注ぐ者、彼の膝にナプキンを広げる者、トレイからカップと受け皿をとって楽に手が届くようそばのテーブルに置く者、それを見つけるのに苦労せずにすむよう、すぐさま彼の手に持たせる者、フィスク夫人が届けてくれたケーキの皿からいちばんおいしそうなのを選んで彼の皿にのせる者、その皿を彼の反対の手に持たせる者、片手が自由にならなくてはケーキが食べられないので彼のカップと受け皿をテーブルに戻す者——それを見て楽しげなくすくす笑いが広がった。そして……ああ、この調子だと、彼のかわりにケーキを食べ、コーヒーを飲もうとする者まで出てきたかもしれない。

みんながこうして世話を焼くのは善意からの行動なのだ、とヴィンセントは無理やり自分に言い聞かせた。

しかし、パーティ？

ダンスもするのか？

しかも今夜はこれから、マーチ一家と会うためバートン館へ出かけなくてはならない。

一瞬、気弱になった——一カ月前にミス・ディーンと結婚していれば、こんな苦労はせずにすんだのに。

ダーリー子爵が晩餐を辞退したことを知って、レディ・マーチは胸をなでおろした。ヘンリエッタのほうは、子爵が訪ねてくること自体が気に入らなかった。しかし、子爵の容貌と物腰について母と娘が尋ねても、サー・クラレンスは何一つ教えようとしなかった。薄笑いを浮かべ、もったいぶった顔つきで、見ればわかると答えただけだった。

「ダーリーにはできないことだがな」そうつけくわえたとたん、サー・クラレンスの顔いっぱいに薄笑いが広がって、ヘンリエッタが初めてレイバーン侯爵と踊った夜にソフィアが描いた漫画のなかのサー・クラレンスとそっくりになった。

晩餐の席で、ヘンリエッタはほんの少ししか料理に手をつけなかった。今夜のために銀糸を織りこんだ舞踏会用のドレスを着ていた。田舎の夜にこれでは着飾りすぎだが、大事な夜にふさわしい装いだと母親に言われたのだ。今宵《こよい》、子爵が訪ねてくる。こんな機会は二度とないだろう。

母親のほうは紫色のサテンのドレスとおそろいのターバン、揺れる羽根飾りという強烈な装いだし、サー・クラレンスは首を左右に二センチ以上まわすことすらできない状態だった。もしまわせば、糊《のり》のきいたシャツの襟先が目玉に突き刺さる危険にさらされることになる。

三人とも愚かきわまりない。訪ねてくるのは目の不自由な男だというのに。

ソフィアは木炭を握りたくて指がうずうずするのを感じた。

彼女自身はヘンリエッタのお下がりでもらったふだん着を着ていた。寸法を自分でかなり詰めたものだ。そのため、当然ながら、もとの形とラインは台無しになってしまった。ソフィアのほうがどこもかしこもかなり華奢なせいだ。ダーリー卿の目が不自由でよかったとは思わないようにした。残酷だ。それに、不自由でなかったら目を留めてもらえただろう、とうぬぼれていることにもなる。はっきり言って、捨てられたカカシみたいな姿なのに。

約束の時刻ぴったりに、客間の下の中庭から馬車の車輪と馬の蹄の音が、そして、馬具の立てるギーッ、ガラガラという音が聞こえてきたので、ソフィアを除く全員があわてて立ちあがって、スカートのしわを伸ばしたり、羽根飾りが垂れていないか確認したり、ネッククロスの形を整えたりしてから、咳払《せきばら》いをし、表情をこわばらせ、そして……開いたドアのほうへそろって顔を向けたときには、にこやかな笑顔になっていた。

「ダーリー卿のお越しです」摂政皇太子がお住まいのカールトン・ハウスの家令ですら羨みそうな口調で、執事が告げた。

二人の男性が入ってきた。片方がもう一人の腕に手をかけていたが、その手をはずすと、もう一人の男は一歩下がり、閉まるドアの向こうへ執事と共に姿を消した。

姿を消したのは、けさ、馬車から最初に降りてきたいかつい男性だった。

残された紳士のほうへサー・クラレンスとマーサおばが駆け寄って、大仰な身振りで椅子まで案内し、そこにすわらせた。サー・クラレンスはもったいぶって声を張りあげ、マーサおばは病気の子供か愚鈍な者を相手にするような声で話しかけた。

そのあいだヘンリエッタがどうしていたのか、ソフィアは気づかなかった。ソフィア自身が驚いてしまい、正直に言うなら、思わず彼に見とれていたのだ。子爵の目が不自由で、こちらの視線に気づかずにいてくれるのがありがたかった。

なぜなら、ダーリー子爵はソフィアがけさ見かけたとおりの、いや、それ以上にすてきな男性だったからだ。やたらと長身ではなく、優雅で品がいい。姿が美しく、つくべきところにしっかり筋肉がつき、活発な人生を送っていて体調万全という感じだ。スポーツマンタイプと言ってもいい。夜のための装いはすばらしく趣味がよく、しかも、華美なところはない。要するにうっとりするほど魅力的で、ソフィアは愚かにも胸をときめかせた。しかも、首から下を見ただけですでにこの反応だった。

しかし、驚いて思わず見とれた原因は首から上にあった。金色の髪はいまの流行からするとやや長めだが、とてもよく似合っている。柔らかにウェーブして、ほんの少し乱れているものの、それがまた魅力的だ。光沢のある健康そうな髪だ。そして、顔は……。

なんと、戦争の傷跡はどこにもなかった。その美しさを損なう小さな傷すら見当たらない。とにかく美しい顔だった。顔の造作の一つ一つをじっくり観察したわけではないが、全体としてとても好感が持てた。優しそうな顔で、さっきからうるさく世話を焼かれて迷惑に違いないが、それでも笑みを絶やすことはない。椅子の前まで案内されれば、人の手を借りてすわらせてもらわなくても、膝を曲げて自分でちゃんとすわれるはずだ。

しかし、申し分なく美しい彼の顔のなかでも、とくにソフィアの目を奪ったものがあった。それがあるからこそ、ハンサムで優しそうという単純なレベルを超えて、息をのむほどの美貌が生まれている。それは彼の目だった。大きくてつぶら、色は鮮やかな青。そしてどんな娘も羨みそうな睫毛に縁どられているのだ。もっとも、その睫毛に女っぽいところはまったくない。彼自身にも女っぽさはない。

どこから見ても男そのものだ。そんなことを考えた自分に驚いて、ソフィアは一瞬、息が止まりそうになった。なぜそう思ったのか、自分でもまったくわからない。

驚きと畏敬の念に打たれて彼を見つめ、隅のほうへさらにひっこんだ（そんなことが可能だとすればだが）。まるで別世界の人、彼の前に出ただけで委縮してしまいそうだ。今日の午前中に漫画を描いたときは、顔に包帯を巻いた小男の姿にした。そんなことは二度としてはならない。わたしの描く漫画は、ひそかに嘲笑《あざわら》ってやりたい人々のためのものだ。

子爵が顔を上げ、マーチ家の人々に鮮やかな青い目を向けた。その目がヘンリエッタのほうを向くと、サー・クラレンスが娘を前に出して紹介した。いや、再紹介したと言うべきか。

「うちの愛娘《まなむすめ》のヘンリエッタを覚えておいでだろう、ダーリー」粗野ではあるが熱のこもった口調で、サー・クラレンスは言った。「すっかり一人前になって、母親をさんざん困らせ、父親をやきもきさせている。三年前から社交シーズンをロンドンで過ごし、何十人もの公爵や伯爵や侯爵と結婚するチャンスに出会ってきた。その多くが娘にのぼせあがり、結婚を申しこんできたのだ。ところが、娘は誰にもなびかず、自分をさらっていく紳士が現われるまでじっと待つことにした。こう言っている。〝ねえ、お父さん、ロンドンの社交界の舞踏室だけじゃなくて、田舎の自宅でそういう人にめぐりあうこともあるわけでしょう〟と。そんなことが想像できるかね、ダーリー。バートン・クームズのどこで特別な紳士にめぐりあえるというのだね？　ええ？」

サー・クラレンスが笑うことは、ソフィアが覚えているかぎりではめったにないが、彼が笑えば周囲の者はみなすくみあがる。マーサおばがすくみあがって上品な笑みを浮かべた。ヘンリエッタはすくみあがって赤面した。そして、結婚なんかぜったいにお断わりだと言ったくせに、相手の傷一つない顔にうっとり見とれていた。

あの人、ほんとに目が見えないんだわ――ソフィアは部屋の隅にひっそりとすわったまま、そう思った。一瞬、疑っていたのだ。そんなはずはないと思っていた。しかし、ヘンリエッタにお辞儀をするために彼が立ちあがったとき、彼女をまっすぐ見ているように見えても、じっさいには、その視線はヘンリエッタの右肩の少し上を向いていた。

「ミス・マーチが六年前と同じように美しければ、いや、少女のころよりさらに美しくなられたに違いないから、ロンドンで崇拝者に囲まれたと伺っても、少しも意外だとは思いませんん」

口のうまい人ね。ソフィアは失望に眉をひそめた。いいえ、たぶん、礼儀正しくふるまっているだけなのだろう。

全員が椅子にすわり、堅苦しい口調でやたらと熱のこもった会話を始めた。少なくとも、マーチ家の三人はそうだった。ダーリー卿は適当に相槌《あいづち》を打ちながら、笑みを浮かべているばかりだった。

礼儀正しくふるまってるだけだわ——数分してから、ソフィアは思った。口先だけの人ではない。いかにも紳士らしい態度だ。ほっと安堵した。彼を好きになりそうな予感がした。

村の噂で聞いたのだが、彼は砲兵隊の士官として半島戦争に参加していた。ずいぶん若い士官だったわけだ。そのときの戦闘で視力を失った。おじにあたる人から爵位と財産を受け継いだのはそのあとのことだった。運がよかったと言えるだろう。一家にはほとんどお金がなかったのだから。つい最近、母親と姉たちから結婚相手を押しつけられそうになって、彼はグロスターシャーの屋敷を飛びだした。世話をしてくれる妻を持つのがさまざまな点から考えていちばんいいことだと、家族みんなの意見が一致したのだが、彼だけは一般的なそういう考えを、もしくは、家族が選んだ相手を受け入れる気になれなかったらしい。しばらく雲隠れしてしまい、誰にも居所がわからなかったが、けさになってようやくコヴィントン荘に到着したというわけだ。母親のハント夫人が村のさまざまな女性に出した手紙のなかで予言していたとおりに。

かつての彼はただのヴィンセント・ハントで、ソフィアは当時の噂をいろいろと聞いていた。村のガキ大将で、スポーツ万能、あらゆるいたずらの首謀者だったという。例えば、サー・クラレンスがロンドンのある大邸宅に入るときにレッドカーペットが敷かれていたことを自慢したものだから、ある晩、バートン館の玄関前の石段をヴィンセントが真紅に塗ってしまったそうだ。
だが、いまの彼は別の立派な名前を持つ堂々たる紳士だ。礼儀をわきまえた紳士でもある。笑みを絶やすことはほとんどなく、もったいぶった言葉をかけられるたびに、あたりさわりのない言葉を礼儀正しく返していた。マーサおばとサー・クラレンスが見苦しいほど露骨に縁談を進めようとし、ヘンリエッタが照れ笑いを浮かべていたにもかかわらず。目の不自由な相手の前で照れ笑いを浮かべるのはなかなか困難なことだが、ヘンリエッタはみごとにやってのけていた。

会話がだれ気味になってくると、ヘンリエッタはピアノフォルテの前にすわらされ、鍵盤に指を走らせる才能で訪問客を魅了することになった。次は演奏しながら歌うことになり、五曲を歌いおえたところで、いちばんお気に入りの六曲目の楽譜を母親の部屋に忘れてきたことを思いだした。今日の早い時間にその部屋で練習していたのだ。

「二階へ行ってとってきて」母親はソフィアのほうへ顔を向けて言った。

「はい、おばさん」ソフィアは小声で答えて立ちあがった。

ソフィアはそこでダーリー子爵の表情に気づいた。眉を上げ、ソフィアのいるほうへ目を向けたその顔に、かすかな驚きが浮かんでいた。ありえないことだとわかっていても、彼にまっすぐ見つめられているように思えてならなかった。しかし、部屋を出る前に一瞬、いつもの無名の存在ではなくなった気がした。そして階段まで行く前に、立派な淑女にふさわしい歩き方をするかわりに、小走りになっている自分に気づいた。

もちろん、紹介はしてもらえなかった。

「ぼくと一緒に客間に入ったとき」バートン館からコヴィントン荘までの短い道のりを揺れながら戻っていく馬車のなかで、ヴィンセントは尋ねた。「サー・クラレンスとレディ・マーチとミス・マーチのほかに誰かいなかったかい？」

「ええと」マーティンが考えこんでいるらしく、しばらく間があいた。「執事以外に？」

「女性だ」ヴィンセントは言った。

「気がつきませんでした」

「誰かが楽譜をとりに行かされたんだ。それで、その女性は〝はい、おばさん〟と答えてから部屋を出ていった。ぼくが声を聞いたのはそれが最初で最後だった。とてもひそやかに歩く人に違いない。戻ってくる足音は聞こえなかったからね。楽譜はちゃんと運ばれてきたけど。召使いでないのは確かだ。レディ・マーチを〝おばさん〟と呼んでたから。だけど、紹介はされなかった。変だと思わないか？」

「貧しい親戚でしょうか」マーティンは意見を述べた。

「たぶんな」ヴィンセントは同意した。「それにしても、客に紹介するのが礼儀だと思うが。そうだろう？」

「マーチ家の人間なら、そうとも限りませんよ」

「ミス・マーチが楽譜をほしがると、レディ・マーチが〝二階へ行ってとってきて〟と言ったんだ。〝悪いけど〟は省略。もっとひどいことに、名前も呼ばなかった」

「ふむ……。ところで、まさか婚約なんかしてないでしょうね？」

「は？」

「本気で狙われてますよ」マーティンは言った。「気をつけてください。あの家の召使い連中はあまり口が堅くない。マーチ一家への忠誠心が薄い何よりの証拠です」

「本気で狙われてるわけか。うん、確かに召使いたちの言うとおりだな。これからは慎重に行動するとしよう。とくに、〝理解しています〟とか〝いやではありません〟という言葉がミス・マーチの口から出たら、ぼくはランズエンド岬まで逃げることにする」

「船を用意しておいたほうがいい。だが、その距離でもまだ足りないかもしれませんね」

馬車はすでにコヴィントン荘に着いていた。なんと奇妙な一日だったことか。ここで何日間かくつろぐのを楽しみにしつつ、さらに、真剣に考えをまとめてからミドルベリー・パークに帰って今後の人生を自分の意志で切り開いていこうと思いつつ、夜明け前にここに到着した。すると――。

ハンドリーが馬車のステップを下ろしてくれたので、誰の助けも借りずに玄関前に降り立ちながら、ヴィンセントは笑いだした。

「それにしても、ミス・ワッデル率いる歓迎委員会ときたら」

「牧師の歓迎の辞を一緒に聴くようにと誘ってもらえなかったから、わたしはむくれてたんですよ」マーティンが言った。

二人は爆笑した。

「いや、正直なところ」石段を上がって玄関へ向かいながら、ヴィンセントは言った。「あの歓迎の挨拶には胸を打たれた。子供時代のなつかしい思い出につながるものばかりだったよ、マーティン。あれだけ親切で善意に満ちた人々に出会えることはないからね。笑ったりしては失礼だ。ただし、ぼくらの笑いも善意に満ちているなら、話は別だ。この村で育って二人とも幸運だったよな」

「そうですとも」マーティンは陽気に同意した。「うちのおふくろのケーキが少し残ってますよ。飲みものと一緒に、ひと切れかふた切れどうです？」

「ホットミルクがあれば頼む、マーティン」ヴィンセントはそう言って居間へ向かった。「それから、ケーキはひと切れにしてくれ。きみのおふくろさんのケーキ、昔と変わってないだろう？　おふくろさんのひと切れはよその四切れ分だぞ」

やれやれ、郷愁に駆られているに違いない。いまぼくは何を頼んだ？　ホットミルク？

この村に来たのがばれてしまったことを、ヴィンセントはじつのところ喜んでいた。目が不自由な現在の姿を、昔の彼を知る人々に見られることが少々恥ずかしいというか、きまりが悪いというか……なんとなく抵抗があった。だが、それは愚かな取り越し苦労だった。午前中に訪ねてきた人々はみんな親切で、目の見えない彼の世話を焼きすぎではあったが、判断力も行動力もある大人として扱ってくれた。昔、彼の父親が村の学校の校長をしていて、母親が教会と村の活動に熱心で、彼と姉たちが村の子供たちと一緒に大きくなり、ありとあらゆるいたずらをしていたころのことを、みんなでなつかしく思いだした。ヴィンセントも昔の思い出がなつかしく、みんなのおしゃべりに熱心に加わった。

暖炉のそばの椅子に腰を下ろして、ヴィンセントはため息をついた。やれやれ、しかし疲れてしまった。今日は鍛錬をする暇がなかったのに、それでも疲れている。いや、きっと鍛錬を省略したのがいけなかったのだ。

そして、明日の夜は〈泡立つ大ジョッキ亭〉でパーティだ。昔、宿の経営者が変わったときに、ミス・ワッデルが一人一人を説得して宿の新しい名前に反対する嘆願書に署名させたことを思いだして、ヴィンセントは思わず微笑した。あのとき、彼は確か六歳だった。それまでは〈薔薇と王冠〉という格調高い名前のついた宿だった。

パーティ。

彼が主賓。

ヴィンセントは頭をのけぞらせて大笑いした。目の不自由な男のためにダンスパーティを開こうという者が、バートン・クームズの村以外のどこにいるだろう?

しかし、この予想外に心地よい幕間劇《まくあいげき》にのんびり身を委ねすぎるのは禁物だ――マーティンがホットミルクとケーキを運んできたときに、ヴィンセントは思った。サー・クラレンス・マーチから、娘が結婚の申し込みを歓迎するだろうと露骨にほのめかされ、レディ・マーチからは娘の美徳と才能をいやというほど聞かされた。ミス・マーチ自身は笑っているだけだった。一家総出で彼を狙っていて、マーチ一家が何かに狙いをつければ首尾よく手に入れることもけっこうある。ただし、何十人もの公爵と伯爵と侯爵については惨めな失敗に終わったようだが――しかし、本当にそんなにおおぜいいたのだろうか。既婚者まで数に入れるとしても。

この先しばらくは警戒を怠らないようにしないと。

少女のころのヘンリエッタ・マーチは人形のように可愛くて、ヴィンセントが最後に見たときは、すばらしい美貌が開花しはじめたところだった。当時は確か一五歳ぐらいだったはずだ。濃い色の髪、濃い色の目、スタイルがよく、いつも最新流行の高価なものを身に着けていた。年に二回ずつロンドンからやってくる仕立屋（サー・クラレンス流に気どって言うなら〝モディースト〟）に誂《あつら》えさせたものだった。ミス・マーチにはいつもフランス人の乳母とフランス人の家庭教師がついていて、村の子供たちと遊ぶことはけっしてなかった。ほかの子と多少なりとも言葉を交わすのは彼女の誕生パーティのときだけで、両親と並んでみんなを出迎え、列を作って恭しく通り過ぎる子供たちの誕生祝いの言葉に優雅な会釈とつぶやきで応えていたものだ。

ヘンリエッタがすっかり親離れして高慢さと優越感をひけらかさなくなっていれば、ヴィンセントも彼女に同情したかもしれない。たぶん変わっていないだろうというのが彼の予想だった。その予想どおり、あまり変化は見受けられなかった。母親がとりに行かせた楽譜が届いても、それを持ってきた謎の女性にヘンリエッタは礼も言わなかった。彼女のいとこだろうか。

何者だろう？　ヴィンセントに紹介されることも、会話の輪に入ることもなかった。夜のあいだにその女性が口にした言葉は〝はい、おばさん〟だけだった。しかし、ずっとあの部屋にいたことは間違いない。

誰なのかわからないが、ヴィンセントは彼女のために憤りを覚えた。明らかに身内なのに、使い走りのとき以外は無視されていた。ひと晩中、ネズミのようにひっそりとすわっていた。

いや、こんなことを気にしても始まらない。

ケーキを食べおえたのでミルクのグラスに手を伸ばし、飲みほした。

やれやれ、ぞっとする夜だった。会話はもったいぶっていて無味乾燥、ピアノフォルテは聴けたものではなかった。マーチ一家が気立てのいい人々なら、この両方にヴィンセントは喜んで耐えただろうが、今夜をふりかえって嫌悪に身震いしても罪悪感はまったく覚えなかった。今日、ただのヴィンセント・ハントとして村に戻っていれば、マーチ一家は彼の存在など無視していただろう。爵位にはそこまでの影響力があるのだろうか。

答えるまでもない疑問だ。

そろそろベッドに入る時間だった。

自分の居所を母親が知るまでにどれぐらいかかるだろう。少なくとも、今日のうちに一〇通以上の手紙が書かれ、すでに投函《とうかん》されたに違いない。母親に最初に知らせを届ける栄誉を誰もが望んでいるはずだ。

4

ソフィアがバートン館で暮らすようになってから、パーティが何回かあったが、おじ夫妻といとこのヘンリエッタが顔を出したことは一度もなかった。たとえ出席者が上流階級の人々に限られていたとしても、〈泡立つ大ジョッキ亭〉に出かけてダンスをするなどというのは、この一家の沽券《こけん》にかかわることだっただろう。だが、村のパーティというのは、参加を希望するすべての者に門戸が開かれているからこそ値打ちがあるのだ。農場の作男や肉屋や鍛冶屋と肩が触れあうなんて、考えただけで卒倒しそうだわ――マーサおばはかつてそう言った。

だから、ソフィアもそうしたパーティに出たことは一度もなかった。

だが、それが大きく変わろうとしていた。なぜなら、今夜のパーティはダーリー子爵を主賓に迎えて開かれるので、サー・クラレンスも、マーサおばも、ヘンリエッタをダーリー子爵夫人にするためには手段を選んでいられなかった。グロスターシャーのミドルベリー・パークの女主人ともなれば、年に二〇〇〇ポンドは自由に使える。ヘンリエッタ自身もゆうべからがらりと態度を変えて、いまでは、これまでに出会ったどの紳士よりも彼のほうがずっとハンサムで、上品で、魅力的で、とにかくあらゆる美点を備えていると断言するまでになっていた。あの〝悪たれヴィンセント・ハント〟のころとはすっかり変わったというわけだ。

「今夜、両手でチャンスをつかまなきゃだめよ」マーサおばが娘に言って聞かせた。「ダーリー子爵がいつまでコヴィントン荘に滞在する予定かわからないのよ。もちろん、ダンスはしないはずよ。一緒に踊る値打ちのある男なんてほかに誰もいないんだから、おまえもダンスはやめて、パーティのあいだずっと子爵の話し相手を務めなさい。お天気が崩れなかったら——今日一日、好天に恵まれそうね——子爵を誘って外へ散歩に出なさい。集会室が蒸し暑くなるに決まってるから。そして、子爵をできるだけ長く外にひきとめておいて、それがみんなの話題になるように持っていくの。当然話題になるはずよ。だって、主賓の子爵にみんなが注目してるんですもの。子爵はきっと礼儀にかなった態度をとる義務を感じて、明日の朝、あなたのお父さんに会いに来るでしょう。誰もがそれを期待してるから、子爵だって、かつての隣人たちの聡明《そうめい》な意見を大切にするに決まってるわ」

「お母さんが夏の婚礼の支度をしてくれるだろう」サー・クラレンスがつけくわえた。上着の襟を両手でつかみ、満足しきった表情だ。「式はたぶんロンドンだな。貴族社会の半数に出席してもらおう。夏になるとほぼ全員がロンドンを離れるものだが、華やかな婚礼があるとなれば、戻ってくるに決まっている」

ソフィアもパーティに出ようと思っていた。許可はもらっていないし、誘われてもいない。しかし、村のパーティは全員のためのものだ。招待状が送られることはない。たとえ宿まで歩くしかなくても、ソフィアは行くつもりだった。どうせ歩くしかないだろう。行くつもりでいることをマーサおばが知ったら、止めようとするはずだ。でも、わたしがすでに会場に着いていれば、もう止めようがない。そうでしょ？　村の人たちが顔をそろえているところでわたしを叱り飛ばすことなんてできないはず。そうでしょ？　それに、わたしは騒ぎを起こすために行くんじゃないもの。パーティの様子を傍《はた》から見守っているだけでいい。人目につかない隅っこを見つけて、そこに身を隠せばいい。大の得意だ。

今夜はわたしも出かけよう。朝食の席でそう決めたとたん、胸が高鳴った。なにしろ、どこへも出かけたことがないのだから。とにかく、社交的な催しには出たことがない。ここ二年は社交シーズンのたびにロンドンへ行っているが、それはソフィアを一人でバートン館に残していけないという単純な理由からだった。しかし、ロンドンでおばとヘンリエッタが毎日のようにパーティや音楽会や舞踏会に出かけても、ソフィアは一度も連れていってもらったことがない。「連れていけるわけがないでしょ」マーサおばが一度だけその件に触れたことがあった。「ある伯爵の妻を寝とろうとして決闘で命を落とした男の姉というだけでも、わたしは肩身の狭い思いをしてるのよ。あの衝撃と屈辱の事件が、けっして立派とは言えなかったおまえのお父さんの人生を締めくくることになったんだからね。その娘をひきとったことを世間に知られたあげく、こんなみっともないおまえの姿を見られたら、わたしはもう顔を上げて歩けなくなってしまう」

夜の外出にどうにか着ていけそうなドレスをソフィアは一枚しか持っていなかった。ヘンリエッタが一四か一五の年に誂えてもらったもので、その年の誕生パーティに一度着ただけだった。ほかのお下がりに比べたら、そう大幅に寸法を直す必要はなかった。ピンクとクリーム色の縞《しま》模様のモスリンで、ソフィアが丈を詰め、縫い目をつまんでも、もとのシルエットをほぼ保つことができた。おしゃれなデザインではないし、ひどい流行遅れだが、ロンドンの豪華な舞踏会へ行くわけではない。村のパーティだ。もっと粗末な装いの娘もいるだろう。いや、少なくとも同じぐらい粗末な装いの娘も。

ほかの三人が馬車で出かけたあとで、ソフィアは今夜が寒くもなく雨でもないことに感謝しつつ、〈泡立つ大ジョッキ亭〉までの道のりを歩いた。風もない。胸がはずんでいた。

もちろん、ダンスをするつもりはなかった。人と話をするつもりもなかった。バートン・クームズに来て二年になるが、ソフィアのことを知っている村人は一人もいない。誰にも紹介されたことがなく、日曜の礼拝に出ても、何人かが礼儀正しく会釈をよこすだけだ。しかし、ソフィアが本当に望んでいたのは、人々が言葉を交わして楽しそうに過ごす様子を見守ることだった。

そして――正直になりなさい、ソフィア！――美しいダーリー子爵の姿をもう一度見ること、遠くから憧れの目を向けることだった。

そして、両親に焚《た》きつけられたヘンリエッタが子爵を罠《わな》にかけ、のっぴきならない立場に追いこんで、名誉を重んじる男として彼女と結婚せざるを得ないように仕向けるのを、できることなら阻止したかった。この親子がロンドンで罠にかけようとしたほかの紳士たちについては、ソフィアは心配したことがなかった。罠にかかるような相手ではないといつも思っていたし、その予想はつねに正しかった。でも、ダーリー子爵は大丈夫だろうか。宿の外へ誘いだされて、ほかの客の目が届かない場所へ連れていかれそうになったとき、それが子爵にわかるだろうか。また、彼がサー・クラレンスの娘と二人でずいぶん長く姿を消していることにほかのみんなが気づいて眉をひそめるよう、この夫妻が画策していることが、子爵にわかるだろうか。

宿に到着したソフィアが階段をのぼって集会室に足を踏み入れるには、ずいぶんと勇気が必要だった。集会室はひどくにぎやかで、一階と外の通りにまで騒音があふれていた。まるで誰もが陽気に踊り、村人と近隣の人々がみな相手に自分の話を聞かせたくて声を張りあげているかのようだった。話に耳を傾けている者がみな――そんな者が残っていればの話だが――相手の話をすばらしく愉快な冗談だと思い、その気持ちを表すために爆笑しているかに見える。

ソフィアはもう少しでまわれ右をして、家に逃げ帰りそうになった。

しかし、自分はネズミなんかじゃないと心に言い聞かせた。わたしはレディ、社会的な身分という点では、少なくともここに集まった村人の半数以上と同じレベルにあるはずだ。生まれつき内気な性格なのかどうかも、自分ではよくわからない。確かめる機会が一度もなかったから。

ソフィアは意を決して、階段をのぼっていった。

ドアを通り抜けるのとほとんど同時に、牧師とばったり顔を合わせた。牧師はにこやかに微笑して右手を差しだした。

「これまでお近づきになる機会がありませんでしたが」周囲の音楽と会話と笑い声に負けないよう、牧師は大声で言った。「確かこの二年ほど、日曜ごとに教会の信者席にすわって、わたしの説教に耳を傾けてくださっていた人ですね。信者の多くは説教を聞きながら居眠りしてしまうのですよ、嘆かわしいことに。わたしはパーソンズといいます。ご存じのことと思いますが。で、あなたは――？」

ソフィアは牧師の手に片手をのせた。「ソフィア・フライです、牧師さま」

「ミス・フライ」牧師は空いたほうの手で彼女の手の甲を軽く叩いた。「うちの家内に言って、レモネードを注いでもらいましょう」

そして、ソフィアを連れて浮かれ騒ぐ人々のあいだを通り抜け、料理と飲みものがどっさり並んだテーブルまで行った。牧師夫人に彼女を紹介すると、夫人はにこやかに会釈をした。何か言おうとしたが、声が届きそうにないとわかると、肩をすくめ、目を大きくして笑いだした。

ソフィアはグラスを受けとり、すわる場所を探すために隅のほうへ行った。案外簡単だったわね――空いた椅子を見つけて腰を下ろしながら、ソフィアは思った。少し離れたところにおばがいて――上下に揺れるロイヤルブルーの羽根飾りは見間違えようがない――呆然とこちらを見ていた。ソフィアは気づかないふりをした。いくらおばさんでも、わたしを強引に帰らせることはできない。でしょう？　それに、わたし、今夜はずっとネズミのままでもすごく幸せ。いえ、ほどほどに幸せかしら。ソフィアはときどき、自分の心に嘘をつく才能に困惑することがあった。

ひと組のカップルが踊りながら列のあいだを通り抜け、列に並んだ人々は音楽に合わせて床を踏み鳴らしていた。誰もがとても楽しそうだ。ソフィアも知らず知らずのうちに片足で床にリズムを刻んでいた。

ダーリー子爵の姿はなかなか見えなかったが、すでに到着していることはわかりすぎるほどよくわかった。ドアのすぐ左側に人の輪ができ、そのほとんどが女性で、輪の中心に埋もれて姿の見えない誰かにうれしそうに視線を向けていた。数少ない男性の一人がサー・クラレンスで、マーサおばとヘンリエッタもご機嫌伺いに加わっていた。この三人が子爵以外の誰にご機嫌伺いをするだろう？　ソフィアの勘は的中した。何分か見守るうちにカントリーダンスが終わって、踊っていた人々がダンスフロアを離れはじめると、ドアのそばの人の輪に隙間ができて、そのなかから、ダーリー子爵の腕に手をかけたヘンリエッタが勝ち誇った表情で姿を見せた。集会室の端に用意された休憩用スペースのほうへ子爵を連れていこうとしている。

ロンドンで仕立てた舞踏会用のドレスをまとったヘンリエッタは、輝くばかりの美しさだった。

新しいダンスが始まった。今度はもっと重厚な感じの曲だった。ヘンリエッタと子爵は休憩用スペースをゆっくり歩いてドアまで行き、ドアの向こうへ姿を消した。ダーリー子爵が集会室に現れて以来、踊っている人々はたぶん別として、あとは誰もが子爵に目を奪われたままだし、ヘンリエッタのきらきら光るドレスの動きを追えない者は一人もいないから、二人が出ていく姿が目立たないわけはなかった。

ソフィアは片手を口に持っていき、人差し指の節を噛んだ。宿の外にも人がたくさんいるに違いない。わたしがここに着いたときもそうだったし、そのあとも絶えず人の出入りが続いている。マーサおばが予想したとおり、集会室は蒸し暑くなっていた。子爵とヘンリエッタが外に出たとしても、淫らと言われる筋合いはない。しかし、部屋に残っているマーサおばとサー・クラレンスが外に出たヘンリエッタと共謀して、淫らな印象になる方向へ持っていくだろう。そうに決まっている。

その場にすわって指の関節を噛んだまま一〇分ほどたってから、ソフィアはようやく行動に移った。子爵とヘンリエッタが姿を消したあと、それほど時間はたっていない。ただ、誰もが二人の帰りを露骨に見張っていると言っていい状況だし、サー・クラレンスとマーサおばは、相手にする値打ちありとみなした人々と言葉を交わしながらドアのほうを見守っている。この二人が人々のあいだに憶測の炎を煽《あお》り立てようとしているのは間違いない。

ソフィアは立ちあがってそっと部屋を出た。途中で、椅子の背にかかっていたウールのショールをとった。誰のものかわからないが、持ち主が〝待て、泥棒〟というような物騒な言葉を叫びながら追いかけてこないよう願った。だが、その危険はなさそうだった。ソフィアが部屋を出る姿に気づいた者はいないようだ。ついでに言うなら、部屋にいる姿に気づいた者すらいなかった。

宿の外にたむろしている少人数のグループのなかに、ヘンリエッタとダーリー卿の姿はなかった。二、三組の男女が通りの先のほうを散策していて、その姿は宿からよく見えたが、ソフィアが捜す二人はそこにもいなかった。二人きりになってさらに軽率な印象を作りだすために、ヘンリエッタは子爵をどこへ連れていったのだろう？

運のいいことに、ソフィアが最初に見当をつけた場所が正解だった。メインストリートに並ぶ建物の裏にある道を二人はゆっくり歩いていた。道の中央に荷車の深いわだちがついているため、それをよけて端のほうの草地を歩いている。急いで二人を追うと、ヘンリエッタの甲高い笑いと子爵の低い声が聞こえてきた。

「ねえ、ヘンリエッタ」二人に近づいたところで、ソフィアは声をかけた。「ショールを忘れていったでしょ」

二人がふりかえった。月と星のかすかな光のなかでさえ、ヘンリエッタの目が衝撃で丸くなり、そして……怒りが燃えあがるのが、ソフィアにも見てとれた。ダーリー子爵の眉が上がった。

「忘れてなんかいないわ」片手でショールをかざしてふってみせるソフィアに、ヘンリエッタは言った。「しかも、それ、わたしのじゃないわよ。持ち主が気づく前に、いますぐ宿へ持ち帰ってちょうだい」

子爵が小首をかしげた。

「ゆうべのお嬢さんですね。二階へ行ってミス・マーチの楽譜をとってきた人だ。すみません——お名前を存じあげなくて」

「ソフィア・フライです」

「ミス・フライ」子爵は微笑した。ああ、これほど周囲が暗いと、子爵が自分の目をまっすぐ見ていると思いこみそうになる。「お知り合いになれて光栄です。ミス・マーチのショールを持ってきてくださったとは、なんと親切な方でしょう。たとえ違う人のものだったとしても。ミス・マーチが寒い思いをされているのではないかと、ぼくも心配だったのです。寒くはないと言われましたが、礼儀上、そう返事をされたに違いありません。新鮮な空気が吸えれば大歓迎だとぼくが言ったものですから。これ以上ぐずぐずせずに、ミス・マーチを集会室にお連れしなくては」

そう言うと、子爵は反対の腕をソフィアのために差しだした。

ソフィアは仰天して彼の腕を見つめた。ヘンリエッタを見ると、その目に怒りと憎しみが燃えていた。

「もうしばらくここにいたいですわ。涼しくて静かなんですもの」ヘンリエッタが言った。彼女の声は甘く、顔に浮かんでいる表情とは大違いだった。「このまま散歩を続けましょう、子爵さま」

「いいですとも。あなたのお望みなら。ミス・フライ、一緒にいかがですか」

子爵はいまも腕を差しだしたままだった。

ソフィアのほうはぜったいにいやだった。あとでヘンリエッタにひっぱたかれる。もっと困ったことに、遠くから見ている分には美しい子爵だが、そばにいると気圧《けお》されてこちらは口も利けなくなってしまう。しかし、自分がこうして飛びだしてきたのは、子爵が罠にかかるのを防ぐためなのだ。

ソフィアは子爵に二、三歩近づき、彼の腕に手を通した。すると——ああ、どうしよう——彼の身体はとても温かくてたくましく、麝香《じゃこう》系の男っぽいコロンの香りがした。ソフィアがこんなに居心地の悪い思いをしたのは生まれて初めてだった。裏通りの空気がすべてなくなってしまったような気がした。

「この道を三人並んで歩くなんて無理だわ」三〇分もしないうちにヘンリエッタが言った。今度は感情が声にはっきり出ていた。ひどく不機嫌な響きだった。「やはり戻ったほうがよさそうですわね、子爵さま。わたしが戻らなくて両親が心配してるでしょうから。あなたと歩いているうちに宿からずいぶん離れてしまったことに気づきませんでしたわ。帰ることにしましょう」

「わたしが一緒だったと知れば、おばさんたちも安堵なさるわ、ヘンリエッタ」ソフィアは言った。「礼儀作法がきちんと守られたことをわかってくださるはずよ。ほかのみなさんと同じように」

こんなに長々とヘンリエッタにものを言ったのは、ソフィアの記憶ではこれが初めてだった。

ダーリー子爵がソフィアのほうに顔を向けて微笑した。その顔に安堵が浮かんでいるのはほぼ確実だった。

気の毒な人。誰もがこの人との結婚を狙い、縁談をまとめようとしている。集会室に三〇分ほど一人ですわっていたあいだ、周囲の会話に耳を傾けたが、ほぼ全員がダーリー子爵の噂をしていた。彼の母親と姉たちが結婚を迫り、じっさいに縁談を進めていたことも、すでにソフィアの耳に入っている。パーティに集まった人々はこの界隈《かいわい》の誰が子爵にふさわしいかを考えていた。なにしろ、少し前までただのヴィンセント・ハントだったわけで、お高くとまったところがどこにもないから、同じ環境で育った相手のほうがいいかもしれないというのだ。候補として大きく名前が挙がったのが、ミス・ハミルトンとミス・グレインジャーだった。また、言うまでもなく、マーチ一家が手段を選ばず子爵をつかまえようとしている。

三人が集会室に戻ってきたことに全員が気づいた。けっして誇張ではない。というのも、ダンスが一段落したところだったため、本来なら踊っているはずの人々までがいやでも気づかされたのだ。誰もが会話を中断して、ダーリー子爵からヘンリエッタへ……そして、ソフィア・フライへ視線を移した。サー・クラレンス夫妻の顔ときたら、まさに見物《みもの》だった。ダーリー子爵と一緒に長いあいだ外に出ていた娘が彼の腕に手をかけたまま戻ってきたのを見て、二人の顔に同じような安堵と喜びが浮かんだが、次の瞬間……驚愕《きょうがく》と、悔しさと、当人たちも予期していなかったその他いくつもの表情へと変化した。子爵の反対の腕に手をかけていたのが……ネズミだったからだ。

しかも、いまのソフィアはもう人目につかない存在ではなかった。極度の困惑と勝利感が混ざりあった奇妙な感覚にとらわれていた。

次のダンスに移る合図として、楽団が音合わせの和音を奏ではじめ、緊張の瞬間が過ぎ去った。万事めでたしめでたしだ。もちろん、それぞれの視点によって違ってくるが……。不都合なことは何も起きずにすんだ。なにしろ、紳士と一緒にいたのは二人のレディで、ひっそりした裏道を歩いていたとはいえ、その散歩に非難されるべき点はなかったのだから。

テンポの速い活発なダンスが始まった。

ヘンリエッタは母親のもとへ急いだ。

ソフィアがダーリー子爵の腕にかけていた手を離そうとすると、子爵はその手を自分の脇に押しつけた。

「ミス・フライ、ミス・マーチの評判を気にかけてくれてありがとう。女性と二人きりでずいぶん遠くまで散歩をしたぼくが軽率だったけど、彼女が帰るのをいやがったものでね。もちろん、ぼくはもっと強く言うべきだったんだ。軽食のテーブルまでエスコートさせてもらっていいですか。どう行けばいいのか、ちゃんと覚えている自信があるから」

子爵が微笑した。慇懃《いんぎん》な言葉遣いではあったが、窮地から救いだしてもらった礼を言っていることが、ソフィアに伝わった。ヘンリエッタの罠にはまったことを遅まきながら悟っていたに違いない。

「ありがとうございます、子爵さま」

ソフィアはそのあとに〝でも〟と続けて、何か口実を作って走り去るつもりでいた。だが、そこでふと考えた。この人と一緒に軽食のテーブルまで行き、二人で立って食べたり飲んだりしながら、何分か話ができるかもしれない。人生のなかのわずかな一瞬だけ、ふつうの女になれるかもしれない。ううん、ふつうの女じゃなくて、子爵さまやハンサムな男性の心を奪ってきた特権階級の若い貴婦人になれるかもしれない。一瞬のことに過ぎなくて、一時間後にはすっかり忘れているとしても。

はっと気づくと、〝でも〟と続けるタイミングを逃したせいで、口実を作ろうにも手遅れになっていた。二人並んで部屋のなかを歩きはじめていた。

さっきの椅子のそばを通りかかったとき、その背にショールを戻し、おば夫妻のほうは見ないようにした。おばたちはもちろん、ほかのみんなと同じようにソフィアに視線を据えていたが。

ソフィアが自分でもわかる感情をいくつか挙げるとすれば、くらくらしそうな、驚愕すべき、胸の高鳴る経験だった。

ぼくは大馬鹿者だ。なぜ自分の人生に登場する女たちにいいように操られ、支配されてしまうのだろう？　それはときに彼女たちの善意であり、少なくとも当人は善意のつもりで動いている。だが、明白な悪意によるものもある。しかし、自分でそれに立ち向かったのは最近ではたったの一回きりで、しかも家出したに過ぎなかった。今夜だって、ミス・マーチと一緒に宿の外へ出たところで足を止め、暗闇のなかへこれ以上踏みこんで彼女の評判を危険にさらすつもりはないことをきっぱりと正直に説明すべきだったのに、彼女に導かれるまま、村のメインストリートの裏の、自分の記憶にも残っている真っ暗な寂しい小道に入りこんでしまった。

自分はいつまでたっても一人前の大人になれず、自ら考えて行動することも、女性の影響から逃れることもできないのだろうか。昔はこんなふうではなかった。そうだろう？　自立心の強い少年だった。それがいつのまにか弱虫になってしまった——というか、下手をしたらそうなりかねない。

ミス・フライには言葉にできないぐらい感謝している。たぶん、わざわざ助けに来てくれたのだ。理由はよくわからないが。確か、彼女はミス・マーチのいとこのはずだ。ひょっとすると、ミス・マーチを助けるつもりだったのだろうか。いずれにしても、ヴィンセントは彼女に感謝し——そして、好奇心を掻《か》き立てられていた。ついさっき、彼女が「ありがとうございます、子爵さま」と言ったとき、ゆうべのバートン館でレディ・マーチに返事をしたときと同じ低い声ではあったが、ヴィンセントの耳にはっきり聞こえた。周囲が騒がしいとき、ほとんどの者は大きな声を出そうとするが、彼女は逆にトーンを低くすることで相手に声を届けるコツを知っているに違いない。

「テーブルまで来ましたわ」さっきと同じ低い声で彼女が言った。

「飲みものはいかがです？」ヴィンセントは彼女に尋ねた。「それとも、何か召しあがりますか」

「いえ、けっこうです。さっき、レモネードを少しいただきましたから」

「ぼくもおなかはすいてないし、喉も渇いていない」ヴィンセントは笑顔で言った。このような公の場で飲み食いに挑戦するつもりはなかった。こちらの一挙手一投足に多くの視線が集まっているに違いない。「空いてる椅子が近くにないかな。しばらく腰を下ろしませんか」

「新しい曲がいま始まったばかりですから、空いてる椅子ならたくさんあります」

ほどなく二人は並んで腰を下ろし、ヴィンセントは自分の椅子を彼女のほうへ軽く向けた。こうして距離を詰めれば、彼女の声がよく聞こえるし、こちらの声も届けやすい。それに、しばらくのあいだ邪魔が入るのを防ぐこともできるだろう。みんなの注目の的になっているのは光栄でもあり、迷惑でもあった。

「きみ、ミス・マーチのいとこなの？」ヴィンセントは尋ねた。

「ええ。レディ・マーチが父方のおばなんです」

「お父さんは亡くなられたの？　お母さんも？」

「ええ、二人とも」

「お気の毒に」

「お気遣い、ありがとうございます」

「ゆうべは紹介してもらえなくて残念だった」

「いいんです。なんの価値もない人間ですから」

演奏はにぎやかで陽気だし、リズミカルに床を叩く足音がヴィンセントの耳に届いた。人々の話し声はその二つの音よりさらに大きかった。

しかし、いまの返事は彼の聞き間違いではなかった。どんな言葉を返せばいいのか、ヴィンセントにはわからなかった。

「きみのおばさん一家から見れば、そうかもしれない。だけど、本質的には？　きみ自身にとっては？　かならず価値があるはずだ」

ヴィンセントは彼女の返事を聞こうとして、そちらへ少し身を寄せた。石鹸《せっけん》の香りがした。今宵ずっと嗅がされていた強烈な香水に比べると、心地よい爽やかな香りだった。

彼女は何も答えなかった。

「きみはおそらくご両親の死によって、不本意な人生を歩むことになったんだろうね。ちょうど、ぼくが六年前に視力を失ったせいで、ときとして不本意な気のする人生を歩むことになったのと同じように。ご両親はいつごろ亡くなられたんだい？」

「五年前です。父が亡くなったのはわたしが一五のときでした」

すると、いまは二〇歳か。

「ぼくは一七だった」

「そんな若さで……」

「酷《むご》いことだよね。人生が自分の望みとはまったく違うものになり、しかも、意のままにならないことを思い知らされるというのは」

不思議だ。人にこんな話をしたことは一度もなかったのに。相手が赤の他人となればとくに。おまけに女性だ。いや、だからこそかえって楽に話せるのかもしれない。明日になっても、やはり赤の他人だ。今夜話したことは、おたがいに忘れてしまうだろう。

「そうね」いささか長い沈黙のあとで、彼女は言った。

「ねえ、何がしたい？」ヴィンセントは彼女に尋ねた。「自分の望みどおりに人生をやり直すことができたら。なんでも好きなことをする手段と方法があったら。どんな人になってどんなことをするのがきみの夢？　きみにも夢があるよね。誰だって夢を持っている。きみの夢はなんだい？」

彼女のほうは質問に答える気がないか、どう答えるかを真剣に考えているかのどちらかのようだった。どうでもいいことをしゃべり散らすタイプではなさそうだ。だが、おそらく、おしゃべりの機会もあまりなかったのだろう。マーチ家の貧しい親戚として彼女が送っている人生を羨む気にはなれなかった。ただ、思慮深い子だと思いたかった。

彼女はたぶん、くだらない質問だと思ったのだろう——確かにそうかもしれない。理想に燃える少年が少女にするような質問だ。一人前の男女なら、現実を見据えて話をするものだ。

「一人で暮らしたいわ。田舎で。小さなコテージに住んで、庭に花をいっぱい咲かせて、自分で手入れをするの。裏に野菜畑、ニワトリがたぶん二、三羽。仲のいい隣人が何人かいて、猫がいて、たぶん犬もいる。それから、本。使いきれないぐらいのスケッチブックと木炭。

必要な品が買えるだけの収入。そんなに贅沢《ぜいたく》はしないつもりよ。新しいことを習うチャンスもあるといいわね」

富、宝石、毛皮、大邸宅、海外旅行、その他さまざまなものを願う言葉が返ってくるものと思っていた。彼女の夢の慎《つつ》ましさに胸を打たれた。

「夫と子供も？」ヴィンセントは尋ねた。

ふたたび、彼女のためらいが伝わってきた。

「いいえ。一人のほうがきっと幸せだわ」

思わず理由を訊こうとした。しかし、相手は赤の他人だし、そんな質問はあまりに親密すぎると自分に言い聞かせた。出すぎたまねをしてはならない。

一瞬、ミス・ディーンに彼女の夢を尋ねたらどんな答えが返ってきただろうと思った。率直に答えてくれただろうか。チャンスを差しだすべきだったのかもしれない。いまだに、彼女にはすまないことをしたと思っている。

「今度は子爵さまの番よ」ミス・フライの声がとても低かったため、ヴィンセントはさらに身を寄せなくてはならなかった。彼女の身体の温《ぬく》もりが感じられた。何センチか身をひいた。この人を狼狽《ろうばい》させたり、村人にゴシップの種を提供したりしてはならない。「子爵さまが誰にも言っていない夢は何かしら」

「何不自由なく暮らしている者が夢を持つなんて、欲ばりすぎだと思われるかもしれない。爵位と財産があり、広い屋敷に住み、周囲には広大な庭がある。母と祖母、姉たち、その夫たち、たくさんの甥と姪がいて、みんながぼくを愛してくれている」

「それから、夢もあるのね？」ヴィンセントの言葉がとぎれると、彼女が言った。

「そう、夢もある」彼は正直に答えた。「きみの夢と同じで、ぼくも一人で生きていきたい。無数の責任を負ってはいるけど、誰にも頼らず、自分で自分の人生を切り開いていきたい。祖母や母、姉たちをそれぞれの家に帰してあげたい。みんな、ぼくのためにじゅう自分の家を留守にしたり、もとの暮らしを捨ててしまったりしている。ぼくのためにそれぞれの人生を犠牲にするのはもうやめてほしいんだ。一人前の大人になりたい。視力を失うことがなければ、とっくに大人になってたと思う。視力をとりもどすことはできないし、夢を持つときも多少は現実を考慮しなきゃならない。目が不自由な人間にできる範囲で自立した人生を送り、一人で歩きまわり、家屋敷と農場を管理し、隣人たちと気軽につきあっていければと思っている。自立した豊かな人生を夢に見てるんだ。でも、ぼくがいま口にしたことは、たぶん〝夢〟ではなく目標だと思う。夢というのは実現しそうもない願いのことだから。ぼくは夢を現実にしたい。いや、かならずしてみせる」

ヴィンセントは自分の口からそんな言葉が出たことにひどく驚いて、話を中断した。明日の朝目をさましてこの会話を――というか、この独白を――思いだしたら、恥ずかしくていたたまれなくなりそうだ。

「そして、結婚して子供を持つの？」彼女が尋ねた。

ヴィンセントはため息をついた。答えにくい質問だった。いずれ結婚する気になるかもしれない。だが、まだ早すぎる。準備ができていない。相手に差しだす価値のあるものを自分は何も持っていない——爵位と財産のほかには何も。もちろん、妻となるべき人に不自由な目という重荷を負わせることになるだろうが、自分の苦悩まで女性に押しつけるのはいやだ。それでは相手が気の毒だし、無数の比喩的な意味だけでなく文字どおりの意味でも、妻に寄りかかるしかない状態になったら、八つ当たりしてしまうかもしれない。いまの自分はまだ苦悩のなかにある。まずは、それを乗り越えなくてはならない。

では、子供については？　自分に課された義務の一つが跡継ぎをもうけることで、その義務を果たす覚悟はしている。だが、それは早すぎる。急ぐ必要はどこにもない。まだ二三歳だ。それに、息子とクリケットをする機会は永遠に訪れない……。

自分を憐《あわ》れむ心は何年も前に無理やり抑えこんだはずだが、ときたま、防御の壁の奥から顔を出す。

「ごめんなさい」ミス・フライが言った。「不躾な質問だったわね」

「ぼくもさっき同じことを訊いたのに？　どう答えればいいかと考えてたんだ。ぼくたちが語っているのは自分の夢で、それは現実ではない。自らの選んだ人生を自由に生きることができたら、どんな人生を歩みたいか、という話をしている。だったら、さっきの質問に対する答えはノーだ。妻はいらない。女性は一人もいらない。女性を蔑視してるわけじゃないんだよ、ミス・フライ。まさにその逆だ。でも、女性は優しすぎる。少なくとも、ぼくの周囲の女性はほとんどそうなんだ。ぼくを哀れに思い、ぼくの力になろうとする。ぼくを窒息させようとする。だが、夢のなかのぼくは自由で、自力で生きている――まあ、召使いの一団は必要だろうけど。夢のなかのぼくは、自分の力で生きるという仕事をなしとげ、同情は無用で、受け入れる気もないことを、おのれと世界に向かってすでに証明しているんだ」

「とくに、女性の同情ね」

「そう、とくに女性の同情だ」ヴィンセントは彼女に笑みを向け、少しだけ身体を離した。「恩知らずなろくでなしだと思われそうだな、ミス・フライ。でも、ぼくは母と祖母と姉たちを心から愛してる。みんなのことが大好きなんだ」

「いまは夢の話をしてるんですもの。夢のなかでは、好きなだけ恩知らずになってもいいのよ」

ヴィンセントは低く笑い、次の瞬間、肩に誰かの手が置かれるのを感じた。

「おなかがすいていらっしゃるのではありませんか、子爵さま」牧師の温かな声がした。

ヴィンセントは否定しようとした。しかし、ミス・フライの時間を奪いすぎたことに気がついた。彼女はいまのダンスに参加できなかったし、その前も、このぼくを――もしくは、いとこを――救うために駆けつけたせいで、おそらく踊れなかったはずだ。自分がこうして独占しすぎて、彼女を困った立場に追いこんでしまっては気の毒だ。自分たち二人がここにすわって仲良く話しこんでいることに気づいていない者は、この集会室には一人もいないに違いない。

「そう言われればそうですね」ヴィンセントは微笑して立ちあがった。「これで失礼します、ミス・フライ。お話しできて楽しかった」

「こちらこそ。失礼いたします、子爵さま」

そして、ヴィンセントは軽食のテーブルへ連れていかれた。

5

ヴィンセントの朝は、一時間にわたる客間での激しい運動から始まった。ここ二、三日、じっとすわっているか立っているだけだったし、おまけにフィスク夫人が焼いたおいしいパンやケーキを食べすぎたため、身体がなまっているのを感じたのだ。

朝食のあとは自分の杖だけを案内役にして、裏庭に出た。庭のことなら知りつくしているので、方向がわからなくなる心配も、危険な目にあう心配もない。外に出たとたん、野菜畑がなくなっていることを香りで察した。少年のころは、香りにとくに敏感だったわけではないが、香りが消えてしまうと、かえってそれが意識される。とくに強く感じたのは、ミントとセージとそのほかのハーブの香りがないことだった。

花も咲いていなかった。ミドルベリーの暮らしのなかでは、さまざまな花の香りと、花弁や葉や茎の手触りを区別しようとしたものだ。

しかし、こちらの庭も荒れ果てているわけではなかった。彼から賃金をもらっている庭師たちが月に二回ずつやってきて、以前の花壇のあいだにある小道の掃除をしている。彼の母が大きな鉢植えの花を飾るのに使っていた銅製の壺《つぼ》は石のベンチに縁どられているが、そこにもゴミはたまっていない。マーティンの報告によると、芝生は短く刈ってあり、生垣の剪《せん》定《てい》もちゃんとしてあるとのこと。

ベンチに腰を下ろして横に杖を立てかけた。空のほうへ顔を上げた。曇り空に違いない。ただ、大気中に湿気は感じられない。それに、寒い日でもない。

ここでの滞在をもう一日延ばすとしたら——延ばすかどうかまだ迷っていたが——今日は午後からマーティンを誘って田舎道へ長い散歩に出かけたいと思った。家のなかでどれだけ筋肉の鍛錬に励んだところで、新鮮な空気と足を動かす感覚につねに飢えている。できれば大股で歩きたい。ああ、走ることができたらどんなにいいだろう！

もうしばらく村に滞在したかった。この二日間は驚くほど楽しかった。六年のあいだに人生が激変したため、かつてはバートン・クームズの村人たちのことが大好きだったのを忘れていた。村にどんなに多くの友達がいたかを忘れてしまい、さまざまな理由から、もう友達づきあいはできないものと思いこんでいた。ゆうべのパーティに出席していた友達の何人かが、この家に遊びに来ると約束してくれた。

それなのに、心の一部では、すぐにでも村を離れたいと思っている。ここにいると、ほかの場所にいるとき以上に不自由な目を意識させられるからだ。この村も、村人たちも、かつて自分の目で見たものだ。それに対して、ペンダリス館と〈サバイバーズ・クラブ〉の仲間や、ミドルベリー・パークとその周辺の隣人たちは、視覚以外の感覚を通じて知ったものだ。ある意味では、そちらのほうが対処しやすい。

この村に来てから、何度もパニックに襲われかけた。そうした日々はもう過去のこと、もしくは、少なくとも消えつつあると思っていたのに。

それに、しばらく村で過ごしたいと思っているのが、将来のはっきりした計画を立てるあいだ、友人たちと旧交を温め、なつかしい場所をもう一度まわってみたいという純粋な気持ちからなのか、それとも、ミドルベリー・パークに帰ったとき、周囲に頼るだけの以前の生き方に戻ってはならないと思っているために、なかなか帰る決心がつかないだけなのか、自分でもよくわからなかった。これまでも、ある程度は自分を主張してきたつもりだった――楽器を演奏し、肉体を鍛え、慣れた場所であれば、杖だけで、いや、ときには杖さえ持たずに歩きまわれるように努力してきた。しかし、どんな人生を歩むべきか、そして、歩むことができるのかを考えた場合、そうした努力も大海の一滴に過ぎなかった。

ときどき、母親をこんなに愛していなければよかったのにと思うことがある。母親はいままで苦労の連続だった。これ以上苦労をかけたくなかった。いちばんいいのは、たぶん妻を持つことだろう。ただし、自分で慎重に選んだ妻を。きわめて慎重に。

雲は結局、それほど厚くなかったに違いない。いましがた、日差しが彼の肌に触れた。太陽の温もりを感じて空を仰いだ。そうしながら目を閉じた。直射日光で目を傷めたら大変だ。そうだろう？　この馬鹿げた思いに口元がほころび、くすっと笑ってしまった。ペンダリス館に滞在していた当時、晴天の日にフラヴィアンからそう言われたのだ。〈サバイバーズ・クラブ〉の仲間の一人であるポンソンビー子爵フラヴィアン・アーノットに。

仲間のことが恋しくなり、みんなでコーンウォールに戻って安全な繭のなかで過ごしたいという突然の思いに胸が痛くなった。ヒューゴはレディ・ミュアを追いかけていっただろうか。この春の初めに、浜辺で足をくじいたレディ・ミュアがペンダリス館で一週間を過ごした。彼女を見つけて屋敷まで運んできたのがトレンサム卿ヒューゴ・イームズだった。ヒューゴはほどなく彼女に熱烈な恋をして――それは目の見えない者にも明らかだった――やがて、いかにもヒューゴらしく、身分の差がありすぎて彼女と結ばれるのは無理だと自分に言い聞かせた。武勲の誉れ高き英雄であり、大富豪でありながら、中流階級の出で、それに誇りを持っているため、ヴィンセントがこれまでに出会ったなかで彼はもっとも不安定な人間の一人と言えた。

レディ・ミュアもヒューゴに恋をしていることに、ヴィンセントは大金を賭けてもいいと思っていた。

ヒューゴはレディ・ミュアのあとを追っただろうか。

太陽の光は早くもふたたび雲に呑《の》みこまれていた。温もりを感じていた頬を冷気がなでた。ああ、心地のいい温もりだったのに。

そして、妻を――慎重に選んだ妻を――持つことを考えたせいで、村を離れなくてはならないもう一つの理由を思いだした。ゆうべは巧みな罠に危うくはまってしまうところだった。愚かで世間知らずだった。マーチ一家に狙われていることはわかっていたのに。たとえ自分ではわからなくとも、マーティンが警告してくれていた。ミス・マーチが集会室の蒸し暑さをぼやいたために二人で宿の外に出たとき、操り人形のごとく、相手の思惑どおりに動いてしまった。誰もいないあの裏道にミス・フライがやってきた瞬間、安堵が胸にあふれた。

ミス・フライ。ソフィア・フライ。軽やかな感じの小柄なレディ。ちょっとかすれた感じの柔らかな声。そして、不思議な魅力をたたえた会話。ヴィンセントはゆうべ帰宅したあと、ベッドに入ってから心のなかでその会話を思いかえした。おたがいの夢を語りあった。天と地ほども境遇の違う二人なのに、似ていなくもない点がたくさんあった。ひと晩中踊っていたマーティンの話だと、ミス・フライは一度もダンスをせず、ヴィンセントと話をしたあとしばらくして、早めに姿を消したという。

彼女があの場に来てくれなかったら、自分は今日あたり婚約させられていたかもしれない。しかも、よりにもよってヘンリエッタ・マーチと。少女のころのヘンリエッタがヴィンセントは嫌いだった。いまもやはり好きになれない。ゆうべの彼女の話題ときたら、上流の友人たちや交際相手のこと、貴族社会の頂点に君臨する人々とのつきあいといったことばかり。さらに、どんな場面でも彼女がスターであり、どんな論争でも彼女がウィットに富んだ言葉で相手をやりこめたような話しぶりだった。サー・クラレンス・マーチに対しても、ヴィンセントは昔と同じ嫌悪感しか持てなかった。レディ・マーチに至っては、顔を見ただけで身の毛のよだつ思いだった。

危ないところだった。もう安全だろうか。いまはしっかり警戒しているから？　しかし、これまでも警戒を怠ったことはなかった。

家から続く小道を近づいてくる足音が聞こえた。マーティンのブーツの堅固な響き、それから、ほかの誰かの足音。男性だ、間違いない。ああ、それから三人目の足音。もっと軽やかで女性らしい。

「サム・ハミルトンと奥さんのエドナが来てくれました」マーティンが言った。

「サム！」ヴィンセントは笑みを浮かべて立ちあがり、右手を差しだした。「エドナも。ようこそ。さあ、すわって。でも、外だと寒いかな？　客間に入ろうか」

「ヴィンス！」いたずらの相棒だった旧友がヴィンセントの手をとって上下にふった。「ゆうべは言葉を交わすチャンスもなかったな。ミス・ワッデルのお仲間のレディたちがきみを包囲してたから」

「ヴィンセント」エドナ・ハミルトン、かつてのエドナ・ビッグズが進みでて彼を抱きしめ、軽く頰を合わせた。「こんなハンサムな人になるとわかってたら、あなたを待ってたのに」

「おいおい」ヴィンセントが笑いだすなかで、サムが文句を言った。「そんなことは言いっこなしだ。おれだってそう捨てたもんじゃないぜ」

「ここにすわりましょうよ」エドナは言った。「雲が流れ去ろうとしてる。太陽の下は暖かくて気持ちがいいわ。ゆうべのパーティのせいで、きょうは足が痛くって。踊りすぎちゃって、脚がもげてしまいそうなの」

「下品な女だとヴィンスに思われるぞ、エドナ」彼女の夫が言った。「レディたる者、自分に脚があることすら認めようとしないものだ」

ベンチに腰を下ろした三人はパーティのことを話題にし、みんなで一緒に過ごした子供時代の思い出話をした。三人で大笑いをした。やがて、エドナが話題を変えた。

「ねえ、ヴィンス、マーチ家で暮らしてるあの小さなネズミみたいな女の子に何があったか聞いた？」

「ミス・フライのこと？」ヴィンセントは眉をひそめた。

「そういう名前だったの？　あなた、ゆうべ、彼女のことを気の毒に思ってしばらく話をしてたでしょ？　バートン館の召使いなのか貧しい親戚なのか、長いあいだ誰も知らなかったんだけど、召使いたちに訊いてみたら、仲間ではないって言ってたわ。わたしたちもそれぐらい推測すべきだったわね。だって、いつ見ても召使いよりずっとみすぼらしい格好なんですもの。それはともかく、あの子、家を追いだされてしまったのよ。けさ、教会のなかにいるのをパーソンズ牧師が見つけたの。真っ青な顔で黙って信者席にすわってて、哀れなほど小さなカバンが横に置いてあったんですって。パーソンズ夫人が朝ごはんを食べさせて、横になれるように部屋を用意してあげたそうよ。ゆうべ追いだされて、教会の信者席で夜を明かしたみたい。でも、これからどうすればいいのか誰にもわからないの。かわいそうな子。牧師館では、いま使ってる以上の召使いは必要ないし、いずれにしてもあの子は召使いじゃないしね。誰かが何かしら力になってくれるとは思うけど」

「おれに言わせりゃ、マーチの家を出たほうがあの子にとってはずっと幸せだ」サムが言った。「誰だってそうさ。ところで、こうして訪ねてきたのは、今夜うちに招待しようと思ったからなんだ。昔の仲間もたくさん呼んでにぎやかに騒ごうや。よかったらマーティンにも来てほしいな。どうだい？」

ヴィンセントに向けられたこの言葉を彼が理解するのにしばらくかかった。

「えっ？　あ、ああ。いいとも。二人に感謝する。楽しいだろうな。何時ごろ行けばいい？」

しばらくしてサムとエドナは帰っていき、ヴィンセントはそのまま何分かすわっていたが、やがてマーティンを捜しに行った。マーティンは台所にいた。きのうのシチューの残りを温めてパンにバターを塗る支度をしようとしていた。一五分ほどで午餐の用意ができる、とヴィンセントに言った。

ヴィンセントは食欲をなくしていた。

「牧師館まで行かなくては。なるべく早く行きたい。料理を無駄にしてしまうかな？」

「いや、まだ用意にはとりかかってません」マーティンは言った。「二人の話がいつまで続くかわからなかったので。サムは昔から話好きだったし、エドナも同じだ」

「いますぐ行かなければならない。腕を貸してくれ、マーティン。杖で通りを叩きながら進むより、そのほうが速い」

「一刻も早く罪を告白したいってわけですね？」マーティンは訊いた。

意外にも、ソフィアは眠りに落ちた。ただし、どれぐらい眠ったのかはわからない。目がさめると、どうすればいいのかわからないままベッドの端に腰かけた。パーソンズ夫人がそんな彼女に気づいて階下の居間へ連れていき、二人で椅子にすわってコーヒーを飲みながら焼きたてのビスケットを食べていたら、やがて書斎から牧師が出てきた。にこやかに微笑して、手をこすりあわせ、ぎこちない表情を浮かべていた。

今後の計画は何かあるのかと尋ねられて、ソフィアは乗合馬車でロンドンへ行くつもりだと答えた。「サー・クラレンス・マーチから旅費をもらったので。ええ、大丈夫です。ええ、ロンドンに知人がいます。職探しの力になってもらえると思います。心配しないでください。親切にしてもらって感謝してます」

信者席で夜を明かすあいだ、ソフィアの心は麻痺《まひ》していた。だが、いまはさまざまな思いと不安と純然たる恐怖が交錯していて、そのすべてを牧師館の親切な人々から隠さなくてはならなかった。みんなの重荷になるつもりはなかった。

人目にさらされているときでさえ、自分の姿を消すことにソフィアは慣れていた。

ロンドンに知人などいない。わざわざ会いたいと思う相手はいない。どうやって働き口を見つければいいのかもわからない。父親が亡くなったときにすぐ職探しをすべきだったのだ。もう一五歳になっていたのだから。しかし、良家の子女であるがゆえに、親戚のメアリおばにひきとられ、以来ずっと人の世話になって窮屈に暮らしてきた。ロンドンには職業斡旋《あっせん》所がいくつもあるはず。そういうところを見つけて、良家の生まれであっても、経験不足でも、推薦状がなくても、なんとかして仕事にありつけるようがんばるしかない。どんな仕事でもかまわない。でも、職探しのあいだどうすればいいの？　どこへ行けばいいの？　サー・クラレンスはロンドンまでの馬車の料金を知っていて、ぴったりの額しか渡してくれなかったから、途中で軽く食事をする余裕もない。

目的地のロンドンで馬車を降り、すべてを順調に進めていく自分の姿を想像しようとした。〈泡立つバートン・クームズの村で手伝いの人間をほしがっている人はいないだろうか。〈泡立つ大ジョッキ亭〉の亭主なら、ひょっとすると……。雇ってくれるのでは？　寝るのは掃除用具入れのなかでいい。食事は一日一食でかまわない。

そんな思いを牧師が聞きとったかのようだった。

「いくつか問い合わせをしてみたのだが、ミス・フライ」思いやりに満ちた顔を心配そうに曇らせて、牧師は言った。「このバートン・クームズのどこを探しても、若いお嬢さん向きの働き口はなさそうだ。いや、ついでに言うなら、女性向きのものは何もない。家内も、わたしも、二、三日なら喜んで泊まってもらおうと思っているが、しかし……」

牧師の声が細くなり、夫人のほうへすがりつくように顔を向けた。

「いえ、必要以上にお言葉に甘えようなんて、夢にも思っていません」ソフィアは言った。「乗合馬車が明日の何時に出るかわかったら、それに乗るつもりです」

「あなたに持っていってもらえるよう、お弁当を用意するわ」パーソンズ夫人が言った。「でも、急いで出ていかなくてもいいのよ。よかったら、もうひと晩かふた晩泊まっていってね」

「ありがとうございます。でも、ほんとに――」

途中までしか言えなかった。玄関からノックが聞こえたのだ。牧師夫妻が客間のドアのほうへ期待に満ちた視線を向けた。そこからノックが聞こえたと信じているかのように。やがて、本当に客間のドアにノックの音が響き、家政婦が廊下側からドアをあけた。

「ダーリー子爵がおみえです、奥さま」パーソンズ夫人に告げた。

「おお」牧師がふたたび手をこすりあわせ、うれしそうな顔になった。「お通ししてくれ、さあ、お通しして。なんと名誉なことだろう。望外の喜びだ。わたしがたまたま自宅にいるときでよかった」

「ほんとね」妻も同意し、席を立ちながら温かな笑みを浮かべた。

椅子にすわったままのソフィアは身の縮む思いだった。部屋から逃げだそうにも遅すぎる。もっとも、逃げだせたとしても、どこへ行けばいいのかわからないが。せめてもの救いは、子爵にこちらの姿が見えないことだ。

従者をしている男が子爵をドアまで連れてきて、それから立ち去った。牧師が急いで部屋を横切り、子爵の腕をとった。

「ダーリー子爵、思いもよらぬ光栄です。ゆうべのささやかな催しは楽しんでいただけたでしょうか。友人や隣人たちと帰郷を祝うのは、どんなときでも楽しいものだ。そう思いませんか。さあ、おすわりください。やかんの湯が沸いているかどうか、いまから家内が確かめに行ってきます」

「ご親切にどうも」ダーリー子爵は言った。「そろそろ午餐の席につこうとしておられるところへいきなり押しかけてきたりして、なんとも礼儀知らずなことですが、どうしてもミス・フライと話がしたかったものですから。かまいませんか。彼女はまだこの牧師館におられますか」

どうしよう。ソフィアは膝の上で両手をきつく握りあわせ、困ったことになったと思った。この人の耳に入ってしまったのね。謝罪に来たに違いない。この人は何も悪くないのに。サー・クラレンスとのあいだに入って仲裁させてもらいたい、なんて言いださないでくれればいいけど。やるだけ無駄だもの。それに、あの家に戻ることを許されたとしても、わたしにはもうその気はない。卑屈な意気地なしでいた年月が長すぎた。極貧の暮らしに甘んじたほうがまだましだわ——いや、それは無分別で愚かな考えだ。極貧生活ほど惨めなものはない。

貧しい親戚でいることほど惨めなものはない——ソフィアはよくそう思ったものだった。胃が宙返りをした。というか、そんなふうに感じられた。

しかし、世の中にはもっと惨めなことがある。

「ミス・フライはこの部屋におります、子爵さま」牧師が言って、片方の腕でソフィアのほうを示した。子爵には見ることができないのに。

「ああ」ダーリー卿は言った。「それから、あなたもここにおられるのですね、パーソンズ夫人。礼儀をすっかり忘れてしまいました。ご機嫌いかがですか。お願いがあるのですが。ミス・フライと二人だけで話をさせてもらえないでしょうか。ミス・フライがお許しくださるなら」

ソフィアは唇を嚙んだ。

「何があったのか、お聞きになったのですね、子爵さま」パーソンズ夫人が言った。「ミス・フライが何をしたためにサー・クラレンスとレディ・マーチの家から真夜中に追いだされることになったのか、わたしにはわかりません。当人は口をつぐんでいますし、わたしどもも無理に聞きだすつもりはありません。でも、そんな仕打ちをするなんて、あのご夫妻もひどすぎます。ミス・ワッデルが女性たちで委員会を作って文句を言いに行くそうです。ふつうなら、よけいなお節介は慎むところですが――」

「まあまあ」牧師が夫人の言葉をさえぎった。

「ミス・フライと二人きりでゆっくり話をなさってください」パーソンズ夫人が言い、ソフィアのほうへ激励のうなずきと微笑を送った。

そして、牧師がダーリー子爵を椅子へ案内してから、夫人と牧師は部屋を出ていった。

ダーリー子爵は腰を下ろそうとしなかった。

ソフィアは困惑のなかで彼を見上げた。まさか今日顔を合わせることになろうとは思ってもいなかった。家を追いだされたことで子爵を責めるつもりはなかった。そんな気はこれっぽっちもない。しかし、子爵に同情してもらう必要はないし、サー・クラレンスとのあいだに入って仲裁してもらう必要もない……。

どうしてここに？

彼の姿を、とくに目の前に立ったその姿を見て、ソフィアは萎縮してしまった。ゆうべ二人で話しこみ、自分のひそかな夢を語り、彼の夢に耳を傾けたことがどうにも信じられなかった。二人が対等な立場にあるような気のするひとときだった。いや、ある意味では対等だ。自分が良家の生まれであることをソフィアはときどき忘れてしまう。

「ミス・フライ」子爵が言った。「すべてぼくの責任です」

「いいえ」

子爵の目が間違いなくソフィアのほうを向いていた。「きみが家を追いだされたのは、ぼくを狙ったゆうべの企みを食い止めたからだろう。ぼくが自分で止めるべきだったのに、見ず知らずのきみに助けてもらうことになり、とても恥ずかしく思っている。大きな借りを作ってしまった」

「いいえ」ソフィアはふたたび言った。

ダーリー子爵は緑色の極上の生地で仕立てた身体にぴったりの上着と、淡黄色のズボンと、艶やかなヘシアンブーツという装いで、白麻のネッククロスをシンプルな形に結んでいた。いつものように、その装いに仰々しいところはなく、完璧な趣味の良さが感じられるだけだった。それなのに、なぜか息苦しくなるほど男っぽくてたくましいので、ソフィアは無意識のうちに椅子に身体を押しつけようとしていた。

「家から放りだされたのは、そのせいではないと言えるのかい？　そして集会室に戻ったあと、ぼくがきみのそばを離れようとしなかったせいでもないと？」

ソフィアは答えようとして口を開いた。嘘をつこうか、それとも、本当のことを言おうか……。

「いや、言えるはずがない」子爵は自分で自分の質問に答えた。「それで、これからどうするつもりだい？　ほかに頼れそうな親戚は？」

「ロンドンに出て、働き口を探そうと思ってます」

「きみを迎え入れて、職探しを手伝ってくれる人が誰かいるの？」

「ええ、大丈夫よ」ソフィアは明るい声で断言した。

子爵はその場に立ったまま、眉をひそめてソフィアを見下ろした。じっと動かぬ青い目が彼女の顔の片側へわずかにそれていた。沈黙が少々長くなりすぎた。

「どこへも行くあてがない。そうだね？」子爵は言った。じつのところ、これは質問ではなかった。「そして、力になってくれる人もいない」

「いいえ」ソフィアは言いはった。「います」

ふたたび沈黙。

子爵は背中で手を組み、かすかに腰をかがめた。

「ミス・フライ、ぜひきみの力にならせてほしい」

「どうやって？」ソフィアは尋ねた。そのあとであわてて続けた。「いいえ、そんな必要はまったくありません。あなたが責任を感じる必要なんてないのよ」

「失礼だが、ぼくの意見は違う。頼れる親戚がいないのなら、仕事を見つける必要がある。上品な仕事を――きみはレディだもの。うちの姉たちに頼んでもいいが、それでは時間がかかりすぎるだろう。ロンドンにぼくの友達がいる。確かこの春はロンドンへ行く予定だと言っていた。その友達なら、ロンドンで手広く事業をやっているから、きみにふさわしい仕事を何か用意してくれるだろう。もしくは、ぼくが推薦状を書いてきみに持たせたら、どこかよそで働き口を見つけてくれるはずだ」

「わたしのためにそこまでしてくださるの？」ソフィアは息を呑んだ。「そのお友達は子爵さまの言葉に耳を傾けてくれます？」

「とても親しい友達だから」子爵は眉を寄せた。「そいつが間違いなくロンドンにいればいいのだが……。スタンブルック公爵も確か、社交シーズンが始まったらしばらくロンドンで過ごすようなことを言っていたな。ヒューゴがだめなら、公爵に頼むとしよう。だが、働き口が見つかるまでのあいだ、きみはどこに滞在するつもりだい？」

「わたし――」しかし、ソフィアの架空の知人のことなど、子爵は最初から信じていなかった。

「しばらくなら、ヒューゴが泊めてくれるだろう。もしロンドンに来ていれば」

「だ、だめです」

「ロンドンの家には、あいつの継母《ままはは》とその娘が同居している。その二人もきっと、こころよく迎えてくれると思う」

「いいえ」ソフィアは困りはてた。推薦状持参で誰かを訪ねて働き口を紹介してほしいと頼むのと、見知らぬ人の家に泊めてほしいと頼むのは、まったく別のことだ。「いけません、子爵さま。そんなことはできません。子爵さまとわたしは赤の他人です。わたしのことをたいしてご存じじゃないのに、相手がどんなに親しいお友達でも、そこまでお頼みになるのは行き過ぎです。子爵さまにとっては無分別、そのお友達とお母さまと妹さんにとってはご迷惑、そして、わたしにはぜったいにできないことです」

子爵はいまも曇った表情でソフィアを見下ろしていた。

「わたしに責任をお感じになる必要はないのよ」ソフィアはふたたび言った。しかし、胃がキリキリと痛くなってきた。これからどうすればいいの？

二人のあいだに沈黙が広がった。帰ってもらうために何か言ったほうがいい？　しかし、困ったことに、帰ってほしくないと思っている自分に突然気がついた。ぞっとする虚無の空間が前方に口をあけている。一人になってその虚空をのぞきこみたいのかどうか、ソフィアにはわからなかった。椅子の肘掛けをさらに強く握りしめた。

「こうなったら、きみはぼくと結婚するしかなさそうだ」いきなり彼が言った。

ソフィアは見苦しいことに口をぽかんとあけてしまった。椅子の背を突き破ってうしろに落ちてしまわなかったのが不思議なほどだ。

「だ、だめです……」

「いまのが徹底的な拒絶ではなく、驚きの叫びであればいいのだが」

そこで突然、驚いたことに、ソフィアは怒りだした。

「そんなつもりはなかったわ」あえぐような声で言った。「ヘンリエッタとわたしのどちらが先にあなたを罠にかけられるかを競いあおうなんて、考えたこともなかった。わたしはそんなことを企むような人間じゃありません」

「わかっている」子爵はあいかわらず眉をひそめていた。「頼むから、そんなことで心を痛めないでくれ。ぼくを誘惑する気などなかったことはよくわかっている。きみのゆうべの行動は善意から出たことだった」

どうしてそれを？

「だから、恩返しのためにわたしと結婚しなくてはと思ってらっしゃるの？」

子爵はしばらく無言で彼女を見つめた。

「正直に言うと、とても感謝しているし、責任も感じている。ぼくが頭を使っていれば、宿の玄関を出たところでミス・マーチとの散歩を拒んだだろうし、そうすればきみがぼくを助けに駆けつけておじさんとおばさんの怒りを買うようなことにはならなかっただろう。その責任はぼくにある。それに、きみのことが好きなんだ。その気持ちが、きみに助けてもらったことへの感謝と、そのあとの短い会話から生まれたものに過ぎないとしても。きみの声が好きだ。呆《あき》れるほど冴《さ》えない意見だってことはわかってる。だけど視力を失うと、聴覚やその他の感覚が鋭くなるんだ。ふつうだったら、相手の容姿に惹《ひ》かれて好意を持つようになる。

でも、ぼくはきみの声の響きが好きだ」

声が気に入ったから結婚しようというの？

わたしに惹かれてるというの？

「よかった」ソフィアは言った。「わたしの顔を見られずにすんで」

彼がふたたび視線を据えた。

「すると、ガーゴイルみたいな顔なのかな？」

そのあとの子爵の表情を見て、ソフィアは椅子の肘掛けをさらにきつく握りしめた。彼の顔にゆっくりと微笑が広がり、次に微笑がほかのものに変わった。いたずらっぽい笑みが浮かんだのだ。

ああ、この人の少年時代の話はどれも本当だったのね。

急に人間らしさの感じられる姿になった。子爵さま――しかもハンサムで優雅な子爵さま――という華やかな外見の奥に本物の人間が閉じこめられている。

それに、この人には夢がある。

「いいえ、ガーゴイルみたいな顔をしていれば、村の人たちだってわたしの存在に気づくはずよ。でも、誰もわたしに気づかないの。わたしはネズミなんです。父によくそう呼ばれました。〝ネズミちゃん〟って。ソフィアと呼ばれたことは一度もなかった。そして、この五年間は〝ネズミ〟って呼び捨てだった。名前じゃなくて、ただのラベルみたいなものね。わたしはガーゴイルじゃなくて、ネズミなの」

子爵の笑みが薄れた。ただ、微笑らしきものがかすかに残っていた。軽く首をかしげた。

「前に聞いたことがあるが、超一流の俳優というのは人目につきにくいタイプが多いそうだ。たぶん、ネズミのようなタイプだね。舞台の上では登場人物になりきることができるけど、素の自分に戻るとぜんぜん目立たなくて、彼らを捜し求める熱烈なファンからもうまく逃げることができる。だが、彼らのなかには豊かな才能が詰まっているんだ」

「まあ」いささか驚愕して、ソフィアは言った。「きみは本当はネズミなんかじゃない——そう言ってくださるの？　それはわかってるわ。でも……」

「きみの外見を教えてほしい、ミス・フライ」

ソフィアは椅子の肘掛けに手をすべらせた。

「小柄よ。一五〇センチちょっとしかないわ。正確には一五五センチ。どこもかしこも小さめなの。男の子みたいな体型。鼻は父からよくボタンって言われてたし、口は顔のわりに大きすぎるわ。髪はすごく短く切ってある。だって……思いきりカールしてて、どうしてもうまくまとまらないから」

「髪の色は？」

「赤褐色よ。金髪とか漆黒といった印象的な色ではないの」

髪の話をするのがソフィアは大嫌いだった。魂がこわれてしまった原因が髪にあったからだ。もっとも、小さな失恋をそんなふうに言うなんて、滑稽なほど芝居がかっているけれど。

「じゃあ、目は？」

「茶色。いえ、ハシバミ色かしら。茶色のこともあるし、ハシバミ色になることもあるわ」

「すると、ガーゴイルでないことは確かだね」

「でも、美人でもないのよ」ソフィアはきっぱりと言った。「お世辞にも美人とは言えない。

父が生きてたころは、ときどき男の子の格好をさせられたものよ。そのほうが楽に……い、いえ、なんでもないわ。男の子のふりをしてると言って人から非難されたことは一度もなかった」

「可愛いと言ってくれた人は誰もいなかったの？」

「いちばん近くの鏡を見ただけで嘘だとわかるわ」

子爵はまたしても無言でソフィアに視線を据えた。

「目の見えない男の言葉を信じてくれ。きみは可愛い声をしている」

ソフィアは笑った。愚かにも、哀れにも、この言葉がうれしかった。

「結婚してくれる？」子爵が尋ねた。

不意に、ソフィアは誘惑の高波に包みこまれた。肘掛けをつかんだ手にさらに力がこもった。注意しないと、牧師館の椅子の肘掛けに永久的な傷を残してしまいそうだ。

「無理よ」

「どうして？」

理由は一〇〇〇ぐらいある。少なくとも。

「ご存じでしょうけど、村中、子爵さまの噂で持ち切りよ。わたしの耳には噂の一部しか入ってこないけど、それだけでも充分だわ。身内の人たちから気の進まない結婚相手を押しつけられそうになったので、あなたはしばらく前に家を出た。それでも身内のみなさんは何がなんでもあなたの奥さんを見つけるつもりでいるから、あなたの幼なじみのなかにぴったりの女性がいるとしたらいったい誰だろうって、村の誰もが考えてるのよ。だから、わたしのおじ夫妻はヘンリエッタのためにあなたをつかまえようとして、ゆうべも強硬に策をめぐらした。あなたのまわりは、あなたを結婚させようと企む人でいっぱいね。それぞれの動機は大きく違っているけど。わたしまでそこに加わって、あなたとの結婚を狙おうなんて気持ちはまったくないのよ、ダーリー卿。いくらあなたが性格のいい人で、わたしのことで責任を感じているとしても。あなたのせいじゃないわ。それに、ゆうべおっしゃったでしょ。自分の夢に妻は含まれていないって」

「ぼくとの結婚を嫌がる理由が何かあるのかい？　例えば、不自由な目とか」

「いいえ。目が不自由なのは障害だけど、あなたは障害に負けない人みたいだもの」

ソフィアは彼のことをよく知らない。しかし、とても健康そうだし、筋肉もしっかりついている。視力をなくしてから数年たつというが、そのほとんどの時間を椅子かベッドで過ごしていたなら、いまのような姿にはなっていなかっただろう。顔もブロンズ色に焼けている。

「じゃあ、なんだい？」子爵が訊いた。「ぼくの容貌？　ぼくの声？　ぼくの……何か？」

「い、いいえ」

でも、爵位があって、お金持ちで、目が不自由ではあるが特権階級の紳士で、バートン館よりはるかに広い屋敷に住んでいる。溺愛してくれる母親と姉たちがいる。年に二〇〇〇ポンドの収入がある。そして、ハンサムで優雅な人だから、わたしは片隅で縮こまり、遠くから崇拝しようとする。ネズミの穴からのぞくだけでもいい。きっと、すばらしい漫画ができ目で世界を表現している。ソフィアの木炭はたいてい、風刺のはならないが、自分にできるかどうか自信がなかった。ソフィアの木炭はたいてい、風刺のあがることだろう。ただ、そのためには子爵の華麗さを風刺的なタッチ抜きで表現しなくて

「では、求婚を進めるお許しをいただきたい。ミス・フライ、どうか結婚してください。いや、わかっている。二人ともまだ若い。ゆうべはおたがい、自立した人生を夢に見て、伴侶にも子供にも邪魔されることなく一人で人生を楽しみたいと思っていることを認めた。だが、それと同時に、夢と現実はときとして違うことも認めた。現実はこうだ。きみは窮地に立たされている。ぼくはきみを救いだす責任を感じているし、その手段を持っている。でも、結婚したとしても、夢をすっかり捨ててしまう必要はない。まったく逆だ。二人でなんらかの協定を結び、近い将来おたがいの利益になるような、そして、遠い将来に希望が持てるような生き方を考えよう」

ソフィアは子爵にじっと視線を返した。誘惑に負けてしまいそうだった。しかし、彼の提案を完全には理解できなかった。

「近い将来にしろ、遠い将来にしろ、わたしと結婚してあなたにどんな得があるというの、ダーリー卿。良心の安らぎを得ること以外に。わたしにとってどんな得があるかは明らかよ。リストを作るまでもないわ。でも、あなたの言う協定があなたに何をもたらしてくれるの？その〝協定〟ってどういう意味なの？単なる結婚とどう違うの？」

彼女と結婚したところで、彼にとってはなんの得にもならない。それがいまの質問への答

え。これまたリストを作るまでもないことだ。そこに入れる項目がないのだから。空白のページのまま、下の隅から物欲しそうな顔の小さなネズミが一匹、虚空を見上げることになるだろう。

子爵は背後を探り、パーソンズ牧師が勧めてくれた椅子の肘掛けに手が触れたので、ようやく腰を下ろした。近寄りがたい雰囲気がやや薄れた。いや、本当は薄れていないのかも。いまもゆうべと同じく、対等の立場にある親しい二人が心地よい雑談をしているような幻想が生まれただけなのだ。でも……いいえ、もともと良家の出だということ以外、二人のあいだに対等な点は何もない。

「現実的な物質面だけ見てこの件を考えるなら、釣り合いのとれない縁組と言うべきだろう。きみには何もない、誰もいない、行くところもない、財産もない。ぼくには家屋敷と財産があり、ぼく一人では受け止めきれないほどの愛にあふれた身内がたくさんいる」

ええ、そのとおりよ。それ以上言ってもらう必要はない。

ソフィアは深い淵《ふち》をのぞきこんでいた。自分の胃がすでにそこへ転落してしまったような気がした。

「そう考えるしかないわ」

「いや、ほかの考え方もある」しばらくのあいだ、子爵はふたたび黙りこんだ。「きみも耳にしているように、ぼくは一カ月半ほど前に家を飛びだした。ミドルベリー・パークでのダーリー子爵としての人生のスタートはけっして褒められたものではなかった。ぼくをとりまく善意の人々の言いなりになっていた。そろそろぼくを結婚させなくてはと周囲が考えている。式を挙げないかぎり、満足してくれないだろう。ぼくはそういう状況を変えたいんだ、ミス・フライ。三年前に自分の意志をきちんと主張していたら、あとの展開がどんなに楽だっただろう。だが、ぼくは主張できなかったし、時間を戻すこともできない。では、どこから新たにスタートすればいい？　たぶん、妻を連れて帰るのがスタートになると思う。ミドルベリーの女主人となる人がそばにいてくれれば、再出発する勇気を得て、前とは違うスタートを切ることができるだろう。ぼくに必要なのはたぶんそれだ。ぼくがきみの力になるのと同じく、きみもぼくのために大きな力になってくれるはずだ。もし結婚を承知してくれたら」

「でも、見ず知らずの女と結婚することになるのよ」

「一カ月半前にぼくの身内が望んだのもまさにそれだった。相手の令嬢は玉の輿《こし》を望む両親に連れられてミドルベリー・パークにやってきた。本人が望んだことではなかった。おたがいに初対面だった。まさに生贄《いけにえ》の子羊さ。ぼくのことを〝ちゃんと理解しています。少しもいやではありません〟――令嬢はぼくにそう言った」

「まあ。でも、もちろん、その方としてはいやだったでしょうね」

「きみもいや？」

「目の不自由な男性と結婚することが？　いいえ」ソフィアは言った。あら、わたしったら何を言ってるの？　結婚を承知したわけでもないのに。「でも、あなたの望まないことをわたしが強制する結果になるのなら、それはいやだわ。わたしはあなたにとって未知の相手だし、持参金もない。わたしが差しだせるのは、〝少しもいやではありません〟という正直な気持ちだけ」

子爵は片手の指を髪にすべらせ、言葉を探しているような表情を浮かべた。

「これがあなたの言う〝協定〟なの？」ソフィアは訊いた。「あなたはわたしに何不自由ない暮らしをさせ、わたしはあなたに自分の領地の支配者となるための勇気を与えるわけ？」

子爵は大きなため息をついた。「ぼくたちの夢を思いだしてほしい」

「不可能な夢を？」ソフィアは笑おうとしたが、哀れな声しか出なかったので、やめておけばよかったと思った。

「不可能ではないかもしれない」彼は不意に椅子の上で身を乗りだし、熱気と少年っぽさを帯びた真剣な表情になった。「夢と結婚の両方を手にできるかもしれない」

「どうやって？」ソフィアにはこの二つが相容《あいい》れないもののように思われた。

「結婚を――どこへ出しても恥ずかしくない結婚をする場合は、ありとあらゆる理由が考えられる。とくに上流階級の結婚がそうだ。愛によって結ばれるより、同盟関係であることのほうが多い。でも、同盟関係でもいっこうに構わないと思う。夫婦はたいていの場合、深い敬意を寄せあう場合が多く、愛情を抱くことだってある。そして、結婚生活が続くあいだ、おたがいに自立した人生を歩んでいく。ときおり顔を合わせ、きわめてなごやかな態度を示しあう。そして、自分だけの人生を自由に歩むことができる。そんな結婚だったら、してみてもいいんじゃないかな」

　この意見にソフィアはぞくっとさせられた。

　子爵はいまも熱気を帯びた表情だった。

「きみはいずれ、田舎に自分のコテージを持って、花を育て、ニワトリと猫を飼う。ぼくはいずれ、自分がミドルベリーとわが人生の支配者になれることを証明する。いまは二人にとって結婚が必要だから結婚し、将来は自由と自立と夢を手に入れる。二人ともまだ若い。豊かな人生が待っている――というか、豊かな人生をめざすことができる」

「いつ？」ソフィアはいまも寒気を感じていた――そして、心が動いていた。「結婚の最初の段階から次の段階へ移るのはいつなの？」

　子爵の視線がソフィアの肩を素通りした。

「一年後ぐらいかな。子供ができなければ。断わっておくけど、本当の結婚だからね、ミス・フライ。跡継ぎをもうけるのがぼくに課せられた義務なんだ。もし子供ができたら、おたがいの夢の実現は少なくともしばらく先へ延ばさなきゃならない。だが、子供ができなければ一年後だ。もっと早くてもいい。ただ、ミドルベリー・パークのダーリー子爵夫妻として落ち着くためには、一年は必要だと思う。そうしなきゃいけないんだ。一年ということで承知してくれる？」

　まだ何も承知した覚えはない。ソフィアは気が遠くなりそうだった。結婚し、しかも自分だけの満ち足りた静かな人生を手に入れることができる？　この二つが共存できるというの？　考える時間が必要だった。かなりの時間が。しかし、そんな余裕はない。顎が胸につくほどうつむいて目を閉じた。

「どうかしてるわ」浮かんできた言葉はそれだけだった。

「なぜ？」子爵の声は心配そうだった。ノーと言われるのを心配してるの？　それとも、イエスと言われるのが心配なの？

ソフィアには何も考えられなかった。しかし、一つの思いが口を突いて出た。

「もし子供ができて、それが女の子だったら？」

彼は考えこみ、やがて……微笑した。

「女の子のほうがうれしいな」そう答え、次に笑いだした。「ぼくの人生を支配する女性がまた一人」

「でも、もしそうだったら？」ソフィアは食い下がった。「跡継ぎができないままだったら？」

「そのときは……そうだな」彼はふたたび考えこんだ。「一年間一緒にいて、仲良く過ごすことができたら――できないわけはないと思うけど――そしたら、残りの人生を他人どうしとして送る必要はないんじゃないかな。別居するのではなく、それぞれに自由な生き方を追求する。それがぼくたちに合ったやり方だから。たまに二人の時間が持てれば、たぶん、おたがいにすごく幸せだと思うよ」

子供を作るための時間？　あるいは、もう一人の子供を？

軽いめまいを覚えた。理性的に考えようとした。

「ダーリー卿、あなたが誰かと恋に落ちて、その人と結婚したくなったときはどうするの？」

「ミドルベリーにいたら、そんな相手に出会うことすらなさそうだけど。この三年間のようなひきこもり生活はもうやめたいと思っている――本気でそう決めたんだ――だけど、あそこは静かな村だ。ところで、きみがいま言ったことは、すべての既婚者が遭遇する危険ではないだろうか。誰かに出会い、配偶者よりそちらのほうに惹かれてしまうという危険。だけど、結婚するときは配偶者への忠誠を誓うだろ。だからそれを守るべきだ」

この意見には、乗合馬車が四台ぐらい楽に通れそうな大きな穴があいているに違いない。その一つがソフィアの頭に浮かんだ。男には欲求がある。そうよね？　父親とその友人たちと一緒に暮らした年月のなかで、ソフィアはそれを知った。ダーリー卿の欲求はどうなの？さっき提案された協定によれば、一年後にソフィアが妊娠していなければ、別々に暮らしてもいいという。

そのあと、この人は欲求をどうやって満たすの？　愛人たち？

口を開き、息を吸ったが、自分からそれを話題にすることはできなかった。

彼のほうから話を持ちだした。

「とにかく、たまには一緒に過ごそう。赤の他人になる必要はない。もちろん、おたがいの合意のうえでということだが」

ふたたび短い沈黙が流れた。

「きみが誰かに出会って恋に落ちたらどうする?」彼がソフィアに尋ねた。

「恋は捨てます。結婚の誓いを守ります」

いまの返事でわたしは一線を越え、この人の求婚を真剣に考慮する立場に立たされてしまったの?

だめ、真剣に受けとってはならない。

でも、ほかにどうすればいいの?

ソフィアは寒気に襲われたかのように、自分の両腕を抱きしめた。

「わたしのことを何もご存じないのに」そう言ってから、イエスと答えるつもりがないのなら、こんなことを言う必要はないと気がついたが、もう遅すぎた。「わたしもあなたのことを知らないのよ」

彼はすぐには返事をしようとしなかった。

「どうしてそんなことに?」ソフィアは尋ねた。

「ぼくの視力のこと? あるとき、極東で長年暮らしていた母方のおじが帰国した。商売をし、会社も経営していて、とても羽振りのいい人だった。当時は父が亡くなったばかりで、母は家計のやりくりにいっそう苦労するようになっていた。おじは姉たちにいい夫を見つけるためにロンドンへ連れていき、約束どおりすばらしい縁談をまとめてくれた。そして、ぼくを自分の会社に入れようとした。だけど、ぼくは机の前に一日中すわっていることを考えただけで——昇進を勝ちとるまでのわずか数年のことだとしてもね——気分が滅入《めい》ってしままった。かわりに、軍職を購入してほしいとおじに頼みこみ、砲兵隊に配属されて一七歳で戦地へ赴いた。誇らしさと熱意にはちきれそうで、自分の実力を証明したい、年季の入った古参兵に負けないぐらい勇敢で、機略にたけ、何事にも動じないところを見せたいと思ってった。半島での戦闘に初めて参加して一時間もしないうちに、ぼくは点火された大砲の横に立った。何も起きなかったので、少し前に出た。自分なら不具合の原因を突き止めて正常に作動させ、その場で同盟軍に勝利をもたらすことができるかのように。そのとき砲弾が飛びだした。ぼくが最後に目にしたのはまばゆい閃光《せんこう》だった。本当はそこで吹き飛ばされて名誉の戦死を遂げればよかったんだ。粉々になったぼくの身体がスペインとポルトガルの大地に降り注ぎ、破片を見つけて身元確認をするのも無理な状態になればよかったんだ。ところが、野戦病院へ運ばれたとき、ぼくはかすり傷一つ負っていなかった。ただ意識が戻ったときには、見ることも聞くこともできなくなっていた」

ソフィアは恐怖のあえぎを漏らした。

「イングランドに帰ってしばらくすると、聴力は回復した。でも視力のほうはだめだった。今後も回復は望めないだろう」

「まあ。どんな気持ちに――」

しかし、子爵は片手を上げてソフィアの言葉をさえぎった。ソフィアがふと見ると、反対の手が椅子の肘掛けをきつくつかんでいた。数分前に彼女が肘掛けを握りしめていたのと同じように。

「すまない」彼の声はどういうわけか苦しげだった。「その話はしたくない、ミス・フライ」

「ごめんなさい」

「さて、ぼくはきみに関してどんなことを知っておけばいい？　ぼくが思わず自由を求めてドアのほうへ駆けだしかねない話でもあるのかい？」

「わたしはろくな育ち方をしてないの。祖父が男爵だったんだけど、いまはその長男でわたしのおじにあたる人が爵位を継いでるわ。でも、わたしが生まれるずっと前に、父はこの二人から勘当されてたの。一族の厄介者だったのね。冒険好きで、賭博好きで、放蕩《ほうとう》者だった。ときどき大儲《もう》けをして、急に贅沢な暮らしが始まることもあった。でも、ほんの数日か、長くても数週間なの。儲けた以上のお金を賭博で失い、役人や借金とりから逃れるために、何週間も何カ月も悲惨な日々を送ることがよくあったわ。父はハンサムで、魅力的で、そして……女遊びがひどかったせいだと思うけど、母は家を出てしまった。男と一緒に出ていったの。五歳のわたしを残して。大変なスキャンダルだったわ。その三年後、母は出産のときに亡くなった。父はいまから五年前に決闘で命を落としたわ。よその夫を激怒させて撃たれてしまったの。わたしと関わりあうのは、あなたのためにならないわ」

ソフィアは唇を嚙み、ふたたび目を閉じた。悪い噂ばかり立ってた人なの。しかも、決闘するのはそれが初めてじゃなかった。

彼のため息が聞こえた。

「ミス・フライ、きみはお父さんじゃないし、お母さんでもない」

　ダーリー子爵は椅子から立つと、ソフィアのほうへ二、三歩慎重に近づいた。彼の椅子と彼女の椅子のあいだに障害物があるかもしれないと用心したのだろう。

「ミス・フライ」右手を差しだした。「きみの手をここに置いてくれる?」

　ソフィアはためらいながら立ちあがると、二人のあいだの距離を詰め、彼の手に自分の手をのせた。彼がもう一方の手も差しだしたので、ソフィアがそこに右手を置くと、彼の温かい指が彼女の両手を力強く包みこんだ。

　そして、ダーリー子爵は彼女の前で片膝を突いた。

　まあ!

　彼女の両手の上で頭を下げた。

「ミス・フライ、どうかぼくと結婚してくれませんか。二人の夢を一緒に実現させる機会を与えてくれませんか」

　頭を下げた彼の艶やかに波打つ柔らかそうな髪を見下ろし、温かな彼の手に力強く両手を握りしめられているときに、どうして冷静に考えることができるだろう?

　ずいぶん衝動的な人。わたしがここでイエスと答えれば、この人はいずれ後悔するだろう。とくに、一年が過ぎて別々に暮らすことになり、わたしが先に死なないかぎり再婚できる見込みもないとなったら——いいえ、そうなったときに。夢を追うのも一年か二年なら楽しいだろう。でも、永遠に追いつづけていけるだろうか。わたしの見たところ、この人はやっぱり、愛情豊かな温かい家族に囲まれていたいタイプのようだ。

さて、どうすればいい？　でも、選択の余地はない。いいえ、少なくとも選ぶことだけはできる。二つのうちどちらかを選べばいい。彼に提案された不完全な結婚の協定か、もしくは赤貧の暮らしか。やはり選択の余地はない。

ああ、どうしよう、本当に選択の余地はない。

「お受けします」ソフィアは低くつぶやいた。

彼が顔を上げた。そして、彼女の目に正しく視線を向けて微笑した。

うっとりするほど甘い微笑だった。

6

マーティンはヴィンセントと口を利かなくなってしまった。ヴィンセントが質問したり何か言ったりしても、やたらとしゃちほこばった声で〝はい、旦那さま〟〝いいえ、旦那さま〟と答えるだけだ。牧師館から帰る途中で口論したあと、ずっと不機嫌なままだ。

「なんですって?」ミス・フライとの婚約を告げたヴィンセントに、マーティンは思わず大声を上げた。「何を寝ぼけたことを? 頭がおかしくなったんですか。少年みたいな女の子ですよ。いや、それじゃ、少年たちに失礼かもしれない」

「ぼくに殴られるようなまねは慎んでくれ」

マーティンは嘲笑した——はっきりと聞こえる声で。

「ぼくのパンチの威力は知ってるはずだ」ヴィンセントは彼に思いださせた。「以前、おまえがぼくの判断に疑問をはさんだとき、唇が切れて鼻が血まみれになったのを覚えてるだろう?」

「あれはまぐれですよ」マーティンは言った。「しかも、フェアプレーじゃなかった」

「あんなフェアな戦い方はなかったぞ。まぐれじゃなかったことをぼくに証明させないでくれ。あのレディはぼくの婚約者だ。いかなる侮辱からもぼくが守ってみせる」

　マーティンはさっきよりやや声をひそめて嘲笑し、傷ついた沈黙のなかにひきこもった。

牧師夫妻の反応はマーティンほど露骨ではなかった。しかし、ヴィンセントが夫妻を客間に呼びもどして婚約のことを告げたとき、二人の声には驚きがにじんでいた。理解できなくて呆然としていたほどだ。おめでとうの言葉にはためらいが見られ、悪い冗談ではないかと疑っている様子だったが、ヴィンセントが真剣だとわかると、今度はやけにはしゃいだ声になった。しかし、ヴィンセントがミス・フライのために準備を整えるあいだ、一日か二日ほど牧師館で彼女を預かることは承知してくれた。

　困ったことに、こういうときにどんな準備を整えればいいのか、ヴィンセントにはさっぱりわからなかった。先刻、マーティンの腕にすがって牧師館へ急いだ時点では、ミス・フライが今後の計画を何か練っているだろうと予想していた。どこか行くあてがあり、温かく迎えてくれる親戚か、少なくとも友人ぐらいはいるだろうと思っていた。だったら、あとは彼女を災難にひきずりこんだことに心から詫《わ》びを言い、自分の馬車を御者のハンドリーと一緒に差しだして、彼女が選んだ目的地までそれで行くように言うだけでいいはずだった。彼のほうは馬車が戻ってくるのを待つあいだ、もう何日かコヴィントン荘に滞在して友人たちを訪問し、ミドルベリー・パークに戻る支度をすればいい。

　心のどこか奥のほうに、ほかに方法がなければ結婚という案を出すしかないかもしれないという思いがあったが、まさかそれが現実になろうとは予想もしなかった。

しかし、現実になってしまった。

困ったことに、求婚から先のことはまったく考えていなかった。

いや、さらに困ったことに、求婚に至るまでのことすら考えていなかった！

マーティンの言うとおりだ。ぼくは頭がおかしくなってしまったのだ。

彼女を連れてミドルベリーの家に帰るべきだろうか。そして、そちらで結婚する？　母親の狼狽を想像した。ほどなく姉たちが飛んできて、彼の人生も結婚も彼自身のものではなくなってしまうだろう。もちろん、誰と結婚するにしても、彼の婚礼はそうなるに決まっている。しかし、ほかの誰かが花嫁になるとすれば、そちらの一族も列席して、両家のバランスがとれるはず。だが、ミス・フライの場合は、彼女のために意見を述べてくれる人も、世話を焼いてくれる人も、〝婚礼の席では、ダーリー子爵だけでなくミス・フライにも注目が集まるようにしてもらいたい。むしろ、彼女を中心にしてほしい。なんといっても花嫁だし、子爵はただの花婿に過ぎないのだから〟と注文をつけてくれる人もいない。

このままミドルベリーに帰るのでは彼女がかわいそうだ。

それに、エドナ・ハミルトンの言っていたことが頭から離れなかった。けさ、教会の信者席でミス・フライが見つかったとき、そばにあったのは哀れなほど小さなカバンが一個だけだったという。カバンを一個持つだけで精一杯だったから、身のまわりの品はほとんどバートン館に置いてきたのだろうか。それとも、カバンに詰めたものが所持品のすべてだったのだろうか。

彼女がどんな服装だったのか、自分にわかればいいのにと思った――自分がバートン館を訪問したとき、ゆうべのパーティのとき、けさの牧師館。だが、着るものが必要で、しかも大量に必要であることは賭けてもいい。そこでまた、エドナの言葉を思いだした。〝召使いよりずっとみすぼらしい格好なんですもの〟

いっそのこと、こちらの教会で結婚予告をしてもらい、バートン・クームズで式を挙げようか。しかし、それだと丸一カ月こちらに足止めされることになるし、式の日までミス・フライを泊めてほしいと牧師夫妻に頼みこまなくてはならない。そうこうするうちに母と姉たちが飛んできて、花嫁をミドルベリー・パークに連れて帰った場合となんら変わりのない婚礼がとりおこなわれることになるだろう。おまけに、マーチ一家が嫌がらせに出て面倒を起こすかもしれない。あの一家のことだから、ミス・フライの両親のけっして芳しいとは言えない過去をみんなに言い触らすだろう。また、ここにいるあいだも、ミス・フライには服が必要だ。花嫁は優美なドレスをまとうべきだ。この村のどこでそんなものが買えるだろう？ミドルベリー・パークに帰るつもりがなく、ここに残るつもりもないのなら、どこで式を挙げればいい？

ほかに考えられる場所は一つだけ。

ロンドンだ。

ロンドンなら、婚礼衣装と新妻に必要な衣装の数々をそろえることができる。特別許可証を手に入れて、大急ぎでこっそり式を挙げればいい。間違いなくそれが最上の方法だ。

母と姉たちに内緒で結婚することを考えると、いささか胸が痛んだが、あれこれ考えあわせると、ミス・フライのためにはそれがいちばんいいと思われた。これで二人が対等の関係になれる。

いずれにしろ、家族への連絡は既成事実を作ってからのほうがいいだろう――彼の選んだ花嫁にマーティンと牧師夫妻がどう反応したかを思いだして、ヴィンセントはそう決めた。母も姉たちも結局は彼の結婚を望んでいるのだ。彼が一人で花嫁を選んで結婚したことを知った瞬間のショックから立ち直れば、きっと大喜びするはずだ。喜んでくれなかったら、そのときは、まあ、口論になるだろう。

考えてみれば、家族と口論したことは一度もなかった。

ロンドンに出たあと、ミス・フライは助言してくれる者もいないまま、どうやって服を買いそろえればいいのだろう？　どこの店へ行けばいいか、彼女にわかるだろうか。結婚の特別許可証はどうやって手に入れればいい？　確か、民法博士会館《ドクターズ・コモンズ》へ行けばよかったはず。そうだよな。よし、目が見えなくても、かならずたどり着いてみせる。従者がついているし、口も利ける。だが、式の手配はどうすればいい？　それも調べてみせる。あとはあれこれ手《て》筈《はず》を整えるあいだ、一日か二日か三日ほど、どこに泊まればいいだろう？　ホテル？　独身の男と独身の女が？

マーティンが温めてくれたウサギのシチューとバターを塗ったパンを食べながら、こうした疑問と満足にはほど遠い答えがヴィンセントの頭のなかで渦巻いていた。マーティンの意見を訊いてもなんにもならない。〝はい〟か〝いいえ〟だけで答えることのできない質問を、マーティンはすべて無視している。

少なくとも、解決する必要のある現実的な問題について考えたおかげで、もっと大きな問題から心をそらすことができた。彼女に結婚と自由の両方を差しだした——約束してしまった。自分がつねに批判してきたたぐいの結婚を差しだしたわけだ。

そのとき、あることが頭に浮かび、彼の心を現実的な問題へひきもどした。じつを言うと、彼女に会っていたときもそのことを考えたのだ。ただし、いまとは違う条件のもとで。〈サバイバーズ・クラブ〉の仲間のヒューゴ——ヒューゴ・イームズ、すなわちトレンサム卿が、春のあいだ少なくとも何日かはロンドンに滞在する予定だと言っていた。それに、たとえ彼がいなくても、継母とその娘はほぼ間違いなくロンドンの家にいるはずだ。ミス・フライが働き口を求める立場だったときは、泊めてもらうよう勧めてもだめだったが、婚約者となった以上、彼女も拒むことはできないはずだ。それに、彼女が買物に出かけるときに、継母か娘が喜んで同行してくれるだろう。

ヴィンセントは一人で口元をほころばせた。解決策を見つけようという決意があれば、ほとんどの問題は解決する。そして、彼の決意は固かった。もちろん、視力を失った者が自立した生き方をめざし、自分の主張を通そうとするのは限りなく困難なことだが、けっして不可能ではない。突然、家に帰ってもっと大きな人生の挑戦を始めたいという意欲が湧いてきた。

「シチューが昨日よりずっとおいしくなってるな、マーティン。それに、こんなおいしいパンはどこにもない」

じつを言うと、味はほとんどわからなかったのだが。

「恐れ入ります、閣下」

おやおや、呼び方を変えたのか。いつもなら〝旦那さま〟なのに。

「帽子と杖を用意してくれ、マーティン」ヴィンセントはそう言って食事の席を立った。「午後からミス・フライと散歩に出かける約束なんだ。雨にはならないよな?」

沈黙。たぶん、マーティンが窓の外を見ているのだろう。

「はい、閣下」

「牧師館までついてきてもらわなくても大丈夫だ。道を覚えているから」

「はい、閣下」

「マーティン」一〇分後、玄関の外に出て、杖で石段を探りあてながら、ヴィンセントは言った。「ぼくは一週間以内にミス・フライと結婚しようと思っている。おまえがいくらすねても、ぼくの決心は変わらない。五年ぐらいたてば、おまえもぼくを許す気になるかもしれないな」

「はい、閣下」

〝いいえ、閣下〟よりはいいか。

ヴィンセントは無事に石段を下り、馬車道を歩きだした。ほんの少し進んだところで、村の通りをやってくる馬車の音に気づいて足を止めた。彼の勘違いでなければ、四頭立ての馬車だ。二頭立てにしては車輪の音も蹄の音も大きすぎる。乗合馬車か何かほかの大型馬車が通り過ぎていくのでないかぎり、そのような馬車を持っている者はバートン・クームズに一人しかいない。

馬車は速度を落としてコヴィントン荘のほうにやってきた。ヴィンセントはその場に立ちつくし、自分がいま馬車道の真ん中にいるのなら、誰かがこの姿に気づいてくれる前に馬に踏みつぶされたりしないようにと願った。

心配する必要はなかった。

「おお、ダーリー」サー・クラレンス・マーチの陽気な声が響いた。きっと馬車の窓をあけたのだろう。「馬車道をゆっくり往復中かね？　くれぐれも気をつけてくれ」

ヴィンセントは返事をせずに首をかしげ、御者が馬車から飛びおりたことを示すブーツのドサッという音と、馬車の扉が開いてステップが下ろされる音に耳を傾けた。何人かが降りてくる騒々しい音がしたので、サー・クラレンス一人ではないことを知った。

午後の訪問？　四頭立ての旅行用馬車で？

「こんなうららかな午後なので、妻と娘が田舎をドライブしたいと言いだしてね。どうしてその願いを拒むことができよう。きみも妻と娘を持ったら――それに加えて息子も持ってほしいものだが――夫となり父親となった者が自分の主張を通して思いどおりの人生を送ろうとしたらどういう結果になるか、理解できるようになるだろう。そんなことは無理なのだ。

男の幸せとは、家の女性たちを甘やかすことにある。わが家の女性たちは、きみを誘って田舎へドライブに出かけ、どこかで馬車を止めて軽く散歩でもすれば、きみに楽しんでもらえるだろうと考えた。わたしの脚は以前に比べると衰えてきたし、妻は長い距離を歩くと息切れしてしまうが、若い者はもっと頑丈にできている。きみが遅い午後の空気を吸いたいなら、ヘンリエッタが喜んで散歩につきあうだろう。そのあとでわが家に戻り、晩餐を共にしてもらいたい。友人どうしの簡単で気軽な食事だ」

よし、おもしろいことになりそうだ――ヴィンセントは思った。

「親切なご招待にお礼を申しあげます。ただ、あいにくですが、お断わりせねばなりません。今夜はサミュエル・ハミルトンと奥さんのエドナが幼なじみの連中とぼくを家に招待してくれたんです。また、今日の午後は婚約者と散歩に出かける予定になっています」

一瞬、騒々しいと言ってもいいような沈黙が流れた。馬具が立てる音や、馬のいななきや、蹄で砂利を搔く音とは別種の騒々しさだった。

「婚約者？」レディ・マーチが言った。

「はい」ヴィンセントは答えた。「まだお聞きになっていないのですか。バートン・クームズ中の人たちがすでに知っていると思っていました。一時間か二時間ほど前に、ミス・フライがぼくの求婚に応じてくれたのです。あなたにも祝福していただけることと思います」

「ミス――あのネズミが？」サー・クラレンスの声は怒号に近かった。

「ソフィアが？」ほぼ同時にレディ・マーチが言った。

「なんですって？」ミス・マーチは困惑の声だった。「お母さん？」

「手筈を整えたらすぐに、ロンドンで式を挙げる予定です」ヴィンセントはマーチ一家に告げた。「それから、わが子爵夫人を連れてミドルベリー・パークに帰ろうと思っています。そして、大姪御さんのことはどうぞご心配なく、レディ・マーチ。ぼくが全力で守ります。そして、大切にしますので。そうだ、思いだしたことがある。マーティン？」

背後の玄関ドアがあいたままであればいいがと思った。だが、マーティンのことだから、ぼくが砂利より大きな石につまずいたり、門柱にぶつかったりしないよう、こちらの姿が見えなくなるまで見守っていたに決まっている。

「はい、閣下」

「マーティン」ヴィンセントは指示を出した。「すまないが、ぼくの財布をとってきて、乗合馬車の料金分の金を出してくれないか。サー・クラレンスが正確な金額を教えてくださるだろう。サー・クラレンス、奥方の姪御さんがゆうべバートン館を出たとき、ご親切にも、馬車に乗る金を渡してくださったそうですね。しかし、もう不要となったので、ぼくの感謝と共にお返ししたいと思います」

ヴィンセントはふたたび馬車道を歩きはじめた。馬に衝突したり、馬車の開いた扉に顔をぶつけたりして、堂々たる退場の場面を台無しにすることのないよう願いつつ。

「お母さん？」背後でまたしてもミス・マーチが言った。声が震えていた。

「もうっ、黙ってて、ヘンリエッタ」娘に甘いはずの母親が不機嫌に答えた。「あの恩知らず。さんざん世話になっておきながら」

ヴィンセントは杖で門柱の場所を確かめ、無事に門を通り抜けて道路に出た。昔やった遊びを思いだした——一人の子が目隠しをされ、ほかの子にひっぱられてくるくる踊らされ、最後に、いまどこにいるかを当てるのだ。ヴィンセントはもちろん、いつもズルをして（あとのみんなもたぶんやっていただろうが）、目隠しの隙間からこっそり下をのぞいたものだった。いまも同じことができればいいのにと思った。しかし、牧師館はそう遠くない。一人で行き着けるはずだ。

これからはいつも自分で自分の道を見つけよう——本日一回目の訪問のときに早まったことをしてしまい、生涯その結果を背負っていかなくてはならないという憂鬱な思いで心が重かったにもかかわらず、ヴィンセントはそう考えた。

牧師館のすぐ近くまで来たとき、四頭立ての馬車がバートン館のほうへ戻っていく音を耳にした。午後のドライブと散歩は中止になったようだ。

サー・クラレンス・マーチをもう一度からかうことができたわけだ——ヴィンセントは思った。最後のいたずら、いままでで最高に満足できるものだった。

これはまた、妻となる人のための仕返しでもあった。

「散歩にはよく出かけるのかい？　どこかお気に入りの場所はある？」それからしばらくたって牧師館を出るときに、ヴィンセントはミス・フライに尋ねた。「ぼくはよく鍛冶屋の角を曲がって狭い道に入り、次に牧場の踏み越し段を乗り越え、牧草地を抜けて川岸まで行ったものだった。子供のころ、みんなで魚を釣ったり泳いだりしたんだ。ほんとは水泳禁止だったけど、そんなの気にせずに、夜でも泳いでた」

「わたしもけっこう歩くのよ。バートン館の敷地内にある森に入っていくの。一人になれるから。歩ければ、もっと遠くまで行くこともあるわ。いまあなたの言った場所なら、わたしも知ってる」

ミス・フライは彼が差しだした腕に手をかけていたが、ゆうべと同じく、自信を持って道案内をするのは彼には無理であることを承知していたに違いない。ヴィンセントの空いたほうの手に杖が握られているものの、先導するのはむしろ彼女のほうだった。

散歩コースの方向へ二人で曲がると、そのとたん、牧師館のとなりに住んでいるミス・ワッデルに声をかけられた。枯れた花を摘みとろうと思って、ちょうど前庭に出てきたところだという。

ぼくの本日二度目の牧師館訪問を見ていたに違いない、とヴィンセントは思った。牧師がけさ教会の信者席でミス・フライを見つけて牧師館に連れていったことは、彼女もほかの村人と同じように知っているはずだ。また、ミス・フライが真夜中にバートン館から放りだされたことも知っているはずだ。彼女が抗議グループを率いてバートン館に押しかける計画を立てている、と牧師夫人が言っていなかっただろうか？

「気持ちのいい午後ですね、ダーリー卿」ミス・ワッデルは続けて言った。「それから、ミス……フライでしたわね？　確かレディ・マーチのご親戚で、でも、いまは牧師館に泊まってらっしゃるのよね」

彼女の声が好奇心でいっぱいだったので、ヴィンセントは牧師夫人が彼の頼みどおりに婚約の件をまだ誰にも話していなかったのだと知り、いささか驚いた。

「ちょうどいい機会ですから、幸せな出来事をぼくの口からご報告させてください、ミス・ワッデル。ミス・フライが本日ぼくを幸せな男にしてくれました。ぼくたちは婚約したんです」

「ま、まあ……」一瞬、彼女が言葉を失ったように見えた。「じゃ、お祝いを申しあげなきゃ。驚きましたわ、思いがけないお知らせで。この午前中、上品な働き口はないかと、牧師さまがほうぼうで尋ねてらしたばかりなのよ。この方のために……それにしても、まあ……。なんてすてきなんでしょう」

ミス・ワッデルを追い払うのに苦労することがけっこうあるが、今日ばかりは楽にすみそうだった。ほかの村人が噂を耳にする前に、自分の口から広めたくてうずうずしているはずだ。

「まことに申しわけない」ふたたびミス・フライと二人になってから、ヴィンセントは言った。「きみに相談もせずに、婚約を発表してしまった。だけど、かまわないよね？」

「ええ、子爵さま」

「サー・クラレンスとレディ・マーチとミス・マーチにも、ついさっき家を出ようとしたときに話しておいた。馬車で田舎へ出かけようと言って誘いに来たんだ。途中でぼくとミス・マーチだけにして散歩させる魂胆だったみたいだ。婚約者と散歩に出かける予定だとあの一家に言ってやって、胸がすかっとした。その婚約者が誰なのかをぼくが告げたときの三人の顔を、きみが見られればよかったのに。さぞ見物《みもの》だっただろう。そうそう、従者のマーティン・フィスクに命じて、乗合馬車の料金をサー・クラレンスに返しておいたからね」

「まあ」

「子供のころ、みんなでよくサー・クラレンスにひどいいたずらをしたものだった。〝みんなで〟だよ。もっとも、計画を練るのも、先頭に立つのも、たいていぼくだったけど。爵位を持つ海軍の提督とその夫人がサー・クラレンスを訪問することになっていた日の前夜、みんなでバートン館の屋根にのぼった。訪問の件は何日も前からサー・クラレンスが自慢しまくっていたからね。どくろ印を描いた大きなシートをいちばん背の高い煙突にくりつけて、提督が到着するまで誰にも気づかれないことを祈った。気づいた者は一人もおらず、しかも運が味方をしてくれて、その朝は爽やかな風が吹いていた。召使いたちの話を信じていいのなら――たいてい信用できるものだが――馬車から降りた提督はまず新鮮な空気を深々と吸いこみ、次に上を見て、風を受けて陽気にはためいているシートを目にした」

ミス・フライは笑いだした。軽やかで楽しそうなその声を聞いて、ヴィンセントはうれしくなった。

「つかまったことはないの？」

「一度もない。危うくつかまりかけたことは二、三度あったけど。もちろん、首謀者が誰なのかサー・クラレンスはいつも知っていたが、証拠が何もなかったし、きびしい親を持つ子も何人かいたけど、バートン館から苦情が来たところで、親たちはわが子をろくに調べもしなかっただろうな」

ミス・フライはふたたび笑った。

「幸せな子供時代を送ったのね、子爵さま」

「そうだね」

ヴィンセントはミス・フライのほうへ顔を向け、もう少しで彼女の子供時代のことを訊きそうになった。しかし苦労が多く、たぶん――いや、きっと――ひどく不幸な日々だったに違いないと察して、彼女の気持ちを楽にしようと努めることにした。

そろそろ鍛冶屋に差しかかるころだと思っていたら、案の定、彼を呼び止める鍛冶家の声がして、次に重い足音が近づいてくるのが聞こえた。やがて、大きなハムみたいな手に右手を杖ごとつかまれて、上下に勢いよく揺すぶられた。

「ヴィンセント・ハント」大きく轟《とどろ》きわたる声で鍛冶屋が言った。「ゆうべ、女房と一緒にパーティに出たんだが、おまえさんのそばへ行くこともできなかった。外から見ればまことに立派な紳士だが、根はあいかわらずの腕白に決まっとる。やあ、お嬢さん。バートン館に住んでる人じゃないのかい？　いや、ちょっと待ってくれ。けさ、牧師さんがお嬢さんのことを頼みに来たんだった。うちの女房が家事を手伝ってくれる女の子をほしがってないだろうかって。いまは牧師館に泊まってるわけだね。こう言っちゃなんだが、牧師館のほうが前の家より幸せに暮らせると思うよ。おれだったら、バートン館で暮らすことはにっくき敵にも勧めないだろうな」

「ミス・フライはぼくと婚約したばかりなんです」ヴィンセントは鍛冶屋に言った。

鍛冶屋はさらに心をこめて彼の手を上下に揺すった。

「ほう」歓声を上げた。「電光石火の求婚だな。だが、おまえさんは昔からぐずな子じゃなかったしな。だろう？　この腕白小僧については、お嬢さん、髪の毛が逆立ちそうな話をあれこれしてあげられるぞ。だが、腕白ではあるが、昔からいい子だった。お嬢さんのいい亭主になることは間違いない。おまえさんが素朴な田舎娘を選んでくれてうれしいよ、ヴィンセント。いや、いまは子爵さまと呼ぶべきかな。貴族ってのはたいてい、人形みたいな社交界の女を嫁にするものだが、おまえさんは違ってたわけだ。二人で幸せになってくれ。うちの女房もお祝いを言いたがるだろうが、目下、息子のマーティンのためにパンとケーキを焼くのに大忙しで、窓の外を見る暇もない。息子を父親みたいに太らせなきゃと思ってるんだ」

「奥さんに伝えてください、ミスター・フィスク」ヴィンセントは言った。「ぼくも太らせてもらってるって。あんなおいしいパンは食べたことがないし、ケーキに至っては、食事の量を減らそうと固く決心しても、たちまち決意が揺らいでしまいます」

ヴィンセントはミス・フライと一緒に歩き、そのあとすぐに角を曲がって静かな小道に入った。川と並行に延びる道だが、川まではかなり距離がある。

「素朴な田舎娘か。きみってそういう感じの子なの？　気にさわった？」

ヴィンセントは彼女のことをほとんど知らない。衝動的で、軽率で、とりかえしのつかないことをしてしまったという、あの虚《うつ》ろな思いが胸のなかに広がった。

「もう一つの選択肢が〝貴族が嫁にしたがる人形みたいな社交界の女〟だというのなら、ぜんぜん気にならないわ。鍛冶屋さんに認めてもらうには、そういうタイプは好ましくないようね。そうでしょ？」

ヴィンセントは笑った。ミス・フライの返事を聞いて驚き、感心した。気概とユーモアのセンスにあふれている。

「あの鍛冶屋はぼくの従者の父親なんだ」と彼女に説明した。「マーティンとぼくは一緒に大きくなった。ぼくが戦争に行こうとしたら、従卒として連れていってくれないかと訊かれた。ぼくが負傷したあとは、従者としてずっとそばにいると言いはった。以来、ぼくはマーティンを追い払うことができずにいる。何度も追い払おうとしたんだよ。とくに、コーンウォールで療養していた最初のころは給金を払う余裕もなくて、部屋と食事しか提供できなかった。なのに、あいつは出ていこうとしなかった」

「きっと、あなたを大切に思ってるのね」

「そうかもしれない」ヴィンセントは同意した。これまではそんなふうに考えたこともなかった。マーティンもたぶん同じだろう。

「踏み越し段がすぐ近くにあるはずだ」

「二〇歩ほど前方よ」

どうやって段を乗り越えるのか、ヴィンセントはあまり考えていなかった。もちろん、湖水地方に滞在中、もっと険しい道を歩いたことが何度もあった。しかし、あのときはマーティンがいてくれた。といっても、彼がヴィンセントを抱えあげて踏み越し段を越えさせたことは一度もない。ただ、おたがいの呼吸が合っていて、一緒にいて安心できた。どのタイミングでどんな指示や警告を出せばいいのかを、マーティンは心得ていた。

この踏み越し段は記憶に残っていた。何千回も乗り越えてきたものだ。

「ぼくが先に行くからね」段の前まで来て、ヴィンセントは言った。「そうすれば、きみが乗り越えるときに手を貸すふりぐらいできるから」

いちばん上の桟に杖をひっかけた。彼女が杖を預かろうとすることも、自分のほうが先に乗り越えて彼に手を貸そうと言いはることもなかったのが、ヴィンセントにはありがたかった。男たるもの、多少の威厳は必要だ。

彼女の目がひどく気になり、みっともない姿をさらすことになるかもしれないと思うと、いささか怖かった。木の桟が二つついていて、一つは地面から一メートルほどの高さ、もう一つはそこからさらに六〇センチほど高い。この桟に彼の杖がひっかけてある。低いほうの桟の下に三番目の桟がついている。平たい板で、桟の下をくぐらせてあるが、交差する角度は直角ではない。踏み越し段のこちら側は草地。向こう側のほうが低くなっていて、踏み荒らされ、何千もの人々が段から飛びおりて着地してきたため、中央の部分がくぼんでいる。雨のあとはいつも泥がたまっていた――まさに少年のパラダイスだ。幸い、ここ数日は雨が降っていなかった。踏み越し段の両側にはサンザシの高い生垣が続いている。その向こうに牧草地が広がり、たいてい、デイジーとキンポウゲとクローバーが豊かにちりばめられている。そこを越えて少し行ったところに川がある。

子供たちはいまも川で遊んでいるだろうか。子供の声がまったく聞こえない。しかし、たぶん学校へ行っているのだろう。腕白な子供時代の悩みの種である学校へ。

心配する必要はなかった。無事に踏み越し段を乗り越えた。もっとも、向こう側のくぼみを覚えていたおかげで、飛びおりたときに予想以上につんのめらずにすんだときにはほっとした。段のほうへ身体の向きを戻し、ブーツの内側でいちばん下の桟の支柱を探りあて、それから片手を伸ばした。

「マダム、手を貸して差しあげましょう。さあ、怖がらないで」

ふたたび彼女が笑った。鈴をふるような愛らしい声で、楽しくてたまらないという快活な笑いだった。ヴィンセントはやがて、自分の手のなかに華奢な手がすべりこむのを感じ、そして彼女がすぐ横に飛びおりた。

「牧草地にいるのはぼくたち二人だけ？」ヴィンセントは尋ねた。ほぼそう確信していたのだが。

「そうよ」ミス・フライは手をひっこめながら答えた。「ああ、すてきな季節だわ。春から夏へ移っていく時期って最高ね。牧草地は色とりどりの絨毯《じゅうたん》みたい。どんな様子か説明しましょうか」

「もう少ししたらね。ただ、説明しなくてはという義務感に縛られる必要はないんだよ。ぼくはこの目で見ることのできないものを想像しようと必死になるのではなく、それ以外の感覚を通じて世界を経験することを学んでるんだ。きみがぼくに景色を説明してくれたら、ぼくもすぐに景色の説明を返してあげよう。だが、ぼくの景色は音と香りに満ちていて、ときに感触が加わることもある。そして、味覚までも。わかってもらえるかな」

「ええ。そうよ、ええ、わかりますとも。あなたが被害者になっていないのも、それで説明がつくわ」

ヴィンセントは眉を上げた。

「被害者意識を持っていないでしょ」ミス・フライは説明した。「立派だわ」

ヴィンセントは小首をかしげた。

「きみは被害者意識を持ったことがある?」彼女に訊いた。「誰もがあると思うよ。少なくとも、ほとんどの人間が人生のどこかでそういう気持ちになるんじゃないかな。恥じることではない。だって、ときには本当に被害者になるんだもの。だが、ときには幸運や努力によって自己憐憫《れんびん》から脱することができる。ぼくの場合は、視力を失った二年後に莫大《ばくだい》な財産を相続したおかげで、なおさら楽にそれができるようになった。自由を与えてもらったんだ。そのことに生涯感謝するだろう」

「そして、わたしはあなたと結婚することにした」ひそやかな声で彼女は言った。

人生の被害者という立場から自分を解放するのが簡単になるから？　もっとも、自己憐憫を捨て去ろうとしても、莫大な財産だけではどうにもならない。自己憐憫にどっぷり浸《つ》かってしまうと、何をもってしても人生に喜びを見いだすことはできなくなる。ミス・フライも自己憐憫のなかにいるのだろうか。彼女のことをよく知らないヴィンセントは自分のその問いに答えることができなかった。

「ぼくはきみの姿を見ることができない。きみの声を聞き、手に触れ、ぼくの腕にかけられたその手の感触を知っただけだ。それから、きみが使っている石鹸のかすかな香りを嗅いだ。そのうち、きみをもっとよく知るようになるだろう」

彼女が思わず息を吸った音を、ヴィンセントは耳にした。

「あのう……わたしに触れてみたい？」

「うん」

淫らな気持ちからではない。それを彼女にわかってもらいたかった。だが、口にすることはできなかった。

彼女が身を寄せてきた。もっとも、すぐさま彼に触れようとはしなかったし、彼のほうも手を伸ばしはしなかった。布地のこすれる音がしたので、ボンネットと、もしかしたらマントも脱いでいるのだろうと思った。踏み越し段の桟に杖が軽くぶつかる音がした。杖の横に彼女がマントをかけたに違いない。

二人が立っているのは踏み越し段のすぐそばだった。ヴィンセントはもう少し奥まで行ってサンザシの生垣の陰に入り、小道を通る人に姿を見られないようにしたいと思った。もっとも、それほど人の通る道ではない。

彼女が位置を変えてヴィンセントの真正面に立った。ヴィンセントは気配でそれを察した。次に、彼女の指先が羽根のように彼の胸をなでるのを感じた。ヴィンセントが両手を上げると、そこに彼女の肩があった。華奢でほっそりしているわりに、力強さが感じられる肩だった。手をすべらせていくと、やがて温かくてなめらかな喉に触れた。左手の親指の下に、彼女の脈が規則正しく打っているのが感じられた。ヴィンセントの両手がほっそりした首筋を這いあがり、小さな耳を通り過ぎ、髪のなかに入った――豊かで柔らかな巻き毛だが、彼女が言っていたとおり、ずいぶん短かった。

〝少年みたいな女の子ですよ……〟

ヴィンセントはかがんで顔を近づけた。ゆうべ気づいた石鹸の香りがいちばん強く感じられるのが髪だった。きっと最近髪を洗ったのだろう。彼女の温かな息が顎にかかるのを感じた。

指先で彼女の顔を探った。なめらかな広い額。弧を描く眉。閉じた目。茶色のこともあれば、ハシバミ色になることもある、と本人が言っていた。髪は赤褐色。しかし、ヴィンセントは色彩にはもう関心がなかった。

睫毛は長かった。鼻筋の通った短めの鼻。だが、ボタンに似ているとは思えない。バラの花びらのようになめらかな温かい頬、形のいい頬骨。ひきしまった顎。先端に向かって細くなっていき、顎の先がつんと尖《とが》っている。

「ハート形だ」ヴィンセントはつぶやいた。

顎の下を両手で包んだまま、左右の親指で彼女の唇を探しあてた。大きめだ。ふっくらと柔らかな唇。親指を軽くすべらせて、唇の両端で静止させた。

彼女は身じろぎもせず、声を立てようともしなかった。顔の筋肉にこわばりは感じられなかった。あとの部分もそうであるよう、ヴィンセントは願った。彼女を困惑させたり、怯えさせたりしたくなかった。しかし、いまや彼の指先が彼の目となっている。

ふたたび顔を寄せると、彼女の温もりが感じられ、息が顔にかかった。彼女は身をひこうとも、拒絶の言葉を口にしようともしなかった。ヴィンセントは唇を軽く重ねた。

本当のキスではなかった。唇をつけただけのキス。感触。味わい。ほんの少し前に二人で婚約を決めたことを確認するためのもの。

触れあった彼女の唇が一瞬震え、やがて、ゆったりした状態に戻った。彼女のほうもキスしたわけではなかった。唇を触れているだけだった。たぶん、二人がいずれ一つになることを受け入れたのだろう。

ヴィンセントはわずかに身をひくと、ふたたび手を伸ばして彼女の髪のあいだに指を差し入れ、それから半歩前に出て自分のネッククロスに彼女の顔を押しつけた。片手を彼女の背中にすべらせて抱き寄せた。

小柄。痩せっぽち。よく言えば、とてもほっそりしている。曲線はどこにも見てとれない。もっとも、ヴィンセントは彼女の身体を両手でさらに探ろうとはしなかったし、その気もなかった。そんな権利はない。いまはまだ。

彼女のほうは、身体を預けてくることこそなかったが、ヴィンセントの手の動きに応えてくれた。両手を彼のウェストの両側に伸ばして上着に触れた。

二人はそのまましばらく立っていた。どれだけ時間がたったのか、ヴィンセントにはわからなかった。

彼女の容姿はまさに、本人の説明どおりだった。豊満なスタイルではない。マーティンも言っていたように、少年のようだ。きっと美人ではなく、愛らしいとも言えないタイプなのだろう。男の目を惹く体型でないことはほぼ間違いない。しかし、抱き寄せた彼女の温もりと柔らかな弾力を感じ、石鹸の香りに包まれていると、どんな容姿だろうと関係ないと思えてくる。

彼女はぼくのもの。あとで一人になったとき、またしても次々と懸念が湧いてくるだろうが、いまは彼女に……不思議な感動を覚えていた。

「ミス・フライ」彼女の頭のてっぺんに向かってヴィンセントは言った。しかし、彼女を抱きしめ、ただの知りあいではなく、もっと親密な仲になろうとしているときに、この呼び方はどうにもそぐわなかった。「それとも、もうソフィアと呼んでもいいかな?」

彼女の返事の声はヴィンセントのネッククロスのひだのせいでくぐもって聞こえた。「ソフィーって呼んでもらえます？　いいでしょ？　誰にもそう呼ばれたことがないの」

ヴィンセントはかすかに眉をひそめた。彼女の懇願には苦悩がにじんでいた。いや、正確に言うと苦悩ではないかもしれない。だが、せつなさがこもっているのは確かだった。

「じゃ、これからはずっとソフィーと呼ぼう。ソフィー、きみはきっと愛らしい子だね。〝そんなことはない。鏡が逆のことを告げている。ぼくにきみの姿を見ることができたら愛らしいなんて言うはずがない〟ときみから反論が来る前に、もうひと言つけくわえておこう。真珠だって貝殻のなかに隠れてるときは、たぶん、あまりきれいに見えないと思うよ」

彼の胸のあたりから低い忍び笑いが聞こえ、やがて彼女が身体を離した。一瞬ののちに、右手の甲に杖が触れるのを感じて、彼女からそれを受けとった。

何か変なことを言ってしまったのだろうか。

「川岸まで歩かなきゃ」彼女が言った。「そして、土手に腰を下ろしましょう。わたしがデイジーの花輪を作るから、あなたはデイジーも高価なバラの蕾《つぼみ》に劣らず美しいって言ってね。あなたをどう呼べばいいのかしら、子爵さま」

「ヴィンセント」忙しげに何かしている彼女に、ヴィンセントは言った。たぶん、マントをもとどおりにはおり、ボンネットをかぶっているのだろう。

ヴィンセントは微笑した。ぼくのしたことは、結局それほど軽率ではなかったのかもしれない。彼女を好きになりそうな、はっきりした予感があった。そう決心したから、というだけでなく……。

そう、好感の持てる子だから。

というか、そんな感じがするから。

そう断定するにはまだ早すぎる。彼女もぼくを好きになってくれるだろうか。ぼくは好感の持てる男だろうか。自分ではそう思っている。

彼女がこれに同意してくれるかどうかを知るのも、いまはまだ早すぎる。

そして、こちらから軽率に提案した遠い未来について考えるのも、いまはまだ早すぎる。

未来というのは、こちらの期待や計画どおりの形にならないことが多いものだ。

未来のことは未来に任せよう。

7

「きみを牧師館まで送っていく前に、コヴィントン荘に寄ってお茶を飲んでいってくれないかな」しばらくしてから家路をたどっていたとき、ダーリー卿が尋ねた。「二人であれこれ計画を立てなくては」

二人で。

川岸を歩いていたときも、土手に腰を下ろしてからも、二人の将来の話はいっさい出なかった。彼はバートン・クームズの村とそこで過ごした少年時代を話題にし、彼女はデイジーの花輪を作り、完成したことを告げると、彼が手でさわって出来具合いを確かめた。次に彼女の手から花輪をとって不器用に彼女の頭にのせ、ボンネットのつばにひっかけながらも首にかけた。

そろって笑いだした。

ソフィアがどうにも信じられないのがこれだった――二人で何回も一緒に笑ったということ。そうだ、ほかにもあった。それ以上に信じられないことが。彼が手を触れてきた。こちらの姿を見ることができないから手を触れただけなのだと、ソフィアにもわかっていたが、彼女の肌に触れた彼の指は温かく、優しく、礼儀をわきまえていた。そして、唇をつけて……。

そして、抱きしめてくれた。それがいちばん信じられないことだった。ぴったり抱き寄せてくれた。強靭《きょうじん》な筋肉に覆われた男らしい肉体に衝撃を受けると同時に、抱きしめられる感触にうっとりした——夢心地だった。彼の思いやりを感じた。大切にされている気がした。彼の前では一人の人間になれたような気がした。

今日は信じられないほど奇妙な一日だった。悲惨な始まりだったこの日——始まったのは真夜中を過ぎたときだった。ソフィアの帰宅からしばらくして、サー・クラレンスとマーサおばとヘンリエッタがパーティから戻り、ソフィアがすでにろうそくを消してベッドに入っていたというのに、ノックもせずに三人で寝室にずかずか入りこんできた。そんな形で始まった一日なのに、どうしてこんな終わりを迎えることができたのだろう？　しかも、まだ終わってもいない。コヴィントン荘でお茶を飲みながらこれからの計画を立てたい、と彼が言っている。

お目付け役の婦人なしで。もっとも、その点は気にしなくていいだろう。婚約したのだし、まだまだ日は高い。散歩したときも二人きりだった。じつのところ、お目付け役のついた自分の姿など想像したこともなかった。

「喜んで」ソフィアは言った。

きっと彼のことが好きになると思い、そう思っただけで涙がにじんできて、喉の奥がつんと痛くなった。この五年間に好意を持った相手はごくわずかだったし、それ以前もほとんどいなかった。ああ、そんなことを考えたら自分が惨めになってしまう。自分を憐れむのは自分に負けることでもあるのを、ソフィアはずっと以前に学んでいた。惨めな思いを周囲への揶揄《やゆ》に変え、スケッチで鬱憤晴らしをすることにしていた。だが、ダーリー子爵のことは揶揄する気にも、嘲笑する気にもなれなかった。デイジーの花輪を首にかけてくれた手つきがいくら不器用だったとしても。

わたし自身は人に好かれるタイプだろうか、と心配になった。自分にそんな問いかけをしたことはこれまで一度もなかった。

コヴィントン荘に着くと、ダーリー卿の従者であるフィスク氏が二人のために玄関扉をあけてくれた。客間にお茶を運ぶよう子爵が命じるあいだ、フィスク氏の目はソフィアに据えられたままだった。無表情だった。召使いの顔はたいてい無表情なものだが、ソフィアは彼の顔に非難を、さらには嫌悪を読みとった。たとえそうした表情がなくても、彼の姿を見ただけで怖気《おじけ》づいていただろう。雇い主より背が高くてたくましく、従者というより鍛冶屋のような印象だ。

彼に笑顔を見せるのはやめた。召使いには笑顔を向けないものだ。軽蔑されてしまう。メアリおばにひきとられたとき、そのことを知った。

ソフィアはこの二年間、コヴィントン荘に住む家族と友人たちのことをあれこれ空想してきたが、家のなかは空想の世界以上の豪華さだった。客間は広々とした正方形で、すわり心地のよさそうな古い椅子がいくつか置かれ、大きな暖炉があり、フレンチドアの外には、かつて花壇だったらしきものがいまも手入れの行き届いた姿を見せている。一方の壁ぎわにピアノフォルテが置いてあり、上にバイオリンケースがのっていた。

「さあ、すわって」ダーリー卿が暖炉のほうを手で示したので、ソフィアはその片側に置かれたアームチェアのところへ行った。一心に耳を傾けるときに首をかすかにかしげる彼の癖にもすでに気づいていた。彼は暖炉の反対側に置かれた椅子に寸分のずれもなくたどり着き、腰を下ろした。

「ロンドンまで行って式を挙げようと思うんだ、ソフィー。特別許可証を手に入れて。一週間以内に挙式できると思う。式がすんだらグロスターシャーの屋敷へきみを連れて帰る。ミドルベリー・パークは堂々たる大邸宅だ。広い庭があって、まわりには農場が広がっている。活気に満ちた明るい家だよ。きみは怖気づいてるかもしれない。でも――」

フィスク氏がお茶のトレイを運んできたので、ダーリー卿は話を中断した。フィスク氏はソフィアの横の小さなテーブルにトレイを置き、無表情のまま彼女の目を真正面から見据え、そして出ていった。

「ご苦労、マーティン」子爵が言った。

「いえ」

ソフィーはお茶を注いで、カップと受け皿をダーリー子爵のそばに置いた。小さくカットされたスグリのケーキを皿に移して彼の手にのせた。

「ありがとう、ソフィー。中断して悪かった。計画を立てる必要があるとぼくが言ったんだったね？　そして、どんな計画かをきみに話した」

「一週間以内に？」

現実がのしかかってきた。ダーリー子爵に連れられてこの村を出る。ロンドンへ行き、そこで式を挙げる。一週間以内に。わたしは人妻になる。レディ・ダーリーに。自分の家を持つ。そして、夫を。

「それがいちばんいいと思うんだ。ぼくには愛情いっぱいの大切な家族がいる。みんな、ぼくを特別に大事にして守ってくれる。なぜなら、ぼくがただ一人の息子で、しかも末っ子だから。おまけに目が不自由だから。家族が結婚式をとりしきることになったら、ぼくは窒息死してしまうだろう。きみのほうには、うちの家族に劣らぬ熱意を燃やしてきみの世話を焼き、窒息死させてしまいそうな家族はいない。そんなきみをいきなりミドルベリーに連れていったら、負担が大きすぎると思うんだ」

わたしにはおばが一人、おじが二人、いとこが二人いる。テレンスおじの継子にあたるセバスチャンも含めるなら。でも、確かに子爵の言うとおりだ。わたしの結婚式に出てくれそうな人は誰もいない。まして、式の準備を手伝ってくれる人などいるわけがない。

「ソフィー、きみがけさ教会に持ってきたカバンのことだけど、大きなものではないそうだね。服と持ち物の大半をバートン館に置いてきたのかい？　それならマーティンに言って、身のまわりの品をとってこさせようか。それとも、持ち物は残らず持って出てきたのかな？」

「服が少し残ってるだけよ」

「とりに行きたい？」

ソフィアは返事をためらった。とってこないと着るものがなくなってしまうが、どれもヘンリエッタのお下がりで、サイズの合わないものばかりだ。ボロ同然のものもある。スケッチブックと木炭はカバンに入っているし、下着の替えも持っている。

「いいえ」

「よかった。じゃ、すべて新しくそろえよう。ロンドンへ行けば、必要なものはなんでも買えるからね」

「お金がないわ」ソフィアは困った顔になった。カップがカチャンと音を立てて受け皿に戻された。「それに、あなたにお願いするつもりも――」

「なかっただろうな。だけど、きみはぼくの妻になる人だ、ソフィー。必要なものがあれば、すべてぼくに任せてくれ。きみの身分にふさわしい装いを用意しよう」

ソフィアはカップと受け皿をトレイに戻し、椅子にもたれた。人差し指の端を噛んだ。

「できることなら、いますぐきみをロンドンへ連れていって買物に送りだし、そのあいだにぼくのほうで特別許可証を手に入れて、その日のうちに結婚してしまいたい。だけど、そこまで迅速に事を進めるのは無理だろう。ただ、ぼくの友人のヒューゴ、すなわちトレンサム卿の家にきみがこころよく迎えてもらえることは間違いない。ヒューゴのことは前に話したよね」

考えただけで、ソフィアは怖くなった。緊張のあまり吐き気をもよおし、ケーキを食べていなくてよかったと思った。

「ソフィー？　結局、ぼくがあれこれ指図することになってしまったね。でも、ほかにいい方法が思い浮かばなくて。きみ、何か思いつける？」

明日、一人で乗合馬車に乗って知らない土地へ去るぐらいしか方法はない。しかし、そうするはずがないことは自分でわかっていた。心をそそられる提案をされた以上、そんなことはできない。

「いいえ。でも、あなたは本気で――」

「そうだよ。本気も本気。二人でがんばろう。いいね、ぼくを信じると言ってくれ」

ソフィアは目を閉じた。この結婚を心から願っていた。彼がほしくてたまらなかった――彼の優しさ、ユーモア、夢と熱意、さらには、彼の弱さまでがほしかった。自分だけのものと言える相手がほしかった。名前を呼び、優しく抱きしめ、一緒に笑ってくれる相手が。美しくて、胸が苦しくなるほど魅力的な相手が。

粉々に砕けてしまった自分のイメージをもとの形に戻してくれる相手が。

そして――。

「わたしがあなたのもとを去ったあとも、支えつづけてくれる？」

「たとえ去ったとしても――」彼はソフィアのいるほうへじっと目を向けた。「きみはいつまでもぼくの妻だ。だから、きみをずっと守っていく。そして、もちろん、ぼくの遺言書に、きみのための充分な遺贈も記しておくつもりだ。しかし——遠い将来のことを早くも考えなきゃいけないのかい？　ぼくは近い将来のことを考えるほうがいいな。いまから式を挙げるんだよ。考えるのは結婚式のことと家に帰ることだけにして、あとは自然の成りゆきに任せよう。ね？」

彼の顔に熱気と不安が浮かんだ。

ソフィアも不安だった。夢が叶《かな》わないのではないかという不安ではなく、叶ったらどうしようという不安。

「ええ」ソフィアが答えると、彼は笑みを浮かべた。

「では、朝のうちに出発しよう。それでいい？」

そんなに早く？

「いいわ、子爵さま」

彼が首を軽くかしげた。

「いいわ、ヴィンセント」

「きみのためにバイオリンを弾いてあげようか」彼が訊いた。「〝きみのためにバイオリンを弾くぞ〟と宣言するかわりに、そう言ったんだ。礼儀正しいきみにいやだと言えるはずがないのはわかっているからね」

「あれはあなたのバイオリンなの？　わたしのために弾いてくれるのなら、ぜひ聴きたいわ」

彼は笑いながら立ちあがり、部屋を横切ってピアノフォルテのほうへ行った。記憶を頼りに、手探りはいっさいしていない。

ケースを開いてバイオリンをとりだした。顎の下にあてがうと、右手で弓をとって張り、調弦してから、ソフィアのほうを向いて弾きはじめた。ソフィアはたぶんモーツァルトの曲だろうと思ったが、自信はなかった。音楽に触れた経験があまりない。だが、そんなことは問題ではなかった。両手を握りあわせて口に持っていき、この半分も美しい旋律を耳にしたことは、これまでの人生で一度もなかったと思った。旋律に合わせて彼の身体がかすかに揺れ、音楽と一つに溶けあっているように見えた。

「ペンダリス館でバイオリンを弾くと」演奏を終えてバイオリンをケースに戻しながら、彼は言った。「みんなが言うんだ。屋敷と近所の猫がそろって鳴きわめくって。みんなが間違ってると思わないかい？　ここでは一匹も鳴きわめいていないもの」

スタンブルック公爵の本邸であるコーンウォールのペンダリス館のことは、散歩のときに彼が話してくれた。イベリア半島から帰国したあと、しばらくそこで静養して、視力を失った人生とどう向きあっていくかを学んだ。そして、七人の仲間——公爵を含めた男性六人と女性一人——のあいだに深い友情が芽生え、〈サバイバーズ・クラブ〉という呼び名が定着した。毎年何週間かペンダリス館に集まることになっている。

この人の演奏をからかうなんて、ひどい人たちね、とソフィアは思った。しかし、ヴィンセントはからかわれた思い出がなつかしいのか、微笑していた。もちろん、みんなの冗談に決まっている。仲のいい友達だもの。彼の話だと、誰かが落ちこんだときは、おたがいに励ましあったり、からかったりして、その憂鬱を吹き飛ばしたそうだ。

友達がいるって、なんてすてきなことだろう。遠慮なくからかってくれる友達がいるというのは。

「もしかしたら、このあたりには猫が一匹もいないのかもしれないわね」

ソフィアの心臓の鼓動が速くなった。

「なんてことを！」ヴィンセントがおおげさにすくみあがり、それから笑いだした。「みんなに負けないいくらいひどい人だね、ソフィー。ぼくも天才の例に漏れず、悲しいことに真価を認めてもらえないんだ。ピアノフォルテは音程がひどく狂ってるだろうな。もう何年も誰も弾いてないから」

ソフィアは馬鹿みたいにうれしくなった。冗談を言ったら彼が笑いだし、みんなに負けないくらいひどい人だと文句を言ったのだ。

「ピアノフォルテも弾けるの？」

「三年前から両方のレッスンを受けてるんだ。残念ながら、どちらもまだ堪能とは言えないけど、少しずつ上達してる。ただ、ハープのほうはそうはいかない。弦が多すぎて、近くの窓から放り投げてやろうと本気で思ったことが何度もあった。でも、悪いのはぼくで、ハープじゃないし、もし自分が窓から放り投げられたらあまり楽しくないだろうから、たいていその衝動は抑えこむけどね。それに、いつかかならずハープをマスターしようと固く心に決めてるんだ」

「子供のころにピアノフォルテを習わなかったの？」

「そんなこと、誰も考えもしなかった。ぼくも含めてね。あれは女の子のものだった。いまになってみると、子供のころに習わなくてよかったと思う。きっと大嫌いになってただろう」

ヴィンセントはピアノフォルテの長いベンチにすわって蓋をあけた。ソフィアが見守っていると、彼の指が黒鍵を探り、やがて右手の親指で中央の白鍵を見つけだした。

何かの曲を弾きはじめた。それはヘンリエッタが弾いているのをソフィアも聞いたことがある曲で、バッハのフーガだった。ヘンリエッタよりテンポが遅く、単調ではあるが、きわめて正確な演奏だった。ピアノフォルテの音程は確かに狂っていたが、ほんのわずかなので、かえってもの悲しい響きを帯びることになった。

「万雷の拍手はリサイタルの終わりまでとっておいてほしい」両手を鍵盤から離しながら、彼が言った。

ソフィアは拍手を送って微笑した。

「それって、リサイタルはもう終わりましたという意味かい？」

「とんでもない。拍手というのはふつう、アンコールを求めるときにするものよ」

「だけど、礼儀正しい拍手はふつう、リサイタルの終わりを意味している。いまの拍手はじつに礼儀正しかった。それに、ぼくのレパートリーは以上だ。きみもこの哀れな楽器から旋律をひきだしてみたい？　弾いてみる？」

「習ったことがないの」

「そうか」ヴィンセントは彼女のほうに目を向けた。「いまの声ににじんでいたのは憧れの響きだったのかな？　もうじき、なんでも好きなことができるようになるからね、ソフィー。無理のない範囲で」

ソフィアはしばし目を閉じた。夢のような話で、受け止めきれなかった。昔からずっと……そう、とにかく何かを学びたいと思っていた。

「歌はどう？」彼が尋ねた。「フォークソングを何か知ってる？　具体的に言うと、〈ある朝早く〉という歌は？　ぼくがどうにかうまく伴奏できるのはその曲だけなんだ」

最初の数小節を弾いてくれた。

「それなら知ってるわ」ソフィアは彼のそばまで行った。「音程をはずさずに歌うことはできるけど、世界の有名な歌劇場から出演を頼まれるかどうかは疑問ね」

「だけど、抜きんでた才能を持つ者にしか演奏や歌が許されなかったら、ぼくたちの人生から音楽が消えてしまう。ぼくが伴奏するから歌ってみて」

彼の手――ソフィアの顔に触れた手――はほっそりしていて、形がよく、短い爪がきれいに磨いてあった。

彼が何小節かを弾き、ソフィアは歌いだした。

「〝ある朝早く、太陽がのぼるころ、下の谷から乙女の歌声が聞こえてきた〟」

ヴィンセントは鍵盤の上に身を乗りだし、まぶたを閉じて弾いていた。

たいていのフォークソングが悲しく聞こえるのはなぜ？　喜びより悲しみのほうが心の琴線に強く触れるから？

「〝ああ、わたしを裏切らないで、わたしを置いていかないで。どうしてそんな酷い仕打ちができるの？〟」

ソフィアは最初から最後まで通して歌い、歌が終わったとき、彼は鍵盤の上に手を置き、鍵盤の上に乗りだした姿勢をそのまま保っていた。

ソフィアの喉の奥がまた痛くなった。人生は裏切りと別れの連続で、悲しい思いをすることが多い。

そのとき、彼がふたたび演奏を始めた。今度は別の曲で、さっきよりもたどたどしいうえに、音をいくつか抜かしていた。

「〝リッチモンド・ヒルに住むは麗しの乙女、五月祭の朝より明るく……〟」

ヴィンセントは軽やかで感じのいいテノールの声の持ち主だった。もっとも、ソフィアと同じく、世界の有名な歌劇場から出演を頼まれるかどうかは疑問だが。そう思って、ソフィアは笑みを浮かべた。

「〝……そなたをわが物にできるなら王冠を捨ててもいい、リッチモンド・ヒルの麗しの乙女よ〟」

歌いおえたとき、彼は笑みを浮かべていた。

「愛の言葉というのはやたらと華美だと思わないかい？　そのくせ、ここにズシンとくる」

そう言って、ゆるく握ったこぶしの外側でおなかのあたりを軽く叩いた。「きみのためなら王冠を捨ててもいいと言う男を、きみは信じる?」

「そんなことを言う男の人がいるとは思えないわ。王さまにしか言えない言葉だし、王さまはほんの少ししかいないでしょ。でも、そこに込められた思いは信じるでしょうね。もし、相手が誰よりもわたしのことを愛してくれてるとわかったら。そして、わたしのほうも相手に永遠の愛を捧げていたら。あなたはそういう愛を信じる?」

ソフィアは舌を嚙み切りたくなったが、自分の言葉を撤回したくても、もう遅すぎた。

「信じる」右手で音階を柔らかく弾きながら、ヴィンセントは答えた。「誰にでも起きることではないし、おそらく、ほとんどの者は知らずに終わるだろうが、そういう愛が存在するのは事実だ。めぐりあえればすてきだろうね。でも、たいていの人は気楽な生き方で満足している。いや、気楽な生き方が悪いわけじゃないんだよ」

ソフィアの気分は気楽どころではなかった。

ヴィンセントが彼女を見上げ、それから微笑した。

「そろそろ牧師館まで送っていったほうがよさそうだ。きみをここに連れてきたのは、あまり礼儀にかなったことじゃなかったね。でも、婚約したことだし、もうじき式を挙げるわけだから」

「わざわざ送ってくださる必要はないわ」

「いや、やっぱり送らなきゃ」彼はそう言って立ちあがった。「ぼくの大切なレディが双方の自宅以外の場所へ行く必要のあるときは、手が空いてるかぎり、ぼくがエスコートする」

少々独占欲が強すぎるようにも思えるが、障害に負けたくないという彼の気持ちはソフィアにも理解できた。

〝ぼくの大切なレディ〟

それがいまのわたしなの？――この人の大切なレディ？

〝たいていの人は気楽な生き方で満足している〟彼と一緒に家を出ながら、ソフィアは思いだしていた。〝いや、気楽な生き方が悪いわけじゃないんだよ〟

ええ、悪いわけではない。

でも……この人の歌にあった永遠に続くロマンティックな愛のかわりに、気楽な生き方をするのも？

でも、気楽な生き方も永遠に続くわけではないかもしれない。

二人はロンドンへ向かっているところで、今日は旅の二日目の真昼だった。旅のつねとして、退屈でたまらなかった。話もあまり弾まなかった。

ヴィンセントはここ数日に自分がとった行動をいちいち後悔するのはやめようとしていた。そもそもの始まりはサー・クラレンス・マーチの招待を受けてバートン館で夕刻を過ごしたことだった。いや、たぶん、家に帰るかわりにバートン・クームズへ行こうと決心したことだったのかもしれない。

見ず知らずの相手に結婚を申しこんでしまった。しかも、ふつうの結婚ではない。ヴィンセントの心にいちばん重くのしかかっているのがそれだった。最初の瞬間から、別居するかもしれないという運命をはらんだ結婚だ。衝動的な行動に出るのが昔から彼の大きな欠点だった。あとになってそれを後悔することが多かった。一度など、大砲にうまく点火しなかった原因を知りたくて、つい衝動的に前に出てしまった。

しかし、ヴィンセントはソフィア・フライに結婚を承知させたくて必死だったし、イエスの返事をもらうには別居を条件に入れるしかないと思ったのだ。彼女のほうも、イエスと答える必要に迫られていた。

一日半のあいだ、ほぼ沈黙のなかで旅が続いたのは、双方の責任だった。いや、彼の責任のほうが重いだろう。ヴィンセントと、彼の立派な馬車と、この先に待っている豪華な暮しに、彼女はいささか怯えている様子だった。そして、未知の世界へ足を踏み入れることにも。

ゆうべのことも、彼女の気持ちを楽にする役には立たなかった。それほど高級ではないが馬の交換ができる宿をマーティンとハンドリーが見つけ、そこで泊まることにして、部屋を二つとった。一つはマーティン用、もう一つはハント夫妻用。ヴィンセントはマーティンの部屋で寝たが、世話をしてくれるメイドもいないまま、ソフィアが一人きりでベッドにうずくまっているのは気の毒だ、危険かもしれない、とひと晩中心配でならなかった。

　ヴィンセントは目下、何か話題を見つけようとしていた。会話の糸口を見つけて彼女から返事をひきだし、できれば笑い声も聞きたかった。彼女の笑い声は愛らしい。ただ、彼が一昨日はっきり気づいたように、彼女が笑うことはめったになかった。その口から語られたわずかなことから判断すると、痛々しいほど孤独な人生を送ってきたようだ。

　ヴィンセントが何も言えずにいるうちに、彼女のほうから話しかけてきた。

「あの教会の尖塔を見て」その声は明るく、熱がこもっていた。「さっきから目に入ってたのよ。あんなに高くて細いものが強風のなかでも倒れずに立ってるのを見ると、いつも驚いてしまうわ」

　ヴィンセントは彼女が気づくのを待った。一瞬ののちに気づいたようだ。はっと息を呑む音が聞こえた。

「どうしよう、ごめんなさい」ひどく沈んだ声で彼女は言った。

「どんな景色か教えてほしいな」

「小さな村が近くなってきて、そこに教会があるの。すごくきれいな村よ。でも、こんな説明では何も伝わらないわね。何を言えばいいかしら。このあたりは道路の両側に白い漆喰《しっくい》壁と藁《わら》葺き屋根の古いコテージが何軒か並んでる。あら、そのうち一軒は明るいピンクよ。なんて可愛いの。どんな人が住んでるのかしら。教会はもう少し先よ。わあ、やっと全体が見えてきた。村の緑地の片側に建ってて、尖塔以外はごく平凡。きっと、村の人たちがこの平凡さに満足できず、もっと幸運なよその村から来た人を案内するのが恥ずかしかったので、自慢できるような尖塔を造ろうと決めたんだわ。緑地で子供たちがクリケットをして遊んでいるわ」

る。あなたも小さいころはクリケットをしたんでしょ？　みんなの話題に出てたのを聞いたことがあるわ」

ヴィンセントは興味深く耳を傾けた。彼女は鋭い目と想像力を持っていて、その想像力で話を楽しく脚色してくれる。そして、その声には温かみがあり、生き生きしている。

「村の名前はわからないわ」彼女は話を続けた。「どこにも出てないから。ううん、かまわないわね。愛らしいものすべてに名前をつける必要はないもの。そうでしょ？　バラが自分のことをバラって呼ぶわけじゃないから。その周囲にある花々も木々も同じよ」

ヴィンセントは自分でも気づかないうちに彼女のほうへ笑みを向けていた。

「どうしてわかるんだい？　きみにはバラの言葉や花々の言葉がわかるとでも？」

ソフィアは笑いだした。二日前に耳にした覚えのある軽く愛らしい響き。

ヴィンセントはためらったのちに、彼女に関してある勘が働きはじめたので、それを信じて先へ進むことにした。

「以前、クリケットのボールが高く打ち上げられて教会の屋根に落ちたことがあったけど、打ったのは確か、村の緑地で遊んでる少年の一人だった。いや、もしかしたら、その父親か、あるいは祖父だったかもしれない。もちろん、尖塔ができる以前のことだった」

「あら、村の名前もわからないのに」困惑気味の声で彼女が反論した。

おや。勘がはずれたのかな。

「教会の信者は」ヴィンセントは話を続けた。「少年たちがそのボールをとろうとして教会の壁を覆ったツタのあいだをよじのぼっていき、不格好なまだら模様にしてしまうものだから——ツタのことだよ——困りはて、尖塔を造って、被害がくりかえされるのを防ごうと決めたんだ」

短い沈黙があった。

「そこで、特別に高い塔にしたのね」ソフィアは言った。「バーサがのぼれないようにするために」

バーサ？　ヴィンセントは思わず笑みを漏らした。

「バーサというのは、歩けもしないうちから、目についたものに片っ端からよじのぼろうとする女の子だった。そうだね？　誰も止めることができなかったんだね？」

「ええ、その子よ。両親にとっては頭痛の種だった。木や煙突のてっぺんからいつも子供を助けおろさなきゃいけなくて、いつか地面に落ちて頭蓋骨が割れるんじゃないかって、両親は心配でたまらなかったの」

「当然、首の骨も折るだろうね。おまけに、高いところへのぼることはできても、下りることができないから、なおさら厄介だった。じつを言うと、バーサは下を見ることもできなかったんだ」

「やがて、運命の日がやってきた」ソフィアは言った。「さっきの話に出た男の子は、大事なのは高さじゃなくて飛距離だってことに気づかないまま、思いきり高いフライを打つのを得意にしてたんだけど、そのボールが尖塔のてっぺんに突き刺さってしまったの」

「そして、バーサはその日、三〇キロ離れた村に住んでいる母方の祖父母を訪ねることになってたんだが、運命のいたずらによって行けなくなってしまった。なぜかというと、祖父が寒気を訴え、診察したヤブ医者がチフスだと診断して、村全体を隔離してしまったからだ」

「そこでバーサは尖塔にのぼり」ソフィアは言った。「子供たちみんなが大きな歓声を上げ、大人たちみんなが目の上に手をかざして息を止め、牧師と聖歌隊のメンバー全員がひざまずいて祈りつづけるなかで、ボールを投げ落とした」

「そして」ヴィンセントは言った。「話はさらに続く。コウモリみたいに目の見えないダンという若者がいて、生まれてから一七年のあいだ、村の人々から役立たずだと思われていた。なぜなら……ええと、くだらない比喩だけど、コウモリが飛んでても見えないからだ。ところが、ここでついに真価を認められ、以後永遠に偉大なるヒーローとして村の伝説に残ることになった。どこかにダンの像もあるはずだ。ただし、数世代にわたるクリケット愛好家から特別の要求が出たため、村の緑地に建てることはできなかったが。とにかく、ダンは教会の屋根に上がって尖塔をよじのぼり、バーサを下ろしてやった。ほかのみんなと違って、高いところが怖くないからだ。理由は簡単、何も見えないから。ダンが助けに行かなければ、バーサはいまも尖塔から下りられずにいただろう」

「そのころ」ソフィアは言った。「バーサはすでに一六歳で、もうじき一七になるところだった。そして、もちろん、ダンに恋をした。それまでは彼の顔をまともに見たこともなかったの。彼はうっとりするほどたくましくて、ハンサムで、もちろん役立たずなんかじゃなかった。ただ、コウモリみたいに目が見えないだけなの。そして、ダンのほうは、天使のような声をした彼女にずっと憧れていたことを告白した。二人は高い尖塔のある教会で結婚して、いついつまでも幸せに暮らしたのよ」

「バーサはそれ以後、椅子より高いものにはけっしてのぼらなくなった。しかも、のぼるときは頑丈な椅子でないとだめだったし、ネズミが足元を走っていったときに限られていた。なぜって、高いところにのぼれば、ダンがかならず助けに来るだろうから、彼がそこから落ちて死んでしまったら大変だと思ったんだ。命より大切な人を失うことになるからね。二人のあいだにできた子供たちはみんな、地面の上にいるだけで満足で、ゆりかごの縁をよじのぼって外に出ようとすることもなかった」

「それでおしまい」ソフィアはため息をついた。

「アーメン」ヴィンセントは大真面目に言った。

二人一緒に噴きだして笑いころげ、そのあともくすくす笑いが続いたが、やがて、どういうわけか――驚いたせいか、はたまた困惑したせいか――笑いがやんだ。

「いつもこういうお話を作ってたんじゃないのかい？」短い沈黙のあとでヴィンセントは尋ねた。

「ストーリーが浮かんでくるの。ただし、始まりと真ん中と終わりのあるちゃんとしたストーリーじゃなくて、さまざまな断片がね。くだらないものばかりよ。で、わたしはそれをスケッチするの。風刺画のようなタッチで」

「ほんと？」ヴィンセントは彼女のいるほうへ顔を向けた。「顔見知りの人々をモデルにして？」

「いつもそうよ。でも、バーサとダンと教会の尖塔の絵をシリーズにしてみようかしら。新たな興味深い挑戦になりそうね」

ヴィンセントは彼女に笑いかけた。

「そして、絵に合わせてお話を書いてみてもいいわね。あなたも協力してくれなきゃ。言葉の選び方がすてきだから。お話を作ることがあるの？　いまの物語のほかに」

「アーシュラという三番目の姉が暗闇や幽霊や雷を怖がるものだから、姉が眠れるよう、ぼくがお伽話を作ってあげることがよくあった。なんにでもすぐ怯える姉でね。ぼくより年上だというのに。だから、ぼくはいまもまだ、子供たちのために寝る前のお話を作ってるんだ。復活祭の時期に家族全員がミドルベリー・パークに集まったとき、姪の一人が寝る前のお話を読んでほしいとぼくにせがんだ。すると、いちばん上の姉エイミーの〝しいっ〟という声が聞こえた。たぶん、両手をぱたぱたさせて怖い顔をして、〝ヴィンセントおじちゃんは目が見えないのよ〟と娘に伝えようとしていたのだろう。ぼくは子供たちにドラゴンの話をしてやった。ロープに炎を吐きかけて、罠にかかっていた野ネズミを助けたドラゴンの話さ。すると、翌日から毎晩、ドラゴンとネズミのために新しい冒険を考えなきゃいけなくなった」

「まあ、わたしにドラゴンが描けるかしら。ネズミだったらどのスケッチにも登場するけど。隅に小さなネズミを描くのよ」

「それがきみの署名？　きみは昔からずっと、周囲の人生のくだらない出来事を観察する小さなネズミだったのかい、ソフィー」

「スケッチのなかのネズミは小さいかもしれないけど、いつもおずおずと従順な顔をしてるわけじゃないのよ。ときには意地悪な薄笑いを浮かべることもあるわ」

「そう聞いてほっとした」

二人はふたたび黙りこんだが、ほんのしばらくのことだった。急に馬車が揺れて角を曲がったので、ヴィンセントドが彼女に身体をぶつけないようドアの横のストラップをつかむと、石畳に響く馬の蹄の音が聞こえてきた。たぶん、宿の中庭に入ったのだろう。

「あまり時間がたっていないので、馬を替える必要はまだないんですが」馬車の扉をあけてステップを下ろしながら、マーティンが言った。「いまにも土砂降りになりそうな気配だし、わたしは御者台の横の席にすわりっぱなしだったので、ハンドリーを説得して早めに休憩しようと思いまして。旦那さまとミス・フライのために個室の談話室を頼んでおきましょうか。それから、午餐の注文は？」

少なくとも、マーティンがふたたび口を利いてくれるようになった。堅苦しくそっけない口調ではあるが。

「うん、頼む、マーティン」ヴィンセントはそう言うと、向かいの座席から杖をとった。マーティンも御者も手を貸してはならないことを心得ているので、誰の助けも借りずにステップを下りてから、馬車を降りるソフィアのために手を差しだした。

彼女の姿が見られればいいのに、と思った。そして、彼女のスケッチを。見ることさえできれば。わずか一分でいい。欲張りなことは言わない。一分だけでいい。

呼吸に神経を集中した。吸って。吐いて。吸って。吐いて。予想外のパニック発作に不意に襲われても、いまではそれを撃退する達人になっている。もっとも、完璧な達人ではないけれど、と悲しく考えた。呼吸が正常に戻ったあとは、涙を流したい、挫折感と自己憐憫を抱えて思いきり号泣したいという、まことに恥ずべき衝動と戦わなくてはならない。

ヴィンセントは笑みを浮かべ、片方の腕を差しだした。

8

馬車はロンドンに入った。ソフィアが二年前まで人生の大半を送っていた街だ。去年の春もここで過ごし、ヘンリエッタのために高貴な夫を探し求めるおじ夫婦が娘を連れて社交行事の場をまわっているあいだ、ソフィアは一家が借りた住まいに残って、あちこちの公園を散歩したものだった。

しかし、今回は結婚するためにロンドンにやってきた。

考えただけでくらくらしそうだった。その現実をちゃんと把握できているかどうか、いまだによくわからない。

二人が向かっているのは、ダーリー子爵の友人であるトレンサム卿のロンドンの邸宅で、婚礼までソフィアがそこに泊めてもらえるかどうかを打診するために出かけてきたのだった。ソフィアは邸宅に到着する瞬間を恐れていた。トレンサム卿と家の人たちはわたしのことをどう思うだろう？　この状況をどう思うだろう？　トレンサム卿もフィスク氏のような目でわたしを見るのだろうか。相手の目が不自由なのをいいことに玉の輿に乗ろうとしている女だと思うのだろうか。

でも、どうしてそう思わずにいられるだろう？

自分の無力さを感じ、軽い吐き気に襲われた。

馬車は長い通りに面した堅固な造りの立派な家の前で揺れながら止まった。ソフィアが窓からのぞくと、フィスク氏が御者台から飛びおりて玄関前の石段を駆けあがり、玄関にノッカーを打ちつけているところだった。しばらくすると玄関扉が開き、そこに立った男性にフィスク氏が声をかけた。相手はどうやら召使いのようだ。男性は馬車のほうに視線をよこし、それから玄関をあけたままで姿を消した。

「家の人が在宅かどうか、召使いが確かめに行ったみたい。ああ、きっと、図々《ずうずう》しい女だと思われてしまう」

彼の手が向かいの座席から伸びてきて、ソフィアの手の甲を包んだ。

「ヒューゴは世界でいちばん親しい友達の一人なんだ」

ソフィアは思った――だからよけい厄介なのよ。

次に玄関先に姿を見せてドアの隙間をふさいだのは召使いではなかった。しかし、そこに立ってフィスク氏に目を向け、次に馬車を見てから石段を駆け下り、歩道を横切った男性は、どう見てもトレンサム卿とは思えなかった。巨人のような大男で、獰猛《どうもう》そうに顔をしかめ、髪は流行など無視して短く刈りこんである。

誰なのかわからないけど、きっとわたしたちの図々しさを非難するだろう。しかも、無遠慮な言い方をするだろう。目を見ればわかる。

男性が馬車の扉を乱暴にあけて身を乗りだした。

「ヴィンス、この悪党め」彼がわめき散らすあいだ、ソフィアは馬車の隅で身を縮め、そちら側にすわらなくてよかったと思っていた。「どういうことだ？　ええ？　二日も遅刻するとは。まわれ右をして、もと来た場所へとっとと帰ってもらいたいね」

ダーリー卿の顔が微笑で輝いた。

「ぼくもあなたの顔が見られてうれしいよ、ヒューゴ。いや、少なくともこの目が見えれば、うれしいと思うだろう」

では、この獰猛そうな大男がトレンサム卿なのね。

「さあ、降りてくれ」トレンサム卿は大声で言うと、御者がなすすべもなくおろおろしているあいだに、すばやく身をかがめて馬車のステップを下ろした。「二日も遅刻したとなれば、まっとうな男ならふたたび馬車で走り去るだろうが、その気がないなら馬車を降りろ。わたしがこっぴどく叱りつけてやる。どうして間に合うように来られなかったんだ？」

そう言うと、半ばひきずるように、半ば補助するようにして、ダーリー卿を歩道に立たせ、それから進みでて思いきり抱きしめた。全身の骨が折れてしまいそうな勢いだった。しかし、ダーリー卿は怯えるどころか笑っていて、彼のほうからも巨人を抱擁していた。

「間に合うってなんのことだ？」ダーリー卿は尋ねた。「二日も遅刻したって何に？」

「わたしの結婚式だ」トレンサム卿はわめいた。「きみは結婚式に顔を見せず、わが一日を台無しにしてくれた。いや、わが人生を台無しにしたんだ。ジョージは来てくれたぞ。それから、イモジェンも、フラヴィアンも、ラルフも。ベンはイングランド北部に住む姉上のところに滞在中なので、わたしの結婚式に出られなかったのも仕方がない。とくに、脚が悪くて駆けもどってくることもできないからな。だが、きみは婚礼の招待状への配慮もなしに地球上から姿を消してしまった。どこへ消えたのかは、ミドルベリー・パークの人たちも知らなかった。きみの母上ですら」

「あなたの婚礼？」ダーリー卿は言った。「結婚したのかい、ヒューゴ。相手は……ひょっとしてレディ・ミュア？」

「まさしくそうだ」トレンサム卿が言った。「いまはレディ・トレンサム。説得するのがひと苦労だったが、どうしてわたしの魅力に永遠に抵抗できる？　まともな女なら誰だってそうだ。さあ、家に入って彼女に会ってくれ、ヴィンス。いや、正確に言うなら〝会う《シー》〟という言い方はよくないな。彼女の小言の種が増えそうだ。きみのせいで夫婦仲が険悪になってしまう」

　トレンサム卿が馬車のほうへ顔を上げ、ソフィアと目を合わせたのは、その瞬間だった。

「じつは同行者がいるんだ」同時にダーリー卿が言った。

「そのようだな」トレンサム卿の視線はソフィアに据えられたままだった。「とんだ失礼を。そこにすわっておられることに気づきませんでした。レディの前で使ってはならない言葉を、わたしは何か口にしなかったでしょうか。きっと口にしたことと思います。どうかお許し願いたい」

ダーリー卿が馬車のほうに向き直った。ソフィアが見ていると、ブーツの内側でステップを探りあて、ステップの縁に沿って足をすべらせてから片手を差しだして、馬車を降りる彼女に手を貸した。何日か前に踏み越し段のところでやったように。

ソフィアが歩道に降り立ってトレンサム卿を見上げると、その巨体がさらに大きく見えた。しかも渋い表情を浮かべ、妙に困惑している様子だった。

「彼がヒューゴ・イームズ、トレンサム卿だよ、ソフィー」ヴィンセントが言った。「ヒューゴ、ミス・ソフィア・フライを紹介しよう。ぼくの婚約者だ」

ソフィアはわずかに膝を折ってお辞儀をした。

「婚約者か」トレンサム卿が言った。鼻梁《びりょう》の上のほうで左右の眉がくっつきそうだ。「突然のことか？　それとも、二、三カ月前にペンダリス館で会ったときは極秘にしてたのかね？」

「いや、つむじ風のような出来事だと思ってくれ」ダーリー卿は言った。「式を挙げるつもりだ。たぶん、明後日ぐらいに。そのためにロンドンに来たんだ。まず特別許可証を購入しなきゃいけない。これから二晩、あなたの義理の母上にお願いしてソフィアを泊めてもらいたいと思ってたんだが、どうやら、レディ・ミュアに、いや、レディ・トレンサムにお願いしなきゃいけないようだな」

「すると、こっそり結婚するわけか」トレンサム卿は胡散《うさん》臭そうにソフィアを見ながら尋ねた。「とにかく入ってくれ、二人とも。前へ四歩だ、ヴィンス。それから、石段を五段のぼると玄関がある。杖はどこだね？　おお、フィスクが来た。きみのことはやつに任せよう。

ミス・フライ？」

トレンサム卿がソフィアに腕を差しだし、じっと見つめてきたので、彼女のほうは少々怖いどころの話ではなくなった。しかし、言うまでもなく、ダーリー卿が親しくしている〈サバイバーズ・クラブ〉の仲間は、ほとんどが半島戦争のときに陸軍士官だった人々だ。いずれも手ごわい紳士に違いない。

みんなが屋敷に入ると、貴婦人が一人、急いで玄関ホールにやってくるところだった。かなり脚をひきずっている。小柄でほっそりしていて、金色の髪が波打ち、絶世の美貌を備えた女性だ。温かな微笑を浮かべていた。

「ダーリー卿！」歓声を上げた。「どなたがいらしたのかと居間の窓からのぞいてみたら、あなたのお顔が見えたのよ。大歓迎ですわ。結婚式に出ていただけなかったわね。ヒューゴががっかりしてたけど、これでまた元気になってくれるでしょう」

貴婦人はそう言いながらダーリー卿に近づいてきた。彼はなぜか、両手が自分のほうに差しだされたことを承知しているように見えた。彼も手を上げ、おたがいの手を握りしめた。

貴婦人のほうへまっすぐ笑顔を向けていた。

「ヒューゴがペンダリス館をあとにしたとき、ぐずなやつだから、あなたに追いつけないのではないかと、ぼくは心配してたんですよ。杞憂《きゆう》に終わってほっとしました。あなたにお会いした瞬間から、ヒューゴにぴったりの人だと思ってました。それに、浜辺で足首をくじいたあなたを見つけて彼が屋敷まで運んでくるなんて、そんなロマンティックな話がどこにあります？　お幸せを祈ります、レディ・トレンサム。花嫁にキスしてもいいかい、ヒューゴ。二日遅くなってしまったけど」

　ヴィンセントは許可も待たずに彼女を抱き寄せて、半分は頬に、半分は鼻にキスをした。

　二人とも笑いだした。

「ありがとう」レディ・トレンサムはそう言って向きを変え、礼儀正しく問いかけるようにソフィアを見た。「ダーリー卿、あなたのお友達？」

「ミス・ソフィア・フライです。二晩だけ泊めていただけないかと思い、ここに連れてきました。特別許可証を手に入れて、明後日、ぼくたちが結婚するまでのあいだ」

　レディ・トレンサムが眉を上げてまじまじとソフィアを見たので、ソフィアはここ以外の場所ならどこへでもいいから、とにかく逃げだしたくなった。突然、バートン館の客間の暗い片隅でさえ、はるかに好ましく思われた。貴婦人の目に浮かんでいた微笑が消えた。しかし、礼儀正しく声をかけてくれた。

「お疲れのようね。不安なお顔で、ひどく怯えてらっしゃるみたい。この思いがけない結婚の件と、泊めてほしいというお言葉の裏には、きっと興味深いご事情がおありでしょうけど、いますぐ話してくださるよう催促するのは控えることにしますわ。そうでしょ、ヒューゴ」

　そしてソフィアに近づくと、彼女の腕をとった。女性としてけっして背の高いほうではないのに、それでも、ソフィアより頭半分ほど高かった。

「もちろん、お泊まりになってね。ダーリー卿のお友達で、しかも婚約者でいらっしゃるのなら、それだけでもう大歓迎よ。お客さま用の寝室へご案内しますから、ゆっくり休んでください。ヒューゴ、わたしがお世話しても、お義母さまは気になさらないわよね？」

「いまはきみがこの家の女主人なんだよ、グウェンドレン。それに、きみは母の大のお気に入りだ。わたしはヴィンセントを客間へ連れていって、母とコンスタンスに紹介することにする。それから、わたしのおじにも。みんなうっとりするだろう。誰だってヴィンセントに会えば好きになる。こいつはわたしと違って、しかめっ面で幼い子供たちを怯えさせるようなまねをしないから」

「まあ、ヒューゴったら」レディ・トレンサムが笑った。「あなたはそんな人じゃないわ。子供たちはあなたを見ただけで、ただのクマのぬいぐるみだって見抜くんですもの」

トレンサム卿は渋い顔をし、夫人はソフィアを階段のほうへ案内した。

「いまにも倒れそうなお顔よ」階段をのぼりながら、レディ・トレンサムは声をひそめて言った。「ゆっくりなさってね。お休みになりたいなら、一人にして差しあげます。あるいは、よかったら二人で腰を下ろしましょう。何もかも話してくださっていいのよ。話したいことだけでもいいし。わが家にようこそ。くつろいで、ゆっくり休んでください。遠くから旅をしてらしたの？」

ソフィアとダーリー卿の関係を知った瞬間にレディ・トレンサムが浮かべた、敵意がこもっているとも言えそうな呆然たる表情はすでに消え、完璧な礼儀正しさに変わっていた。

わたしは確かに疲労困憊で、いまにも倒れてしまいそう――ソフィアは自分でもそう思った。

「サマセット州のバートン・クームズという村から来ました。どう思ってらっしゃるかはわかります。地味で、なんの魅力もなくて、みすぼらしい格好をした女が、お金持ちの子爵さまと結婚することになった。その人は魅力的で、優しくて、美しくて――しかも、都合のいいことに目が不自由。わたしのことをきっと、玉の輿を狙う最低の女として軽蔑しておいででしょうね」

そして、ソフィアはこれまで一度もしなかったことをした。泣き崩れたのだ。

レディ・トレンサムに案内されたのは趣味のいい部屋だった。ベッドカバーとカーテンがおそろいで、象牙色の地に花柄が描かれている。明るい雰囲気の部屋だ。

そして、ソフィアは舞踏会に迷いこんだカカシみたいに場違いな姿で、部屋の真ん中に立ちつくした。

「こちらに来てベッドにおすわりになって」ハンカチで洟《はな》をかむソフィアにレディ・トレンサムが言った。「あるいは、横になってもいいのよ。わたしはしばらく部屋を出ていましょうか。晩餐まで二時間ありますから。それとも、ダーリー卿があなたに結婚を申しこみ、特別許可証を手に入れて結婚するためにこちらに連れてくることになった経緯を、わたしに話したいとお思いかしら。あなたがダーリー卿の婚約者だと階下で初めて聞かされたとき、わたし、その衝撃をきっと顔に出してしまったと思うけど、どうか許してね。人を外見だけで判断してはならないことぐらい、よくわかっているのに。失礼の埋め合わせをする機会を与えていただけないかしら。いまのわたしにできるのは、あなたを一人にしてゆっくり休ませてあげることだけだとしても」

ソフィアはベッドの端に腰かけた。足が床から数センチ上で揺れた。

「説得されたんです。わたしにとっていいことづくめの結婚話ですけど、あの方にとってもいいことがたくさんあるって。馬鹿げてますよね、もちろん。だって、あの方がいなければ、わたしは一人ぼっちで貧しく生きていくしかないんですもの。お返事するまで、それが心に重くのしかかっていました。でも、卑しい心は捨てようとしました。何度もお断わりしたんです。本気でした。でも、じつはそうじゃなかったのね。本気だったら、最後にイエスと言うはずがありません」

ソフィアは頬の涙を拭い、両手に顔を埋《うず》めた。

「すみません。ほんとにすみません。ひどい女だと思ってらっしゃるでしょうね。あなたとトレンサム卿はあの方のお友達ですもの」

ソフィアのとなりに腰を下ろしていたレディ・トレンサムが彼女の膝を軽く叩き、ふたたび立ちあがって、ベッドのそばにある呼び鈴の紐《ひも》をひっぱった。そのまま無言で立っていると、やがてドアに軽いノックが響いてメイドが入ってきた。

「お茶とケーキをお願いね、メイヴィス」レディ・トレンサムに命じられて、メイドは姿を消した。

ソフィアは湿ったハンカチで頬の涙を拭いて、それをしまった。

「わたし、ぜったい泣かない人間なのに。いえ、ほとんど泣いたことがないのに」

「思う存分泣いて、少しは楽になったかしら」レディ・トレンサムが言った。「窓辺に椅子が二つあるわ。あそこにすわってお茶にしましょうか。差し支えなければ、こうなるに至った事情を話してちょうだい。ひどい人だなんて思ってないわ。夫とあなたの未来の旦那さまは親しい友人なのよ。あなたとわたしはこれからもたびたび顔を合わせることになるでしょう。あなたと仲良くなって、できれば友情を育てていきたい。あなたもわたしと仲良くして友情を育ててくださるとうれしいわ。あなたはどういう方なの、ミス・フライ？」

「わたしにはサー・テレンス・フライというおじがいます」椅子の一つにすわってから、ソフィアは話を始めた。「もっとも、このおじの世話になったことは一度もありません。外交官で、国を離れていることのほうが多いんです。五年前に、父がよその夫を激怒させ、決闘したあげくに亡くなったため、二人のおばに順にひきとられて暮らしてきました。わたしは良家の出ではありますけど、五歳のときに母が家を出ていったあと、父のもとでまっとうとは言えない人生を送ってきました。いえ、母が出ていく前からそうでした。父が放蕩者で賭博好きだったんです。つねに借金を抱えていました。いつだって引越しと雲隠れ、雲隠れと引越しの連続でした。家庭教師をつけてもらったことも、学校へ行ったこともありません。ただ、読み書きと計算だけは勉強しました。父にうるさく言われたので。メイドを使ったこともありません。わたし……ダーリー卿にはふさわしくない女です」

「この五年間、二人のおばさまはあなたを大切にしてくださった？」

「メアリおばは亡くなるまでの三年間、わたしのことはほったらかしでした。わたしをひと目見るなり、可愛げのない子だと言いました。そのおばが亡くなると、今度はマーサおばに、つまりバートン館に住むレディ・マーチにひきとられましたが、おばには社交界に出して結婚させなくてはいけない実の娘がいました。ヘンリエッタというその娘は美人なんです」

メイドがトレイを持ってふたたび現われ、レディ・トレンサムのそばの小さな円テーブルにそれを置いてから黙って出ていき、背後のドアを閉めた。レディ・トレンサムはソフィアのためにお茶を注いで、小さなケーキを二個皿にのせ、彼女に手渡した。

「ダーリー卿があなたに会ったのはそのバートン館だったのね」

「ある意味では」ソフィアはこの一週間の出来事を一つ残らずレディ・トレンサムに話した。いや、じつを言うと、まだ一週間にもならない。なんてめまぐるしかったんだろう。コヴィントン荘に到着した彼の姿を初めて目にしたのが、何カ月も前のことのように思われる。

「そういうわけなので、たぶんご理解いただけると思います」最後にソフィアは言った。「結婚のお話がわたしにとってどれほどの誘惑だったか。しかも、お断わりしても何度も求婚してくださるんですもの。もっと強くお断わりすべきでした。それはわかってるんです」

ソフィアはお茶をほとんど飲みほしていた。皿にもわずかなケーキの屑《くず》以外何も残っていないことに気づいて、自分でもびっくりした。

「あなたのお気持ちはよくわかります」レディ・トレンサムは言った。「あなたに断わられても何度も求婚したダーリー卿の気持ちも理解できるような気がするわ。きっと、彼の好みにぴったりの何かをあなたのなかに見つけたのね」

「わたしの声が好きだと言ってくれました」

「感じのいい声というのがあって、その理由はさまざまだし、耳ざわりな声というのもあって、そこにはまた別の理由がある。そう思わない？　でも、目が見える者にとっては、声の善《あ》し悪しは二の次よね。目が不自由な場合は、声がどれほど重要なことでしょう。永遠に視力を失った状態を想像するのはむずかしいけど、あなたの婚約者にとって容貌より声のほうがはるかに大切だってことは、容易に想像がつくわ」

「でも、わたし、スタイルもよくないし。男の子みたいでしょ」

レディ・トレンサムは微笑して、空っぽになったカップをトレイの上の受け皿に戻した。

「髪をとても短くしているせいもあるかしら。自分で切ってらっしゃるの？」

「はい」

「腕のいい美容師に相談すれば、もっとすてきな髪形にしてくれるわ。それから、コルセットをつけて仕立てのいいドレスを着れば、これ以上はないというぐらい細い身体でも魅力的に見えるものよ。いまお召しになってるものよりも身体にぴったり合うドレスを持ってらっしゃる？」

「いいえ」

「花嫁衣装が必要だということを、ダーリー卿はお考えにならなかったのかしら」

「考えてくれました」ソフィアはレディ・トレンサムにはっきり言った。「イームズ夫人かお嬢さまに明日の買物につきあってもらえればありがたい、と言っていました」

「二人とも大喜びでしょうね。でも、かわりにわたしがお供してもかまわない？」

「お時間をとらせるような図々しいまねはできません」ソフィアは言った。

「あら」レディ・トレンサムの微笑がさらに大きくなった。「女は買物が大好きなのよ、ミス・フライ。必要もないのに買物に出かけて、とにかく何か買いたいものだから、ボンネットやくだらない装飾品を買ってしまうことがよくあるわ。あらゆる品が必要な人と買物に出かけるなんて、すばらしい贅沢だわ。お金はすべてダーリー卿が払ってくださるんでしょ？」

「そう言ってくれてます」ソフィアは赤くなった。「でも、なんだか申しわけなくて」

「ダーリー卿が花嫁を家族に会わせるために連れて帰ったとき、召使いでもいやがるような服を着ていたら、そのほうがずっと申しわけないわ。あら、ごめんなさいね。贅沢な服を着て支払いは彼にまわすのがあなたの務めなのよ。ダーリー卿は大金持ちだから、それぐらいの出費はなんでもないはずよ」

ソフィアはため息をついた。「ご親切にありがとうございます。わたし、あの……」

「疲れてくたくた？」レディ・トレンサムはそう言って立ちあがった。「横になって一時間ほどお休みになるといいわ。晩餐の時刻が近づいたら、メイドを行かせます。今夜はわたしのドレスを着てもらえばいいかしら？　わたしよりさらに小柄なようだけど、服がまったく合わないほどじゃないと思うの。わたしのメイドは急ぎの手直しが大の得意なのよ。気を悪くなさらない？」

「いいえ」ソフィアは自分がどう感じているのかわからないまま答えた。感覚が麻痺していた。こんなに疲れたのは生まれて初めてだ。「ありがとうございます」

やがて、ソフィアは趣味のいい客用寝室で一人になった。落ち着いて考えようと思い、靴を脱ぎ捨ててベッドに横たわった。しかし、幸いなことに、混乱した心理状態のなかで考えごとをしている時間はなかった。たちまちぐっすり寝入っていた。

ヒューゴはヴィンセントを居間へ連れていき、継母にあたるイームズ夫人とその娘でヒューゴにとっては父親違いの妹のミス・イームズに紹介した。それから、おじのフィリップ・ジャーメインにも。ヴィンセントと婚約したばかりの女性が二階にいて、妻が付き添っている、疲れがひどくてしばらくは挨拶に出られない、二、三日この家に滞在する予定だ、ということを三人に説明した。

「式を挙げるためにロンドンに来たのです」ヒューゴに椅子へ案内されてから、ヴィンセントは説明した。「ぼくには家族がいますが、ソフィアにはいません。特別許可証を手に入れてロンドンでひそかに結婚するほうが、彼女のためだと思うんです。でも、いきなり押しかけてきたことは心からお詫びします」

「あなたはコーンウォールでヒューゴと仲良くしてくださったお一人なのでしょう、ダーリー卿」イームズ夫人が言った。「いつでも大歓迎ですわ」

「ヒューゴががっかりしてたのよ。式に出てもらえなくて」ミス・イームズが言った。「ようやく来てもらえて、うれしくてたまらないって顔だわ」

「出られなくて残念でした」ヴィンセントは言った。「式の様子を詳しく聞かせてください」

ミス・イームズにそれ以上頼む必要はなかった。

「もちろんよ。式場はハノーヴァー広場の聖ジョージ教会で、身内と親しい友達しか呼ばないってヒューゴはがんばったけど、あらゆる人が来てたみたい。グウェンの衣装はピンクと、深い色合いの豪華なバラ色と……」

ヴィンセントは笑顔で耳を傾けていたが、半ばうわの空だった。いつのまにか注意がそれてソフィアのことが心配になってくる。レディ・トレンサムの話だと、ひどく疲れていて、心細そうな怯えた様子だったという。ここに着いてから圧倒されどおしだったに違いない。しかし、もう一つの方法に比べれば、こちらのほうがいいに決まっている。もともとは乗合馬車でロンドンへ出るつもりだったようだが、ロンドンに着いてからどこへ行くかも、何をするかも、彼女はまったく計画していなかった。考えただけで冷汗が出てきそうだ。

しばらくするとジャーメインが暇を告げたので、ヒューゴはヴィンセントに書斎へ行こうと提案した。

「すごいだろう？」ヒューゴは歩きながらヴィンセントの肩を軽く叩いた。「わたしが書斎を持つなんて。だが、父のおかげで事業全般に関心を持つようになったんだ、ヴィンス。じっさい、事業に大きな関心を寄せている。それどころか経営にも関わっている。しかも、父が経営を託した男は得がたい人材だった。頭がよくて、熱心で、生真面目で、細部まで行き届いた経営をしてくれている。ただし、想像力がひとかけらもない。この男が経営にあたるかぎり、変化はいっさい望めないだろう。しかし、誰もが知っているように、人生においてはあらゆるものに変化が必要だ。でないと、停滞し、だめになってしまう。ここにすわってくれ。わたしはオーク材の大型デスクの向こうにすわろう。きみに見てもらえなくて残念だよ。いまのわたしは貫禄たっぷりの重要人物というところだ。きみのほうは身分の低い嘆願者かな」

「それじゃ、実業家としてこのロンドンに腰を据えるつもりかい、ヒューゴ。レディ・トレンサムはどう思ってるのかな？」

ヒューゴのため息が聞こえた。

「グウェンドレンはわたしを愛してくれている。このわたしを。いかなる条件も抜きにして、あるがままのわたしを。世の中にこんなすばらしいことはない。わたしが生涯ここで過ごしたいと言っても、黙って受け入れてくれるだろう。ただ、わたしにはそのつもりはない。なるべく多くの時間をハンプシャーのクロスランズで過ごしたい。あの屋敷を温かな家庭に変え、だだっぴろい庭を美しい庭園に変えるために、グウェンドレンがあらゆる案を出してくれたんだ。わたしはすべての生きもののなかでもっとも困ったやつになってしまった――すなわち、幸福な結婚生活を送る男に。まだ新婚二日目だから、口にするのは簡単だ。しかし、この気持ちがずっと続くことには自信がある。そんなことを信じるなんて世間知らずだと言ってくれてもかまわないが、わたしにはわかるんだ。グウェンドレンも同じ気持ちだ。だから、きみたちの力になりたい」

「ぼくは家を飛びだした。あなたが招待状を送ってくれたとき、ぼくの行き先を誰も知らなかったのは、そのせいだったんだ。ぼくが家を出たのは、結婚すればはるかに快適な人生を送ることができると母と姉たちが思いこんだせいだった。復活祭がすんだとたん、本格的な花嫁探しにとりかかり、ある若い令嬢とその家族をミドルベリーに招待したんだが、まもなく、令嬢がやってきたのはぼくの求婚を待つためではなく、求婚を受け入れるためだったことがはっきりした。〝ちゃんと理解していますもの。少しもいやではありません〟とまで言いだす始末だ」

ヒューゴがくすっと笑ったので、ヴィンセントも苦笑した。ぼくは同情の言葉を期待していたんだろうか。

「だから、ぼくは逃げだした。マーティンを連れて湖水地方へ行き、そこで何週間か至福の日々を送ってから、サマセット州にある子供時代の家へ行こうと衝動的に決めた。その家に戻ったことは誰にも知らせずに、静かな孤独のなかでしばらくのんびり過ごすつもりだった。だが、その夢はたちまち破れてしまった」

ヴィンセントは到着後に起きたことを短くまとめてヒューゴに語った。

「というわけで、ぼくはここに来た」話を締めくくった。「いや、二人で」

「それで、あの女性と結婚する以外の方法は思いつけなかったのか」

「満足できる案は一つもなかった」

「そこで、ダーリー卿は盲目的に救出に駆けつけたわけか」

「ぼくには妻が必要なんだ、ヒューゴ」ヴィンセントは説明した。「ぼくが結婚するまで家族がうるさくせっつくだろう。また、ソフィアには家庭が必要だし、大事にしてくれる人が必要だ。これまで誰にも大事にされたことのない子なんだ。きっとうまくいく。ぼくの努力でそうしてみせる。ぼくたち二人の努力で」

たとえ、最後にはおたがいが自由を得るために一人で暮らすことになろうとも——愚かきわまりない考えだ。

「きみならできるだろう」ヒューゴはため息をついた。「わたしはきみを全面的に信頼している、ヴィンス」

その瞬間、書斎のドアが開いた。

「お邪魔だったかしら？」レディ・トレンサムが訊いた。

ヴィンセントはそちらを向いた。「ソフィアも一緒ですか」

「上で横になってるわ。たぶん、もうぐっすり寝てるでしょう。晩餐のときに下りてきます。明日あなたが結婚の準備に駆けまわっているあいだに、もしよければわたしがミス・フライの買物につきあって、花嫁のための衣装をそろえるのをお手伝いしようと思うんですけど。大量に買わなきゃいけないわ。それから、腕のいい美容師も必要ね。お金に糸目をつけずに、必要なものをどんどん買ってもよろしいかしら」

「もちろんです」ヴィンセントは言った。「それから、必要なものを最低限そろえるだけでいい、すべていちばん質素な安いものでいいとソフィアが言っても、ぜったい耳を貸さないでください。彼女のことだから、そう言うに決まってます」

「任せてちょうだい」レディ・トレンサムは言った。「わたしが買物のお手伝いを終えたときには、あの方はどこへ出しても恥ずかしくない姿になっているはずよ」

「本人が言うには、人が目を背けたくなるほど醜い姿ではないそうですが、自分には魅力のかけらもないと思いこんでいます」

「目を背けたくなるほど醜い姿ではないぞ、ヴィンス」ヒューゴが保証した。「きみが到着したとき、わたしは彼女が馬車に乗っていることすら気づかなかった」

「驚くほどきれいな女性はそんなに多くないわ」レディ・トレンサムが言った。「絶世の美女と言われる人はさらに少ない。でも、わたしたち女性は自分に与えられたものを最大限に生かす天才なの。わたしは明日、自分の資質を最高に輝かせるにはどうすればいいかを、ミス・フライに全力で指南するわ。髪の色がすてきだし、目の色もそれに合っている。豊かな唇と愛らしい笑顔の持ち主だけど、わたしが笑顔を見たのは一回だけ。それから、ほっそりした人だから、身体に合ったものを着れば、繊細で優雅に見えるでしょう。でも、ダーリー卿、彼女の最高の資質の一つをあなたはすでに発見なさったようね。確かに愛らしい声だわ。低くて、ちょっとハスキーで。あなたに声を褒められたことを彼女から聞かなかったら、わたしは気づかなかったかもしれないわ。視力を与えられている者は声の力に無頓着なことが多いもの」

　ヴィンセントは彼女に笑みを向けた。「ぼくを安心させようとしてくださってるんですね。感謝します。だけど、その必要はありません。ソフィアがどんな外見だろうと、ぼくは気にしない。彼女のことが好きだから」

「でも、ミス・フライを安心させてあげなくては。それから外見も気にかけてあげてね、ダーリー卿。ご家族やお友達が彼女に会えば、外見で評価するでしょう。そして、ご本人も鏡に映った自分の姿や、他人が自分を見るときの目の表情から、ご自分を評価すると思うのよ。気にかけてあげなくては。でも、もちろん、すでにそうしていらっしゃるわね。だって、必要なものを買うためにここに連れていらしたんですもの。いまの姿ときたら、まるで浮浪児よ。おばにあたる方はご自分のことを大いに恥じるべきだわ。召使いでも馬鹿にして着ないような服を、お下がりとして与えてらしたんですもの。それから、ミス・フライは髪も自分で切ってて、その結果、とんでもなく見苦しい姿になってしまったの。それに栄養不足のようね。顔のわりに目が大きすぎるの。外見については、やはり、あなたが気にかけてあげなくては」

　ヴィンセントはしかめっ面になった。確かにそうだと思った。自分は何も気にならないとソフィアに言って聞かせるのはいいけれど、彼女はたぶん気にしているだろう。

「きみも今夜泊まっていってくれるかい？」ヒューゴが尋ねた。「大歓迎するよ」

「どこかいいホテルを教えてくれれば、そこに部屋をとるよ」ヴィンセントは言った。

「晩餐のあとでジョージの屋敷へ行こう」ヒューゴが提案した。「一週間か二週間、ロンドンに滞在するそうだ。イモジェンも泊まっている。結婚式に来てくれたんだ。わたしにとっては永遠の驚きと感謝だ。フラヴィアンもこの街のどこかにいるはずだ。じつを言うと、花婿の付き添い人をしてくれた。それから、ラルフもロンドンにいる。ジョージのことだから きっと、屋敷に泊まるようきみを説得するだろう。きみはいつだって公爵の特別のお気に入りだったからな」

視力だけでなく聴力もなくしたヴィンセントが初めてペンダリス館にやってきたとき、彼の部屋で毎日四六時中ほぼ付きっきりで世話をしてくれたのが、ジョージ・クラブ、すなわちスタンブルック公爵その人だった。ヴィンセントの手と頭をなで、ときには何時間も優しく揺すりつづけて、彼に経験できる唯一の人間的なつながりを、つまり、肌が触れる感覚を伝えようとした。自分を抱きしめてくれるその腕にヴィンセントがたびたび逆上して抗《あらが》ったり、恐怖のあまり全力で殴りかかったりしても、公爵は反撃に出ることも、身をこわばらせることも、彼を押さえこもうとすることもなかった。けっしてヴィンセントを見捨てようとしなかった。

ジョージがいなかったら自分が生きていたかどうか、ヴィンセントには疑問だった。死なずにすんだとしても、聴力が回復するずっと前に、わけのわからないことをわめき散らすようになっていただろう。

「もうじきジョージに会えるとはうれしいな。それから、イモジェンにも」ヴィンセントは言った。レディ・バークリーことイモジェン・ヘイズは〈サバイバーズ・クラブ〉唯一の女性メンバーで、半島戦争のとき、夫を拷問で亡くしている。拷問は彼女の目の前でおこなわれたのだった。「それから、あなたに会えたのもうれしいよ。ペンダリス館を出たあと、レディ・ミュアを追いかけていったのかなって、ずっと気になってたんだ。そうしてくれてほんとによかった」

「まあな、わたしもそう思う」ヒューゴは言った。「もっとも、なかなかうんと言ってもらえなかったが」

「この人が初めて求婚したときの言葉をあなたが耳にしていれば、ダーリー卿」レディ・トレンサムが言った。「わたしがうんと言わなかったのも納得できるはずよ」

ヴィンセントの顔に笑みがこぼれた。この二人はおたがいに首ったけのようだ。どちらの声にも微笑が含まれているのがわかる。

9

ソフィアは髪をカットしてもらっているところだった。レディ・トレンサムから最初に提案されたときは、そんな馬鹿なと思った。すでに思いきり短くしてあるのに。しかし、目下、ウェランド氏と彼の鋏《はさみ》と飛ぶように動く指のなすがままになっていた。

「わたし、ロンドンに滞在中は彼に髪をカットしてもらうのよ」レディ・トレンサムがあらかじめ説明してくれていた。「彼を選んだのは、仕立屋を選んだときと同じ理由で、言葉にフランス訛《なま》りがないから。フランスの男性や女性の口からフランス訛りが出るのはぜんぜんかまわないけど、フランス語っぽくしゃべるイングランドの男性や女性がうんざりするほどたくさんいるのよ。そのほうが優れた技術を持ってるような印象になって、いい顧客が獲得できると思いこんでるのね」

サー・クラレンスとレディ・マーチのような客のことだわ――ソフィアは思った。

ウェランド氏はソフィアの髪を見下ろして舌打ちをし、この髪を最後にカットした美容師は少なくとも鞭《むち》打ちの刑に処して瀕《ひん》死《し》の状態にしてやるべきだ、とコックニー訛りで断言した。

「最後にカットしたのはわたしです」ソフィアはおずおずと白状した。

ウェランド氏はふたたび舌打ちしてからカットにとりかかった。

美容室にいるのは二人だけではなかった。レディ・トレンサムが二人と向かいあってすわり、興味津々の表情で見守っていた。それから、彼女の兄嫁のレディ・キルボーンも同席していた。ゆうべ、午前中の訪問のためにレディ・トレンサムが在宅かどうかを尋ねる手紙をよこし、かわりに、買物につきあうよう誘われたのだった。

「伯爵夫人なんて肩書きに恐れおののかなくてもいいのよ」レディ・トレンサムはそう言ってソフィアを安心させた。「リリーほど気さくな人はいませんからね。軍曹の娘として軍隊のなかで成長し、父親が亡くなったときにわたしの兄と結婚したの。そのあとにとても長い物語が続くのだけれど、いまのところ、その話を延々と続けてあなたを悩ませるのはやめておくわね。だから、リリーにも一緒に来てもらってもいいかしら」

「ええ、もちろん」ソフィアは答えた。いずれにしろ、恐れおののいていた。

そしてけさになり、トレンサム邸に到着したレディ・キルボーンは義理の妹と挨拶の抱擁を交わし、イームズ夫人とその娘に「おはようございます」とにこやかな笑顔で言ったあと、ソフィアに紹介されて、頭から爪先まで遠慮なく眺めた。ソフィアはドレスを貸そうというレディ・トレンサムの勧めを断わって、自分のドレスを着ていた。

「あなたがダーリー子爵の花嫁になる方?」レディ・キルボーンが尋ねた。「まあ、この午前中はとっても楽しい時間を過ごせそう。そうよね、グウェン?」

そして、さっと進みでるなりソフィアを抱きしめて仰天させた。うっとりするほど美しい人で、笑みを絶やすことがないかに見える。

ようやく、ウェランド氏がカットを終えたようだった。ソフィアは足元の床に落ちた髪の量にびっくりした。わたしの頭に残ってる髪はあるの？　鏡の前にすわるものと思っていたのに、ウェランド氏がすわらせてくれなかったのだ。

「髪の形を整えて、ボリュームを減らしました。いかがでしょう？」いま、ウェランド氏はそう言ってソフィアに手鏡を渡し、のぞいてみるように勧めた。「しかしながら、これ以上短くカットしたいとは思いません。伸ばしたほうがいい」

ソフィアは鏡で自分の顔を見て驚愕した。柔らかなカールが頭全体を包み、小さく波打って顔を縁どっている。きれいにまとまり、野生の茂みのようないつもの髪とはまったく違っていた。

「すごくシックだわ」レディ・キルボーンが言った。「ハート形の顔の美しさがひきたっている。それに、その髪、なんてすてきな色なの」

前にダーリー卿と二人で川まで歩いたとき、ダーリー卿が両手でソフィアの顔を探り、顎まで触ったときに、ハート形の顔だと言ってくれた。ソフィアはそれまでずっと自分は丸顔だと思っていた。

「このレディが天使のような外見をお望みなら、いまの髪形でもよろしいでしょう」ウェランド氏が言った。「しかし、それではこのお顔の最大の美点を生かすことができません。どういう意味かお見せしましょう」

　ソフィアが鏡をじっと見ていると、ウェランド氏が彼女の左右の髪に指を通してうしろへ流し、こめかみと耳の上にかぶさるようになでつけた。

「頬骨の古典的な輪郭がわかりますね？　こんなふうにうしろでまとめて高く結いあげれば、頬骨がくっきりと目立ち、首の線がさらに優美になり、目が一段と魅惑的になります。唇もそうです」

　ソフィアが鏡をじっと見つめると、何やら不思議な力によって、本当の美人とまでは言えないものの、少なくとも女らしく変身した自分の姿がそこに見えた。

「まあ、すばらしい。おっしゃるとおりだわ、ウェランドさん」レディ・トレンサムが言った。「でも、髪を伸ばすかどうかはミス・フライ自身に決めてもらいましょう。伸ばさないことにしたとしても、天使の魅力だってたくさんあるわ」

「すてきな装いの天使だったらとくに」レディ・キルボーンがそうつけくわえて立ちあがった。「今日、わたしたち三人でおしゃれ作戦を終えるころには、ミス・フライはきっとそういう天使になっているわ。そろそろ次へ行きましょうか」

　請求書がダーリー卿にまわされることはソフィアも知っていた。どれぐらいの額になるのか見当もつかないが、爵位のある女性を顧客にしているからには、おそらく安い値段ではないだろう。落ち着かない気分になったが、ほかにどんな選択肢があるだろう？　裕福であることに慣れていかなくてはならない。結婚してしまえば、もっと楽に慣れていけるかもしれない。

それから何時間もかけて、世の中のものをすべて買いあさった。というか、ソフィアにはそのように感じられた。コルセット、さまざまな下着、寝間着、ストッキング、靴、ボンネット、手袋、ガーター、日傘、手提げ、扇子、マント、短いジャケット、などなど。それから、もちろんドレスも。ドレスは二つのグループに分かれていた。一つは既製品。寸法直しが少し必要だが、今日か、遅くとも明日までにすべて仕上げてくれるという。そして、もう一つは、型紙作りから始めるもので、何日かあとにミドルベリー・パークへ送られてくることになった。

「こんなに何着も必要ありません」とりあえず必要なものをレディ・トレンサムが書き並べると、ソフィアは反対した。

「でも、これはあなた個人の贅沢と楽しみのためだけじゃないのよ」一つの店から次の店へ向かう馬車のなかで、ソフィアの腕に手をかけて、レディ・キルボーンが優しく諭した。「あなたの夫の誇りと喜びのためでもあるの。ええ、ダーリー卿の目が不自由で、あなたのドレスや装飾品を見ることができないのはわかっているわ。でも、手で感触を楽しむことはできるのよ」

ソフィアは頬が赤くなるのを感じた。

「それに、ほかの人たちがあなたの姿を見るわけだし」レディ・キルボーンはさらに続けた。「あなたはダーリー子爵夫人になるのよ。それを覚えておかなくては。あなたの装いが夫の

「称号と財産目当てで結婚したのだと思われてしまいます」ソフィアは反論した。「目が不自由なのをいいことに、あの人を罠にかけたのだと思われてしまう」

レディ・トレンサムが値踏みするような目でソフィアを見た。

「でも、そう思うのは当然でしょうね」そう言ってソフィアを驚かせた。「正直に言うと、昨日ほんの一瞬だけど、わたしもそう思ったわ。それで、その点をどうなさるつもり、ミス・フライ」

ソフィアは目を丸くして、返事を待つレディ・トレンサムを見つめた。レディ・キルボーンも同じ思いなの？　いまも？　レディ・トレンサムはいまもわたしを疑ってるの？　ソフィアは無意識のうちに顎をつんと上げた。

レディ・キルボーンが夫の妹と視線を交わした。その目が楽しげにきらめいた。

「そう、それよ。そういう態度をとらなくちゃ」

「わたしはあの人が好きなんです」ソフィアは挑みかかるような声で言った。「言葉にできないぐらい感謝しています。あの人が視力をなくしたことを悲しまずにすむよう、わたしが彼の人生を心地よいものにしてみせます。わたしの力で――ええ、他人には好きなことを言わせておけばいい。わたしは気にしません。あの人も気にしないでしょう。わたしが作りだす心地よい人生を楽しむのに忙しすぎて」

一年間だけ。

そして、あの人はそれ以後、世話をしてくれる女性を求めないつもりでいる。

「まあ、偉いわ」レディ・トレンサムが笑いながら言った。「リリー、かわいそうな子をいじめるのはもうやめましょう」

「でも、期待どおりの返事を聞くことができたわ」同じく笑いながら、レディ・キルボーンが言った。「小柄な人は大きな相手より獰猛になることがけっこうあるものよ。あなたはとても小柄だわ、ミス・フライ。グウェンやわたしより華奢なぐらい。小柄な者どうしで連盟を作ったほうがいいかしら。世界を恐怖に陥れるの。そして、支配者になりましょう」

　驚いたことに、ソフィアまでが笑いだした。ああ、誰かと冗談や馬鹿なことを言いあうって、なんてすてきなの。

「わたし、絵を描きます」ソフィアは言った。「デモ行進のときにそれを旗として使いましょう……どこへ向かって行進します？」

「〈ホワイツ・クラブ〉よ」レディ・キルボーンが躊躇なく答えた。「男のプライドと、男のほうが優秀だという思いこみを守るための要塞。まともな女なら近づく気にもなれないところよ。〈小柄連盟〉はそこをめざして行進し、男女平等を要求するの」

　みんなで笑いころげるのは楽しかった。

　ソフィアは何時間にも思えるほど延々と寸法をとられ、あちこちつつかれるのに耐えつづけ、デザインブックに次々と目を通すうちにどのデザインも同じに見えてきた。これ以上はもう無理というまで、布地と色と縁飾りを選んだ。そして、同行者二人の助言と意見につねに耳を傾けた。もっとも、二人ともけっして強引ではなく、最後の判断はかならずソフィアに委ねてくれた。ただし、鮮やかな色彩だけはきっぱりやめさせようとした。ソフィアのほうは、この五年間、色褪《あ》せたものか、ほとんど色の落ちたものしか着ていなかったため、最初は派手な色を選びたがった。しかし、レディ・トレンサムが教えてくれた。派手な色を着ると負けてしまい、ソフィアの存在が薄れてしまうことを。

「それに、これまで長いあいだ、あなたは見えない存在だったわけでしょ」

二人はまた、ブロケードやベルベットのような分厚い生地もやめさせようとした。これまで寒い思いばかりしてきたソフィアとしては、ドレスのうち何着かはこうした生地にしたかったのだが。レディ・キルボーンが言った――でも、あなたが分厚いものを着ると重苦しくなってしまう。小柄で華奢なのがあなたの魅力なんだから、そこを強調しなくては。ソフィアは薄くて軽いファインウールが分厚い生地に劣らず温かいことを知った。それから、ショールとストールも――ああ、きれいなものがたくさんある――防寒に大いに役立ち、肩にかければ魅力的で、地味なドレスも豪華に見せてくれる。

既製品の昼用のドレスを数着と、イブニングドレスを一着、散歩服を一着、そして旅行用の衣装一式を買った。どれも裾上げをして、ウエストとヒップの部分を詰めなくてはならなかった。さまざまな社交の場に合わせて何種類ものドレスを注文したため、わけがわからなくなってきて、同行者二人の判断に頼ることにした。会ったばかりの相手なのに、ソフィアはこの二人を信頼していた。あとで思いだしてみると、ほかの何よりも強く記憶に残ったことが一つあった。そのせいで仕立屋の眉が髪の生え際近くまで上がり、レディ・キルボーンの顔にニタニタ笑いと呼ぶのがぴったりの微笑が浮かんだからだ。ソフィアは乗馬服一式を注文し、スカートだけでなくズボンまでも頼んだのだ。

「馬に乗れるの？」レディ・トレンサムがソフィアに訊いた。「背にまたがる男乗り？」

「いいえ、乗れません」ソフィアは正直に答えた。「でも、結婚したらなんでもしたいことをするよう、ダーリー卿が言ってくださって、わたし、昔から馬に乗ってみたかったんです。ダーリー卿はきっと馬をお持ちでしょうし」

「ぜったいそうね」レディ・トレンサムは同意した。

それから既製品を買って、今日の夕方までにトレンサム卿の家に届けてもらえるよう最優先でサイズ直しを必要とする衣装があった。

ソフィアの花嫁衣装だ。

「でも、ダーリー卿とわたしと牧師さまだけの式ですから」最初、ソフィアは抵抗した。「特別許可証を手に入れて」

「それでもやはり、あなたが結婚する日なのよ」レディ・トレンサムが言った。「生涯にわたっていちばん鮮明に思いだすことになる日だわ、ミス・フライ。そして、何を着ていたかを思いだすでしょう。花嫁になるんですもの」

ソフィアはあふれる涙をまばたきしてこらえ、それ以上はもう抵抗しなかった。

「ダーリー卿はゆうべ、スタンブルック公爵のところに泊まったのよ」レディ・トレンサムが言った。「レディ・バークリーも滞在中。わたしたちの結婚式に出るため、ロンドンにいらしたの。今日、ダーリー卿が特別許可証を手にしてから公爵のお屋敷に戻ったとき、〈サバイバーズ・クラブ〉の残りのメンバーが何人か待っていて出迎えてくれたとしても、わたしは少しも驚かないわ。ヒューゴもそちらにお邪魔してるのよ。〈サバイバーズ・クラブ〉のことはご存じでしょ？」

ソフィアはうなずいた。

「きっと全員がダーリー卿の結婚式に出たがるはずよ」レディ・トレンサムは言った。「みんな、ダーリー卿のことが大好きなんですもの。メンバーのなかで最年少で、いちばん優しい性格だから。ヒューゴの義理のお母さまと妹さんも喜んで参列するでしょうね。もちろん、わたしも。それから、こちらを見るリリーの目つきからすると、わたしの兄と一緒に参列したがってるみたい。式のあとの披露宴をわたしに任せてほしいんだけど、かまわないかしら、ミス・フライ。あなたの望まないことを押しつけるつもりはぜんぜんないのよ。二人だけで式を挙げるほうがよければ、そう言ってね。それにもちろん、ダーリー卿の希望も考慮しなきゃいけないし。でも……任せてくれる？」

「いいでしょ？」レディ・キルボーンがつけくわえた。「結婚式に出るなんて久しぶりだわ。グウェンの式から三日もたったのよ」

ソフィアは馬車の座席にすわったまま、二人を交互に見ていた。わたしはネズミだった。わたしを見てくれる人も、声をかけてくれる人もいなかった。友達などほとんどいなかった。

人に愛されたこともなかった。父親がぞんざいに愛してくれただけ。愛情表現といっても、ときたま髪をくしゃくしゃっとなでる程度のことで、それも賭博場で、あるいは競馬場で運に見放されてしまったせいでまたしばらく生活を切り詰めなくてはならない、と言って聞かせるためだった。

それなのに、明日は一〇人近くが式に出てくれるの？　その一人が披露宴を開いてくれるの？　もちろん、すべてはダーリー卿のため。それはわかっている。でも、レディ・キルボーンは確か、一度も彼に会ったことがないはず。イームズ夫人とお嬢さんは、ゆうべは長時間、そして今日の午前中はしばらくのあいだわたしの相手をしてくれて、そのときにちらっとダーリー卿に会っただけ。

ダーリー卿がわたしのために自分の身内に囲まれた結婚式をあきらめたことは、わたしも知っている。いまここで、とても大切な友達何人かに祝福してもらうチャンスができたのだ。わたし自身も、好意を示してくれる何人かのレディに祝福してもらうチャンスができた。信じられない気がする。もしかして、わたしの新しい髪形のおかげ？　でも、イームズ夫人とお嬢さんは、ゆうべも、けさの朝食の席でも親切でにこやかだった。

わたしにもようやく友達ができたの？ソフィアは下唇を噛んだ。

「ええ、お願いします。ダーリー卿がそうお望みなら」

二人の貴婦人はよく似た満足そうな笑みを交わした。

ようやく買物を終えて三人は帰宅した。「さあ、これから忙しくなるわ」レディ・トレンサムが宣言した。披露宴の準備をしなくてはならない。だが、まずはダーリー卿宛に手紙を書いてスタンブルック邸へ届けさせなくては。

〈サバイバーズ・クラブ〉が一堂に会するのは、これまでは春にコーンウォールのペンダリス館と決まっていた。このロンドンでふたたび集まったのが不思議なすばらしいことに思われた。欠けているのは、ベン――サー・ベネディクト・ハーパー――だけ。いまはイングランド北部へ出かけ、姉のところに滞在している。

ヴィンセントは、ゆうべはグローヴナー広場のスタンブルック邸に泊まることになり、スタンブルック公爵と彼の遠縁にあたるレディ・バークリーと遅くまで話しこんでからベッドに入った。そして、今日の朝はジョージに付き添われて民法博士会館《ドクターズ・コモンズ》まで出かけ、結婚の特別許可証を手に入れてから、ハノーヴァー広場の聖ジョージ教会で翌日の午前中に挙式する手筈を整え、そのあとでスタンブルック邸に戻ると、ヒューゴとラルフ――ベリック伯爵ラルフ・ストックウッド――が来ていた。ポンソンビー子爵フラヴィアン・アーノットも一緒だった。

ミス・フライは予定どおり、婚礼と新生活用の衣装をそろえるために出かけていったらしい。ヒューゴの妻が同行し、兄嫁のキルボーン伯爵夫人もついていったとのこと。

ソフィアが萎縮していないことをヴィンセントは願った。

「あの二人がちゃんと面倒をみてくれるさ、坊や」ヴィンセントの心を読んだかのように、ヒューゴが断言した。「女の底力というか、それに似た恐ろしいものを持ってるからな。近づかないようにして、女どもの好きにさせておくほうがいい」

「なんとまあ」フラヴィアンがため息混じりにつぶやいた。「ほんとにきみなのか、ヒューゴ。バダホスの英雄が？　獰猛なしかめっ面の巨人が？　結婚生活を三日送っただけでそうなるのか。一週間たったらどうなることやら、そ、想像すると身を震わせるしかない」

「聡明さを身につけたということだ、フラヴィアン」ヒューゴは言った。

「天よ、われを守りたまえ」フラヴィアンは力なくつぶやいた。

「女に力を与えるのを拒むつもり？」レディ・バークリーが甘い声で訊いた。

「いや、きみは例外だ、イモジェン」フラヴィアンはあわてて言った。「違う、違う、きみは違う。きみをちらっと見るたびに、鋼鉄の視線に射すくめられてはたまらない。きみの鋼鉄の視線は冷酷で、ぼくの消化が悪くなる。話題を変えよう。は、花嫁の話をしてくれ、ヴィンス、可愛い坊や。そして、見苦しくも大急ぎで結婚する理由を説明してくれ。イモジェンときたら、何一つ教えてくれないんだ。きみがジョージと一緒に帰ってくる前に、自分の口から話すのは筋ではない、と言ってね。ゴシップ好きじゃないというのも困ったものだ」

ヴィンセントは仲間にすべてを語った。もちろん、あまりに非常識な点は省いたが。話を終えたとき、片手がイモジェンの両手に包まれていることに気づいて驚いた。ふだんは愛情をあらわにすることのない女性なのに。

「ミス・フライと結婚するのがぼくの望みなんだ」仲間からいっせいに反対の声が上がった

かのように、ヴィンセントは言った。「彼女にたぶらかされて求婚したように、みんなには思われてるかもしれないし、正直なところ、状況が違っていたらたぶんこうはならなかっただろう。でも、求婚したことを後悔してはいない。ここではっきり言っておきたい──あなたたち全員に」部屋の端から端へ顔を向けた。みんなの顔を見ているかのようだった。「彼女がぼくをうまく操って結婚せざるを得ない状況に追いこんだわけではない。彼女にはなんの罪もない。求婚を断われば彼女の前には暗澹《あんたん》たる未来が待っているというのに、承諾の返事をもらうまでが大変だった」

「きみの顔ときたら」ラルフが言った。「拳銃で夜明けの決闘をしようとわれわれ全員に挑む気でいるみたいに見えるぞ」

ヴィンセントはわずかに表情をゆるめて笑いだした。

「彼女、び、美人かい？」フラヴィアンが訊いた。「いや、美人だと人から聞いてるかい？　なあ、ヒューゴ？　きみは彼女に会ったんだろ？」

意味深長なことに、ヒューゴは何も答えなかった。

「こんなことを言ったら、びっくりするかもしれないけど、フラヴィアン」ヴィンセントは言った。「彼女がどんな容姿だろうと、ぼくはいっこうにかまわない。ただ、容姿が彼女の幸福に影響を及ぼすかもしれないので、その点だけは気がかりだ。当人は自分の外見をひどく卑下している。小柄でほっそりしたタイプだ。それだけはぼくにもわかっている。髪は短くてカールしてて、色は赤褐色で、目は茶色ともハシバミ色ともつかないが、両方が少しずつ混じってるそうだ。すべすべした頬と、大きめの唇。魅力的な声をしている。ぼくはその声が好きで、彼女のことが好きだ。ヒューゴ、ほかに何かつけたすことは？」

「そんな口調で訊かれたら、何もないと答えるしかない」ヒューゴはあわてて言った。「グウェンとリリーがちゃんと世話をしてくれる。その点は安心してくれ。けさの最初の予定は確か、美容師のところだったと思う。次に何軒もの仕立屋。これまで彼女の面倒をみてきたおばを乗馬の鞭で打ってやるべきだ。あの子のドレスときたらすり切れた袋みたいだし、食事もろくに与えられていなかったような身体つきだ。だが、その点はなんとかできるだろう」

「そう」ヴィンセントは言った。「なんとかできるし、そうしてみせる」

イモジェンが彼の手の甲を軽く叩いた。

「ヴィンス」ラルフが言った。「きみみたいに善良なやつは、この仲間にはもったいない。この世界にはもったいない。きみは視力を失う前からそういう人間だったのかい？」

「ぼくは幸せになりたいんだ」ヴィンセントはニッと笑ってラルフに言った。「ときには結婚が幸せを運んでくれる。ヒューゴを見ればわかる。もちろん、この目でじっさいに見ることはできないけど、ヒューゴの声の響きでわかるんだ」

「吐き気がしそうな甘い声だろ？」ラルフは言った。

ヴィンセントはあいかわらず笑顔だった。「もうじき、そういう男が二人になる。〈サバイバーズ・クラブ〉はその衝撃に耐え抜《サバイバル》くことができないかもしれないな」

「われわれはみな、戦争に耐え抜いてきた」ジョージが言った。「幸せな新婚生活にもきっと耐えられるはずだ。明日の婚礼にきみのご家族は出席されないし、ミス・フライには呼ぶ価値のある身内がいないようだから、われわれ全員で式に押しかけてもいいだろうか。それとも、遠慮したほうがいいかな」

式の計画を立てたとき、ヴィンセントは思ったものだった——誰も出てくれない結婚式なんて気が滅入ってしまう。式はぜったい必要だけど。

「みなさんに出てもらえれば、そんなうれしいことはありません」ヴィンセントは公爵に言った。「でも、それでいいかどうかソフィアに訊いてみなくては。そもそも、ミドルベリーに帰って式を挙げるかわりにこっちに来たのは、参列者がぼくの側ばかりだとバランスがとれないから、それを避けるためだったんです」

その瞬間、客間のドアにノックが響いて、使いの者が手紙を届けに来たことを執事が低い声でジョージに報告した。ダーリー子爵宛の手紙だった。

「妻の字だ」ヒューゴが言った。

ヴィンセントはあわてて立ちあがった。ソフィアに何かあったのでは?

「誰か読みあげてくれませんか。ジョージ?」

カサカサと紙の音がした。しばらく静かになった。たぶん、ジョージが手紙に目を通しているのだろう。

「ほほう」ジョージは言った。「レディ・トレンサムからの問いあわせだ、ヴィンセント。

明日、ヒューゴと彼女の家で一三名が出席する披露宴を準備したいが、かまわないだろうか、と書いてある。一三名？　驚いたな。ああ、ここに招待客のリストがある。われわれ全員が入ってるぞ。それから、イームズ夫人とお嬢さん、フィリップ・ジャーメイン氏――確か、きみのおじさんだったな、ヒューゴ――そして、キルボーン伯爵夫妻。どうやら、ミス・フライは披露宴にも招待客リストにもすでに同意したようだ」

ヴィンセントは笑みを浮かべ、ふたたび腰を下ろした。

「すると、あなたたち全員が明日の結婚式に招待されているわけですね。聖ジョージ教会で一一時に。ヒューゴ、あなたの結婚式に出られなかったから、そのお詫びに、ぼくの式を挙げることにしたよ」

「やめてくれ」フラヴィアンが言った。「また結婚式だと？　その試練に耐えて生き延びるのはもう無理かもしれない。だが、きみのためなら、ヴィンス、その危険に挑むとしよう。参列させてもらう」

「文句の多いやつだな、フラヴィアン」公爵が言った。「あと一カ月もしないうちにもう一つ結婚式があって、わたしはそれに出るため、しばらくロンドンに残らなくてはならん。イモジェンもだ。身内の婚礼なのでね。わたしの甥だ」

「跡継ぎの人ですか、ジョージ」ラルフが訊いた。

「そうなんだ。子供のころのジュリアンはかなりの腕白だったが、今回、心から好きな相手を見つけたようだ。一昨日、そのお嬢さんを連れてきた。たぶん、わたしに会わせたかったのだろう。幸い、わたしの承認を得るためではなかった。ジュリアンのやつ、そんなことは頼みもしなかった。お嬢さんのほうは気の毒に、見るからに萎縮していた」

「当然でしょ」イモジェンが言った。「あなたって、そういう場ではいつもむずかしい顔になるんですもの。むずかしい顔でなくても、もともと怖い印象なんだから。かわいそうなミス・ディーン。同情してしまったわ」

「ミス・ディーン？」ヴィンセントはその名前に注意を奪われた。

「ミス・フィリッパ・ディーンだ、うん」ジョージは言った。「まさか知りあいではあるまいな、ヴィンセント」

「ええと、バースに住む一家ですよね。ぼくの祖母は、母の話し相手になるためにミドルベリー・パークに越してくるまで、何年もバースに住んでたんです。ディーン家の人々は祖母の親しい友達でした」

「あなたのかわりにレディ・トレンサムにお返事を書きましょうか、ヴィンセント」イモジェンが訊いた。「きっと、すぐにでも返事がほしいはずよ。わずか二四時間で披露宴の準備をするなんて、簡単なことじゃないから」

〝……心から好きな相手〟

ああ、そうであってほしい。たがいに好意を寄せあっているよう期待したい。家を飛びだして以来、ミス・ディーンに申しわけないという思いがヴィンセントを苦しめていた。その彼女が公爵家の跡継ぎと結婚？　家族も喜んでいることだろう。

「いや、その手間には及ばない、イモジェン」ヒューゴが言った。「わたしがいまから家に帰ってグウェンドレンに伝えるから。わたしが結婚した相手はどうやら、こういうことを楽々とやってのけるタイプのようだ」

「きみの胸がそれ以上自慢そうに膨らんだら」フラヴィアンが言った。「自分の足が見えなくなってしまうぞ。ぼくもそろそろ失礼します、ジョージ。結婚の話ばかり聞かされて、広いスペースと新鮮な空気が、ほ、ほしくなってきた」

「ぼくも一緒に行ってもいいかな、ヒューゴ」ヴィンセントは言った。「婚礼をめぐる騒ぎで身がすくんだりしてないことを、ソフィア自身の口から聞きたいので」

「明日、きみの結婚式で彼女に会ったとき、むずかしい顔はしないと約束しよう、ヴィンセント」ジョージが言った。「わたしはただでさえ怖い印象だそうなので」

「あらあら、けっこう根に持つ人ね」イモジェンが言った。

どうしよう——ヒューゴに腕をとられながら、ヴィンセントは思った——明日はぼくの結婚式だ。

明日！

10

ソフィアのドレスのうち三着が夕方届けられ、そのなかに花嫁衣装も入っていた。結婚式当日の朝、ソフィアは花嫁衣装をまとい、化粧室に運びこまれた等身大の鏡に自分の姿をおずおずと映してみた。たったいま、レディ・トレンサムのメイドが彼女の身支度を終えたところだ。鏡を見た——別人のようだった。男の子には見えなかった。浮浪児にも、カカシにも見えない。

ドレスは淡いセージグリーンで、銀色に近い色合いだった。ソフィアの赤みがかった髪をひきたててくれる色だ。ハイウエストのシンプルなデザインで、胸の下で共布のサッシュベルトが結ばれ、スカートが柔らかなひだを描いて足首近くまで流れ落ち、裾に小さな二段のひだ飾りがついている。襟ぐりが大きくあいているが、ほどほどに上品だし、パフスリーブは裾のひだ飾りと同じデザインの小さな飾りに縁どられている。靴と手袋は渋い金色。白い小さなバラの蕾に飾られた、つばの小さな麦わらのボンネットが化粧台に置かれ、いつでもかぶれるようになっている。

花嫁衣装のなかでもっとも注目すべきは、たぶん、外からは見えない品だろう。それはコルセット。そんなものを着けたのは生まれて初めてだった。想像していたほど窮屈ではなかった。とりあえず、いまはまだ大丈夫。レディ・トレンサムとレディ・キルボーンの両方に説き伏せられて試してみることになり、ドレスの下に着けたコルセットの紐を二人が締めあげ、ソフィアの身体に合うよう仕立屋がピンを打ってくれたとき、なぜこういうものを着けるのかが理解できた。いまあらためてそれを理解した。もともと魅惑的なスタイルではないし、スカートは直線的なデザインなのに、コルセットのおかげでウェストとヒップが強調され、胸が押しあげられている。さほど豊かな胸ではない。しかし、少なくとも膨らみはある。生まれて初めて女らしい姿になれたと思った。

もちろん、コルセットのせいでいまに蒸し暑くなるかもしれない。今日は暑くなりそうだと朝食の席でトレンサム卿が言い、ソフィアにひどいしかめっ面を向け、驚いたことに、そのあとでニッと笑った。

「きみが美容師として生計を立てようと考えなくて幸いだったな。きのうのこの時間には、きみの髪は伸び放題の茂みをハリケーンが通過したあとのように見えた」

「まあ、ヒューゴったら!」

「ひどーい!」

イームズ夫人とミス・イームズが同時に叫んだ。

「いまのはヒューゴ流の賞賛なのよ、ミス・フライ」レディ・トレンサムが言った。「今日の髪形はとても魅力的だという意味」

「そうそう、そう言ったんだ」トレンサム卿が同意し、笑顔で妻を見下ろした。

これでいい――鏡に映った自分の姿を熱心に見つめて、ソフィアは思った。ほんの一瞬、他人に見られる心配のない自分の心のなかですべての慎みを捨て去るなら、とてもすてきに見えると言っていいだろうと思った。笑みが浮かんだ。

そこで現実が襲いかかってきた。今日、わたしは結婚する。ダーリー子爵と。ヴィンセントと。一昨日の夜、晩餐の席で短時間だけ顔を合わせたが、そのあとトレンサム卿が彼をスタンブルック邸へ連れ去ってしまった。それから昨日の午後、お茶の時間にほんのしばらく彼と一緒に過ごした。晩餐のときも、お茶のときも、二人きりにはなれなかった。二人だけで話をすることもなかった。彼と話をしてからずいぶん長い時間がたったように思われる。

彼が見知らぬ人になったような気がした。

でも、見知らぬ人であるのは事実だ。

一瞬、パニックに陥りかけた。求婚にイエスと答えたのが間違いだった。彼の友達のことを考えてみただけでも――トレンサム卿夫妻、スタンブルック公爵、レディ・バークリー、ポンソンビー子爵、なんとか伯爵。名前が思いだせない。どの人も称号があり、わたしとは別世界の人たちだ。今日はあとでその人たちと会わなくてはならない。ここで披露宴をすることに同意したから。

出過ぎたまねをしてしまった。ヴィンセントに申しわけない。

でも、彼だって以前はただのヴィンセント・ハントだったのよ――ソフィアは自分に言い聞かせた。お父さんが村の学校の校長先生で、そこに通い、村に住むほかの子供たちが遊び仲間だった。わたしのほうは祖父が男爵だったし、いまはおじが爵位を継いでいる。わたしは上流の生まれなのだ。

やがて、自分の生まれのことなど考えなければよかったと思った。血縁者は何人かいる。一度も会ったことのないサー・テレンス・フライ、マーサおばとサー・クラレンスとヘンリエッタ。ここには誰も来ていない。同じくダーリー卿の身内も来ていない。でも、それは単に結婚式のことを知らないから。いえ、わたしのおじだって何も知らない。知っていたら、来てくれただろうか。たぶん、イングランドにはいないだろう。

ソフィアは首をふった。それとほぼ同時にドアにノックの音がして、そちらに注意を奪われた。ドアがあき、レディ・トレンサムが姿を見せた。うしろにミス・イームズがいて、レディ・トレンサムの肩越しにのぞきこんでいる。

「まあ、ミス・フライ」ミス・イームズが叫んだ。「なんて愛らしいの。一回転して、姿をよく見せて」

ソフィアは言われるままに身体を回転させ、心配そうな顔で二人を見た。

「これでいいでしょうか」

レディ・トレンサムはゆっくりと微笑した。

「わたし、美容師の言葉を何度も思いだしてるのよ。短い髪のままなら天使のように見えるだろうって。ほんとにそうだわ。華奢で優美な妖精みたいよ、ミス・フライ。とってもすてき」

「ボンネットをかぶるのをお手伝いしましょうか」ミス・イームズが化粧室に入りながら尋ねた。「髪のカールが崩れてしまったら困るでしょ。まあ、なんて可愛い優美なボンネットなの。すてき。あなたにぴったりね。リボンを結んだ角度、これでいいかしら、グウェン」

「みんなで早く下りていかないと、気の毒なヒューゴが玄関のタイルに細い道をつけてしまうわ」レディ・トレンサムが言った。「わずか四日前のわたしたちの式のときもヒューゴはひどく緊張してたけど、今日だって大変な緊張よ。なにしろ、あなたをダーリー卿というろくでなしの悪党にひきわたす責任を負ってるんですもの——あ、これはヒューゴの言葉よ。わたしじゃなくて。もちろん、冗談に決まってるけど。でも、ヒューゴが責任を感じてるのは確かだわ。だって、あなたにはそばに立ってくれる親族がいないんですもの。さあ、下へ行きましょうか」

レディ・トレンサムがなんの気なしに言った言葉で、見捨てられた者の孤独な痛みがふたたびソフィアの胸を刺した。しかし、それを払いのけるのは造作もないことだった。本格的な式が挙げられるとは夢にも思っていなかった。もっとも、本格的な式がどういうものかもよく知らないのだが。自分とダーリー卿と牧師だけの短い儀式を想像していた。それと、証人が一人か二人。たぶんフィスク氏とハンドリー氏だろう。ところが、突然、本物の結婚式になった。参列者がいて、花婿の付き添い人——スタンブルック公爵——がいて、ソフィアを花婿にひきわたす役目の人がいる。ゆうべ、トレンサム卿がその役目を申しでてくれたので、ソフィアは厚意に甘えることにした。怖い人だと思うこともあるし、怖くないこともある。トレンサム卿という人物のことがまだよくわからない。獰猛で陰気な戦士のように見えるが、ダーリー卿をがっしり抱きしめたり、ときには新婚の妻を、そこから太陽がのぼって沈むかのように見つめたりする。獰猛な人物という仮面の陰に隠れているのが、本人にとってはいちばん楽なのかもしれない。そうしていれば、心優しい一面を世間にさらさずにすみ、嘲りを受けることも、傷つくこともないからだ。

ソフィアがトレンサム卿に反感を覚えたら、滑稽な漫画ふうに描いたかもしれない。しかし、彼のことは嫌いではなかった。少し怖いだけだ。

トレンサム卿は本当に、階段の下の玄関ホールを行きつ戻りつしていた。二階から下りてくるソフィアたちに気づいて立ち止まった。ブーツをはいた足を軽く開き、背中で手を組み、背筋をぴしっと伸ばした姿はまるで閲兵式の兵士のようで、くつろいだ様子はまったくない。賞賛に満ちた視線が妻と妹を素通りして、ソフィアのところで止まった。

「なんとまあ、じつに魅惑的だ。ヴィンスにその姿を見せてやれないのが残念だ」

ソフィアは階段の下から二段目で足を止めた。二人のレディはすでに階段を下りていた。トレンサム卿はソフィアのほうへ大股で二歩近づいた。彼の目がソフィアの目よりわずかに高いところにあり、かつて兵士たちを恐怖で震えあがらせたに違いない表情で彼女の目を見つめた。

「あいつはわたしにとって大切な男だ」低い声で言った。

トレンサム卿にじっと見つめられて、ソフィアは三段目へ退却しそうになった。しかし、その場にとどまり、顎をつんと上げた。

「わたしにとってはさらに大切な人になるでしょう。夫になる人ですもの」

トレンサム卿の探るような視線があと一瞬だけソフィアに向けられ、やがて笑みが浮かんだ。不意に、すばらしくハンサムな顔になった。

「うん、そうだな。もう一度言わせてもらうが、いまのその姿をあいつに見せてやれないのが残念だ。まるで小さな妖精だ」

少なくとも、婚礼の日にネズミのような姿にはならずにすんだのね。

「外で馬車が待ってるわ、ヒューゴ」レディ・トレンサムが言った。

彼女とミス・イームズが教会までソフィアに付き添うことになっていた。イームズ夫人はトレンサム卿のおじのフィリップ・ジャーメイン氏と一緒に先に出かけていた。ソフィアの勘では、ジャーメイン氏はイームズ夫人に求婚しているようだ。

トレンサム卿がソフィアに手を貸して馬車に乗せ、進行方向を向いた座席に妻と並んですわるように言った。

いよいよね——ソフィアは思った。わたしの婚礼の日。夏の暑い日。鮮やかな青い空には雲一つない。こんなに恵まれた花嫁はどこにもいない。

馬車が大きく揺れて進みはじめると、ソフィアは窓のほうを向いた。いまは人と言葉を交わしたい気分ではなかった。いまは……いまは、花嫁の気分に浸っていたかった。悲しみをすべて忘れて、興奮とわずかな不安に、だが、幸せな不安に身を委ねていたかった。

ゆうべ、レディ・トレンサムがソフィアのところにやってきて、初夜について教えてくれた。二〇歳にもなって恥ずかしいことだが、ソフィアはその類のことをほとんど知らなかった。レディ・トレンサムは、話だけ聞いたら恥ずかしくて、苦痛で、ひどく怖いことのように思ってぞっとするかもしれないが、そんなことはぜんぜんないと言って、ソフィアを安心させてくれた。

「それどころか」レディ・トレンサムは頬をバラ色に染めて言った。「わたしはこの部屋を出たら、新婚四日目の夜を過ごすためにヒューゴのところへ行くんだけど、ミス・フライ、もう待ちきれない思いなの。きっと、この広い世界で最高に輝かしいことだわ……ええ、間違いなくそうよ。いまにわかるわ。あなたもじきに歓迎するようになるから」

ソフィアはレディ・トレンサムの言うとおりかもしれないと思った。なぜなら、心の奥底にある、いちばん秘密にしている夢は……そう、バートン・クームズのパーティで夢を語りあったときは、それだけは内緒にしておいた。どうして打ち明けられるだろう？　相手は男性なのに。

その男性といまから結婚しようとしている。

レディ・トレンサムが彼女の手をとって握りしめた。

馬車がハノーヴァー広場に入っていくところだった。

ヴィンセントはほかの方法はなかったものかと何度も考えていた。最後にはたぶん、三六から五八通りぐらいの方法が浮かんでいることだろう。

本当は何も考えないほうがいいのだ。

とはいえ、考えないようにしても、寄せてくる潮を止めようとするのと同じく、なんの効果もなかった。

客を招待し、上流階級にもっとも人気のあるロンドンの教会で本格的な式を挙げることになったが、母と祖母と姉たちは何も知らない。花嫁がどういう人かも知らない。でも、ぼくだって本当は彼女のことを知らない。そうだろう？　見知らぬ者どうしだ。

そもそも、結婚するのも気が進まなかった。

結婚しないかぎり身内のお節介はやみそうになく、どうしても結婚しなければいけないのなら、相手はソフィアがいい。彼女のことが大好きだ――というか、自分ではそう思っている。

だが、いまなお知らない相手だ。

向こうにとっても同じこと。

それなのに、今日は二人の婚礼の日。

しかし、不思議なことに――神に感謝！――そう思っただけでわくわくしてきた。人生が変わろうとしている。たぶん、自分自身も変われるだろう。いいほうへ。

「指輪、持ってます？」ヴィンセントは教会の最前列の信者席に並んですわっているジョージに尋ねた。

「持っているとも。きみが三分前に尋ねたときと同じようにな」

「ぼく、そんなことしました？」

「ああ。そして、指輪はいまもちゃんと持っている」

ぼくの婚礼の日。花婿の付き添い人が横にすわっている。背後には友人たちがいる。大声を上げているわけではないが、何人かがひそひそ声で話していて、彼らの動きを示すかすかな音と咳払いがヴィンセントの耳にも伝わってくる。ろうそくや、お香のかすかな匂いや、教会特有の冷たい石と祈禱書《きとうしょ》の匂いが感じられた。巨大なパイプオルガンがもうじき演奏される。

式のあとはヒューゴの自宅で披露宴が予定されていて、親しい友人たちと食事をするだけではあるが、考えただけで、ヴィンセントはいささか憂鬱だった。人前で食事をするのが苦手なのだ。

そして、スタンブルック邸で新婚初夜を迎えることになっている。すべてが彼にひと言の相談もなしに進められた。披露宴のあと、イモジェンはヒューゴの家に移り、ジョージはフラヴィアンが滞在中の宿に泊まることになっている。今夜はスタンブルック邸にヴィンセントとソフィアの二人きりだ。もちろん、召使いは別にして。

少なくともそれだけは楽しみだった。

「指輪、持ってます？」ヴィンセントは尋ねた。「いや、いいんです。さっきも訊いたんだった。彼女、遅れてるんですか。来てくれるでしょうか」

「まだ二分ある」ジョージが彼を安心させようとした。「ほら、二分早く着いたようだ。レディ・トレンサムとミス・イームズの到着だ」

しかし、ヴィンセント自身も教会の入口のかすかなざわめきを耳にしていた。牧師の咳払いが聞こえたので、ヴィンセントは立ちあがった。

パイプオルガンの演奏が始まり、七二番目の方法を思い浮かべようにも、もう手遅れになっていた。いまから結婚するのだ。

ソフィーとヒューゴが身廊をこちらに向かって歩いてくるところだろう。ぼくの花嫁。ヒューゴのブーツのかかとが石の床にあたるゆっくりと落ち着いた音が聞こえた。彼女の姿が見られたらいいのにと思った。ああ、見たくてたまらない。真新しい花嫁衣装をまとっているだろう。可憐な衣装を。彼女も少しは自分に自信が持てるだろうか。

ソフィアの姿を見ることはできないが、ヴィンセントは笑顔になった。花嫁を温かく迎えていることが、彼女にもわかるに違いない。けさ、彼女のほうもどれだけ思い悩んだことだろう。

そのとき、ソフィアの香りがした。いつしか彼女を連想するようになっていた、あのかすかな石鹸の香り。そして、左側に人の身体の熱をおぼろげに感じた。

讃美歌の演奏が徐々に消えていった。

「お集まりのみなさん」牧師が言った。

ああ、ぼくに充分な力をお与えください。ぼくが妻にしようとしているこの傷ついた華奢なみなしごのために、頼もしい夫になれますように。よき仲間となり、友人となれますように。優しく愛していけますように。生涯を通じて彼女を災厄から守っていけますように。彼女は何も悪くないのだ。パーティがあったあの晩、ぼくを助けに来てくれた。ぼくが説得して結婚に漕《こ》ぎつけなかったら、マーチ一家のしっぺ返しで辛い日々を送ることになっていただろう。ぼくと結婚したことをけっして後悔させないようにしよう。彼女を大切にしていこう。いまこの瞬間から、ほかの方法がなかったかと思い悩むのはやめよう。結婚しようと決めたのだ。だったら結婚して、その幸せに感謝しよう。未来に何が待っているにしろ、一瞬たりとも後悔しないようにしよう。彼女を大切にしていこう。

ふと気づくと、何も覚えていないのに、すでに誓いの言葉を述べていた。彼女の誓いの言葉も耳にした覚えはないのに、すでに終わっていた。指輪を手にとり、はめそこねることも、床に落とすこともなく、ソフィアの指にすべらせた。そして、二人が夫と妻になったことを牧師が告げていた。

式が終わった。

信者席からざわざわした話し声が聞こえた。

結婚証明書に署名をする仕事がまだ残っている。これがすまないことには、法的かつ正式に結婚が成立したことにならない。ソフィアが彼の腕に自分の手をかけて聖具室のほうへ導いたが、強引にひっぱるようなことはしなかった。ヴィンセントはバートン・クームズで散歩をしたときから、このことに気づいていた。かつて手をひいてくれた人々のなかで、彼がごく小さな合図についていけることを理解している者はごくわずかだった。

牧師は彼に署名ができようとは思っていなかったが、それぐらいのことは当然できる。証明書の前に腰を下ろすと、ジョージが羽根ペンを渡し、名前を書く欄の最初のところまで彼の手を導いてくれた。ヴィンセントは自分の名前をさらさらと書いて立ちあがった。

次にソフィアが署名して、そのあとに証人――ジョージとヒューゴ――の署名が続いた。ソフィアがふたたび彼の腕に手を通し、教会のほうへ戻った。オルガンが喜びに満ちた讃美歌を奏ではじめ、二人は祭壇までのわずかな距離を進み、それから身廊を歩きはじめた。ヴィンセントは友人たちの存在を感じとった。左右に笑顔を向けた。

「レディ・ダーリー」そっとささやいた。

「はい」ソフィアの声はいつもよりやや高かった。

「ぼくの妻」

「はい」

「幸せ?」ヴィンセントは尋ねた。たぶん、間違った質問だったのだろう。

「わからないわ」しばしの沈黙ののちに、ソフィアが言った。

ああ、正直な人だ。

二人は無言で歩きつづけ、ヴィンセントはやがて空気が変化したのを感じた。教会の扉を通り抜けて外の新鮮な空気に触れたところで、彼女に合図されて足を止めた。オルガンの音がいくらか遠くなった。

「石段があるわ」

そう、教会に入ったときにのぼったのを覚えている。

「まあ、人がたくさん」

人々の話し声、笑い声、口笛、さらには歓声までが聞こえてきた。聖ジョージ教会の外にはいつも人だかりができている、と前に聞いたことがある。貴族社会の結婚式を見物にやってくるのだ。

「みんな、花嫁を見に来るんだよ」ヴィンセントは微笑すると、空いたほうの手を上げて歓呼に応えた。「そして、今日はきみが花嫁だ」

「そうね。あら、男の人が二人いるわ」

「二人？」

「うれしそうに笑ってる。二人とも手に何かたくさん持ってて……キャー！」

そして、ヴィンセントは軽くて香りのいいものが二つ、鼻のそばをひらひら飛んでいくのを感じた。バラの花びら？

「そんなとこで、ち、縮こまってても無駄だぞ、ヴィンス」フラヴィアンが叫んだ。

「外に出て、花嫁を馬車まで連れていけ。その勇気があればな」ラルフが続けた。

「幌をはずしたバルーシュ型の馬車だわ」ソフィアは言った。「まあ、お花とリボンに飾られてる」

ヴィンセントは太陽の熱を感じた。

「石段を下りようか。その二人はぼくの友達だ。バラの花びらで武装してるのかな?」

「ええ」ソフィアが笑いだした——前に何度か耳にしたことのある、あの軽やかな愛らしい響き。「どうしよう。人の波に呑まれてしまいそう」

ソフィアは石段の場所をヴィンセントに教えてから、彼の腕にすがって馬車までのわずかな距離を急いだ。彼女ではなく彼のほうが先導しているように見える。

「馬車まで来たわ」バラの花びらが二人の頭上と周囲に降り注ぐなかでソフィアが言い、あとの招待客が教会から出てくる気配がヴィンセントの耳にも届いた。

しかし、ソフィアはそのまま馬車に乗りこむかわりに、彼がステップのいちばん下の段を探りあてて彼女のほうへ手を差しだすまでじっと待っていた。彼の手に自分の手を預けて馬車に乗った。ヴィンセントもあとに続き、彼女の膝の上ではなくとなりにちゃんとすわったことを確認した。

教会の鐘が鳴り響いていた。

「さて、レディ・ダーリー」ヴィンセントは彼女の手を探りあてて強く握りしめた。彼女はしなやかな手袋をはめていた。「ぼくが感じてるのと同じように、結婚式らしい光景が広がってるかな?」

「ええ」

馬車の扉の閉まる音が聞こえ、御者が乗りこんだ瞬間、スプリングが沈むのが感じられた。

「緊張に押しつぶされそう?」

「ええ」

「ソフィー、大丈夫だよ。きみは花嫁なんだ。今日はすべての視線がきみに集まっている」

「まさにそれが悩みの種なの」ソフィアは息を切らしながら笑った。

「今日の衣装を詳しく説明してくれないかな」

ソフィアは麦わらのボンネットからスタートして一つずつ説明していった。足まで行き着く前に馬車ががたんと揺れて動きだし、教会をあとにした。とてつもない騒音と共に。

「どうしましょう!」ソフィアは叫んだ。

ヴィンセントは眉をひそめ、次に笑みを漏らした。昔ながらのいたずらだ。子供のころ、彼も何回か参加したことがある。「きっと、もう使われなくなったどこかの古い台所にあった調理器具を、ぼくたちの馬車がまとめてひきずってるんだ。きみはますます注目の的になる」

ソフィアの返事はなかった。

「すてきな衣装をまとってるんだね、ソフィー」騒音に負けないように声をはりあげて、ヴィンセントは言った。「うしろの連中はみんなこっちを見てる?」

ヴィンセントは彼女がうしろを向くのを感じた。

「ええ」

「キスしてもいい?」彼が訊いた。「みんなが期待してるのはそれなんだ」

「どうしましょう」ソフィアはふたたび言った。

このひと言をヴィンセントは承諾の返事ととった。彼女が緊張に押しつぶされそうなことを知り、ひどくいじらしく思えた。

空いたほうの手を伸ばし、ソフィアが説明してくれた麦わらのボンネットの硬い小さなつばの下で彼女の顔を探りあてた。柔らかな頰をその手で包んで、親指の内側で唇の端を見つけだし、うつむいて唇を重ねた。

今度こそ本物のキスだった。ただ、深いキスにはならなかった。ヴィンセントはわずかに唇を開いた。彼女の唇はふっくらと柔らかで、温かくて、湿っていた。きっと、たったいま唇をなめたのだろう。

下腹部が疼くのを感じ、今夜のベッドへの心地よい期待が高まった。

いくつかのやかんや、鍋や、そのほか何を背後の道路にひきずっているのか知らないが、そのすさまじい騒音すら圧して、歓声が湧きあがるのが聞こえた。

「ソフィー」ヴィンセントは顔を上げたが、彼女の頰を包んだ手は離そうとしなかった。「幸せだという返事ができないなら、せめて不幸ではないと言ってくれないかな」

「もちろんよ。不幸じゃないわ」

「じゃあ、後悔は？　後悔してない？」

「いいえ。後悔する勇気なんてないわ」

ヴィンセントは眉をひそめた。

「あなたが後悔してるかもしれないと思うと、それだけが辛いの」

ヴィンセントはこれまでずっと、どんな女性と結婚しても、相手が後悔するだろうと思っていた。こちらは目が見えず、ふつうの生活を送ることも、相手の姿を見て褒めることもできないのだから。しかし、この花嫁は高価な美しい衣装に身を包み、髪を上品に整え、ダーリー子爵夫人となったいまも、自尊心というものを持てずにいる。

彼女が傷ついてきたことはヴィンセントも知っていた。その傷の深さが自分にはわからなかったのかもしれない。立ち直れないほどの傷だったのだろうか。しかし、ソフィアが作ったデイジーの花輪を彼女の首にかけようとしたとき、彼女が笑いだしたことをヴィンセントは覚えている。バイオリンを弾いたときに、彼女が猫のことで冗談を言ったのも覚えている。ロンドンに来る馬車のなかでバーサとダンの他愛ない話を二人で作り、彼女が周囲の人々を漫画に描いているのを告白したことも覚えている。

「ありえない」ヴィンセントは彼女に言った。「ぼくが後悔するなんてありえない。おたがいに満足できる生き方を見つけよう。約束する」

どうしてそんな約束ができるだろう？

しかし、やってみるという約束だけはできる。いまはとにかくやるしかない。結婚したのだ。彼女が自尊心をとりもどせるよう、力の及ぶかぎり支えていこうとヴィンセントは決心した。彼女のためにそれができれば、自分も満足できるだろう。

座席にすわり直して、ヴィンセントは言った。

「見物人がずいぶん増えてるんだろうね」

「ええ、そうよ」ソフィアは答え——そして笑いだした。

ヴィンセントは彼女の手を握りしめた。

11

スタンブルック公爵は背が高くてエレガントな、きびしい表情の紳士で、濃い色の髪のこめかみあたりがグレイに変わりはじめている。ポンソンビー子爵は神のごとく美しい金髪の男性だが、話すときに軽い吃音《きつおん》が混じり、人を嘲るように眉を動かす人だ。ベリック伯爵はまだ若く、たぶんダーリー卿より二、三歳ほど上で、頬を斜めに横切る傷跡さえなければ、申し分なくハンサムな男性と言えるだろう。レディ・バークリーは背が高く、冷たい美しさを湛《たた》えていて、ダークな色合いのしなやかな金髪をしており、面長な卵型の顔に高い頬骨が目立つ女性。ここにダーリー卿とトレンサム卿と今回は来ていないサー・ベネディクト・ハーパーを加えれば、〈サバイバーズ・クラブ〉の出来上がりだ。

披露宴の前に誰もがソフィアに礼儀正しくお辞儀をし、手の甲に唇をつけたにもかかわらず——もちろんレディ・バークリーは別で、祝いの言葉を述べるにとどまった——ソフィアは彼らを前にしてやはり怯えていた。

みんなにじろじろ見られ、ダーリー卿にふさわしくない女だと思われている気がした。貪欲な女、玉の輿を狙った女、相手の気立ての良さにつけこんだ女、はたまた、目の不自由なところにつけこんだ女だと思われているのだろう。この人たちはダーリー卿の親しい友人たち。兄弟姉妹のように仲がいいと前に彼が言っていた。たぶん、そこが問題なのだ。彼を守らなくてはという思いがみんなのなかにあり、そのため、わたしに疑惑の目を向けてくる。ソフィアは寒気を感じた。

レディ・トレンサムの兄にあたるキルボーン伯爵もまたハンサムで、侮りがたい感じの紳士だった。同じく陸軍士官だったという。

誰もが礼儀正しく、誰もが会話を盛りあげようと努めていた。明るい雰囲気を崩さないようにと、一般的な話題に終始して、全員が話の輪に入れるよう気を遣っていた。イームズ夫人は実家が商店で、羽振りのいい実業家と結婚したが、のちに死別している。ミス・イームズはその娘だ。ジャーメイン氏も実業家で中流階級に属している。この人々が会話から疎外されていないことにソフィアは気がついた。誰も劣等感を持っていないようだ。

それなのに、上流の生まれであるはずのわたしは、招待客の豪華な顔ぶれに窒息しそうになっている。これが夫の友人たちなのだ。

わたしの夫！

ただ、夫と言っても、まだ言葉だけのものに過ぎなかった――そして、いまの彼女は少々気が滅入っていた。妙なことに、愚かなことに、自分が結婚しようとし、生涯にわたって夫の所有物となることに同意しようとしているのを実感したのは、式が始まってからだった。自分の結婚をそんなふうには考えたくなかった。ダーリー卿は妻を所有物とみなすような人ではない。でも、教会法にはそう定められている。国法もそうだ。わたしは夫の所有物。夫がその権利を行使するかどうかは別として、とにかく夫に従わなくてはならない。

晴れやかな気分になりたかった。昼間はそういう瞬間が何度かあった——今日の午前中、パイプオルガンの旋律が流れる教会の身廊を進み、温かな笑みを浮かべたダーリー卿が待っているのを目にしたとき。二人で教会を出て、陽光と歓声を上げる見物客とバラの花びらのシャワーに包まれたとき。馬車のうしろでやかんと鍋が騒々しく音を立てるのを初めて耳にしたとき。ダーリー卿がキスしてくれたとき。初老の紳士が歩道で足を止めて通りすぎる馬車を見守り、彼女のほうへ帽子を上げて片目をつぶってくれたとき。

しかし、披露宴は試練以外の何物でもなかった。いくらがんばっても話の輪に入ることができず、誰かが気を遣って質問してくれても、そっけない返事しかできなかった。印象を悪くしていることは自分でもわかっていた。こんな自分がどうして好感を持ってもらえるだろう?

食事もろくに喉を通らなかった。なんの味もしなかった。

トレンサム卿が立ちあがって花嫁のために乾杯しようと言ったので、ソフィアは無理やり笑みを浮かべ、どうにかテーブルを見まわし、みんなに感謝の会釈を送った。今度はポンソンビー子爵が立ちあがって彼女の夫のために乾杯し、みんなの温かな笑いをひきだした。ソフィアも無理をして一緒に笑った。ヴィンセントが立ちあがり、この婚礼の日を記憶に残る幸福な一日にしてくれたみんなに礼を言ってから、手を伸ばしてソフィアの手をとり、女性たちのつぶやきと全員の拍手喝采のなかで、身をかがめてその手にキスした。

全員で客間に移ると、ソフィアは少しだけ気が楽になった。コンスタンス・イームズが横に来てすわったからだ。

「怖気づいてしまうわ。そう思わない？」ソフィアだけに聞こえるよう、低い声でミス・イームズは言った。「みんな爵位がある上流の人ばかりでしょ？　今年、ヒューゴに頼んで、貴族の舞踏会やパーティに何回か連れていってもらったのよ。最初の一回か二回はびくびくしどおしだったけど、そのうち、どの人もふつうの人間なんだってわかってきたわ。なかには――今日ここに来てる人たちは違うけど――ほんとにつまらない人もいるの。お金に恵まれた人生を送り、一生遊んで暮らすだけで、何もすることがないんだもの。わたし、恋人がいるのよ――まあ、恋人みたいな存在ね。その人、わたしがまだ若すぎるから正式な求婚はできないし、わたしにはもっと高い目標を持ってほしいって言うの。でも、いつか求婚してくれると思う。わたしは彼のことを熱烈に愛してるし、向こうも愛してくれてるのがわかるの。わたしの祖父母の食料品店のとなりで金物屋をやってる人で、わたしはどっちかのお店にいるときが最高に幸せなのよ。人は自分にとって何が幸せかを見つけなきゃいけない。そうでしょ？　ダーリー卿はいままで出会ったなかで最高に優しい人の一人だと思うわ。そして、うっとりするほどハンサムよ。そのうえ、あなたのことが大好きなのね」

「あなたの金物屋さんの話を聞かせて」ソフィアはそう言いながら、気分がほぐれるのを感じた。

ミス・イームズの話を聞くうちに微笑が浮かび、やがて笑い声を上げていた。そして、何やら考えこんでいる様子のレディ・バークリーにじっと見られていることに気づいた。レディ・バークリーはかすかにうなずいてから、視線をそらし、彼女に話しかけていたキルボーン伯爵に何か返事をした。

やがてお茶が出たあとで、お開きの時間となった。執事がレディ・トレンサムの耳に、玄関先で馬車が待っているとささやいたところだった。ソフィアの新婚初夜は、グローヴナー広場に建つ大邸宅の一つであるスタンブルック邸で迎えることになっている。幸い、当主の公爵は屋敷を留守にする。泊まり客のレディ・バークリーも。ソフィアの新しい衣装は、けさ、みんなが教会へ出かけたあとでレディ・トレンサムのメイドが荷造りして、スタンブルック邸のほうへ届けてくれている。残りの新しい衣装も今日のうちにそちらへ届けるよう指示が出されていた。

頭のなかで日を数えてみた。昨日は買物の一日だった。一昨日はロンドンへの旅の二日目、その前の日は旅の一日目だった。それから、求婚の日があり、パーティの日があり、夜明け前に外に出てダーリー卿がコヴィントン荘に着くのを見ていた日があった。

全部で六日。

一週間にもならない。

一週間前のわたしはまだネズミだった。髪をギザギザに切り、身体に合わないお古を着たカカシだった。

あれから一週間にもならない。

いまのわたしは花嫁。人妻。人生が突然大きく変化した。それなのに、いまも怯えたネズミのような態度が抜けきらない。

なんの変化もない人生をずるずると続けていくのがいやなら、覚悟を決めて努力しなくてはならない。わたしの人生に変化が訪れ、それと共に、わたし自身が変わるチャンスを与えられた。

ソフィアは立ち上がった。

「レディ・トレンサム、トレンサム卿、イームズ夫人、ミス・イームズ」一人一人を見ながら言った。「ここに泊めていただいて、親切にしていただき、さらにこんなすばらしい披露宴まで開いていただいたことに、心から感謝いたします。それから、ジャーメインさま、キルボーン卿ご夫妻、レディ・バークリー、ポンソンビー卿、ベリック卿、公爵さま、結婚式にご参列いただき、ここにお越しいただいたことにお礼を申しあげます。わたしたちはひっそりと式を挙げるつもりでおりました。でも、おかげさまですばらしい式になりました。この先ずっと、喜びと共に今日という日を思いだすことでしょう。公爵さま、明日までお屋敷を使わせていただけることにも感謝しております」

不意にみんなの会話がとだえた。誰もがソフィアを見ていた。驚いているようだとソフィアは思い、心臓の高鳴りは止まってくれるだろうか、それとも、心臓そのものが止まってしまうだろうかと心配になった。いまの彼女は笑みすら浮かべていた。

ダーリー子爵も立ちあがった。

「ぼくの言いたいことをきみが全部言ってくれたから、ソフィア、ぼくから挨拶すべきことはもう何もない」

「きみは披露宴の席で存分にしゃべったじゃないか、ヴィンス」ポンソンビー卿が言った。「今度は奥方の番だ。こ、個人的な意見を言わせてもらうと、少なくともあと一、二週間は、〈サバイバーズ・クラブ〉の誰にももう結婚してほしくない。うちの、じ、従者がぼくに渡す乾いたハンカチを切らしてしまうから」

「お役に立てれば光栄です、レディ・ダーリー」スタンブルック公爵がソフィアを見た。その視線は鋭く……そこに浮かんでいたのは賞賛の色だろうか。

やがて全員が立ちあがり、ふと気づくと、ソフィアは貴婦人たちの抱擁を受けていた――レディ・バークリーまでも含めて――そして、紳士たちからふたたび手の甲にくちづけを受けていた。誰もが言葉を交わし、笑いあい、ソフィアとヴィンセントはいつのまにか通りへ送りだされ、馬車に乗せられていた。

「やかんと鍋はもうはずしてある？」ダーリー卿が訊いた。

「ええ」

「ほかのものも全部？　確か、リボンがついてたよね？　それから、花は？　いや、まだ残ってるな。香りでわかる」

「全部そのままよ」

「きみが花婿になるのは一度だけだ、ヴィンス」トレンサム卿が言って聞かせた。「そして、レディ・ダーリーが花嫁になるのも一度だけ。全世界に吹聴《ふいちょう》して楽しむがいい」

にぎやかな笑いと歓声と幸せを願う声に送られて、二人の乗った馬車は動きだした。

「ありがとう」ソフィアの手をとってダーリー卿が言った。「さっきの挨拶をありがとう、ソフィー。すばらしかった。きみにとってすべてが試練だったことはわかっている」

「ええ、そうね」ソフィアは同意した。「でも、突然気がついたの。これまでと同じくネズミの目ですべてを眺めてたことに。おどおどしていたら魅力的な女性にはなれない、そうでしょ？」

「すると、ネズミは永久追放だね？」

「わたしのスケッチの隅に再登場するだけよ。でも、そのネズミは生意気なおチビさんで、ウィンクしたり、薄笑いを浮かべたり、すごく意地悪な顔をしたり、いかにもご満悦って表情を浮かべたりするの」

ダーリー卿は笑った。

「風刺漫画の種にできそうなものが今日も何かあったかい？」ソフィアに尋ねた。

「いいえ、なかったわ、子爵さま」ソフィアはきっぱりと答えた。「嘲りや笑いの種になるものは、今日は一つもなかった」

短い沈黙が流れた。

「そうだね」ダーリー卿はうなずいた。「ところで、ぼくはずっと〝子爵さま〟のままなのかな、ソフィー。きみはぼくの妻だよ。新婚の夜を迎えるために馬車を走らせてるんだ」

ソフィアは身体の下のほうを鋭いもので刺されるような奇妙な感覚を覚え、無意識のうちに身体の奥の筋肉をこわばらせ、息苦しさから逃れようとしていた。

「ヴィンセント」

「呼びにくいかな？」

「ええ」

「きみのおじいさんは男爵だったし、おじさんも現男爵で、お父さんは紳士だったというのに？」

「ええ」

今日、わたしがダーリー子爵と結婚したことを知ったら、おじのサー・テレンス・フライはなんと言うだろう？　いずれ知られてしまう？　結婚のことが明日の朝刊に出るはずだ。そもそも、おじはこの国にいるの？　新聞でそのことを知ったら、気にするかしら。セバスチャンの目に入るだろうか。彼はどう思うだろう。継父にあたるわたしのおじに知らせるだろうか。

手袋に包まれたソフィアの手をヴィンセントが持ちあげ、唇に持っていった。通りかかった人々が馬車に向かって微笑し、ソフィアたちを指さして笑みを交わしている。なかには手をふる者もいるのをソフィアは目にした。

「ぼくなんか、悪ガキのヴィンセント・ハントで、夜中によく地下室の窓からコヴィントン荘を抜けだして、裸になって川で泳いだものだった。そんな姿は衝撃的すぎるというなら、七歳のときに木の枝のあいだに身を潜めていた腕白ヴィンセント・ハントを想像してほしい。何も知らない村人たちが木の下を通りかかると、くすくす笑いを抑えこんで、小枝や木の葉やドングリをみんなの頭に浴びせたんだぞ」

ソフィアは笑った。

「そのほうが可愛いよ。もう一度言ってごらん」

「ヴィンセント」

「ありがとう」彼はソフィアの手の甲に唇をつけた。「いま何時なのかまったくわからないな。まだ明るい？　午後かい？　それとも夕方？」

「その二つの中間よ。充分に明るいわ」

「困ったな。暗くなってるほうがいいのに。スタンブルック邸に着いたときには、ぼくの花嫁をベッドへ連れていく時間になっててほしいけどね」

ソフィアは何も答えなかった。どう答えればいいだろう？

「不安に思ってる？」ヴィンセントが尋ねた。「新婚の夜のことを」

ソフィアは下唇を噛んだ。身体の下のほうに、なじみのないあの疼きを感じた。

「少しね」正直に答えた。

「気が進まない？」

「そんなことはないわ」もちろん、これも正直な気持ちだった。「大丈夫よ」

「よかった。きみともっと親密になりたいと思っている。もちろん、いろんな意味でね。だけどいまこの瞬間は、純粋に肉体的な意味で言っているんだ。きみにさわりたい。隅々まで。きみと愛を交わしたい」

ものすごくがっかりするでしょうね――ソフィアはそう思わずにはいられなかった。

「ショックを与えてしまったかな」

「いいえ」

彼はもう一度ソフィアの手の甲にキスをして、その手を彼の腿に置いた。

二人は着替えをしてから軽い夕食をとった。食事がすむと客間へ移って一緒にすわり、今日一日のことを語りあった。ソフィアは招待客の何人かが着ていた衣装の説明をした。彼は教会のなかで感じた香りについて語った。ソフィアは馬車がどんなふうに飾り立てられていたかを説明した。ヴィンセントは通りで聞いた物音を話題にした。馬車のうしろをガラガラとついてきた金物類の騒音に負けることなく、どうにか彼の耳に届いたものだけについて。それから、花の香りについても語った。ソフィアはコンスタンス・イームズが慕っている青年のことと、イームズ夫人とジャーメイン氏のあいだに芽生えつつあるロマンスのことを話した。ヴィンセントは、トレンサム卿がペンダリス館のそばの浜辺でかつてのレディ・ミュアと初めて出会ったときの話をした。記憶に残る一日だったということで、二人の意見は一致した。

「外はもう暗くなったかな？」ついにヴィンセントが尋ねた。

「いいえ」

言うまでもなく、いまは初夏。暗くなるのは夜遅くなってからだ。

「いま何時ごろ？」

「もうじき八時になるところよ」

まだ八時？

スタンブルック邸に入るときも、ダイニングルームへ行くときも、客間へ戻るときも、ソフィアが彼の腕をとった。だが、それを除けば、おたがいにいっさい触れあっていない。結婚式の当日だというのに。

「ベッドに入っていいのは何時以降、というような決まりはあるのだろうか」ヴィンセントが彼女に訊いた。

「そういう法律があるとしても、わたしは聞いたことがないわ」

ヴィンセントは早く新婚の床に入りたいという欲望に駆られていたし、彼女のほうも軽い不安を覚えてはいたが、それを望む気持ちがあることをはっきり告げた。ここにすわっている時間が長くなればなるほど、彼女の不安と緊張は高まりそうだ。

然るべき就寝時刻が来るまですわって待たなくてはならないように思ったのはなぜだろう？　自分もやはり神経質になっているのだろうか。処女を抱いたことはこれまで一度もなかった。しかも今夜は、こちらの——もしくは彼女の——好みに合わなければそれで終わりにできるようなただの遊びではない。幸せな一夜にしなくてはならない。初めての夜だから、張りきりすぎないようにしよう。彼女を怯えさせたり、嫌悪感を抱かせたり、傷つけたりしては大変だ。しかし、控えめすぎるのもよくない。彼女を、あるいは自分自身をがっかりさせてはならない。

幸せな一夜にすることが大切だ。

「ベッドへ行こうか」ヴィンセントは言った。

「ええ」

ここに来る馬車のなかで彼女が言った——第二の自我とも言うべきネズミを追い払わなくてはならない、と。楽なことではないだろう。ヒューゴの家を出る前にソフィアがおこなった決意のほどを示す短い挨拶を思いだして、ヴィンセントは口元をほころばせた。優雅で愛らしくて、友人やほかの客たちの驚きが手にとるようにわかった。

「では、ぼくの腕をとってくれ」ヴィンセントは立ち上がりながら言った。

「ええ」ソフィアが彼の腕をとった。

二人で客間を出て二階への階段を二段のぼったところで、ソフィアがふたたび彼を驚かせた。足を止めてほかの誰かに声をかけたのだ——たぶん、召使いだろう。

「ダーリー卿の化粧室へ行くよう、フィスクさんに伝えてもらえないかしら。それから、エラをわたしの化粧室に」

エラというのは、今夜のためにジョージがつけてくれたメイドに違いない。

「はい、奥方さま」男性の低い声が恭しく響いた。

「〝奥方さま〟ですって」ソフィアはつぶやいた。

「ぼくだって、人から〝子爵さま〟と言われると、いまだにうしろを見てしまう。もし目が見えていればね」

彼の部屋まで、いや、今夜二人で過ごす部屋までどう行けばいいかを、ヴィンセントは心得ていた。知らない場所へ行っても、方向と距離をいつも短時間で覚えこむ。道に迷ったり、用のある場所へ行くときに人に頼ったりするのがいやなのだ。

自分の化粧室の前まで来たと見当をつけたところで、ヴィンセントは足を止めた。その先が寝室のドアで、さらに先が彼女の化粧室。今日までは必要のなかった部屋だ。

「あとはわたし一人で行けるわ」ソフィアは彼に言った。

「妥協案をとるとしよう。きみの化粧室のドアの開閉する音が聞こえるまで、ぼくはここに立っている。三〇分後に寝室で会おう。もっと早くてもいいかな？」

「いいわ」ソフィアは彼の腕からそっと手をはずした。

ヴィンセントは微笑して、彼女のドアの音に耳をすませた。閉まる音が聞こえたそのとき、背後の廊下にマーティンのしっかりした足音が響いた。けさも、やけに堅苦しい態度だった。婚約を知って以来、ずっとそうなのだ。

「マーティン」化粧室のドアがあいたので自分が先に入りながら、ヴィンセントは言った。

「ぼくの頼みどおり、きみも結婚式に来てくれたかい？」

「行きました、旦那さま」マーティンが答えた。

ヴィンセントはさらに何か返事が来るのを待ったが、聞こえてきたのはマーティンが洗面台に水差しを置き、髭剃《ひげそ》り道具を用意する音だけだった。ため息をついた。妻を得たかわりに友を失ってしまったのだろうか。そう、マーティンは友達だ。昔からの友達だ。

「今日は少年のようには見えませんでした」ヴィンセントが上着とチョッキを脱ぎ、マーティンの手を借りてネッククロスをほどいてから、シャツを頭から脱いでいたとき、いきなりマーティンが言った。「小さな妖精のように見えました」

こわばった声でしぶしぶ言ったという感じだった。〝小さな妖精〟という言葉には、侮辱ではなく賞賛の響きがあった。

「ありがとう」ヴィンセントは言った。「彼女のほうから言い寄ってきたのではない。わかってくれるね、マーティン。ぼくが口説いたんだ」

「わかってます。馬鹿ですよ、あなたは。顔を動かさないで。でないと、この剃刀《かみそり》で喉を切りさいてしまう。わざとやったのかとあなたは首をひねることでしょう。まだ命があって首をひねることができたら、ですが」

ヴィンセントはにやりと笑った。「おまえにならぼくの命を預けられる」

マーティンはぶつぶつ言った。

「そうしてもらわないと。少なくとも一日一回は、よく切れる剃刀を持ってあなたのそばへ行くんですから。そのにやけた笑いをひっこめてください。でないと、顔にギザギザの傷をつけて奥さんのもとへ行くことになりますよ」

ヴィンセントは表情を消して静止した。

ようやく仲直りができそうだ。

〝小さな妖精〟。バートン・クームズの踏み越し段を乗り越えたあとで彼女を抱きしめたことを思いだした。そう、妖精と言われれば納得だ。官能的のまさに逆。彼自身は昔から官能的な女性が好きだった。精力旺盛な男でそうでない者がいるだろうか。しかし、ヴィンセントはとにかく自分の花嫁がほしくてたまらなかった。

〝小さな妖精〟。

マーティンを下がらせたあとで、寝室のドアを開いた。この部屋ならよく知っている。ベッドの位置も、化粧台やサイドテーブルや暖炉や窓の位置も知っている。部屋に入った瞬間、自分が一人ではないことを知った。

「ソフィー？」

「ええ、ここよ」柔らかな笑い声が聞こえた。「〝ここ〟というのがどこだかわかる？」

「ぼくの勘では」ヴィンセントは言った。「きみは窓辺に立っている。まだ暗くなってないんだろ？」

「この部屋、お屋敷の裏側にあるのね」近づいてくるヴィンセントに向かってソフィアは言った。「庭に面してるわ。とっても可愛い庭。ロンドンにいることを忘れてしまいそう」

ヴィンセントは手を伸ばして窓枠に触れた。そばにいる彼女の温もりが感じられた。

「忘れたい？」ソフィアに尋ねた。「ロンドンは好きになれないかな？」

「田舎のほうが好きだわ。孤独を感じなくてすむから」

都会と田舎の人口を比べてみたら、妙な意見だと言っていいかもしれない。

「田舎にいると、自分が一人ぼっちじゃなくて、何か広大で複雑なものの一部になったような気がするの。ごめんなさい。うまく説明できなくて」

「都会では人間社会以外のものへ目を向ける余裕がないから？」彼が補足してくれた。「そして田舎にいると、人間も自然と宇宙の一部だという気がしてくるから？」

「ああ、そうね。おっしゃるとおりよ」

ヴィンセントは彼女が言っていた夢のコテージのことを考えた。そこには可愛い庭があり、仲のいい隣人たちがいる。ああ、ソフィー。

手を伸ばして彼女の肩に触れた。もう一方の手をもう一方の肩に置いて抱き寄せた。絹のネグリジェを着ているのが感触でわかった。結婚のために買った品の一つだろうか？　そうであってほしい。彼女が自らを可愛くて魅力的だと思ってくれるといいのだが。彼女がゆっくり息を吸いこむのが感じられた。

ヴィンセントが着ているのは軽い紋織りの絹のガウンだけだった。ナイトシャツを出しておくようマーティンに命じるべきだったかもしれない。ただし、ナイトシャツがあるとすれば。家を出るとき、おそらくナイトシャツは荷物に入っていなかっただろう。寝るときはいつも裸なのだから。

両手を顎のほうへすべらせて、親指で彼女の顎を持ちあげ、自分の唇で彼女の唇を探りあてた。記憶にあるとおりの愛らしい大きめの口。唇がふっくらしている。ヴィンセントは唇を重ねる直前に自分の唇をなめた。彼女の震えが止まるまで待ってから、閉じたままの唇に舌先を這わせると、やがてその唇が開いた。そこに舌をすべりこませ、喉の奥で彼女が低くうめくのを聞いて、欲望の震えを感じた。

手を移動させて彼女の髪を探った。髪は柔らかくて、絹のようで、前に手を触れたときのようなごわついた感じはなかった。とても短くカットされていた。

「ソフィー」唇に優しくキスをした。「誰かが庭を散策していたら、こちらの姿に気づいたりしないだろうか」

「たぶん大丈夫よ。でも、カーテンを閉めてくるわ」

ソフィアが彼の腕から抜けだしたあとで、カーテンがレールをすべる音が聞こえた。

「ほら、これで誰にも見られずにすむわ」

そして腕のなかに戻ってきて、彼の腰に腕をまわした。ああ。では、いやがってはいないのだ。

「あなたにも見られずにすむからうれしい」そう言ってから、ソフィアははっと息をのんだ。

「あ、あの、わざと言ったわけじゃないのよ」

「きみの容姿には見る価値がないとでも？」ヴィンセントは彼女に尋ねた。「ソフィー、誰がきみの自尊心をすべて破壊してしまったんだ？　鏡がどうのなんて言ってはだめだよ。ぼくにはきみを見ることができない。永遠に見られない。だから、きみの言葉に反論することも同意することもできない。だけど、きみに触れることはできる」

「がっかりさせることになりそう」

ヴィンセントがくすっと笑うと、ソフィアも笑った。悲しげな響きだと彼は思った。

「あなたのほうはすごく美しいのに」ソフィアは言った。

彼はふたたび笑い、ネグリジェの肩のところに手を差し入れてから、前をはだけて腕の先まですべらせた。一歩さがって両手で彼女の腕をまっすぐ下ろさせると、ネグリジェが床に落ちる音が聞こえた。

ソフィアが大きく息を吸った。

「心配しないで。ぼくにはきみの姿が見えないんだから」

震える息が吐きだされた。

ヴィンセントは彼女に手を触れた。軽やかな手と繊細な指先で彼女の身体を探った――華奢な肩と二の腕、彼のてのひらに温かく柔らかく収まる小さな乳房、細いウエスト、すべすべした平らな腹部、豊満とは言えないヒップ、乳房と同じく彼の手にぴったり収まるその華奢な丸み、細いながらも彼が探ったかぎりでは強靭そうな脚。

肌は柔らかく、なめらかで温かかった。痩せた者に多く見られる骨ばった感じはない。単に小柄で、スタイル抜群ではないというだけだ。けっして官能的とは言えない。それでも、ヴィンセントは自分が硬くなるのを感じた。ぼくの花嫁。ぼくのもの。そう思うだけで心が躍った。誰の助けも借りずに、自分で彼女を見つけて結婚した。かならずしも目が必要とは言いきれない。

ソフィアの顔に手を戻し、頬をはさんで、もう一度唇にキスをした。

「ベッドカバーははずしてある?」彼女に訊いた。

「ええ」

「じゃ、横になろう」

「ええ」

ネズミに戻ってしまったのだろうか。ふだんより甲高い声になっている。

それとも、新婚初夜を迎えた処女の花嫁が緊張しているだけのことだろうか。

ヴィンセントはガウンを脱いでから彼女のとなりに身を横たえた。自分の姿がショックを与えたかどうかを知ることはできなかった。彼女の息遣いは最初から荒く、やや乱れていた。

ふたたび両手で彼女の身体を探った。顔を下げて唇にキスをした。片方の頬に。片方の耳に。耳たぶを歯ではさんで軽く嚙んだ。喉に、乳房にキスをした。片方の乳房を吸いながら、もう一方の胸の乳首を親指と人差し指のあいだでころがした。

ソフィアは何をされてもじっとしたままだった。ただ、彼の愛撫で呼吸が乱れ、肌が熱くなり、乳首が硬くなった。

ヴィンセントは彼女の腹部に唇をつけ、へそを見つけて周囲に舌を這わせながら、温かな腿のあいだに片手を差し入れて上へすべらせ、女性の中心となる部分を見つけだした。驚いたことに、そこは熱く潤っていた。

　ソフィアが大きく息を吸いこみ、身をこわばらせた。

「ソフィー」ヴィンセントは顔を上げた。片手を腿のあいだから離そうとせず、軽くなでながらひだを掻き分け、指の先端で秘部のまわりに円を描くのをやめようともしなかった。

「怖い？　恥ずかしい？」

「いいえ」ソフィアの声がひどく甲高くなった。

　怖いのだろう。恥ずかしいのだろう。

　そして、たぶん、自分の肉体にはなんの魅力もないと思っているのだろう。

　彼女の片手をつかんで、硬くなったもののところへ持っていった。それを握らせて、しばらく動きを止めた。

「これがどういう意味かわかるかい？」彼女の耳にささやきかけた。「きみがほしい、きみの魅力に酔いしれている、という意味なんだ。ぼくの手、口、舌、身体、そのすべてがきみに触れて大いに喜んでいる。きみがほしい」

「まあ」ソフィアは彼を握ったままだったが、やがてその手を離した。

　彼のこの言葉も嘘ではなかった。

「きみのなかに入るからね。初めてだから傷つけてしまうかもしれないけど、なるべくそうならないよう気をつける」

「あなたがわたしを傷つけるはずはないわ。たとえ痛みがあっても、ヴィンセント、傷つけることなんてない。ああ、お願い。抱いて」

ヴィンセントは驚きの笑みを浮かべた。彼女もぼくを求めている。

ソフィアが伸ばした手に誘われて彼女に覆いかぶさり、体重を預けた。彼が脚を使って彼女の脚を広げる前にソフィア自ら脚を開き、彼が身体の下に両手を差しこむと、自分で身体を持ちあげてヒップが彼の手に収まるようにした。そして、秘められた部分にヴィンセントが自分のものをあてがうと同時に、彼に脚を押しつけて下半身を浮かせた。

ヴィンセントは硬くなりすぎて痛いほどだった。不意に、こんなに大きくなければよかったのにと思った。彼女は華奢すぎる。ゆっくり入っていくと、熱いものに行く手を阻まれ、高揚と恐怖という相容れない反応が彼のなかに生まれた。高揚したのは、これ以上にエロティックで期待を抱かせてくれるものは男として望みようがないからで、恐怖を感じたのは、彼女があまりに華奢なため、その身体をひきさいて耐えがたい苦痛を与えることになるのではないかという気がしたからだ。

ソフィアはうめき声を上げ、彼に身体を押しつけた。

ヴィンセントは壁を感じた。突き破るのは無理だと思った。彼女を傷つけてしまう。

「来て」ソフィアがせがんでいた。「ねえ、お願い、来て」

その瞬間、ヴィンセントは優しくしようとしていたことを忘れた。いっきに突き入れると、根元のところまで彼女のなかに包みこまれた。ソフィアはその瞬間、あえいで身をこわばらせたが、彼を包みこんだこわばりが徐々にほぐれていき、やがて身体の奥の筋肉をくねらせて、ゆっくりと息を吸った。

「ヴィンセント」彼女がささやいた。

ヴィンセントは彼女の唇を探りあてて、開いた唇を重ね、舌を深く差しこんだ。

「ソフィー」彼女の唇に向かってささやいた。「すまない」

「大丈夫よ」

行為の最中に彼女を押しつぶしてしまわないよう、身を起こして前腕で自分の身体を支え、深く激しい律動をくりかえした。喜びの高みにのぼりつめるのを我慢したのは、まだまだ悦楽の波が寄せてくるのを知っていたし、あとでひどく疼くことになってもいいからすべてを経験したい、と彼女が望んでいることが彼にもわかったからだ。

二人が結ばれていることを示す濡《ぬ》れた淫らな音が聞こえた。

彼女は、甘く熱く濡れた女性そのものだった。汗とセックスの匂いがした。ぼくのもの。ぼくの妻。

〝小さな妖精〟。

熱い官能の魅力が身体の隅々にまであふれている。

彼はゆっくり時間をかけて彼女のなかで動きつづけたが、ついにそれ以上我慢できなくなった。奥深くまで入りこみ、そこで動きを止めて情熱を吐きだした。空っぽになったような気がして、えも言われぬ心地よさに包まれた。

数分たって我に返った瞬間、まず彼の頭に浮かんだのは自分の身勝手さだった。初めてのこの夜はソフィアのために優しくふるまい、自分を抑えるつもりでいた。ところが、あまりにも長い時間、激しい行為に溺れてしまった。いまは全体重を彼女にかけている。彼女の肌から心地よい温もりと湿り気が伝わってくる。魅惑的な香りがする。

できるだけ優しく彼女のなかから抜けだして、傍らに横になった。気がつくと、彼女の手をとって指で包んでいた。

「ソフィー？」

「はい」

「すごく痛かった？」

「いいえ」

ヴィンセントは身体を横向きにしてソフィアと向きあった。

「正直に言ってくれ」

「何を？　すてきなひとときになるって言われてたの、レディ・トレンサムから。想像以上にすてきだったわ」

ソフィーは永遠にぼくを驚かせ、喜ばせつづけるのだろうか。

「痛い思いはしなかった？」

「したわ。最初は痛かったし、最後のほうも痛かった。そして、いまも痛くて疼いてる。最高にすてきな感覚ね」

なんだって？

「すてき？」

「すてきよ」ソフィアはくりかえした。「心地よい痛みというのもあるのよ」

「本気で言ってるのかい？」ヴィンセントは彼女に笑みを向けていた。

「ええ」短い沈黙があった。「わたしにがっかりした？」

おや、またそれか。

「ぼくががっかりしてるように見える？　がっかりしたと思う？」

「わたし、女らしい身体つきじゃないから。少女のころと同じようにぺたんこなの。誰かが
――神さまかしら――わたしを成長させるのを忘れてしまったのよ」

こんなに悲しげな口調でなければ、思わず笑いたくなっただろう。

「ソフィー、どこをとっても、きみは女そのものだったよ。ぼくにはあれ以上の喜びはとうてい得られなかっただろう」

「なんて優しい人なの」

「残念なだけさ。今夜はこれでおしまいだってことが」

「まだ夜になっていないわ。夕暮れになっただけよ」

何を言おうとしてるんだ？　彼女も喜びを味わったというのか。痛くて大変だったはずなのに。自分もあまり経験豊富なほうではない――いささか謙遜しすぎだが――女性にかけては超一流の腕前、などとはとても言えない。でも、そんなことは関係ないのかもしれない。二人とも孤独だった――そう、自分は性的な面で孤独だった。経験や技巧よりも、おたがい

に与えあう安らぎと喜びのほうが、きっと大きな力を持っているのだ。

「では、今夜が明日に変わろうとするときに、もう一度挑戦しようか。どう？　ただし、きみにその元気があるなら。そして、痛みがそんなにひどくなければ」

「大丈夫よ」ソフィーがきっぱりと言ったので、ヴィンセントは笑って彼女をひきよせ、胸に抱きしめた。やがて笑うのをやめて、彼女の頭のてっぺんに頬をつけた。突然、泣きたくなった。

あのいまいましい協定！　それを忘れ去る日が来るだろうか。彼女のほうはどうだろう？　おたがいにすなおになって結婚生活を続けていくことはできないだろうか。

「少し寝たほうがいい」ヴィンセントは言った。「婚礼の日はこれで正式に終わったことになる、ソフィー。いい一日だった。そう思わないか？」

「ええ」ソフィアが彼に身をすり寄せ、信じられないことに、あっというまに眠りに落ちていった。

こうして彼の新たな人生が始まった――妻を持つ男としての人生が。よくなるのか、はたまた悪くなるのか。

どちらになるかは考えないことにした。

12

目をさましたソフィアは温もりと安らぎのなかにいて、ほんの少し痛みを感じた。けれど、それは無視することにした。ヴィンセントの腕が彼女にまわされていて、規則正しい息遣いからすると、彼はまだ眠っているようだった。身をすり寄せた。硬い筋肉に覆われた男性的な美しさと旺盛な精力にあふれた身体に。

この人はわたしのもの。わたしの夫。

ふたたび日にちを数えてみた――途中の何日かを忘れているといけないので、二回くりかえした。でも、忘れてはいなかった。朝が近い。窓のカーテンの向こうを見ると、空が白みはじめていた。これでちょうど一週間になるわけだ。わたしはコヴィントン荘を見下ろす丘の木々のあいだに立ち、誰もが待ち受けていた馬車の到着を目にした。そして、まずフィスク氏が、次にダーリー子爵が降りてくるのを見守った。

あのときは知らない人だった。それがいまではわたしの夫。

わずか一週間前のことだった。

以前は、過ぎ去った一週間をふりかえってみても、何があったのかまったく思いだせないことがよくあった——正直なところ、どの週もたいていそうだった。この一週間はそれまでの週とは違っていた。

動きたくなかった。幸せな時間がこっそり逃げだして永遠に消えてしまったりしないよう、この瞬間を胸に抱きしめていたかった。あの人が全身を愛撫してくれた。わたしのなかに入ってきて、行為にゆっくり時間をかけた。嫌われずにすんだ。喜んでもらえた。朝までずっと腕に包んでいてくれた。二人ともいまも裸だった。

目を閉じてもう一度眠ろうとした。いや、少なくとも、けだるい温もりのなかに身を横たえ、抱きしめられて求められる喜びに浸ろうとした。しかし、心地よい感覚は徐々に薄れていき、ついに肉体の要求を無視できなくなった。

彼を起こさないよう気をつけながら腕のなかからそっと抜けだし、静かにベッドを出て、絹のネグリジェを拾った。夜のあいだずっと、床に落としたままだったので、たぶんひどいしわになっているだろう。自分の化粧室に入って用を足した。少しひりひりしたが、痛くてたまらないほどではなかった。痛みの原因を考えれば、うれしい気持ちのほうが大きかった。運良く、洗面台の水差しに湯が少し残っていた。言うまでもなく、すでに冷めていたが。また、清潔な衣類とタオルも用意されていた。身体を洗い、タオルで水分を拭きとった。大丈夫、刺すような痛みはない。花嫁として一夜を過ごしたあとの鈍い疼きがあるだけだ。

ネグリジェを頭からかぶり、それが肌をすべり落ちて身を包んでくれる感触を楽しんだ。こんなに優美な寝間着を身につけたのは生まれて初めてだった。

彼を起こしてしまっていなければいいけど。もう一度ベッドにもぐりこんで彼に身をすり寄せ、温もりのなかで思いだしたかった。ゆうべは新婚初夜だった。二人が結ばれた瞬間が婚礼の儀式のまさに頂点だった。たぶん、同じ経験は二度とできないだろう。たぶん……。

いいえ、そんなふうに考えてはだめ。ベッドに戻って思いだすことにしよう。絹のガウンをはおった彼がどんなふうだったかを。首から足先までを絹のガウンに包んだ男性から、息苦しいまでの男っぽさが伝わってきたのはなぜ？

そっとベッドに戻り、シーツの上で身体をずらしてヴィンセントにすり寄った。彼の片方の腕が彼女の枕の下に投げだされていた。ソフィアがそこに頭をのせると、彼が何やらもごもごとつぶやいてその腕を彼女にまわした。夜明けのほのかな光のなかで見ると、彼の髪がくしゃくしゃになっているのが微笑ましかった。胸と肩と二の腕の筋肉がみごとに鍛えられている。何か方法を見つけて体形を維持していることが、いいえ、維持する以上の努力をしていることが、この筋肉から伝わってくる。

ソフィアは目を閉じ、ネグリジェを脱がされて彼の前に裸身をさらしたとき、彼にこちらの姿が見えないことはわかっているのに、自分がどんな気持ちになったかを思いだした。彼の唇と手の感触を思いだした。全身を愛撫された。温かな唇と手がわたしの肌を探り、そして……賞賛してくれた？　なぜそれがわかったの？　キスしたときも、肌に触れたときも、失望した様子がなかったから。彼の表情に失望の色はなかった。そして、あとからソフィアが尋ねたときも、言葉でそう伝えてくれた。

ガウンを脱いだ彼がどんなふうだったかを思いだした。堂々たる体軀《たいく》で、均整がとれていた。そして……。

不思議なことに、その部分を見ても怖いとは思わなかった。彼女の目にはひどく大きく映ったが。そして、手を触れると岩のように硬かったが。いや、岩のようという喩《たと》えでは不充分だ。なぜなら、単に硬いだけではなく、温かくて、絹のような手触りで、先端が濡れていたから。硬くて太いものが入ってきて、彼女を押し広げ、痛みをもたらし——そして、言葉にできないほどの興奮を与えてくれた。

痛みに襲われ、そのあと何分間か痛みが続いた。痛みがまるで喜びのように感じられるのは不思議なことだった。強烈な痛み、強烈な喜び。終わったときはひどく疼いていて、同時にひどく悲しくもあった。終わってほしくなかった。物足りなさが残った。

彼女自身が貪欲に喜びを求めていた。

そんな一夜は二度と望めないだろうと思った。しかし、少なくともしばらくのあいだは結婚生活を続けていきたい——結婚という事実だけでなく、夜のその部分も……。彼は妻と話し相手を必要としていて、わたしはその両方を兼ねることになる。この人には夜の相手も必要だ。男はみんなそうだし、わたしがいつでもその相手になれる。この人は子供をほしがっている。とくに跡継ぎの息子を。子供が何人もできるか、一人もできないかは、わたしにかかっている。この人はわたしが生きているかぎり、ほかの女性を妻にする気がないのだから。

ヴィンセントのそばにいるあいだは、彼が幸せになれるよう、あるいは少なくとも満足してもらえるよう、全力を尽くすことにしよう。

　できるかしら。

　大丈夫、どんなことでもできるわ。

「ベッドが傾いてるのかい？」耳元で柔らかく尋ねる声がした。

「えっ？」

「きみがぼくに必死にしがみついてるから、ベッドがひっくりかえるのかと思った」

「まあ」ソフィアは彼にかけた手をゆるめた。「そんなことないわ。ごめんなさい」

　彼を起こしてしまい、新婚の夜は終わりを告げた。愚かなわたし。

「もう朝かな？」ヴィンセントが訊いた。

　ゆうべの彼も、もう暗くなったかどうか、何回もソフィアに尋ねていた。目が不自由だと不便なことが無数にあるが、時間の見当がつかないのもその一つに違いない。

「いいえ、まだよ。そろそろ明るくなりはじめたところ。この季節は夜が明けるのが早いわね」

「おや……」ヴィンセントは眠そうにため息をついた。「ネグリジェを着てしまったのか」

「ええ」

「それがないと落ち着かない？」彼女の髪に鼻をすり寄せた。

　ソフィアは笑った。

「こんなおしゃれなものはこれまで着たことがなかったの。だから、うれしくって。あなたに買ってもらったものだし」

「ぼくに？　きっと、花嫁さんに惚《ほ》れてるからだ」

他愛ないおしゃべりだった。それでも、ソフィアは爪先までほのぼのと温かくなった。

「だといいわね。あなたのお金を派手に使ってしまったから」

「ほんとに？」ヴィンセントはソフィアの頭のてっぺんに頬をつけた。「レディ・トレンサムに影響されたのかな？　忘れずにお礼を言っておかないと」

「仰天してしまったわ。新しいドレスを二、三着買えば充分だと思ってたの。それだけでわたしなら有頂天だったでしょうね。でも、レディ・トレンサムに諭されたの。わたしはこれからただのソフィア・フライじゃなくてダーリー子爵夫人になる、わたしの装いが夫の評判にも関わってくるということを。最高に美しく装うのが夫への義務だと言われたわ。ただ、わたしがいくら着飾ったところで——」

ヴィンセントの指が彼女の唇をしっかりふさいだ。

「夫に従うと昨日誓ったね」

「ええ」ソフィアはぎこちなく息を呑んだ。

「では、一つ命令しよう。これには無条件で従ってほしい、ソフィー。従わなければ、ぼくは激怒するだろう。いまこの瞬間から、自分を卑下するのはやめるんだ。ぼくはきみの姿を見ることができないので、女らしい身体つきではないというきみの言葉を信じるとしよう。一般の人から見たら、とくに愛らしいとは思えないかもしれない。もっとも、きみ自身の言葉によると、不器量でもないらしいが。小柄で、背丈に合うほっそりした身体だ。小ぶりな胸、華奢な手足、細いウエスト。ヒップのサイズもそう変わらない。髪は自分で短く切っていた。どうせ男の子みたいな体型だから、髪も男の子っぽくしようと思ったのかな。いまは前よりさらに短くなったけど、きれいに整えられてる。ソフィー、ぼくの手と身体にとっては、きみは女だ。優美なプロポーションと、温かくなめらかな肌と、どんな女だって羨みそうな唇を持った女。女の香りと石鹸の清潔な香りがする。そして、身体の奥は熱く濡れていて柔らかで、まさに女そのものだ。きみはぼくのもの。ぼくの望む美しさをすべて備えている。ぼくのものとなった女をきみが卑下することは許さない。ぼくのものとなった女の幸福をきみが脅かすことは許さない。わかったね？」

ソフィアがこんなきびしい彼の声を聞くのは初めてだった。目をきつく閉じ、彼の胸に額を押しつけた。

〝ぼくのものとなった女の幸福をきみが脅かすことは許さない〟

わたしはこの人のもの。

「ええ」ソフィアの声は小さく甲高くなっていた。信じられないほどの幸せに包まれ、いまにも泣きだしそうだった。

「夫への服従を永遠に求めるつもりはない」一分か二分ほど沈黙が続いたあとで、ヴィンセントは言った。「ぼくは結婚をそういうふうにはとらえていない。協力しあい、分かちあい、相棒としてやっていくものだと思っている」

いいわ、相棒なのね。結婚がもっと悲惨な結果をもたらすこともある。

「レディ・トレンサムの美容師に言われたのよ。この髪はもっと伸ばしたほうがいいって。長い髪を優雅なスタイルにしたら、わたしの頬骨がすばらしくひきたつそうよ。古典的な輪郭なんですって。それから、優雅に結いあげた髪が長い首と大きな目を強調してくれるんですって。ねえ、伸ばしたほうがいいと思う？」

ヴィンセントはカールした彼女の髪にゆっくりと指をすべらせた。

「いまのままでもすてきな感触だよ。でも、伸ばしてもきっとすてきだろうな。きみはどうしたい？」

「伸ばそうかと思ってるの」

「いいとも」ヴィンセントは彼女の頭のてっぺんにふたたび唇をつけた。「昔からずっと短かったのかい？」

「ううん」

「いつばっさり切ったの？」

「四年前」

ソフィアは次の質問が来るのを待ち、どう答えようかと思い悩んだ。しかし、質問は来なかった。

「伸ばそうかしら」ふたたび言った。

まだ朝の早い時刻だった。ソフィアは暖炉のマントルピースに時計があったことを思いだした。そちらを向いて時計に目をやった。室内が明るくなってきたおかげで、かろうじて時計の針が見える。六時少し前だった。

〝では、今夜が明日に変わろうとするときに、もう一度挑戦しようか。どう？〟

「今夜が明日に変わろうとしているわ。もうじき六時よ」

ソフィアは首をかしげて彼の顔を見つめた。彼がいまの言葉の意味を理解したことが、彼女にもわかった。

「ゆうべはそのつもりじゃなかったんだが、乱暴なことをしてしまった。そして、きみに痛い思いをさせた」

「楽しんだわ」自分の大胆さがソフィアには信じられなかった。

ヴィンセントは微笑した。「でも、けさは楽しめないかもしれない。あまり無理はしないほうが――」

「楽しめると思うわ」彼の言葉をさえぎってソフィアは言った。

彼自身がうごめいて熱を帯びるのを、ソフィアは腹部に感じた。

「こいつは貪欲なんだ」

「そうみたいね」

ヴィンセントはにやりと笑った。

「きみも求めてくれたのがうれしい。単なる義務感だったら、ぼくはきっと耐えられなかっただろう」

「義務感じゃないわ」ソフィアはきっぱりと言った。

彼の手が顎の下に伸びてきて、親指と人差し指で包みこんだ。

「痛くなったら、やめるように言ってくれ。約束するね？」

「約束するわ」

彼がキスしてくれたので、ソフィアもキスを返した。男と女が交わす甘いキス、ゆうべまで経験したことのなかった熱いキス——濡れた唇を開いて、舌を入れ、奥深くまで差しこんでからめあううちに、不意に期待の疼きが広がってソフィアの身体の奥の筋肉が痛いぐらいに収縮し、脚のあいだがじっとり濡れてきた。

一生、このことを知らないままだったかもしれない。おそらくそうなると思っていた。もっとも、〝このこと〟がどういうものなのか、見当もつかなかったが。昔からずっと、漠然としたせつない憧れを抱いていただけだった。

ヴィンセントが彼女を仰向けに横たえると、彼女のほうから身体を開いて腰を浮かせ、彼が入ってきた瞬間、鋭い痛みと親密に結ばれた喜びの両方を感じた。彼を受け入れた部分の筋肉に力が入った。

「ソフィー。痛くない？」

「ううん。やめないで。ああ、お願いだからやめないで」

ゆうべよりゆっくり時間をかけた優しい交わりだった。いまはもう、なじみのない不思議なものを目にした衝撃もないため、彼を感じることができた。その硬さと長さ、彼の動きが刻む安定したリズム、彼女の体内で芽生えて上のほうへ、乳房へ、喉へ、さらには鼻の奥まで広がっていくかに思われる欲望の疼きを感じることができた。愛の行為が終わると、ソフィアはゆうべの記憶にあるのと同じ熱い迸《ほとばし》りを身体の奥に感じて、彼を抱きしめ、その興奮がひいていくなかで、いずれは漠然としたかすかな……失望にたどり着くことになるのだろうかと考えた。

でも、どうして失望したりできるだろう？　こんなに――すてきな感覚なのに。

ヴィンセントが身体を離し、ソフィアの横に寝ころがって、彼女を抱き寄せた。

「満足した？」

「そうねえ……」

「イエスととっていいのかな？」

「そうねえ……」

次に気がついたときは、すでに八時半になっていた。

ヴィンセントが片手の指で彼女の髪を優しく梳《と》かしていた。

あらかじめ約束してあったとおり、午前一〇時にスタンブルック公爵が屋敷に戻ってきた。トレンサム卿の家に泊まったレディ・バークリーも公爵と一緒だった。トレンサム卿夫妻も朝食に招かれているので、夫妻と一緒に来るほうが自然なはずなのに。ベリック伯爵とポンソンビー子爵も招かれていた。

全員が朝食のテーブルについたところで、ポンソンビー子爵が言った。「〈サバイバーズ・クラブ〉の仲間が盛大な見送りをするために集まったとき、静かな威厳を湛えて、こ、こっそり旅立った男がいたなどとはぜったい言わせないから、そのつもりでいてほしい。おっと、イモジェン、きみに訂正される前に行っておくと、〝女〟もつけくわえておこう」

「本日の盛大な見送りを歓迎するよ、フラヴィアン」ヴィンセントが言った。「ただし、鍋とやかんがついてこなければ」

「鍋とやかん？」ポンソンビー子爵は眉をひそめた。「誰がそんな卑劣なことを？ きみの馬車がガラガラいいながら通り過ぎたら、みんなの注目の的だろうな。い、いささか、恥ずかしい思いをすることになる」

「誰かベンの噂を聞いてないか」テーブルの全員に向かってベリック伯爵が問いかけた。

「イングランド北部に住む姉上のところにいるという以外に」

誰も何も聞いていなかった。

「ベンもここにいてくれればよかったのに」ヴィンセントは言った。「ぼくの結婚式でダンスをするはずだったんだ」

みんなから笑い声が上がった。

「サー・ベネディクト・ハーパーは馬の下敷きになって両脚を押しつぶされてしまったんだ」トレンサム卿がソフィアに説明してくれた。「脚を切断するよう強硬に勧められたが、ベンは戦地での切断を拒んだ。二度と歩けないだろうと言われたが、どうにか歩けるまでに回復した。いつの日か踊ってみせると誓っていて、それに疑問をはさむ者はここには一人もいない。試練に見舞われると猛然と抵抗する男、それがベンだ。ときには、試練に見舞われなくても」

「それ以上に重要なのはね、レディ・ダーリー」レディ・バークリーが言った。「ベンの言葉をわたしたちはけっして疑わないということなの。踊ってみせるとベンが言うなら、かならず踊れるようになる。全員がそう信じてるの」

「きみの家の庭の隅に妖精たちが住んでることも、ぼくたち全員が、し、信じるだろう、イモジェン」ポンソンビー子爵が言った。「もしきみがそう言えば」

「ええ、そうでしょうね、フラヴィアン」レディ・バークリーが言った。「でも、わたしがそんなことを言うはずはない。そうでしょ？　おたがいへの信頼は、みんなの正直さから生まれたものなのよ」

「きみが現実に妖精を目にしてれば、そう言ってもかまわないと思うよ、イモジェン」ヴィンセントが笑顔で言った。

「はいはい、そうね」レディ・バークリーは言った。「レディ・ダーリー、軽薄な者たちだとお思いでしょうね。庭の隅に妖精だなんて、呆れてしまう！」

「いいえ、思いません」ソフィアは答えた。「わたしには妖精の愛らしい姿が想像できます。スケッチしなくては。そうしたら、ヴィンセントが甥や姪のために妖精を主人公にしたお話を作ってくれるでしょう。いいえ、二人で一緒にお話を作ることにします」

ソフィアは椅子の上で身を乗りだして、一人一人の顔を熱心に見まわした。みんなの顔に浮かんでいるのは驚き、そして、おもしろがっている表情だった。いま口にしたばかりの言葉がソフィアの頭のなかに響き、自分の姿勢と表情が心に浮かんだ。見知らぬ他人の姿を目にして、その言葉に耳を傾けているような気がした。ああ、変な女だってみんなに思われそう。椅子の奥へ身をひっこめた。

「ソフィーは風刺漫画を描いてるんだ」ヴィンセントが説明した。「もちろん、ぼくは彼女のスケッチを見たことがないけど、意地悪な皮肉の効いた絵であることは賭けてもいい。ソフィーは今後、お話作りと挿絵にその才能を発揮するつもりでいる」

ソフィーは頬が熱く燃えるのを感じた。公爵、伯爵、子爵、男爵とその妻、貴族の未亡人、そして、目の不自由な愛《いと》しい子爵に見つめられている。

わずか一週間前には……。

いえ、いまは一週間前ではない。

「愚かなことを言ってしまいました」ナプキンに向かってソフィアはつぶやいた。

公爵のきびしい顔が紛れもない愛情をこめてヴィンセントを見つめ、次にソフィアに向けられた。そこには……好意らしきものが浮かんでいた。ほかのみんなも似たような表情でソフィアを見ていた。眉をひそめる者はなく、彼女の愚かさを嘲笑する者もなく、ソフィアの首から余分な頭が生えてきたり、片隅にひっこんでいるべき者がしゃしゃり出てきたりしたのを見たかのような呆然たる視線をよこす者もなかった。

「熱意と創造性はけっして愚かなことではないわ」レディ・バークリーが言った。「とくに、愛する人とだったら」

「喜びを分かちあうのもね」レディ・トレンサムがつけくわえた。

「結婚して、ど、どれぐらいになるんですか、レディ・トレンサム」ポンソンビー子爵が彼女に尋ねた。トレンサム卿のほうへ眉を動かしてみせた。「ヒューゴ、この悪党め」

「きみがほんとにお話を作るのかい、ヴィンス」ベリック伯爵が訊いた。

ヴィンセントは恥ずかしそうな顔になった。「ええと、ぼくが甥や姪から寝る前のお話をせがまれたときに、姉がおろおろしてその子たちを黙らせ、ぼくの目のほうを意味ありげに指さして〝ヴィンセントおじちゃんは目が見えないのよ〟と口の形だけで言って聞かせたりしたら、こっちもプライドがあるから、創造性を発揮したくなるわけだ」

「こいつをお話作りに専念させてやってください、レディ・ダーリー」ポンソンビー子爵が言った。「バ、バイオリンのことを忘れてくれるかもしれない」

「でも、わたし、この人に忘れさせる気はありません」ソフィアはきっぱりと言った。

朝食の時間はほんの一時間ほどだった。ソフィアは人々の目をひどく気にしつつ食事を始めた。テーブルの下座につき、上座の公爵と向かいあう形だったため、なおさらだった。だが、食事が終わるころには〈サバイバーズ・クラブ〉の面々に対する苦手意識がやや薄れていて、前日の披露宴のときのように黙りこんでばかりではなかった自分を、少しだけ誇らしく思っていた。

また、自分はペテン師だという思いもいくらか薄れていた。そんなふうに考えるのはやめるべきだとヴィンセントに言われ、彼女もそう考えるようになっていた。そもそもあんな条件に同意してはいけなかったのだ。結婚はあくまでも結婚。自分の目的に合うようにねじ曲げるなんて正しいことではない。

それからしばらくすると、ヴィンセントの馬車が玄関先にまわされてきた。ロンドンに到着したときより増えてしまった荷物を従僕たちがフィスク氏の指示で馬車に積みこみ、みんながしきりに別れの挨拶を交わしていたとき、レディ・トレンサムがソフィアの腕に手を通した。

「レディ・ダーリー、その新しい旅行用ドレス、とってもすてきよ。少しはわたしの手柄だと言って自慢させてね。でも、あなたご自身が変わったのは、わたしの手柄じゃなさそうだわ。これからはけさのように、いつも笑顔で幸せそうにしていなくては。愛らしくしててね。どうか幸せになって。わたし、ダーリー卿のことはほとんど知らないけど、大好きなの。ペンダリス館でとても親切にしてもらったし、ヒューゴが大切にしてる人ですもの」

ソフィアはきまりが悪くなった。けさの自分が昨日とは別人のように見えたとしたら、たぶん、みんなから……。

ええ、そう思われてるに決まっている。

でも……愛らしく？

「あの人を幸せにします」ソフィアは思わず口走った。「誰かを幸せにする機会なんて、これまで一度もなかったから」

「でも、あなた自身も幸せでいなくてはだめよ。それから、あなたの夫のために、リジーが飼ってる犬のことを覚えておいてね」レディ・トレンサムはそう言うと、ソフィアの手を軽く叩いて彼女から離れた。そのあと、ソフィアはレディ・バークリーの抱擁を受け、紳士全員から手にキスをされ、最後にスタンブルック公爵が彼女を抱きしめて耳元でささやいた。

「期待している。きみが、わがヴィンセントのためにわたしがずっと願ってきた天使となってくれることを、けさのわたしは心から期待している、レディ・ダーリー」

ソフィアは驚愕したが、公爵にちらっと目を向ける時間しかなかった。馬車に乗りこむときが来ていた。開いた馬車の扉のところにすでにヴィンセントが立ち、乗りこむ彼女に手を貸そうと待っている。

〝リジーが飼っている犬〟、座席に腰を下ろし、ヴィンセントがすわる場所をとなりに作りながら、ソフィアは考えた。一昨日、レディ・トレンサムとレディ・キルボーンから、目の見えない親戚の少女の話を聞いた。少女は自分が住んでいる屋敷と庭園を大胆に駆けまわり、しかも、ころぶことはめったにない。それは犬のおかげだ。元気がありあまっている犬だが、リードにつながれたときは少女の安全が自分の責任であることを理解しているように見えるという。レディ・キルボーンが説明した——もう少し犬を訓練すれば、リジーは杖を使う必要も、こまごましたことを記憶する必要もなくなり、目の見える人と同じように制約のない人生を送れるようになるのよ。

ハンドリー氏が御者台にのぼり、そのあとからフィスク氏も乗りこむと、馬車はゆっくり動きだした。ソフィアは窓に身を寄せて、二人を見送るために玄関前の石段や歩道に集まった公爵と朝食の客たちに手をふった。昨日に比べると、みんなのことがそれほど怖くなっていた。ヴィンセントも笑顔で手をふった。

「ソフィー」馬車がグローヴナー広場へ出たところで、ヴィンセントは言った。座席にもたれ、彼女の手をとって彼の腿にのせた。「きみをロンドンに連れてきたのは、きみがぼくの家族の前で萎縮しないようにするためだった。少なくとも結婚するまで、きみにそんな思いはさせたくなかった。ところが、騒々しいぼくの友人たちにひきあわせる羽目になってしまった。ずいぶんいやな思いをしたんじゃないかい？」

「いいえ。親切な人ばかりだったわ。それに、ネズミだった自分を捨て去る練習もできたし」

「ぼくも気がついたよ。きみの努力を見てすごいと思った。大変だっただろうね」

「ええ。口を開くたびに、みんなから無視されたり、わけがわからないという顔をされたり、驚かれたりしそうな気がするの。あるいは、みんなの怒りを買ったり」

「ぼくの仲間はきみのことが気に入っている」

ソフィアはとっさに否定しそうになった。しかし、ゆうべ約束した——結婚してから彼が口にした唯一の命令に、そして、生涯を通じて唯一のものとなるであろう命令に従うことを。それに、いまの彼の言葉は真実だった。いや、少なくとも真実の可能性を秘めていた。トレンサム邸にソフィアが初めて到着したとき、トレンサム卿夫妻はあからさまな警戒の視線をよこした。〈サバイバーズ・クラブ〉のあとの仲間は昨日、友達の身を案じる気持ちを隠そうともせず、ソフィアにずいぶんよそよそしい態度をとった。それがけさになると、目に見えて温かな態度に変わっていた。シニカルで手強そうなポンソンビー子爵や、ヴィンセントを息子のように可愛がっているのが明らかな厳格な雰囲気のスタンブルック公爵までも含めて、全員がそうだった。

〝きみが、わがヴィンセントのためにわたしがずっと願ってきた天使となってくれることを、けさのわたしは心から期待している、レディ・ダーリー〟

わがヴィンセント。

公爵にそう言われたとき、ソフィアは仰天して腰を抜かしそうになった。

「わたしもあの方たちが好きだわ。サー・ベネディクト・ハーパーはいつか踊れるようになるの？」

「いまは杖二本を使って歩いている。ときたま、杖なしで何歩か進むこともできる。きっと、胸の痛む光景だろうな。だが、励みにもなると思う。なにしろ、医者から、脚は生涯使いものにならず、下手をすると炎症を起こして命にかかわるかもしれないと言われてたんだ。ベンはきっと踊れるようになるさ、ソフィー。ぼくはそれになんの疑いも持っていない」

「じゃ、あなたは？　あなたも踊るの？」

ヴィンセントはソフィアのいるほうへはっと顔を向け、それから微笑した。

「闇のなかで?」

「踊れるはずよ。わたし、自分で踊ったことはないけど、ほかの人が踊るのは見てきたわ。先週、村のパーティで見たし、ヘンリエッタがダンスを習うのも見たことがある。ワルツの練習だったわ。ワルツを踊るのって、きっと世界でいちばんうっとりすることの一つでしょうね。機会があれば踊りたい。たとえ闇のなかだろうと」

「ああ、ソフィー、踊ってみる? ぼくもワルツは一度も踊ったことがないけど、連隊主催の舞踏会でみんなが踊るのは見たことがある……戦場で栄光の一時間を迎える前のことだった。息の合ったパートナーとワルツを踊るのはすてきだろうと思ったものだ」

ソフィアはせつない表情で彼を見つめた。

13

旅をするのは退屈なものだ。窓の外を流れていく田園風景を眺めることができないとなればなおさらだ。また、スプリングの効いた馬車に分厚く柔らかな座席がついていても快適とは言えない。それでも、ヴィンセントは旅を早く終わらせたいとは思っていなかった。

臆病者だから。

ただ、家に戻ってまったく新しい人生を始めるのだと思うと、心のなかにわくわくする部分もあった。新しいスタートを切るのは、一つには環境が変化したからで、もう一つには、以前のように押し流されるだけの生き方はやめようと決心したからだった。

二人はほとんど沈黙したまま、馬車の旅を続けた。しかし、気詰まりな沈黙ではなかった。おしゃべりもした。馬車の窓から見える景色のなかでとくに魅力的なものについて、ソフィアが説明した。ときには、なんの魅力もないものについて三〇分近く延々と説明することもあった――灰色の曇り空、葉が落ちて黒い幹と枝だけになった雑木林、ハエがたかっている糞《ふん》の山、怠惰すぎて立つ気もなさそうな牧草地の牛の群れ、何十頭も、いや、たぶん何百頭もの羊でいっぱいの野原（黒い羊はどこにもいない）、延々と続く平坦な土地。単調さを破るモグラ塚すら見当たらない――そして、説明を聞くうちにヴィンセントは思わず笑いだすのだった。

ソフィアは滑稽なものを見つけだす優れた目を持っていた。また、天性のユーモアのセンスがあった――静かで、辛辣で、人を笑わせずにはおかないユーモア感覚。そういうものはフラヴィアンの専売特許だと思っていたのに。妻と大切な友人に共通点があったことに、ヴィンセントは驚愕していた。

「きみのおかげではっきりわかった、ソフィー。視力がすべてではないことが」

「視力がなければ、退屈なものをいちいち眺める煩わしさから解放されるわ」

ヴィンセントに父親のことを尋ねられて、ソフィアはさらに多くを語った――ハンサムで、魅力的で、カリスマ性があり、莫大な富を手に入れることをつねに夢見て、「いつの日か、父さんの船が港に入ってくるからな、ネズミちゃん」と口癖のように言っていた。そして、家賃を滞納し、店のツケをため、よその夫を怒らせて、いつも逃げまわる羽目になっていた。しかし、妻が出ていったあとは、よほどの窮状に見舞われないかぎり、娘のために食事と衣服と住まいを整え、少なくとも読み書きと計算ができる程度の教育をしてくれた。ただ、その結果、ソフィアは家計が火の車で、安定した暮らしはけっして望めないことを知ってしまったのだが。やがて、ある日、妻を寝とられた夫から機敏に逃げきることができず、顔に手袋を叩きつけられた――文字どおりの意味で。それに続く決闘で、拳銃を構えて射撃の姿勢をとる前に眉間を撃ち抜かれてしまった。

「決闘のことは、きみもあらかじめ知ってたの？」ヴィンセントは尋ねた。

「ええ」

長い沈黙があり、ヴィンセントは彼女の荒涼たる心を感じとった。

「待ったわ。そして、祈りつづけた。そして、ほかのことを考えようとした。さらに待った。祈った。ずっと待ちつづけたけど誰も来なかった。夕方になるまで。決闘は夜明けだったのに。たぶん、みんな、わたしのことなんて忘れてたのね」

一日が一カ月にも感じられたに違いない。見捨てられたという思い、そして、たぶん、自分はなんの価値もない人間だという思いが、骨の髄までしみこんでしまったに違いない。

「父は手紙を三通書いて、決闘の介添人をしてくれたラチェットという友達に、自分が死んだら届けてほしいと頼んでいた。実の兄のサー・テレンス・フライ、姉のメアリおば、マーサおばに。サー・テレンスは外国へ行っていた。たいていそうだったの。マーサおばからは返事がなかった。メアリおばからもなかったけど、ロンドンに住んでたから、ラチェット氏がわたしを連れていき、わたしはそこで暮らすことになったの」

「おばさんは喜んできみをひきとってくれたのかい？」

「追い返しはしなかったわ。追い返されたら、どうなってたかわからない。でも、おばと顔を合わせることはめったになかった。会ったとたん、可愛げのない子だって言われたの。ただ、服が必要になれば買ってくれたし、たまにお小遣いもくれたから、紙と木炭を買うのに使ってた。おばはたいてい自分の部屋にいるか、お友達と出かけるかしていたわ」

「いとこはいなかったの？」ヴィンセントが訊いた。「おばさんに子供は？」

短い沈黙があった。

「いいえ。子供のいない人だった」

ヴィンセントは音に敏感になっていた。ときには、音がないことに。そして、沈黙のなかに潜んだ説明のつかないおぼろげな何かがわずかに変化することにも。その変化はときに騒音のなかにも感じとることができた。

〝いいえ〟と答えるだけなのに、なぜ短い沈黙があったのだろう？

尋ねるのはやめておいた。

「やがて、おばが風邪をひいて三週間後に亡くなったの。遺産は慈善団体に寄付することになっていた」

「そこでレディ・マーチがきみをひきとってくれたわけだね」

「サー・クラレンスと一緒にお葬式に来て、メアリおばと仲のよかった人たちから、あのネズミみたいな子をひきとりに来たのは立派だと褒められたの。大きな影響力を持つ人たちだったわ。意地悪なゴシップを毎日のように広めていた。然るべき相手の耳にひと言ささやくだけで、他人の評判を台無しにすることができた人たち」

「それで、しぶしぶきみをひきとったわけか。そのゴシップ屋たちのことも風刺漫画にしたのかい？」

「ええ、もちろん。長い胴体と長い首、柄のついた眼鏡をふりまわし、鼻をひくひくさせてて、マーサおばがその人たちの膝のところで縮こまってるの」

「そして、隅にネズミがいるんだね？」

「腕を組んで、むっつりした表情で。そのころ、わたしは一八歳になっていた。ほんとは働き口を探すべきだったのね。ただ――その方法がわからなかったの。いまもわからないままよ。先週、ロンドンへ行くつもりだった。乗合馬車で。仕事を探すために」

「すると、ぼくたちの協定が気に入らないのかい？」ヴィンセントは彼女に尋ねた。たちまち、〝協定〟などという言葉を使わなければよかったと思った。

「いまのところ、わたしは受身の立場でしょ。あなたから受けとるばかりで、何もあげていない。衣装代だけでひと財産使わせてしまった」

「婚礼の夜は受身じゃなかったぞ」ヴィンセントは彼女に言って聞かせた。「ゆうべだって」

宿の部屋で二人は三回愛しあった。ソフィアはとくに積極的ではなかったものの、いやがりもしなかった。行為を楽しんでいることが反応の端々に窺《うかが》えた。

「あら、そのこと？」ソフィアはそっけなく言った――しかし、少し恥ずかしそうな口調でもあった。

「そう、そのことだよ」ヴィンセントはしかめっ面になった。「好きになれなかったとは言わせないぞ、ソフィー。ぼくが紳士にあるまじき態度に出て、きみを嘘つき呼ばわりするしかなくなるからね。それに、きみ自身が楽しんだかどうかは別にして、ぼくは喜ばせてもらった」

「ううん、そこまでは……」

この言葉でまたしても露呈したソフィアの自尊心のなさが気がかりでなかったなら、ヴィンセントは思わず笑みを漏らしていたことだろう。

「そこまでは……？」オウム返しに言った。「男というものをほとんど知らないんだね。セックスが人生でどれほど重要なものかを、きみは知らない。露骨な言葉遣いを許してほしい。ぼくは二三歳だ。ついに妻を持った。きみのことを日常的なセックスを提供してくれる便利な道具だとはぜったいに考えたくないが、〝あら、そのこと？〟とか、〝そこまでは……〟で片づけるようなことはしてほしくない」

ヴィンセントは彼女が声をひそめて笑っているのに気づいて、自分も笑いだした。

「紳士が婚礼の二日後に花嫁と交わすような会話じゃないね。控えめに言っても、はしたないことだ。許してほしい」

そのあと何分か沈黙が続いたが、沈黙が終わりに来たとき、ヴィンセントは彼女がさっき話に出た協定のことを考えつづけていたことを知った。

「あなたはどうするつもり？　一年が過ぎたとき」

ヴィンセントは目を閉じた。視力だけでなく、思考力まで遮断しようとするかのように。

「愛人を持つの？」彼が何も答えないので、ソフィアは尋ねた。

彼の目がかっと開き、ソフィアのほうへ顔を向けた。「きみという妻がいるんだぞ」

「ええ」ソフィアはうなずいた。「でも、別々に暮らすとしたら――」

「きみという妻がいるんだ」ヴィンセントは怒りが募るのを感じながら、ふたたび言った。

でも、わたしが去ったら、この人はどうするだろう？　一年後に。五年後に。一〇年後に。

ああ、それでもこの人はまだ三四歳。

「きみは愛人を持つのかい？」いまにも自分の怒りが爆発しそうなことに、ヴィンセントは気がついた。

「いいえ」

「なぜ？」

「あなたという夫がいるから」ソフィアの声は低く平板だった。

「持ちたいと思わない？」

「いいえ。あなたは？」

「わからない」残酷な返事だった。「思うかもしれない。思わないかもしれない」

そのあとの沈黙はとげとげしくこわばっていた。

愛人を持たずにはいられなくなるかもしれない。修道僧ではないのだから。しかし、そう考えたことで、ヴィンセントの怒りはさらに募った。

そのあとに険悪な沈黙が続いた。

「いまのが初めての夫婦喧嘩？」ソフィアが優しく尋ねた。

「ああ、そのとおりだ」

彼女の手が自分の手のなかにそっとすべりこむのを感じて、ヴィンセントは申しわけなさそうに笑った。

「もうじき家に着く」しばらくしてから、ヴィンセントは言った。「そうしたら、この結婚はぼくが与えるだけ、きみが受けとるだけのものだなんて、きみももう思わなくなるだろう。ぼくにはきみが必要になる。個人的なレベルではあれこれ進歩を遂げたし、そのことは自慢していいと思うけど、ミドルベリー・パークの当主としての務めはまだ充分に果たしていない。ぼくはいままで、周囲がぼくの世話をしてぼくの世界を支配するのを許してきた。それを変えるのは簡単ではないと思う。みんながぼくを愛してて、善意からぼくの人生を楽にしようとしてくれてるからだ。でも、これまでのやり方を変えなきゃいけない。その覚悟でいる。ただ、きみの協力が必要なんだ」

「その人たちのかわりに？」

「いや、違う。母や荘園管理人に頼るかわりにきみに頼ろうなどとは思っていない。きみに協力してもらって、誰も必要とせずに生きていけるよう――」

「わたしのことも？」彼女に訊かれて、ヴィンセントは急に黙りこんだ。最後の言葉が侮辱的に響いたかもしれないと気づいたのだ。そんなつもりはなかったのだが。

「きみに頼りきりではだめだと思ってるだけなんだ、ソフィー。あるいは、ほかの人々にも」

「それなのに、わたしはあなたに頼りきってる。あなたがいなかったら、わたしはいまごろロンドンの通りで餓死しかけてたはずよ」

「結婚とはそういうものなんだ、ソフィー」ヴィンセントはため息をついた。「妻は物質面でつねに夫を頼りにする。そして、夫はほかの面で妻を頼りにする。具体的なものもあるが、そうでないものがほとんどだ。だけど、〝頼る〟という言葉はいやだな。英語から抹消すべきだ。夫婦というのはおたがいに支えあう対等な関係だと思いたい」

二人はふたたび黙りこんだ。

しばらくすると、彼女の肩がヴィンセントの肩に触れ、その息遣いから、彼女がまどろみかけているのがわかった。ヴィンセントは向きを変えて片方の腕を彼女にまわし、反対の手を彼女の膝の下に差しこんだ。抱きあげて自分の膝にすわらせ、脚を向かいの座席へ伸ばして支えにした。

ソフィアがふたたび吐息をついて彼の肩に頭をもたせかけたので、ヴィンセントはうつむいてキスをした。彼女も物憂げに温かな口でキスを返してきた。単に唇だけではなく、口で。かつて創造された女の口のなかで最高に愛らしい口とは言いがたい、と完璧な視力を備えた誰かが言ったとしても、ヴィンセントは信じるのを拒むだろう。性的な興奮はなかったし、そう望んでもいなかった。ここではだめだ。しかし、唇を合わせたまま、舌先で彼女の唇とその奥のなめらかな部分をゆっくり探った。ソフィアの手が彼の肩に伸び、それからうなじにまわされた。

「わたしはこれまで何もしてこなかったわ。じっと耐えて、まわりを観察して、空想にふけり――そして、周囲の人々の愚かさを笑ってただけ。いつも片隅で生きてきた。でも、これからはミドルベリー・パークの女主人になるのね。ううん、これからじゃない。もうなってるんだわ」

「怯えてる?」ヴィンセントは訊いた。

うなずく動作が彼の肩に伝わった。怯えないほうが不思議だ。

ソフィアがあくびをしたので、ヴィンセントは彼女の頭を顎の下にもたれさせ、膝の上でもっと楽にすわれるようにした。彼も目を閉じてまどろみはじめた。

馬車が揺れたのは、それほど深いわだちのせいではなかった。この一日半のあいだにもっとひどく揺れたことが何度もあった。しかし、今回の揺れは彼が夢と現《うつつ》のあいだをさまよいはじめた矢先だったため、びくっと目をさまし、混乱に陥ったまま、何があったのか確かめようとして目をあけた。

すさまじいパニックに襲われた。

見えない。

息ができない。

見えない。

見えない。

もっと大きな声でしゃべれないのか。もっと大きく。大きく!

「どうしたの?」耳元でひそやかな声がした。

ヴィンセントは彼女を押しのけると身を乗りだして、座席の向こうにある前面パネルを手でひっかいた。横のほうを探って窓を見つけ、そばに下がっている革のストラップを見つけだした。それをつかみ、すがりついて、空気を求めてあえいだ。空気が足りない。

空気が足りない。

「ヴィンセント？　どうしたの？」ソフィアはおろおろと尋ねた。ひどく動揺していた。

もっと大きな声が出せないのか。

彼女の手が腕に触れたので、ヴィンセントはその手を払いのけた。向かいの座席を爪でひっかき、縁にしがみついて、そこに頭をつけた。

空気がない。

見えない。

「ヴィンセント？　どうしよう。ヴィンセント？　馬車を止めてフィスクさんを呼びましょうか」

マーティンを呼べば、片方の腕で彼の胸と顎を支え、もう一方の手で背中を強く叩いてくれるだろう。そして、目が見えないということを、率直に、冷静に彼に告げるだろう。そのとおりだ。ぼくは目が見えない。

マーティンにそうやってもらうと魔法のように楽になる。大馬鹿者だとずけずけ言われることまである。目が見えないだけなのに、と。

しかし、ここまで来てもなお、マーティンに落ち着かせてもらうしかないのは屈辱だった。

「いや」あえぎながら言った。「必要ない」

ようやく息ができるようになり、ふたたび呼吸困難に陥るのを防ぐため、息をすることに集中した。空気が鼻を通って吸いこまれ、口から吐きだされる音が聞こえた。

吸って。吐いて。

「すまない」ヴィンセントは言った。

背中におずおずとソフィアの手が触れるのを感じた。彼が払いのけようとしなかったので、ソフィアはその手でそっとあやすように円を描いた。彼女は何も言わなかった。馬車を止めようともしなかった。

吸って。吐いて。

空気は充分にある。あるに決まっている。

ソフィアの声がよく聞こえなかったのは、彼女が小さな声しか出さなかったからで、最初のときはささやきに近かったし、馬と車輪の立てる騒音がその声を掻き消していた。しかし、騒音はちゃんと聞こえた。マーティンならおそらくこう言うだろう――目が見えないせいに過ぎない、と。

冷静に対処すれば大丈夫だ。

人生はやはり生きる価値がある。意味と可能性に満ちている。

息をすることにすでに集中しなくなっている自分に気がついた。自然に呼吸していた。

ソフィーを傷つけてしまった？　心身のどちらかを？　怯えさせてしまった？

「すまない」向かいの座席の縁をつかんだ手に頭をつけたまま、ヴィンセントはふたたび言った。「きみを傷つけてしまったかな？」

「ううん」しかし、ソフィアの声はかぼそかった。

ヴィンセントは座席にもたれた。心臓が激しく打っているのを感じたが、鼓動は徐々に落ち着いてきた。

「すまない」さらに言った。「何カ月かのあいだ――」ああ、一度も話したことがなかったのに。一瞬、またしても呼吸困難に陥りそうになった。「何カ月かのあいだ、ぼくは視力ばかりか聴力までなくしていた。そして、いつも空気が足りないような気がして息苦しかった。ああ……すまない。ぼくには――」

ソフィーは彼の片方の手を両手で包み、自分の頰にあてていた。

「謝らなくていいのよ」

「永遠とも思える時間のあとに、ぼくは誰かの腕に気がついた。いつも同じ腕だった。ぼくを抱き、食事をさせ、空気を与えてくれた」

「お母さんの腕？」

「ジョージの腕だ。スタンブルック公爵。ジョージがぼくを支えて、命と健全な心を与えてくれた。もっとも、聴力が回復しなかったら、それもきっと消えてしまっただろう。でも、音だけは聞こえるようになった。最初はくぐもった遠い音だったが、やがて鮮明になった。ぼくは目が見えない。それだけのことだ。ちゃんと生きていける。でも、ときどき――」

「パニックに襲われるのね。そうなったとき、抱いててほしい？　それとも、一人にしてほしい？」

きちんと話しておかなくては。妻なのだから。二人でいるときにふたたび発作を起こすことはかならずあるだろう。いつ起きるのか、自分でも正確には予測できない。

「最初の瞬間が過ぎれば、人の手の感触でたいてい落ち着きをとりもどせる。ただし、その最初の瞬間に、きみは怪我をしないよう用心してほしい。ああ、ソフィー！」

彼女がヴィンセントの手の甲にキスをした。

「結婚生活で支えを必要としてるのがわたしだけじゃないとわかってうれしいわ。いえ、あなたの目が不自由なのがうれしいとか、こういう発作が起きるのがうれしいって意味ではないのよ。あなたが超人的に強い意志の持ち主ではなかったことがうれしいの。あなたが強い人だったら、わたしには太刀打ちできないわ。とても弱くて、とても脆《もろ》い人間だから。でも、二人で弱さを支えあっていけば、たぶん、二人とも力を見いだすことができるわ」

ヴィンセントはひどく疲れていて、彼女に言われていることが理解できなかった。しかし、神経が休まり、穏やかな気持ちになれた。それと同時に、涙を流すこともできそうな気がした。

「ぼくの膝に戻っておいで。二度ときみを払いのけたりしない、というぼくの言葉を信じてくれるなら」

ソフィアはヴィンセントの膝に乗り、片腕を彼の首にまわして身をすり寄せた。ヴィンセントはふたたび向かいの座席へ脚を伸ばして支えにし、彼女のカールした髪に指をからめながら、もう心配ないと思った。大切にされているのを感じた。

彼は眠りに落ちた。

馬車の揺れがひどいにもかかわらず、ソフィアは温もりと安らぎに包まれていた。ヴィンセントの腕のなかで丸くなり、片方の腕を彼にまわして、肩と首のあいだのくぼみに頭をもたせかけていた。彼が眠りこんだあともソフィアは起きたままだった。最初に何回か会ったころの彼の姿を思い浮かべた。といっても、あれから一週間のあいだに彼が変わったわけではない。ソフィアの見方が変わっただけだ。

エレガントで、美しく、洗練された人。子爵さま。遠くから見つめていた憧れの人。別世界の人。手の届かない人。宿の集会室の外で腕を差しだされ、初めてその腕に触れたときの自分の狼狽が思いだされた。

まるで神に触れたようだった。

それが、いまではこの人の妻。親密な関係になった。とても親密に。信じられないほど美しい人ではあるが、それでも一人の男性に過ぎない。一人の人間に過ぎない。わたしと同じく、弱い部分も持っている。わたしと同じく、多くの点で受身の生き方をしてきた。わたしと同じく、自分の力で生きたいという強い意欲を持っている。人生にじっと耐えるのではなく、人生に打ち勝つために。自由と自立を手にするために……。

わたしが最初に思ったほど不釣り合いな二人ではないようだ。

そして、いま、二人で彼の家庭へ向かっている。ソフィアは〝家庭〟という響きにうっとりした。生まれてから一五年のあいだ、いくつもの部屋と家で暮らしてきた。豪華な家に住んだこともあったが、たいていはあばら家だった。そのあと、ロンドンのメアリおばにひきとられ、次はバートン館で暮らすようになった。しかし、〝家庭〟と呼べる部屋や家はどこにもなかった。

家庭はつねに憧れの場所だった。

でも、ミドルベリー・パークを家庭と呼べるようになるだろうか。それとも、そこもやはり単なる家で、しばらく住んだのちによそへ越すことになるのだろうか。でも、いまは考えないでおこう――よそへ越すことについては。これからはミドルベリー・パークがわたしの家。村のパーティの夜に自分の夢を語ったことを、ソフィアはいまになって後悔していた。なぜなら、自分は一生結婚しないだろう、自分と結婚したがる人などいるわけがない、と固く信じていたからこそ、そういう夢を持つに至ったのだ。いずれにしろ、叶うはずのない夢だった。だからこそ、なんの害もないように思えたのだ。

到着が目の前に迫っていた。馬を替えるために先ほど宿屋に寄ったとき、たぶんこれが最後の休憩になるだろうと御者のハンドリー氏が言うのが聞こえたのだ。

ソフィアは怯えていた。

向こうに着いたらどうすればいい？　隅のほうに安全な場所を見つけて隠れる？

それとも、怖がってなんかいないふりをする？

自分がどういう人間なのか、どういう性格なのかを、もうじき知ることになる。

不意に、スケッチブックの次のページに描く絵が頭に浮かんだ。紙いっぱいに描かれた大きなネズミが、間抜けな笑みを浮かべた巨大な猫に襲われそうになり、ひどく怯えた目をしている。そこから直線が何本も伸びて下の隅に集まり、そこに同じそのネズミがうんと小さく描かれて、いかにも臆病者らしく、安全な場所でびくびくしている。

ソフィアは微笑した。笑いがこみあげてくるのを我慢したため、ヴィンセントにもたれた自分の身体が震えるのを感じた。

「ん……。ぼく、いびきをかいてた？」

「ううん」

「何かおもしろいことでも？」

「あの……いえ、別に」

「きみ、眠れた？」ヴィンセントが訊いた。「ぼくは寝てたみたいだ」

「幸せすぎるから寝るのがもったいなくて。ちびだと便利な点が一つあるのよ。膝の上であなたに寄りかかることができる」

これはソフィアが新たに気づいたことの一つだった。ヴィンセントのそばだとくつろげる。一週間前と違って、彼の前に出ただけで緊張するようなことはなくなった。

「なんでも好きにしていいんだよ。ただし、無理のない範囲で。ぼくが荘園の管理人と彼の事務室で何か相談してるときに、きみが膝に乗ってきたりしたら、管理人が目のやり場に困るだろうから。ただ、ぼくには触感が大切なんだ。たぶん、大部分の男よりも大切だと思う。

だからためらわずにぼくに触れてほしい」

彼がそういうものを必要としているとは、これまで考えたこともなかった。ソフィアは一瞬、泣きそうになった。しかし、馬車が速度を落とし、やがて角を曲がったことに気づいて、そちらに注意を奪われた。

「まあ」身を起こした。胃が締めつけられた。

「到着したようだね」ヴィンセントが言った。「景色を説明してくれ、ソフィー」

「背の高い石の門柱」目を丸くしてソフィアは言った。「錬鉄の門。開いたままだから馬車を止める必要はないわ。石の塀が左右に延びてる。苔《こけ》とツタに覆われて半分見えなくなってるけど。オークの木と、栗《くり》の木と、ほかにいくつか名前のわからない木が見える。わたし、植物の名前ってほとんど知らないのよ」

「気にすることないさ。植物が自分に名前をつけるわけじゃないから。以前、きみがそう言ってただろ」

広大な敷地に違いない。家も、手入れされた庭園も、まったく見えてこない。このあたりはずいぶん辺鄙《へんぴ》な田舎のようだ。

「水が見えるわ」ソフィアは言い、次に彼の膝から下りて横にすわった。そのほうが両側の窓の景色がよく見える。「きっと湖だわ。ねっ？　ああ、そうよ、あった。大きな湖。真ん中に島まであって、小さな神殿か何かが建ってる。絵のようにきれいだわ。そして、ボート小屋。そして、葦《あし》の茂み。そして、木立」

「以前、ボートで湖に出たことがある。もちろん、誰かに付き添ってもらわなきゃいけないけどね。でないと、岸辺や、湿地帯や、島や、そのほか、ぼくの行く手を阻もうとするさまざまな障害物にぶつかってしまうから」

「前方をちゃんと見るよう心がける必要があるわね」ソフィアは言った。「ううん、もっといい方法がある。わたしを連れてって。そしたら、わたしが前方を見張るから。何かに衝突しそうになったら、大きな悲鳴を上げることにするわ。ああ。ああ、ヴィンセント」

驚愕と恐怖が半々ずつソフィアをとらえた。

家が視界に入ってきていた。家——とんでもない！　大邸宅だわ。まるで宮殿のよう。これが……これがミドルベリー・パークなのね。わたしの新しい家。わたしはここの女主人。

「ああ、ヴィンセント」

「ぼくの魅力で口も利けなくなったのかな？　それとも、何かほかのものを目にして、舌がもつれてしまったのかい？」

「あとのほうよ。家が見える。馬車道がここから玄関まで一直線に続いてて、両側に芝生が広がり、どちらの芝生も動物や鳥の形に刈りこんだ木々に縁どられてる。ああいう木をトピアリーって呼ぶのよね。それから、ずっと前方に愛らしい庭園が見えるわ。小さな木々と花々と彫像に飾られたパルテール庭園。そして、家。ああ、どう説明すればいいかしら」

「中心部分が堂々と高くそびえている。一二段の外階段があって、玄関の大きな両開き扉に続いている。左右の翼が長く延び、四隅に円形の塔がついている。厩は左のほうだ。この馬車はもうじき右に曲がり、芝生とパルテール庭園のあいだを抜けて、東側から家に近づくことになる。家の裏にまわると、庭が丘陵地帯まで続いていて、丘はさらに多くの木々に覆われ、丘を下ると菜園に出ることができる。裏のほうは手入れが行き届いてないけどね。庭園は一辺の長さが二キロ、合計八キロになる。塀の外側を歩いたら、かなりの早足でも二時間半はかかるだろう。ぼくは三時間半かかった。塀の向こうは農地になっている」

「誰も見てないときにのぞいたのね」

「ぼくの秘密がばれてしまった」ヴィンセントは彼女の手をとった。「夫が偉大なる存在であることに感銘を受けたかい？」

感銘を受けた？　いまの彼女の思いを表わすにはとうてい足りない言葉だったが、自分の語彙を探ってみても、ふさわしい言葉はやはり見つからなかった。

「ああ、ヴィンセント」それだけ言うのがやっとだった。馬車は本当に右に曲がり、それから左に曲がり、もう一度左に曲がって、大理石の外階段の下でゆっくり止まった。彼が言っていたとおり、一二段あるようだ。

「イエスという意味にとっていいのかな？」ヴィンセントが訊いた。

「このわたしが偉大なる存在であることに感銘を受けたのよ」恐怖をユーモアに変えようと必死になって、ソフィアは答えた。「わたしがこのすべての女主人。そうでしょ？」

間近で見る玄関扉はじつにみごとで、その扉がすでに開いていて、一人の女性が玄関先に姿を現わした。ソフィアが見つめるうちに、女性は外階段のてっぺんに立った。

ヴィンセントのお母さん？

ハンドリー氏が御者台から飛びおりて馬車の扉をあけ、ステップを下ろしていた。

ソフィアはつんと顎を上げた——それ以外に何ができるだろう？

14

馬車を降りたヴィンセントはすぐさま母の腕に抱きしめられた。母はたぶん、馬車が近づいてくるのを目にしたのだろう。いや、ずっと見守っていたに違いない。バートン・クームズから一〇通以上の手紙を受けとり、何日も前から窓のそばをうろうろしていたのだろう。ヴィンセントの心におなじみの罪悪感と愛情が湧きあがった。

「ヴィンセント」母が叫んだ。「ああ、ようやく無事に帰ってきてくれたのね。心配のあまり痩せ細ってしまったわ」しばらく無言で息子を抱きしめ、やがて身を離して息子の肩に手をかけた。「でも、あなた、何をしたの？　嘘だと言ってちょうだい。そんな馬鹿なまねはしていないと言って。知らせを受けて以来、心配でろくに寝てないのよ。家のみんなもそうよ」

「母さん」

ヴィンセントは軽く向きを変えた。そこで背後の馬車が母の視界に入ったに違いない。肩にかかっていた母の手が落ち、無言になった。ヴィンセントは片手を上げて、馬車から降りるソフィアに手を貸した。

「母さん、ソフィアを紹介していいかな？　ぼくの妻を。母さんだよ、ソフィー」

ソフィアの手が彼の手に触れた。彼女がすでに手袋をはめていたことを、ヴィンセントは手触りで察した。

「まあ、ヴィンセント」ソフィアがステップを下りるあいだに、母が小さくつぶやいた。

「それじゃ、ほんとに結婚したのね」

「ハント夫人ですね」ソフィアが膝を折ってお辞儀をするのを、ヴィンセントは気配で感じた。

「信じる気になれなかったわ。エルシー・パーソンズから手紙が届いたときでさえ。手遅れになる前に、あなたが考え直してくれると思ってたのに」

「母さん」ヴィンセントは声を尖らせた。

「おばあさんとエイミーがこちらに来るわ」母が言った。「二人がどう思うかしら」

先にやってきたのはエイミーだった。

「ヴィンセント」と叫ぶなり、彼をひっぱり寄せて強く抱いた。「ほんとにもう、困った子ね。腕白な男子生徒みたいに夜の夜中に姿を消して以来、お母さんは心配で夜も眠れなかったんだから。そして今度はあなたの最新の冒険談を聞いて、それ以来またまた眠れなくなってるのよ。いったい何を考えてたの？」

ソフィアは昔から、当人に言わせれば、人目につかない存在だったという。目立たない片隅にひっこんだ目立たないネズミ。

「ヴィンセント。可愛い坊や」温かな愛情にあふれた祖母の声だった。そこでエイミーは腕を放し、彼を抱きしめる番を祖母に譲った。

「おばあちゃん」ヴィンセントは言った。「それから、エイミー。妻のソフィアを紹介させてほしい。祖母のパール夫人だよ、ソフィー。それから、いちばん上の姉のエイミー・ペンドルトンだ」

「まあ、じゃ、ほんとに結婚したのね」エイミーが叫んだ。「あなたがお目付け役もつけずにその人をロンドンまで連れていったのなら、結婚したに決まってるってアンソニーが言ったけど、わたしはそれでも信じなかったのよ」

少なくとも姉たちの誰かがここに来ていることは、ヴィンセントも予想しておくべきだった。彼がもたらした一家の新たな危機に対処すべく呼びだされたに違いない。地理的に見ていちばん近いのがエイミーだ。あとの二人も、いまごろこちらに向かっているだろう。

最初に礼儀をとりもどしたのは祖母だった。

「ソフィア、ようこそ。お顔が真っ青で、いまにも倒れそうですよ。馬車で長旅をさせられると、わたしもいつもそんな顔になるものだわ。熱いお茶を飲んで、何か軽く食べたほうがいいわね。ヴィンセントと二人で二階の客間へどうぞ。いまかぶってらっしゃるボンネット、小さくて可愛いこと。きっと最新流行なんでしょうね。だって、いままでロンドンにいらしたんだから」

「パール夫人」少々震え気味の柔らかな声で、ソフィアは言った。「はい、結婚するためにロンドンへ行き、新しい衣装をそろえるようヴィンセントに言われました。だって……あの……ええ、お茶をいただければうれしいです。ありがとうございます」

「ソフィア」エイミーがこわばった声で挨拶をよこした。「レディ・マーチの姪御さんだぞうね」

「はい」ソフィアは答えた。「父の姉にあたる人です」

「さてと、すんだことは仕方がないわね」ヴィンセントの母親がてきぱきと言った。「どうにかして乗り切らなくては。ソフィア、わたしの母と一緒になかに入ってちょうだい。ヴィンセントはエイミーとわたしが連れて入りますから」

きっと、二人がそれぞれヴィンセントの左右の腕をとって、ゆっくりしたペースで歩かせ、行く手に待ち受けているかもしれないどんな障害物からも守ろうとするのだろう。彼は早くも、以前と同じかすかな苛立《いらだ》ちに襲われていた。だが、そんなふうに思っては申しわけない。善意でやってくれているのだ。大切に思ってくれているのだ。

「そんなに気を遣わなくてもいいよ、母さん」ヴィンセントは言った。「マーティン？ぼくの杖をくれないか。ソフィー？」腕を伸ばすと、彼女の手がすべりこむのが感じられた。「旅行カバンがぼくたちの部屋へ運ばれるあいだに、ぼくがきみを二階の客間へ案内しよう。確かに、いま必要なのはお茶だと思うよ、おばあちゃん。長旅だったから。心配ばかりかけてごめん、母さん。だけど、マーティンに頼んで、一回か二回、母さんに手紙を出しただろ。しばらく湖水地方にいたんだ。客間にすわってから旅の話をするね。そして、ぼくたちの結婚式の話も。もっとも、式の話をするのはソフィアのほうが上手だと思う。エイミー、こっちに来たばかりかい？　アンソニーと子供たちも一緒？」

「そうよ」エイミーが答えた。「昨日遅く着いたの。知らせを聞いて飛んできたのよ。でも、そんなに急いで結婚するはずはないと思ってた。ええ、そう信じてたわ。だって、あなた、ほんのしばらく前に、結婚させられそうになっただけで逃げだしたじゃない」

「あれはミス・ディーンのときだ、エイミー。ぼくが結婚したのはソフィアだ。ミス・ディーンはぼくが花嫁に選びたいタイプじゃなかったが、ソフィアはそうだった。いまもそうだ」

ヴィンセントは話しながら歩きだしていた。マーティンが彼の手に杖を握らせると同時に、軽く手を添えて正しい方向を教えたのだ。ヴィンセントは杖で外階段のいちばん下の段を確認し、段数をかぞえるいっぽうで話を続けた。

「太陽が出てるに違いない。そうだろう？」

「ええ」ソフィアが答えた。

「背中に日差しの温もりが感じられる。よかった。ミドルベリー・パークの最高の姿をきみに見てもらえるね、ソフィー。もちろん、パルテール庭園と屋敷の正面と森と湖だけじゃなくて、見るべきものはほかにもたくさんあるけど」

玄関広間に入ったところで、ヴィンセントは足を止めた。立派な広間であることは知っている。床は黒と白の正方形のタイル張り。白大理石がふんだんに使われ、壁龕《へきがん》には古典的な胸像が飾られている。天井に描かれているのは神話の場面で、壁の上部の装飾帯は金箔《きんぱく》仕上げだ。広間の両側に大理石の大きな暖炉があるので、寒い日に入ってきた者はほのかな暖かさと、薪《まき》のはぜる音と、木の匂いを感じることができる。

「どう？」ヴィンセントは訊いた。

「すごいわ」ソフィアはほとんどささやき声になっていた。「すごく豪華」

そう。身分の低い訪問客を恐れおののかせることも、この豪華なしつらえの目的だ。しかし、屋敷の女主人が恐れおののく必要はない。

「イングランドで最高と言われる広間の一つなのよ、ソフィア。とにかく、わたしはそう聞いているわ」彼の母が言った。

ヴィンセントはふたたび心のなかで数をかぞえながら歩を進めた。玄関広間の奥にある背の高いアーチを通り抜けて右へ曲がると、やがて、大理石の階段のいちばん下の段に杖が触れた。彼の腕にかけられたソフィアの手が、足元が危険なときは知らせるという合図をよこしたが、それはごくかすかな控えめなものだった。

客間は玄関広間のちょうど上にあたり、屋敷の表側に面していて、縦長の三つの窓からは、パルテール庭園のあいだを抜けて遠くのバラ園と木立までまっすぐ続く馬車道を眺めることができる。日の光があふれる室内の様子は息を呑むほどすばらしい。

というか、周囲からそう聞かされていた。ヴィンセントはかつて視力があったことに感謝した。少なくとも、光景を想像することができる。それに、ひょっとしたら、彼が想像している屋敷のほうが現実の姿より壮麗かもしれない。

「家族が暮らしているのはこの棟と西翼だ」階段をのぼりながら、ヴィンセントは説明した。「東翼はめったに使われない。そちらには迎賓室と、絵を飾ったギャラリーと、広い舞踏室がある。昔はそこで盛大な催しや舞踏会が開かれたそうだ」

客間のドアの外で召使いが待機していたに違いない。ドアの開く音が聞こえたので、ヴィンセントは妻を連れて部屋に入った。

「まあ」入口でソフィアが足を止めた。思わず息を吸いこむ音がヴィンセントの耳に届いた。

「ヴィンセント、お帰り!」それは姉の夫、アンソニー・ペンドルトンの温かな声だった。部屋の向こうから大股でやってくる足音が聞こえ、次に杖を奪い去られて、右手をしっかり握られた。「ところで、こっちに届いたあの知らせ、いったいどういうことなんだ? 翼できみを庇《かば》って守ろうとする母親と姉たちから逃れて、どんな悪さをしてたんだ、ええ? その様子からすると、わたしがエイミーに断言したように、本当に結婚したようだな。さもなければ、きみの腕に手をかけてるのは婚約者だろうか。それとも、ただの知り合い?」

「アンソニーったら!」エイミーの声は険悪だった。

「ソフィー」ヴィンセントは言った。「アンソニー・ペンドルトンを紹介しよう。エイミーの夫だ。アンソニー、これがぼくの妻。そう、結婚した。正確に言うと、二日前にロンドンで。ハノーヴァー広場の聖ジョージ教会で式を挙げたんだ」

「よくやった」アンソニーはヴィンセントの肩をぴしゃっと叩いた。「あなたは本当に小柄な人なんだね、ソフィア。どの手紙にもそう書いてあった」軽くキスする音がヴィンセントの耳に届いた。

「ペンドルトンさま」ソフィアが言った。

「アンソニーと呼んでくれなくては。わたしの義理の妹になるんだから」

「アンソニー」

「聖ジョージ教会？」ヴィンセントの母親が言った。「ということは、わたしたちが心配してたような人目を忍ぶ式ではなかったのね。でも、どうして待てなかったの？　いまさら言っても遅すぎるけど」母親はふたたびてきぱきした口調になった。「ソフィア、暖炉のそばにおすわりなさい。もうじきお茶が運ばれてきますからね。手袋とボンネットを預かりましょう。アンソニーがどこかに置いてくれるわ。まあ、驚いた、ほんとに髪が短いのね。みんなの手紙にそう書いてあったのよ。でも、カールした感じがとっても可愛いわ。お母さん、ソフィアの横にすわってくださいな。ヴィンセント、窓辺のウィングチェアにおすわりなさい。太陽の温もりが肌で感じられるから。あなたのお気に入りの場所でしょ」

ソフィアがヴィンセントの腕をしっかりつかんだ。

彼はもう少しで窓辺へ行くところだった。

「ありがとう、母さん」かわりに言った。「だけど、馬車のなかでずっとすわってたから、脚を伸ばしたくてたまらない。暖炉の前に立つことにするよ。ソフィアのそばに」

ヴィンセントは杖を使わずに一人で暖炉のほうへ歩いた。見当違いの方向へ進んだり、暖炉にぶつかったりして大恥をかくことにならないよう願った。もっとも、室内の様子はよくわかっている。そろそろ暖炉のあたりだと思ったところで片手を伸ばすと、予想より少し向こうに炉棚が見つかったのでほっとした。そこに手をかけて、軽く身体をまわし、妻がすわっている椅子のほうを向いた。

「確かに短いわね」祖母が言っていた。たぶん、ソフィアの髪のことだろう。「でも、きれいな色だわ」

「ありがとうございます」ソフィアが言った。「ヴィンセントのお友達の一人と結婚なさっているレディ・トレンサムという方が、専属の美容師さんのところへお連れくださって、そちらで髪を整えてもらったんです。それまではずっと自分で髪を切ってましたが、あまり上手にできなくて。もっと伸ばすよう、美容師さんにアドバイスされました」

「だったら、ぜひ伸ばすべきだわ」祖母が言った。「そして、そのきれいな色がうんと目立つようにしましょうね」

「わたしも大賛成よ」エイミーが言った。「バートン・クームズの村の人たちがあなたのことを男の子みたいって言ってたけど、なるほど納得だわ」

アンソニーが咳払いをした。

「あ、でも、いまは違うわよ」エイミーはつけくわえた。「ただ、ひどく……若い感じ。昔からずっと短い髪にしてたの？」

「いいえ」ソフィアは答えた。「でも、長いとうまくまとめられなくて」

「器用なメイドなら、どんな髪でもきれいにまとめてくれるわ」ヴィンセントの母親が言った。「メイドは連れてこなかったの？」

「はい。一度も使ったことがありません」

「あら、うちもそうだったのよ」母親が言った。「娘たちが結婚して、わたしがここに移ってくるまでは。まあ、プランケット夫人がいましたけどね。コヴィントン荘のころの家政婦で、料理番と、乳母と、小間使いと、紛失した品の発見係と、悪いことをした子を――ええ、ヴィンセントのことよ！――匿《かくま》う係と、そのほか無数の役割をひきうけてくれてたの」

「いつだってぼくのいちばんの味方だった」ヴィンセントは言った。彼の記憶にあるかぎり昔から、プランケット夫人は一家と生活を共にしていた。

「わたしがここに移ることにしたとき、プランケット夫人が仕事をやめて妹さんと暮らすと言いだしたものだから、本当に悲しかったわ」ヴィンセントの母親が言った。「ここで使っている部屋係のメイドのなかに、わたし専属のメイドの妹がいるのよ、ソフィア。自分も貴婦人付きのメイドになるのがその子の最大の夢なんですって。わたしのメイドが風邪をひいたのでベッドで休ませることにした夜、その子がわたしの髪をとてもきれいに結ってくれたわ。よかったら、その子を試しに使って、あなたに合うかどうか見てみたらどうかしら」

ヴィンセントは感謝をこめて母親のほうへ顔を向けた。母親はすでに立ち直りつつあった。狼狽はしたかもしれないが――当然そうだろう――良識に従って、なんとかうまく乗り切ろうとしている。昔からそれが得意な人だった。

「ありがとうございます」ソフィアは言った。

「〝お母さん〟ってつけてくれたほうがいいわ」彼の母親が言った。

「はい、お母さん」

「お茶のトレイが来たわ」客間のドアが開く音をヴィンセントが耳にしたとたん、エイミーが言った。「わたしが注ぎましょうか、お母さん。あ、ごめんなさい。わたしが注ぎましょうか、ソフィア」

「まあ」ソフィアは言った。「ええ、お願いします、ペンドルトン夫人」

「よかったら、エイミーって呼んで。義理の姉妹になったんだから。あら、不思議な響きだわ。義理の弟が二人いるけど、義理の妹はいままで一人もいなかったから。ヴィンセントったらいけない子ね。ロンドンでこっそり結婚して、式の計画を立てる大騒ぎと苦労をわたしたちから奪ってしまったことは、ぜったい許してあげない。エレンとアーシュラもへそを曲げてるに違いないわ。いまにわかるから待ってなさい」

「エイミーがお茶を注いで、アンソニーがケーキを一人一人に渡すあいだに」ヴィンセントの母親が言った。「結婚式の話が聞きたいわ。細かい点まで一つ残らず」

「よかったら、あなたの婚礼衣装のことから聞かせてちょうだい、ソフィア」祖母が言った。

話はほとんどソフィアがした。最初はおずおずとか細い声だったが、徐々に落ち着きをとりもどした。レディ・トレンサムとレディ・キルボーンに連れられて出かけた買物、自分と彼の婚礼衣装、教会の様子、参列者、結婚証明書にヴィンセントが自ら署名をしたこと、そのときの牧師の顔に浮かんだ驚きの表情、二人が教会を出たときにトレンサム卿とスタンブルック公爵の目に光っていた涙、外で歓声を上げていた人垣、太陽の光、バラの花びらとそれを投げた紳士たち、馬車の飾り、やかんと鍋の騒音、披露宴、乾杯。足りないところはヴィンセントが補って、ヒューゴの結婚式のために友人たちがロンドンに来ていたことと、彼の式にも出たいと言われたことと、披露宴を開いてくれたことを説明した。

「ご家族のみなさんに出ていただけなくて、本当に申しわけないと思っています」ソフィアがつけくわえた。おずおずとした声に戻っていた。「でも、わたしの側の親族が誰もいないことを――というか、出てもらえる親族がいないことを、ダーリー卿が――いえ、ヴィンセントがとても心配してくれたんです。それに、わたし、ろくに着るものもなくて、カカシみたいな格好をしてたので、こちらに連れてきて家族に紹介するのはかわいそうだと思ったのでしょう。それに、みなさんをロンドンに呼ぶとなると式がずいぶん先に延びてしまうので、それも避けたかったのだと思います。だって、わたし、どこにも泊まるところがなかったから。あとで考えてみると、トレンサム卿のお宅にもっと長く泊めていただけたでしょうけど。とても親切な方たちでした。でも、事前にそんなことはわからなかったので。本当に申しわけありません」

「わたしも残念だわ、ソフィア」ヴィンセントの母親がため息混じりに言った。「それに、生涯を共にできる相手かどうかを確かめるために、あなたたち二人がもっと時間をかけておたがいをよく知ろうとしなかったのも残念ね。いまさらくよくよ考えても手遅れだけど」

「ソフィアとぼくはくよくよ考えたりしてないよ、母さん」空っぽになった皿を誰かが――きっとアンソニーだ――彼の手からとり、かわりにカップと受け皿を渡してくれるあいだに、ヴィンセントは言った。「二人にとっていちばんいいと思われる方法を選んだんだ。一瞬たりとも後悔していない」

ヴィンセントはそれが真実であるよう願った――自分たち二人のために。

「結婚してから二日もたったのに？」アンソニーがくすっと笑った。「そう聞いてうれしいよ」

「こちらに戻って結婚しなかったことの埋め合わせができるよう、これから精一杯がんばります」ソフィアは言った。声がひどく震えていた。「ここで式を挙げれば、近隣の方たちもたぶん招待されたのでしょうね。お許しいただければ、その方たちを訪問したいのですが。かまいませんか？　向こうもたぶん、ここを訪ねていらっしゃるでしょうし。なんでしたら、いずれ多くの方を招待して、お披露目のようなことをしましょうか。舞踏会などもいいのでは？　かつてここで開かれたような」

一瞬、呆然たる沈黙が広がった。

「いえ、それは……」ヴィンセントの母親が言った。「近隣の人たちを訪ねたいというなら、わたしがお連れするけど、こちらへの訪問は遠慮してもらってるのよ。ヴィンセントが……社交の場に出ないから。無理ですもの。ここで派手な催しをするなんて問題外よ」

このミドルベリー・パークで、ぼくは世捨て人のような暮らしを送ってきた。地元の人々と積極的につきあおうとしなかった。すべて自分の責任だ。

「ところが」ヴィンセントは言った。「一週間ほど前に、ぼくはバートン・クームズで社交の輪にひきずりこまれてしまった。コヴィントン荘に戻ったぼくのところに村人の半数が押しかけてきたものだから、マーティンがコーヒーと彼のお母さんの手作りケーキでみんなをもてなした。〈泡立つ大ジョッキ亭〉でぼくのためにパーティが開かれ、踊れなくても、ぼくはけっこう楽しかった」

「でも、それはバートン・クームズの話でしょ」彼の母親が言った。「あなたも村のみんなと顔見知りだもの」

「だから、ここのみんなとも顔見知りにならなきゃ」ヴィンセントは言った。「三年もここで暮らしてきたんだよ。おじさんは社交的な人だったと聞いている。近所に住む人々から見れば、ぼくはきっと落胆の種だろうな」

「あら。でも、みんな理解してくれるわ、ヴィンセント」エイミーが言った。

「理解するって何を？」ヴィンセントは姉に訊いた。「ぼくは目が不自由で、だから何もできなくて、精神的な弱さも抱えてるってことを？　ぼくも近隣の人たちをきみと一緒に訪問するよ、ソフィー。そろそろ、ぼくのことをみんなに知ってもらわなきゃ。ちょうどいい機会だ。ミドルベリー・パークに新しい子爵夫人がやってきた――ぼくの聞いた話が正確なら、一八年ぶりだ。お披露目と舞踏会ができないか、考えてみることにしよう」

「偉いぞ、ヴィンスス」アンソニーが言った。「きみは見かけよりはるかにしっかりした男のはずだと、わたしはずっと思っていた。なにしろ、少年時代の逸話があれこれあるからな」

「みんな、きっと大喜びだわ」祖母が言った。「誰もがあなたに深く同情してることは、わたしも知ってますよ。とくに、戦争で負傷したんですもの。でもね、ひそかな噂が聞こえてくるの。子爵がミドルベリー・パークの邸内にひきこもることも、ほかのみんなが閉めだされることもなかった昔の日々を、多くの人がなつかしんでるって」

悪いことをしてしまった。自分が悪かったのだ。

「ありがとう、おばあちゃん」ヴィンセントは言った。「これからすべてを変えていくよ。ぼくたちで。ソフィアとぼくで」

ヴィンセントは彼女のいるほうを見下ろして微笑した。ソフィーが言いだしたことだ。最後までやり抜く力がソフィーにあるだろうか。しかし、彼女が一人でがんばる必要はない。

「ソフィア」エイミーが言った。「うちの子たちを紹介したいんだけど、あなた、お疲れかしら。ヴィンセントおじちゃんが帰ってきたことを、たぶんすでに耳にして、興奮で飛び跳ねてると思うの。新しいおばちゃんを一緒に連れて帰ってきたとなれば、とくにね。ウィリアムは四歳、ヘイゼルは三歳。寝てるとき以外は、尽きることなきエネルギーのかたまりみたいな子たちよ」

「そんなに疲れていないから大丈夫です」ソフィアは答えた。

「ねえ、あなた」エイミーが言った。たぶん、アンソニーに声をかけたのだろう。「子供たちを連れてこない？　かまわないかしら、ヴィンセント」

ぼくに訊いてるのか？　いつもは母や姉のほうから命じるだけだった。だが、昔からずっとそうだったわけではない。かつての自分は自分の生き方を貫いていた。

「いつも不思議な気がしてたんだ」ヴィンセントは言った。「大きな屋敷では、子供たちはたいてい子供部屋に閉じこめられている。うちではそんなことはなかった。そうだろ？」

「子供たちを閉じこめておけば、わたしはいまごろ、こんなにひどい白髪になってなかったはずよ。とくにあなたをね、ヴィンセント」母親がそう言ったので、誰もが笑いだした。

この三年間、ここでは笑い声がほとんど聞こえなかったことに、ヴィンセントはいま気がついた。コヴィントン荘で一家そろって暮らしていたころは、笑い声にあふれていたのに。

ヴィンセントはお茶を飲み、子供たちの襲撃を待ち受けた。

ソフィアはヴィンセント専用の居間の快適なソファに身を沈めた。いまはここが彼女の居間でもある。二人のための部屋は南西側の塔のなかにあるので、呼ばれないかぎり誰も入ってこないということを、ヴィンセントが教えてくれた。ただし、マーティン・フィスクと、ソフィア付きのメイドになったロジーナは別だ。

ミドルベリー・パークに到着したあとの数時間は、ソフィアにとって過酷な試練だった。屋敷そのものの豪華さに圧倒されてしまい、彼の家族が礼儀正しく迎えて親切な心遣いまで示してくれたものの、一緒にいるとどうにも気詰まりでならなかった。みんなから無視されて自分の殻に閉じこもることができたら、そのほうがはるかに楽だっただろうが、もちろん不可能なことだ――家族にとっても、ソフィアにとっても。ソフィアはヴィンセントの妻であり、家族は彼を愛している。ソフィアを無視するわけにはいかない。それに、ソフィア自身もミドルベリー・パークの女主人となるために必要な努力をしようと固く決心していた。明日から努力しよう、あるいは来週から、来月から、などと自分に言ってはならない。最初に自分の存在を示さなければ、そのときは永遠に訪れない。

ソフィアはぐったり疲れていた。

南西の塔をひと目見たとたん、大好きになった。円形の塔で、居間も同じ形をしている。じっさいには小さな部屋ではないのに、円い形のおかげで居心地がいい。上の階には寝室が二つと化粧室が二つ。どちらも同じ広さだ。居間の縦長の窓から、手入れされた庭園とその向こうに広がる自然の庭を三方向に眺めることができる。明日になったら、どんな景色が見えるか確かめてみよう。

「疲れた？」ヴィンセントが横にすわった。

まだ遅い時間ではなかった。西翼の広いダイニングルームでの晩餐がすむと、二人はお茶の時間に約束したとおり、エイミーとアンソニーの子供たちにおやすみを言うために子供部屋へ行き、お話を二つ聞かせた。ヴィンセントが子供たちにせがまれて、ドラゴンと野ネズミが出てくる自作の物語を聞かせ、次に二人でバーサとダンと教会の尖塔の話をしたところ、子供たちは興味津々で、ときたま心配そうに息を呑み、次から次へと質問をよこした。そのあと、客間でお茶を飲み、やがてヴィンセントがそろそろ部屋に戻ることにすると言った。

みんなのほうも、長旅で疲れているに違いないと納得した様子だった。

「疲れたわ」いまようやく、ソフィアは言った。

彼がソフィアの手をとった。

「きみにとってはめまぐるしい一日だったものね。長い旅、新しい家と新しい家族」

「ええ」

家族は彼を愛し、彼も家族を愛している。晩餐の席で彼が湖水地方で過ごした何週間かの話をすると、みんながその一語一語に耳を傾けた。ソフィアも聴き入った。なんと、急傾斜の丘にのぼったという。そして、馬にも乗ったという。

「あの子たち、可愛いわね」ソフィアは言った。これまでは子供と接した経験がほとんどなかった。そのエネルギー、人なつっこさ、集中力のなさ、遠慮のない質問に驚かされた。

「さっきのお話が気に入ったみたいじゃない？　挿絵を描いて、お話に添えて本にしようかしら。気に入ってくれると思う？　もちろん、あなたの想像力から生まれた話をあなたの口から聞くほうが、あの子たちには楽しいに決まってるけど」

「ぼくたちの口からだよ。あの子たち、バーサとダンの話がお気に入りのようだ」

「ストーリーを考え直す必要がありそうね。二人を急いで結婚させて、バーサがそのあと一生涯、高いところにのぼらずに過ごすことになるのでは、彼女がかわいそうだわ。今夜のうちに結婚のところまで行かなくてよかった」

「じゃ、もっと冒険が必要だと言うんだね？」ヴィンセントの顔がソフィアに向けられ、笑みが浮かんでいた。ソフィアは彼のこの表情が好きだった。少年っぽく見える——そして、もちろんハンサムだ。

「例えば、子猫が木に駆けのぼるお話はどう？」ソフィアは言った。

「すごく可愛い子猫で、みんなが抱っこしようとするから、子猫はそれがわずらわしくて逃げだしてしまうとか？」

「ええ、それよ。もちろん、誰が呼んでも猫は下りようとせず、情けない声でニャーニャー鳴くばかり。そして夜がやってくる」

「舞台左手からバーサ登場？」

「駆け足で」ソフィアは言った。「そして、かわいそうな子猫を追って木にのぼる。でも、ひと苦労。ものすごく高い木で、幹が頑丈だからどんどんのぼっていけるけど、梢《こずえ》を見上げると、細くなってて、ぜんぜん頑丈そうじゃないの」

「しかし、バーサは上までのぼり、風を受けて揺れながら子猫を片方の腕で抱きかかえ、そこで動けなくなる」

「でも、猫はそうじゃない。人に抱かれるのがやっぱりいやでたまらないの。恩知らずの子猫ちゃんね。もがいてバーサの腕から抜けだし、地面に駆け下りてしまう。おかげでバーサは、さっきまでの子猫と同じ苦境に立たされることになる。でも、駆け下りるのは無理。下を見ることもできない」

「ダンが助けに来るのかい？」

「すごく勇気のいることよ。だって、どれぐらいの高さなのか、地面までどれだけあるのか、目の見えないダンにはわからないけど、木が揺れてるのはわかるもの。てっぺんまでのぼってバーサのウェストにしっかり腕をまわしたときには、風が耳のまわりでうなりを上げてて、木が巨大な木馬みたいに左右に大きく揺れてたの。それどころか——」

「——あまりに大きく揺れたものだから」ヴィンセントは言った。「梢が地面につきそうになり、そこでバーサの友人全員がダンの腕から彼女を抱きとり、梢がダンもろとも揺りもどされてふたたび垂直になる前に安全な場所に避難させた」

「いっぽう、ダンは木の上でじっとしていた。幹にかかる重さが減ったし、風が急にやんだから。そのあとで木から下りて安全な地面に戻り、盛大な歓声を浴び、盛大に背中を叩かれ、バーサから盛大な抱擁を受けた」

「キスもかい？」

「もちろん、キスも」ソフィアは言った。「唇に。お話はこれでおしまい」

「アーメン」

二人はくすっと笑い、その拍子に肩が触れあった。

「みんな、知らない人たちばかりだわ」

話題と口調が急に変わったため、ヴィンセントは一瞬、怪訝《けげん》な顔をした。

「近隣の住民のことかい？　ぼくもほとんど知らない人々だ。でも、ぼくたちの立場を忘れないようにしよう——ぼくたちはミドルベリー・パークのダーリー子爵夫妻。周囲何キロにも及ぶ地域でいちばんの名家なんだ。ふつうだったら、ぼくが三年前にこちらに来た翌日から社交行事の先頭に立つことを、誰もが期待してたと思う。みんなを失望させてしまった。これから変えていかなくては。そうすれば、許してもらえるだろう。これまでのぼくは、障害を負ってまだ日の浅い独り者の男だったからね。いまでは若い子爵夫人がついている。誰もが好奇心ではちきれそうになり、状況が変化することを望んでいるだろう」

「どうしよう……。わたし、そんな自信は……」

ヴィンセントが彼女の手を握りしめた。

「どうすれば子爵夫人らしくふるまえるのか、どうすればこんなに広くて立派なお屋敷の女主人になれるのか、見当もつかないわ」ソフィアは早口で続けた。「それに、優雅な社交術も知らないし」

「ぼくはきみを全面的に信頼している」

「信じやすい人がいてくれてよかった」ソフィアは言った——そして、笑った。

ヴィンセントも一緒に笑いだした。

「今日の午後、お茶の時間に気づいたことがあるんだ。ミドルベリー・パークで暮らしたこの三年のあいだ、痒《かゆ》いところに手が届くようにぼくの世話をしてくれる家族に囲まれ、ぼくも家族を深く愛しているのに、どうして心から幸せだと思えなかったのかが、多少わかったような気がする。笑い声のない家だったんだ、ソフィー。ぼくの目が不自由なことと、無理に明るくふるまおうとする重圧に、誰もが押しつぶされそうになってたんだ。ぼくはペンダリス館にいるとよく笑う。きみとは初めて会ったときから笑っていた。そして、ここに帰ってきたあと、笑い声を上げるのはきみとぼくだけではなくなった」

「お茶の時間にみんなで笑ったわね。わたしが仕立屋さんへ行ったときの話をしたとき。台の上に立たされて、仕立屋さんとお針子さんたちからピンであちこち突かれたって話。笑いごとじゃないのに」

「だけど、きみが面白おかしく話すから、誰もがつい笑ってしまう。うれしかったよ、ソフィー。昔は家族みんなでよく笑ったものだった」

「ミス・ディーンってきれいな人なんでしょうね」

「美人だとみんなが言っていた」

「あなたのために、みなさん、きれいな女性をお望みだったんだわ。だって、あなたも美しい人だから」

「ところが、かわりに」ヴィンセントは笑いながら言った。「自分で妻を見つけてしまった。バートン・クームズの村人の何人かがどう言おうと、男の子にはぜったい見えないけど、ひどく幼い感じの妻を。小さな妖精のようだと、婚礼の日に誰かがぼくに言っていた」

「まあ、誰なの？」

「誰でもいいさ。褒め言葉だったんだから」

ソフィアはため息をつき、ふたたび話題を変えた。

「ここには犬はいないの？　猫は？」

「たぶん、ネズミをとる猫が納屋に何匹か住みついてると思う。でも、きみが言ってるのは家のなかで飼う猫だろ。それから、家のなかで飼う犬？　子供のころ、ペットを飼うことは許してもらえなかった。アーシュラとぼくがいつも両親にせがんでたのに。アーシュラは猫で、ぼくは犬だった。おまえたちの世話で手一杯なんだからペットを飼う余裕なんてない、と母にいつも言われていた」

「猫を飼いましょうよ。この部屋の窓辺に猫がすわって日向ぼっこをするの。そして、あなたかわたしの膝の上でゴロゴロ喉を鳴らすの。それから、あなたをあちこちへ案内してくれる犬がいれば、人に頼る必要がなくなるわ。杖だっていらなくなる」

ヴィンセントは眉を上げた。

「レディ・トレンサムとレディ・キルボーンのいとこにあたる人に、生まれたときから目の見えないお嬢さんがいるのよ。そこで飼われてる犬がお嬢さんをあちこち案内してくれて、何かにぶつかったり、階段をころげ落ちたり、そのほかさまざまな災難にあったりするのを防いでくれるんですって。本格的な訓練は受けてないので、ときどき言うことを聞かなくなるし、いつもお嬢さんの身を守ってくれるわけじゃないけど。いま、その子のお父さんがもっと大きな犬を訓練していて、おとなしくて、従順で、責任感のある犬にしようとしてるそうよ。目のかわりをしてくれる犬がいる光景を想像してみて、ヴィンセント」

その話をしただけでソフィアはわくわくしてきた。

「で、その子は一人で歩きまわれるわけかい？」

「一人じゃないわ。犬と一緒に。お父さんというのはアッティングズバラ侯爵よ」

「どんな種類の犬？」

「知らない」ソフィアは正直に言った。「興奮しやすい小型犬ではないと思う。プードルじゃないわね。牧羊犬かしら。羊を集めて先導する犬だから、従順なのはもちろん、頭がよくて機転が利かなきゃだめでしょ」

「牧羊犬ならこの界隈にもいるはずだ」ヴィンセントはソファの上で軽く向きを変えた。「羊がたくさんいるからね。それから、きみは猫？　飼いたいって前に言ってたよね」

「メアリおばさんのところに年老いた猫がいたの――トムっていう猫。台所から出しちゃいけないことになってた。食料貯蔵室にネズミが入らないようにするのがその猫の役目だったから。でも、わたし、ときどき二階へこっそり連れてって、一緒に喉をゴロゴロ鳴らしたものだったわ。でも、ずいぶん年をとってネズミをとれなくなり、役に立たなくなってしまった。それで……連れていかれたの」

「かわいそうなソフィー。子猫を見つけよう。ねっ？」

「ええ。ほんとに飼っていいの？」

ヴィンセントはふたたびソファにもたれてため息をついた。

「ソフィー、ほしいものがあれば、なんでも手に入れていいんだよ。もう貧しい女の子じゃないんだから」

「子猫でもいいし、年老いた猫でもいいわ。いまはどっちでもかまわない」

「そして、ぼくには犬か」ヴィンセントは空いたほうの腕を上げて、手の甲で目のすぐ上をさすった。「うまくいくかな？　ねえ、どう思う、ソフィー」

ソフィアは下唇を嚙んでまばたきをした。彼の声にはせつなさと憧れがあふれていた。ああ、彼に目を返してあげたい。それが無理なら、その次に大切な何かを。そうしたら、わたしの残りの命を奪われてもかまわない。この人は自立するためにわたしの協力を求めている。わたしがいなくても生きていけるように。ええ、わかった。協力しよう。一〇〇通り以上の方法を見つけてあげる。これまでさんざん力になってもらった。命を助けてもらったと言ってもいい。お返しに、この人の自立に手を貸そう。

「ぜったい大丈夫よ。とにかくやってみましょう」

ヴィンセントは彼女の手を放すと、肩のほうへ腕をすべらせ、自分の唇で彼女の唇を探りあててキスをした。

「きみと結婚してよかった」唇を触れあわせたまま、ヴィンセントは言った。「きみにもそう言ってもらえるよう、ひたすら願っている」

彼の言葉に感動して、ソフィアは喉の奥がつんと痛くなった。

「もうベッドに入る時間かい？」ヴィンセントが訊いた。「お願いだから、時計を見て〝まだ早すぎるわ〟なんて言わないでくれ。〝そうよ〟と言ってくれるだけでいい」

「そうよ」

時刻は九時二五分だった。

15

ソフィアが眠りからさめきらないまま、ひと晩中寄り添っていた温かな身体のほうへすり寄ったとき、そこにあったのはひんやりとした空虚なスペースだけだった。眠気が吹き飛び、目をあけた。

ヴィンセントはいなくなっていた。日の光が射しているが、まだ早い時刻のようだ。頭を上げて時計を見てみた。六時一五分。眉をひそめ、ふたたび横になった。

いったいどこへ――？

しかし、答えはわかっていた。鍛錬のために地下室へ下りていったのだ。使っていない部屋が上にいくらでもあるのになぜ地下室なのか、ソフィアには理解できなかったが、いつもそこを使っていると彼が言っていた。

目を閉じて眠りに戻ろうかと考えた。しかし、目がさめると同時に、胃がかすかにむかついた。空腹のせいではない。正直なところ、朝食のことなどいまは考えたくなかった。しかし、二人だけのこの住まいの外で新たな人生が待っている。こそこそと隅にひっこんで皮肉っぽい目で周囲を観察するのではなく、自分からその人生に飛びこもうと、ソフィアは自らに誓っていた。

上掛けをどけてベッドの端に腰かけた――早朝の冷えこみに身を震わせた。ネグリジェなしで眠るのはすてきだが、それは身体を包んでくれる人がいる場合のことだ。

ベッド脇に投げ捨てられてしわくちゃになってしまったネグリジェを着てから、部屋を横切り、縦長の窓のカーテンをあけた。

この窓は南西に面していた。片側に厩が眺められ、老木の木立が点在する広々とした芝生がある。芝生はゆるやかに傾斜して湖へ続いている。景色の中心となっているのは湖の真ん中にある島と装飾用の神殿だ。湖の反対側は鬱蒼《うっそう》たる木立で、いまは豊かな緑に覆われている。秋が来たら、さぞみごとに紅葉するだろう。

大きな湖ではあるが、人造湖に違いない。主寝室からこの景色が楽しめるよう、慎重に場所を選んで造られている。島と神殿も同様だ。

けっしてこの景色を眺めることのできない夫のことを思って、ソフィアは突然、予想もしなかった悲しみの波に襲われた。

もっと現実的な面に目を向けるなら、誰かに連れていってもらわないかぎり、ヴィンセントはあの湖まで一人で行くこともできない。芝生は起伏が多くて、見た目に心地よく、散策する人にも心地がよさそうだ。ただし、その人の目が不自由でなければ。

ソフィアは顔をしかめ、この問題について考えこんだ。

もう一つの寝室、つまり彼女の寝室の窓からは反対方向の景色が見えるに違いない。南東に広がる正式な庭園の一部、パルテール庭園、そして、常緑樹を装飾的に刈りこんだトピアリー庭園。いずれそちらの窓の景色も見てみるつもりだが、いまのソフィアにはほかにしたいことがあった。ヴィンセントの様子を見に行き、どんな鍛錬をしているかを知りたかった。地下室がどこなのかはわからない。どこに何があるのかほとんどわからない。しかし、怖気づいていても始まらない。自分で見つけだそう。迷ったら誰かに訊けばいい。そして、ふと気づいたのだが、屋敷の召使いたちが彼女を透明人間扱いして目も留めないということはいっさいなかった。ダーリー子爵夫人であり、彼らの女主人なのだから。

なぜか、そう思ったとたん、落ち着かない気分になった。

着替えのときにロジーナを呼ぶのはやめておいた。生まれてからずっと一人で着替えてきたのだから、メイドを使うのは馬鹿げたことに思われた。それに、まだ六時半にもなっていない。ゆうべの残りの冷たい水で手と顔を洗い、買ったばかりの既製品のドレスをコルセットなしで着て、髪にブラシをかけた。

地下室は厨房《ちゅうぼう》のある一角にあり、配膳室ととなりあっていた。簡単に見つかった。玄関広間まで歩いて、玄関扉のかんぬきをはずしていた従僕に質問すると、従僕はわざわざそこまで案内して、地下室のドアを示してくれた。

「旦那さまをお呼びしましょうか、奥方さま」

「いえ、いいの。邪魔するつもりはないから」

地下への階段はひどく暗かったが、下には明かりがついていた。ソフィアは階段を何段か下り、地下の様子がよく見えるようになったところで、段の一つに腰を下ろして膝を抱えた。

　正方形の広い部屋にいるのはヴィンセントとフィスク氏だった。ランプ三個の光に照らされて、奥にも部屋があるのが見えた。壁ぎわに棚が並び、壜が積みあげてある。そうか、ワインセラーか。当然だ。配膳室のとなりにあるのだから。

　ランプはたぶん、フィスク氏が使うためだろう。ソフィアの頭にある思いが浮かんでぞっとした――ランプがなければ漆黒の闇となるに違いないこういう場所も、ヴィンセントにとっては、光にあふれた上の客間となんら変わりがないのだ。一瞬、ソフィアの呼吸が速くなり、意識が薄れそうになった。彼がパニックの発作に襲われるのも無理からぬことだ。

　ヴィンセントは上半身裸で、足元も裸足《はだし》だった。じつを言うと、二人ともそうだった。彼が身に着けているのは身体にぴったりした膝丈ズボンだけ。床のマットに仰向けになって、足先をベンチの横木にひっかけ、両手を頭のうしろで組んで腹筋運動をくりかえしていた。上半身を起こすたびに胸と腹部の筋肉が波打ち、汗で光った。

　フィスク氏は縄跳びをしていた。スピードに緩急をつけ、身体の前でロープを交差させながら跳んでいたが、ロープがもつれることはけっしてなかった。

　ソフィアが縄跳びを五六回まで数えたところで、ヴィンセントが腹筋運動を終えた。わたしが下りてくる前から、すでに始めていたはず。どうしてこんなすごいことが……。

「ふう」ヴィンセントは息を切らしていた。「身体がなまっててだめだ、マーティン。今日は八〇回しかできなかった」

フィスク氏はぶつぶつ言ってロープを脇へどけた。「次は懸垂でしたっけ？　連続二五回？」

「鬼教官め」ヴィンセントはそう言いながら立ちあがった。

「弱虫」

ソフィアは眉を上げたが、ヴィンセントは笑っただけだった。

「二六回にしよう。弱虫でないところを見せてやる」

天井から水平に吊《つ》り下げられた金属のバーがあった。フィスク氏がヴィンセントをそこまで連れていくと、ヴィンセントは両手を伸ばしてバーへ持っていき、しっかり握ってから、顎がバーの高さになるまで身体を持ちあげた。次に身体を下げ、爪先を床につけることなくふたたび持ちあげる。それが二六回。

まるで拷問だ。

彼の脇腹も腹部も鋼鉄の板のようだとソフィアは思った。肩と腕の筋肉が盛りあがった。両脚がそろえられ、足先が伸びている。

大柄な男性ではない。従者のように長身で胸板の厚いタイプではないが、よく鍛えられていて、均整がとれ、たくましい筋肉に覆われている。

ソフィアは顎を膝につけた。

「弱虫じゃないことはわかりましたよ」フィスク氏が言った。「だが、今日のところは、ダンベルは省略しましょう。わたしに酷使されてダンベルもくたびれたようなので。そろそろ終わりにしましょうか」

「パッドを着けてくれ」ヴィンセントは言った。「パッド越しにおまえを痛めつけられるかどうかやってみる」

フィスク氏はせせら笑い、何やら卑猥《ひわい》なことを言った。ソフィアの頰が熱くなった。フィスク氏は革製の大きなパッドを二枚とると、腕に着け、それを盾のように自分の前で構えた。ヴィンセントは手を伸ばしてパッドに触れ、上辺と左右の縁を探った。それから、こぶしを固めてボクサーの構えをとった。パッドを着けたフィスク氏の腕の片方を狙って、右手でパンチをくりだした。

まるでダンスを見ているようだった。フィスク氏が機敏に動いてパンチをかわす一方で、ヴィンセントは軽い足さばきを見せながら左手でジャブを見舞い、ときには右手で強烈なパンチを叩きこむ。大きくはずれたパンチもあったが、ジャブがパッドのそばをすり抜けてフィスク氏の肩にあたった瞬間、この従者はウッとうめいた。それから笑いだした。

「いまのは命中だろ、マーティン」ヴィンセントは言った。「すなおに認めろ」

「へなちょこパンチだ」フィスク氏が答えると、ヴィンセントは距離を詰め、左右のこぶしを使って、パッドを着けた腕を続けざまに殴りつけた。

「降参するなら、そう言え」息を切らしながら、ヴィンセントは言った。「おまえを擦り傷だらけにするのはいやだからな。あるいは、肋骨を一本か二本へし折るのも。召使いを虐待したと非難されかねない」

彼が笑うとフィスク氏も一緒になって笑いだし、口汚く悪態をついた。やがて顔を上げ、ソフィアが暗がりにすわっていたにもかかわらず、その姿に気づいた。

「見物客がいたぞ」フィスク氏は声を落として言った。「奥方さま?」腕を下ろして視界から消えた。

「ソフィー?」ヴィンセントは寸分の狂いもなく階段のほうを向いた。眉が上がっていた。

「ええ」ソフィアはひどく恥じ入りながら立ちあがった。「邪魔してしまって、ほんとにごめんなさい。何をしてるのか気になったの」

純粋な男の領域に踏みこんでしまったことに気づいたが、もう手遅れだった。

ヴィンセントは片手で壁を探りながら一人で階段の下まで来ると、顔を上げた。

「結局、きみを起こしてしまったんだね。悪かった。起こさないように気をつけたんだが。いつからそこに?」

ヴィンセントは階段をのぼりはじめた。

「ここにすわってじっと見てたの。そんなことしちゃいけなかったのに。立ち去るべきだったのに」先ほど彼の従者が口にした言葉が——もちろん、レディに聞かせられる言葉ではない——いまも彼女の耳のなかに響いていた。神を冒瀆《ぼうとく》する卑猥な言葉であることはわかっている。父親と暮らしていたころ、耳にした覚えがある。ただし、父親自身の口から聞いたことは一度もなかった。

二、三段下で彼が足を止めた。髪が頭に張りつき、汗でカールして首筋に垂れていた。全身汗だくだ。ふつうだったら魅力的に見えるはずなどないのに、やはり魅力があった。もっとも、じつを言うと、暗いためにその姿はほとんど見えなかったが。

「今日の鍛錬は終わった」ヴィンセントは言った。

「もう行くわ」同時にソフィアも言った。「外に出て、少し見てまわろうと思ってたの」

「ぼくも上へ行って風呂と着替えをすませてくる。外で待っててくれ。皿洗い担当のメイドの一人の家族が一週間ほど前に野良猫を拾ったんだが、その家にはもう何匹もいるから、どうすればいいかと困ってるそうだ。オスのトラ猫で、痩せこけてみすぼらしい。一歳か二歳ぐらい。すごくきれいな猫にはなりそうもない」

「まあ。もう調べてくれたの？」

「それから、料理番の弟でうちの小作人の一人のところに、コリーの赤ん坊が何匹か生まれたそうだ。母犬は優秀な牧羊犬。父犬も同じくだ。最近乳離れしたばかりで、一匹を除いてすべてもらい手が決まっている。たぶん、その一匹がいちばんチビなんだろうな。だけど、五体満足で、目も耳もちゃんとついてて、吠《ほ》えることもできると料理番が保証している」

「じゃ、一匹残らずもらい手が決まったってことね？」胸の前で両手を握りしめて、ソフィアは訊いた。

「そうだよ、一匹残らず」

ソフィアは彼ににこやかな笑顔を向けた。

「これ以上きみに近づくのはやめておくよ、ソフィー。汗臭いから。自分でもわかるほどだ」

「ええ」ソフィアも同意した。「ほんとね。じゃ、わたしは行くわ」

そして、向きを変えて地下室をあとにした。

猫が飼える。痩せこけた猫、お世辞にもきれいとは言えない猫。ソフィアは早くもその猫を愛していた。

そして、ヴィンセントのところに犬が来る。牧羊犬。羊を導くかわりにヴィンセントを導き、豊かな自由を彼にとりもどさせてくれる。かならず実現するとソフィアは確信した。

その思いに口元をほころばせると、玄関広間に戻っていた先ほどの従僕がためらいがちな笑みを彼女に返し、外へ出るつもりらしいと見てとって、玄関の両開き扉をあけてくれた。まるで彼女にはその片方をあける力もないと思っているかのように！　メアリおばのところでも、サー・クラレンスのところでも、彼女のためにドアをあけてくれた者は一人もいなかった。

外に出ると、ひんやりと爽やかな朝だった。マントをはおってくればよかったと思ったが、遠い化粧室までわざわざとりに戻る気にはなれなかった。従僕に命じてとりに行かせることは頭に浮かびもしなかった。

外階段の上に立って周囲を眺めた。四方八方へ向かって庭が広がっている。みごとな景色を造りだし、周囲の様子を自分の目で確かめられる人々であればゆったりと散策を楽しめるように設計されている。目の見えない者のために造られた庭ではない。さらに問題なのは、ヴィンセントがここに住むようになってから三年のあいだ、目の不自由な者でも散策できるような工夫がまったくなされていないことだ。できるだろうか。

ソフィアは細かい点に注意しながら庭を見渡した。


ヴィンセントは右手に杖を、左手にソフィアのマントを持って、外階段の上に立った。時刻は七時半ぐらい。あとの家族はまだしばらく起きてこないだろう。

マーティンはあれからずっと不機嫌だった。ひどくきまりの悪い思いをしたせいだとヴィンセントは気がついた。

「あなたと同じく、わたしもほぼ裸ですからね」ソフィアの背後で地下室のドアが閉まってから、マーティンは言った。「しかも、さっきの悪態を聞かれてしまった」

「男が二人、女性に姿を見られたり話を聞かれたりするとは夢にも思わずに、ここで鍛錬してたんだ」ヴィンセントは彼に言って聞かせた。「ソフィアもわかってくれるさ。ぼくがかわりに謝っておく」

二人で地下室を出るときも、マーティンはまだぼやいていた。ヴィンセントに杖を渡すと、彼の化粧室に入浴用の湯が運ばれてきたかどうかを確かめるため、急いで立ち去った。

「わたしはここよ」ソフィアの声がした。「パルテール庭園のなか」

興味深いことに、急いで彼のもとに駆け寄って庭園までの道案内をしようという気配を、ソフィアは見せなかった。不親切だと思いつつも、ヴィンセントはそれが気に入った。

段数をかぞえながら一二段の外階段を下り、それから石畳のテラスを横切った。ふつうの歩幅で一〇歩、すり足で進むと一二歩。ヴィンセントは一〇歩でテラスを通り抜け、大きな石の壺の側面に手を触れた。向こう側にこれと同じ壺が置かれ、この一対が正式な花園の入口を示している。ここには段差がない。壺を別にすれば、転倒や衝突の原因になりそうなものは何もない。

「まあ、マントを持ってきてくれたのね」すぐそばでソフィアが言った。彼の手からマントを受けとった。「助かるわ。風がちょっと冷たいから」彼が着せかけてくれたので、腕を通した。「少し歩く？　それとも、ここのベンチにすわる？」

「歩こう」ヴィンセントはそう言って二人で右を向き、杖の先で砂利の小道の縁を探った。

「バラの花盛りだね」

「いい香り」ソフィアが言った。「色とりどりで、どの色もきれい。どれが好きなのか決められないわ」

「黄色いやつがいい」

「そう思う？」彼女の声に笑みがあふれていた。

「太陽の光。きみにぴったりだ」

「すてきなお世辞」

「おや？　鏡のことも、鏡をのぞいたときに何が見えるかも、もう言わないのかい？」

「命令されたから」ソフィアは彼に思いださせた。

「それに、ぼくはすごくきびしい陸軍士官だったからね。大声で命令を下す前から、兵士が飛びあがって指示に従ったものだ」

二人で笑った。ああ、ほんとだ。彼女にそばにいてもらうのがぼくは好きだ。人生が――違ったふうに感じられる。

彼の杖が不意に小道の縁からそれて、その向こうの柔らかな土に触れた。曲がり角だ。そこを曲がり、南に向かってゆっくり歩いた。角を曲がるとき、ソフィアは彼をひっぱろうとしなかった。心遣いのできる子だ。

「あなたが一人で外に出たときは、庭のどのあたりが限界なの？」

「パルテール庭園かな。それと、トピアリー庭園。そこまでだったら、首の骨を折ることも、宇宙の端から転落しそうな不安もなしに歩いていくことができる。厩まで行って戻ってくることもできる。もっとも、道を間違えないようにするため、ときどき、自分の鼻とこやしの魅力的な匂いに頼ることもあるけどね。家に閉じこもって生きてるわけじゃないんだ」

弁解がましい口調だったかな――ヴィンセントは思った。

「犬を訓練すれば、庭を歩きまわれる範囲がもっと広がるだろう。いつもより遠くまで行きたくなったとき、きみやマーティンや母を呼ばなくてもよくなる」

「わたしなら、いつでも呼んでくれていいのよ。でも、その必要がないようにしなきゃね。これまでに庭の改修を考えた人はいなかったの？」

「改修？」二人は次の角まで来た。彼は東へ曲がった。ちょうどそこにベンチがあった。屋敷を眺められる場所に置いてある。「しばらくすわろうか」

「あと三歩よ」ソフィアが言った。

二人でベンチに腰を下ろし、ヴィンセントは杖を横に立てかけた。

「テラスと湖をつなぐ砂利敷きの小道か、できることなら石畳の小道があれば、そして、小道に沿って柵か手すりをつけておけば、いつでもあなたの好きなときに湖まで歩いていけるわ。あなた、水泳は？　ええ、できるに決まってるわね。バートン・クームズの川で泳いでた人ですもの——夜中に。ここで泳いだことは？」

「ない。ボートで湖に出たことはあるけど。二回」

「運動はすべて暗いところでやってるわけね」

「そう。すべて暗いところで」

「あ……」ソフィアはすまなそうな口調になった。「ごめんなさい。地下室でという意味だったの。地上階の部屋なら窓があけられるのに。いえ、もっといいのは戸外だわ。自然の音と香りが楽しめるし、新鮮な空気がたっぷりあるでしょ」

「湖水地方に滞在中、散歩と山登りと乗馬に挑戦した」ヴィンセントは自慢した。「それから、ボートも漕いだ。どれも楽しかった。じっとしているより動くほうが、それも前に向かって動くほうが、爽快な気分を味わえる。一度なんか、馬をギャロップで走らせたんだぞ、ソフィー。どんなにわくわくするか、きみには想像もつかないだろうな。そして、ぼくが大股で歩いたり、できれば走ったりすることにどれだけ憧れてるかも、きみには想像できないと思う」

　自分の声の調子に気づいて、ヴィンセントは表情を曇らせた。ふだんなら、人前でこんな弱音を吐くことはない。自分を憐れんでばかりの人間は、ほかの者の目にはけっして魅力的に映らないものだ。

「まあ。乗馬ってきっとすてきでしょうね！　馬の背にまたがり、高いところから世界を見下ろして、力強く美しい馬に運ばれていくなんて」

　ソフィアの声にもせつない憧れがにじんでいた。

「乗馬の経験は一度もないのかい？」

「ええ。でも、乗馬服にはスカートだけでなく膝丈ズボンもつけてほしいと頼んで、レディ・トレンサム専属の仕立屋さんを愕然とさせてしまったわ。たぶん、あなたに乗馬を教えてもらえるだろうと思ったの」

「乗馬？　ズボンということは男乗り？」ヴィンセントは彼女に笑みを向けた。目の不自由な男から乗馬を教わろうなんて、ソフィア以外の誰が考えるだろう？「いいよ、教えてあげる。任せてくれ」

「湖まで続く小道のことは？　庭の景観を損なうことはないって保証するわ。それどころか、芝生の起伏に合わせてカーブさせれば、とても魅力的な景色になると思うの。錬鉄の手すりをつければエレガントだし。造らせてみる気はない？」

　気が向いたときに一人で湖まで行って帰ってこられるとしたら、どれほどの自由が味わえるだろう？　どうして誰もいままで思いつかなかったんだ？　ぼく自身もどうして思いつかなかったんだ？

「よし、やろう。今日の午前中、荘園管理人と会う予定なんだ。相談したいことがあるから。はっきり言って、相談することが山のようにある。荘園の運営にぼくがもっと積極的に関わらなきゃいけないと思っている。実務の大半はやはり管理人を頼るしかないけどね。小道と手すりの件を話して、工事にとりかかるよう指示しておく」

「わたしのほうは、あなたのお母さんと午前中を過ごす予定よ。家政婦に紹介してもらって、家のなかを見てまわって、そして……」ソフィアの声が細くなって消えた。

ヴィンセントは彼女の手を探りあて、握りしめた。

「母もきみを大切にするだろう、ソフィー。それはぼくのためを思ってのことだが、最後はきっと、きみを心から大切にするようになると思う。心配しちゃだめだよ。いいね。ここの女主人の役目を母が心から楽しんだことがあるのかどうか、ぼくにはよくわからない。コヴィントン荘にいたころの母は幸せそうだった。よく当時の話をしている。仲のいい友達はみんな、バートン・クームズに住んでるからね。母がこっちに来たのは、ぼくが母の助けを必要としていると思ったからだ。確かにそのとおりだ。母の助けが必要だった。でも、その役目を誰かにかわってもらえれば、母は心から安堵すると思うよ」

「そうなの？」

「きみ、怖気づいてる？」

「ここにこうしてすわっていると、お屋敷が見える。ほんとに……広いのね。そして、背後には村があり、あちこちに村人が住んでいるから、その人たちを訪問して、おしゃべりして、ここに招待しなきゃならない。そして、わたしは迎賓室を見てまわり、かつて盛大な催しや舞踏会が開かれたことと、いまはわたしたちがここの主人夫妻であることを思いだし、そういう催しの再開を本気で考えなきゃいけないと思うようになるでしょうね。でも——どうすればいいのか、よくわからないの」

「途方に暮れてるわけだね」ヴィンセントは彼女の手を握りしめた。「その気持ちはよくわかる。でも、一日ですべてやりとげる必要はないんだよ。あるいは、一週間で、一カ月でやる必要もない。午後から最初の挨拶まわりに出かけようか。一軒だけにしておく？　牧師館なんかどうかな」

「そうね」ソフィアはうなずいた。「大賛成よ。たぶん、ここの牧師さんと奥さまもパーソンズ夫妻と同じように親切な人たちでしょうね」

「前に会ったことがある。愛想のいいご夫婦だった」

ヴィンセントは彼女の手をもう一度握りしめ、それから放した。

「そろそろ朝食だから家に入ろうか。そうだ、マーティンに約束したんだった。ぼくがかわりに心から謝っておくって——けさのあいつの格好と、きみに声の届くところであああいう言葉遣いをしたことについて」

「あなたたち二人とも、思いきり楽しんでるように見えたわよ」

「うん、もちろん」ヴィンセントは断言した。「いつだってそうさ。身体のほかの部分を失うことに比べたら、目なんてまだましなほうだ」

確かにそうかもしれない。ベン・ハーパーのことを考えた。ペンダリス館で過ごした何年かのあいだ、彼が怒りの爆発を抑えきれなくなったことが何回もあった。脚が思うように動かず、言うことを聞いてくれないせいだった。

ヴィンセントは立ちあがり、杖をとってから、腕を差しだした。

「わたしはなんとも思ってないって、フィスクさんに伝えてちょうだい」ソフィアは言った。「それと、わたしからのお詫びも伝えてほしいの。勝手に入りこんだりして悪かったって。そんなまねは二度としません。あなたとフィスクさんのプライバシーを尊重します。そう伝えてね」

召使いの気持ちを――そしてプライバシーを――大切にするのは、いかにもソフィアらしい。正式に言うと、マーティンの身分は召使いなのだ。もっとも、じっさいにはヴィンセントの親友だ。もしくは、〈サバイバーズ・クラブ〉の仲間と同等の存在と言っていいだろう。彼らと過ごすより、マーティンと過ごす時間のほうがはるかに長いけれど。

16

　ミドルベリー・パークで新たな生活が始まってからの一カ月間は、ソフィアにとって疲れる日々で、途方に暮れることもしばしばあった。屋敷のなかを迷わず歩けるようになった。召使いたちと親しくなった。毎日のようにさまざまな相談をしなくてはならない料理番と家政婦とはとくに。家財の目録と資産関係の書類に目を通し、やがて、それらを理解して聡明な意見が出せるまでになった。ヴィンセントと二人で近隣の人々を訪問し、お返しに屋敷で彼らをもてなした。ヴィンセントの家族とも仲良くなった。エレンとその夫と子供たちが三日後に到着し、アーシュラ一家はその一週間後にやってきた。

　ソフィアはそれまでに広大な庭を一人で歩きまわり、あらゆる場所を鋭い目で観察した。この一カ月、例年より雨の日が多かったにもかかわらず、湖まで続く砂利の小道の工事はほぼ終わっていた。ソフィアはまた、屋敷の裏手の丘陵地帯にかつて自然歩道があったことも知った。ただ、いまでは歩道というよりけもの道といった感じだ。しかし、ふたたび道を切り開いて、足元を平らに安全に整備し、錬鉄の手すりをつければいい。いや、荒野のような雰囲気の場所には田舎っぽい木の柵のほうが似合いそうだ。そして、香りのいい花をつける樹木や灌木《かんぼく》を植えることにしよう——シャクナゲ、ラベンダー、その他いろいろ。植物の知識がもっとほしいと思った。しかし、とにかく香りのいい植物が必要だ。なぜなら、丘から庭と周囲の田園地帯を眺めたときの絵のような美しさも、彼女の夫にとってはなんの意味もないのだから。

その一方、ヴィンセントも結婚する前の彼とは違い、家のなかで世話をしてもらうだけの存在ではなくなっていた。荘園管理人やさまざまな小作人と部屋で相談をしたり、管理人と一緒に領地内をまわったりするのに多くの時間を注ぎこんでいた。また、以前は顔を合わせたこともなかった近隣の人々と親しくなっていった。

二人は前に約束したとおり、おたがいのために尽くしていた。ソフィアは何不自由なく暮らせるようになった。もはやネズミではなくなっていた。もっとも、孤独のなかにひっそりと身を置きたいと思うことはよくあった。いまの彼女は〝ソフィア〟、もしくは〝ソフィー〟、もしくは〝奥方さま〟だ。また、ヴィンセントのほうは過保護にされる状態から抜けだしていた。もうじき、いまよりはるかに自由に動きまわれるようになるだろう。

二人の結婚は成功と言えそうだった。二人きりで過ごせる時間もたまにあった。といっても、ソフィアからすれば充分ではなかったが。もちろん、夜だけは二人のもので、いまも幸せな夜が続いていた。ヴィンセントが自分に魅力を感じてくれているという信じがたい事実を、ソフィアはようやく受け入れるようになっていた。

ある日の午後、ヴィンセントの姉たちとその家族はお茶とお菓子を用意して何キロか先の城へピクニックに出かけていき、ヴィンセントとソフィアだけが音楽室に残ることになった。しばらく前からヴィンセントが彼女にピアノフォルテの弾き方を教えていた。あまり成功とは言えなかったが、長音階を正確に弾くことだけはできるようになっていた。なぜ黒鍵と白鍵があって事をややこしくしているのか、ソフィアにはどうにも理解できなかった。

ヴィンセントの音楽教師はミス・デビンズという女性で、いまはシュロプシャーに住む兄のところへ泊まりに行っているが、もうじき帰ってくる予定だった。彼女ならソフィアにも喜んで音楽を教えてくれるに違いない。

「きっと大喜びだ」ヴィンセントは言った。「きみは目が不自由じゃないから、ミス・デビンズは楽譜の読み方を教えることができる。ぼくのレッスンのときは、果てしない忍耐心と創意工夫が必要だったんだ」

いまは彼がバイオリンを演奏し、ソフィアは庭園の奥に住む妖精の絵を描いていた。ドラゴンやネズミを描くよりはるかにむずかしいが、バーサとダンを描くのに比べればまだましだった。この二人については、頭に思い浮かべた姿をそのまま絵にすることがどうしてもできない。しかし、あきらめずにがんばるつもりだった。彼女とヴィンセントが毎晩のように語って聞かせるお話を子供たちが楽しみにしていて、絵を見て歓声を上げるからだ。

ソフィアはときたまスケッチの手を止めて夫を見つめ、タブの背中を片手でなでてやった。痩せこけてみすぼらしかったトラ猫《タビーキャット》は屋敷に来て数週間のうちに、つやつやの毛並みになっていた。

犬のシェップのほうはまだこの家に来ていない。犬の飼い主であるクロフトという農夫が、ダーリー子爵が犬をほしがっている理由を知って、その前にまず基本的な訓練をする必要がある、長年の経験を持つ自分がその訓練をするのがいちばんいい、と主張したのだ。「それが終わったら、子爵さまの許可を得たうえで毎日お屋敷に伺います」とのことだった。どんな訓練が必要なのかを二人で細かい点まで考えればいいし、その一方で、犬と主人が仲良くなれるというわけだ。

農夫はこの計画に大乗り気で、そういう目的のために犬を訓練したことは一度もないけれど、うまくいかない理由はどこにもないと言った。

「犬が訓練によって口笛や命令の声に反応し、羊の群れを誘導して長い距離を進み、ありとあらゆる障害物を越え、さらには狭い通路まで抜けて、決められた場所へ連れていくことができるなら、リードを持った人間相手に同じことができないという理由はどこにもない。そうでしょう？　牧羊犬の訓練にかけてはここの州でいちばんだというわたしの評判を、この計画に賭けることにしましょう。控えめなやつだという非難は、誰からも受けたことがないんでね」農夫は大声で笑い、ヴィンセントの手を上下に勢いよくふって、ソフィアに笑顔を見せた。

「そう言ってもらうと心強い、クロフトさん」ヴィンセントは言った。「ありがとう」

「あらら！」ヴィンセントが調子っぱずれの音を出したので、ソフィアは言った。彼はゆうベエレンがピアノフォルテで何度も弾いてくれた曲を、いまこうしてマスターしようとしているのだ。ベートーヴェンの曲のどれかだった。

　ヴィンセントはバイオリンを下ろした。

「いまのはタブのわめき声じゃないからな。ぼくのバイオリンはそこまでひどくないぞ」

「音程がはずれる頻度ってどれぐらい？」ソフィアは言った。「五〇〇個の音符につき一個ぐらい？　もちろん、音程が一つはずれただけで、曲全体がだめになってしまうけど」

「きびしい聴衆がいると大変だ」ヴィンセントはぶつぶつ言った。「せっかく新しい曲をマスターしようとしてるのに。ぼくのレパートリーは情けないほど少ないからな」

「もう一度弾いてみて。それから、さっきの音を正確にね」

「はい、奥さま」

　伏せた植木鉢に小さなドアとチェックのカーテンが揺れる円い窓をスケッチしながら、ソフィアは微笑した。これは妖精の家。あいたドアが妖精の杖で支えてある。ソフィアはヴィンセントをからかうのが楽しくてたまらなかった。そして、からかわれるのも。おたがいのことが大好きだ。それは心温まるすてきな感情だった。苦労の多かった日々のあいだ、その感情がソフィアを支えてくれた。ヴィンセントの家族は親切で、愛情深いと言ってもよく、ソフィアをヴィンセントの妻として大切にしてくれる。ソフィアは家族みんなのことが好きになっていた。

　でも、わたし自身の家族ではない。

わたし自身の家族はヴィンセントだけ。

近隣の人々についても、顔を合わせた相手のほとんどにソフィアは好感を持った。みんなも二人と知り合いになれて心から喜んでいる様子だった。彼らがヴィンセントに向ける目には同情とある程度の憧れがこもっていた。彼は誰から見ても魅力的なタイプなのだ。また、ソフィアに対する人々の態度は恭しく、まるで何か恩恵を施してもらっているかのようだった。そんな人々をどうして好きにならずにいられるだろう？

村の長老たちの話によると、先々代の子爵——ヴィンセントの祖父にあたる人——は、週に一度ずつ、ミドルベリー・パークの庭園を訪れるすべての人に庭を開放していたそうだ。おかげで、人々は芝生の散策を楽しみ、湖のほとりでピクニックをし、東屋《あずまや》でくつろぎ、丘の頂上までのぼることができたという。それを再開してはどうかとヴィンセントが提案したので、ソフィアも賛成し、来年の夏にはみんなのためにピクニックを計画しようという案をつけくわえた。ゲームやコンテストや余興をやり、賞品を出すのだ。ミドルベリー界隈はこの二つの噂ですでに持ちきりのようだった。湖までの小道ができしだい、土曜日ごとに庭園を解放することになった。

あとになって、ソフィアははっと気づいた——来年の夏、わたしはここにいないかもしれない。

ときたまここで開かれた盛大な舞踏会のことも誰かが口にしたので、それも復活させようとソフィアは約束した。できれば今年のうちに、とヴィンセントがつけくわえた。収穫のあとがいいかもしれない。豊作であれば、誰もがお祝い気分だろうから。作物の生育状況からすると、今年は豊作間違いなしだ。

お話作りのときと同じく、おたがいの案を膨らませていくのが二人とも楽しくてたまらなかった。でも、収穫祝いの舞踏会と夏のピクニックなんて、どうやって計画すればいいのだろう？　この先もずっとここに住み、計画が立てられる立場だったとしても。ソフィアはときどき勇気を失いそうになる。しかし、負けてなるものかと思った。こうして一度きりのチャンスを与えられたのだ……自分の人生を生きるチャンスを。それを無駄にするつもりはなかった。

乗馬のレッスンも何回か受けた。乗馬ズボンをはいたため、ヴィンセントの母親は愕然としていた。祖母はおもしろがっていた。これまでのところは、おとなしいポニーに乗って厩の裏のパドックをまわっただけだった。ポニーの状態を調べる方法と、ポニーに乗って正しい姿勢ですわる方法を、ヴィンセントが教えてくれた。あぶみを調節して、ソフィアの足がそこにぴったり収まるようにしてくれた。手綱の持ち方とその役割を教えてくれた。手綱を放したら命が危ないとでもいうように必死に握りしめる必要はないと言われた。地面よりはるか上にいるような気がして怖かった。ソフィアがそう言うと、ヴィンセントは笑いだし、いま乗っているのはポニーだぞと言って聞かせた。手綱をとり、空いたほうの手でパドックの柵を探りながら、何周かさせてくれた。しばらくすると、一人で自由にやらせてくれた。しかし、もちろん、どんなときでも馬番頭が細心の注意を払って見守っていた。馬から降りる方法もヴィンセントが教えてくれた。いまでは一人で乗り降りできるようになっていたが、練習できるのはパドックのなかだけだし、馬番とヴィンセントの両方がかならず付き添うことにしていた。

それでもやはり、ソフィアは得意でならず、自分の勇気に胸を躍らせていた。でも、みんなどうして、本物の馬の背に乗って疾駆させるというような無謀なことが、いえ、軽い駆足だけにしても、どうしてそんなことができるの？

ロンドンから新しい衣装がまとめて届き、荷物をほどいたロジーナは有頂天になって、衣装だんすのハンガーに丁寧にかけたり、きれいにたたんで引き出しにしまったりしていた。

「今日の練習はこれで充分だ」ヴィンセントがそう言ってバイオリンを下ろした。「エレンに頼んでもう一度ピアノフォルテで弾いてもらおう。旋律を正確に覚えたかどうか確かめるために。気の毒なベートーヴェンにこれ以上迷惑をかけたくない。彼の曲を選んだだけでも申しわけないのに。正確に弾けるようになれば、演奏を楽しみ、曲のすばらしさを味わえるようになるだろう。ぼくの才能できみを呆然とさせてあげよう。きみ、水泳はできる？」

「ううん」できないことばかりで情けない。

「練習してみる？」

「いま？」

「雨なんか降ってないだろう？　エイミーとエレンは一日中晴天だと断言してたぞ」

「外はいまもいいお天気よ。たぶん、水がちょっと怖いのね」

「だったら、なおさら泳げるようにならなきゃ。島の向こう側へまわると、遠浅になっているそうだ。前に一度そこまで行ったとき、マーティンがそう言っていた。あそこだったら浅いところで泳げるから、そう怖くないと思うよ。もちろん、島まで行かなきゃだめだけど。きみ、ボートは漕げる？」

「ううん」ソフィアは笑いだした。

「だったら、ぼくが漕ぐしかなさそうだな」ヴィンセントはバイオリンをケースにしまい、パチッと蓋を閉めながら、ソフィアに笑いかけた。「きっと冒険になるぞ」

「わたし、ボートの上で目を閉じて、その目を両手で覆うことにするわ。そうすれば、悲劇が迫ってくるのを見ずにすむから」

「ぼくも見ずにすむ。さあ、タオルをとってこよう」

「泳ぐときは何を着るの？」ソフィアは彼に尋ねた。

「水のほかに？」ヴィンセントは眉を上げた。「何も着てないとぼくにじろじろ見られそうで心配だったら、シュミーズ一枚で泳いでもかまわないよ。ただし、コルセットははずすこと」

タブが二人掛けのベンチから飛びおり、自分たちの部屋に戻る二人にくっついてきた。先にダッシュしては二人が追いつくのを待っている。ヴィンセントたちが上の階へ行って支度を始めると、猫は陽当たりのいい窓辺にすわった。

じつにうららかな日だった。湖まで続く小道の脇に庭師の一団が錬鉄の手すりをとりつけている。ソフィアはヴィンセントの腕をとり、二人で芝生のずっと先まで歩き、それからボート小屋のほうへ曲がった。

「前に比べて、自分の荘園を自分の手で管理している実感が湧いてきた?」ソフィアは尋ねた。

「そうだね。まあ、ぼくの身にほんのわずかでも危害を加えそうなものが——例えば、怒り狂った牛とか、目玉をつつこうとするニワトリなんかが——いれば、家族がいつだってぼくの安全を守ろうとすることはわかってる。だけど、ぼくは自分の農場でどんなことが起きてるかを知りたいと主張し、馬車でまわって、この目で見て——比喩だけどね——農場のみんなと話をしたいと主張した。みんなからすれば答えのわかりきってる質問をしたりして、自分はなんて馬鹿なんだろうと思うことがあるけど、これからもどんどん質問していくつもりだ。何も訊く必要のないときが来るまで。退屈きわまりない大地主になりそうだな。客を招いても、トウモロコシの値段や羊毛刈りの最新方式といった退屈なことしか話題にできない男に」

「いろんな方式があるの?」

「さっぱりわからない」

二人一緒に笑いだした。

「裁縫クラブの名誉会長になってほしいって、ジョーンズ夫人に頼まれたわ」夫のジョーンズ氏は村の教会の牧師だ。

「まさか！」ヴィンセントは足を止め、ふざけ半分に驚きの表情で彼女のほうを向いた。「それってすごい名誉なんだろうね、ソフィー」

「はいはい、冗談にしてもいいわよ。でも、きっと〝名目上の〟ってことね。ほんとに名誉会長を求めてるわけじゃなくて、わたしと親しくなりたいからだと思うわ。親しくしてくれる人なんて、わたしにはこれまでほとんどいなかった。〝名誉〟が何を意味しているのか、もちろん、よくわからないけど。訊いてみなくては。わたしの名前と身分を出してよその村の婦人グループに自慢するのが目的だったら、辞退させてもらうわ。でも、仲間に加わって一緒に縫い物をしてほしいと言われたら、ひきうけようと思うの。わたしの針仕事の腕前はけっして自慢できるものじゃないけど。女の友達ってこれまで一人もいなかったの。もっとも、村の人たちがわたしの親友になりたがるとは思えないけど。身分が違いすぎるなんていう、くだらない考えにとらわれてるでしょうから。でも、仲良くつきあうことはできると思うの」

ソフィアがしゃべりつづけているため、二人はまだ散歩を再開していなかった。レディ・トレンサムからソフィア宛に何回か手紙が届き、友情が芽生えつつある。しかし、おたがいに遠く離れている。

「ああ、ソフィー。ごめんね。ぼくにはマーティンがいる。そう、いい友達で、小さいころからずっと仲良しだった。それから、〈サバイバーズ・クラブ〉の仲間がいるし、バートン・クームズには、六年間没交渉だった友達がたくさんいる。ぼくがそばにいるだけでは、きみにとって充分じゃないのに、そんなことは考えもしなかった」

「いえ、そういう意味では――」ソフィアは言いかけた。

「うん、そういう意味でないことはわかっている。でも、ぼくにしても、きみがいるだけでは充分じゃないんだよ、ソフィー」

ソフィアは傷心と失望の痛みが胸に突き刺さるのを感じた。あらためて思い知らされた。おたがいにとってかけがえのない存在ではないことを。一緒にいてくつろげる相手ではあるが、本当の友達にはなれないことを。ましてや……。

「どんな人にも、同性の友達か、少なくとも仲良くつきあえる相手が必要だ。同性の友達との関係というのは、異性の場合と種類が違っていて、人はみなそういう友情を育てるべきなんだ。何が言いたいかというと、きみの気持ちはよくわかるし、きみのために喜んでるんだよ、ソフィー。きみが黙りこんだままだと、ぼくはひと言しゃべるたびに自分で墓穴を掘ってるような気がしてくる。まさか、きみを傷つけたわけじゃないよね？」

「ええ、もちろん、そんなことないわ。裁縫クラブに入りたい、ほかの女性たちと仲良くなりたい、と言いだしたのはわたしですもの」

短い沈黙があった。そのあいだ、二人とも身じろぎもしなかった。

「ぼくもきみと仲良くするのが好きだよ。すごく気が合うから。そうだろ？」

ヴィンセントの顔にかすかな不安があった。

〝すごく気が合う……〟

ええ、そのとおりよ。ソフィアは少し悲しげな笑みを浮かべた。

「そうね。ボートの恐怖に立ち向かうことにする？　それとも、夕方までずっとここに立ってる？」

「そりゃもう、ボートに決まってる」ヴィンセントがふたたび腕を差しだした。「大海原を渡るわけではないことに感謝しよう」

「新大陸が見つかるかもしれないわよ」

「アトランティスとか？」

「あるいは、完全に未知の大陸が。でも、今日の午後はあの島に無事に到着できれば、それだけで幸せだわ」

「ぼくの有能な手に委ねてくれ」

「わたしが心配してるのはあなたの手のことじゃないのよ」

笑いだした彼と一緒にふたたび歩きはじめた。

なんだか泣きたくなった。

泳げないという事実からすると、ソフィアがいまよりはるかに大きな不安に駆られても当然だっただろう。ところが、ソフィアはヴィンセントに指示を出すのに追われて、不安を感じるどころではなかった。彼は大いなるエネルギーと優れた腕前を発揮してボートを漕いでいたが、当然ながら、方向感覚はまったくない。最初のうちは島の方向をおおざっぱにつかんで漕いでいくだけだったので、なんの心配もなかったが、島が近くなったところで、いまからボートをつけることになる桟橋がソフィアの目をひいた。それ以外の場所はどこもかなりの急勾配だ。

ヴィンセントの巧みなオールさばきとソフィアの指示によって桟橋にうまくボートをつけることができ、ヴィンセントが先に降りて彼女の手からロープを受けとり、頑丈な杭《くい》に結びつけた。

「マダム？」彼がお辞儀をして手を差しだしたので、ソフィアはほっと安堵した。彼の助けを借りずに降りようとしたとたん、ボートが大きく揺れたのだ。

「やっと着いたわ。でも、帰るときに、わたしたち、もう一度ボートを漕がなきゃいけないわね」

「わたしたち？」ヴィンセントは彼女に向かって眉を上下させ、身をかがめてタオルを手探りした。「きみが標準以上の優秀な生徒であることを示したら、泳いで帰ってもいいんだよ」

ソフィアはタオルを受けとると、片手を彼の腕に通した。ヴィンセントは杖をボート小屋に置いてきていた。

「神殿は偽物だけど、たぶん、屋敷から絵のように美しい景色を楽しむために建てられたんだと思う」二人でそちらへ向かいながら、ヴィンセントが説明した。「ただ、以前の子爵夫人が、いや、その母親だったかな——とにかく、ぼくの先祖の一人が——信仰心の篤《あつ》い人で、というかそういう噂で、神殿を小さな礼拝所に変えたそうだ。カトリック教徒だったらしい」

なるほど、神殿には扉とステンドグラスの窓があり、なかに入ると、壁に十字架がかかっていて、その下のテーブルにろうそくと古い革表紙の祈禱書がのっていた。そばに椅子が置かれ、椅子の背にロザリオがかかっていた。ほかには何もない。狭くてこれ以上何も置けないのだ。

「その人もボートが漕げたのかしら」

「あるいは、泳いできたか」

「きっと、忠義者の家臣がいて、島へ行きたいと言えばいつでもボートで連れてきてくれたんだわ。昔の貴族にはかならず忠義者の家臣がついてたでしょ？」

「物語の世界だったらね」ヴィンセントはうなずいた。「〝忠義者の家臣〟と呼ばれたら、マーティンのやつ、どう反応するかなあ」

窓の一つから太陽が射しこんで、あらゆるものに色とりどりの光を投げかけていた。まばゆいばかりの美しさだった。

「神殿のなかはちょっとカビ臭いね」ヴィンセントは言った。

「ええ」ソフィアはうなずいた。「さっき言ってた遠浅の場所ってどこなの？」

それは神殿の裏手にあって、屋敷から見れば島の反対側にあたる場所だった。屋敷に面した側に比べると、水中に向かう傾斜がゆるやかだ。それでも、ソフィアの好きになれない光景だった。

「ねえ、のんびりすわってお日さまを浴びることにしましょうよ。ボートを漕ぐのはかなり重労働みたいだから」

「手の関節が白くなるぐらいボートの縁をつかんでるのも、同じぐらい重労働だったかい？」ヴィンセントが彼女に訊いた。

「あなたに見えるわけないでしょ」ソフィアは言い返した。「たとえ事実だとしても。でも、事実じゃないけど。あら、あなた、何してるの？」

愚問だった。ソフィアの視力にはなんの問題もないのだから。ヴィンセントは服を脱いでいたのだ。

「心配ご無用」彼女のほうを向いてニヤッと笑った。「きみが赤面せずにすむよう、下穿《したば》きだけは残しておく。それから、きみはシュミーズを残しておいてもいいよ。ぼくに覗《のぞ》き見されるのはいやだろ」

ソフィアは反論しようとして口を開いたが、また閉じてしまった。この人が決心を変えるはずはない。そうでしょ？　そして、水に入るつもりなら、わたしも一緒に行くしかない。この人は目が見えないんだから。ときどき、それを忘れそうになる。

ドレスを脱いでシュミーズ一枚になった。戸外で脱ぐと、しかもすべて脱ぐわけではなくても、寝室のときよりはるかに淫らに感じられるのはなぜだろう？　人に見られる危険はなかった。誰かが二人を捜しに来たとしても、こちらを都合よく覗き見できるような場所はどこにもない。

陽光を浴びたヴィンセントはまるで神のよう。日々のきびしい鍛錬によっても完全には発達せず磨きあげられもしなかった筋肉が、彼の身体のどこかにあるとしても、ソフィアにはもちろん見分けがつかなかった。しかも、ほっそりと華奢な体格だし、とくに背が高いわけでもない。彼が長身でなくてソフィアにとっては幸いだった。

まさに完璧な男性だ。

「ずいぶん静かだね。怖気づいたのかな？」

いいえ、うっとり見てただけ。

ソフィアは二、三歩近づいて彼の手をとった。

水の冷たさは予想していた。衝撃を覚悟して身構えた。水のなかは――。

「凍えそう！」

「そうだね」ヴィンセントも同意した。「足首のところがひどく冷たい。膝と尻のところまで身を沈めたらどんな感覚だろう？」

ほどなく答えが出た。湖の底の傾斜は最初の印象より急だった。見た目より一〇〇〇倍も急だ。ソフィアはあえぐばかりで、息を吐く方法すらわからなくなっていた。

「も、も、戻ったほうがいいと思う」歯の根も合わないなかで、ようやく言った。

ヴィンセントは彼女の手を握ったまま、空いたほうの手で自分の鼻をつまんで水中に身を沈め、やがて髪だけが水面を漂った。ふたたび浮かびあがって首をふった。氷のような水滴がソフィアの肩に降り注いだ。

「ふうっ。水に潜ったほうが温かい。いまにわかる」

ヴィンセントはふたたび身を沈め、しばらくしてから姿を見せた。

「水中のほうが温かいよ。ぼくを信じてくれ。カチカチ鳴ってるのはきみの歯かい？」

まさか。さっきからきつく嚙みしめてるのに。

「うるさいわね」ソフィアは膝を曲げてそのまま水中に沈んだ。やがて、水が頭を覆うのを感じた。

浮かびあがって水を吐きだした。

「嘘つき！」と叫んだ。「もうっ、嘘つき」

ヴィンセントは笑っていた。

「もう一度沈んでごらん」彼女の反対の手をとって言った。「せめて首のところまで。身体を水温になじませるんだ。ああ、ソフィー、すごく気持ちがいいよ」

ソフィアのほうは不快でならなかったが、彼をまじまじと見つめた。髪が頭に張りつき、水滴が顔を流れ落ち、目が大きく開かれ、光り輝くばかりだ。なんの屈託もないかに見える。

ソフィアの心がとろけた。

肩のところまで身を沈めた。水の冷たさはもうそれほど感じられなかった。太陽の光が水面に躍っていた。泳ぐことができたら、きっとすてきだろう。解放感に浸れるに違いない。

「おいで。もう少し深いところへ行こう。浮き方を教えてあげる」

「わあ。やってみたい。でも、きっと無理だわ」

しかし、彼と一緒に深いほうへよたよたと進んでいった。理由は彼の表情にあった。心から楽しんでいる表情だった。

「ああ、信仰薄き者よ」ヴィンセントは言った。「水面に浮かんでごらん。ぼくが支えてあげるから。こんなふうに。いや、しがみついたり膝を曲げたりしてはだめだ。かならず石みたいに沈んでしまう。水の上で身体を伸ばすんだ。頭をそらして。両腕を出して。さあ、力を抜いて。ぜったいいきみを放さないから。力を抜くんだ。最高に柔らかくて快適なマットレスに横たわっているところを想像してみて」

力を抜くのは信じられないほどむずかしいことだった。身体の下にあるのは水だけ――そして、彼の手だけだとわかっているのだから。でも、すてきな感覚だった。その手を、そして、ぜったい放さないという彼の言葉を信じることにした。

ソフィアは目をきつく閉じたままだった。

「まだ力が抜けきってないぞ」

そう、まぶたの筋肉が硬直している。胃のあたりの筋肉も。頭のなかで全身をチェックしてみて気がついた。

目をあけてほんの少し横を向いた。彼が上からのぞきこんでいた。そして――

ああ、神さま、この人を愛しています。

彼を見上げて身を震わせ――やがて全身の力を抜いた。

ええ、もちろん、この人を愛している。わたしを救いだしてくれた。結婚してくれた。美しくて、優しくて、思いやりのある人。愛していないとしたら、そのほうが不思議だ。愕然とするようなことではない。

それに、愛を自覚したところで、何かが変わるわけでもない。

ただ、胸の痛みが少し増しただけ。

「よし」ヴィンセントが優しく言った。「その調子だ。自らを信頼して。水を信頼して」

自分を支えていた彼の手が離れていくのを感じた。

ソフィアは彼の顔をじっと見つめた。沈んだりしなかった。彼の手がなくても大丈夫。彼の手を必要とするのはもうやめよう。彼を必要とするのも。頼るのは純粋に物質的な面だけにしよう。だって、彼の助けがなければ、わたしは飢えてしまうから。でも、それ以外の面ではもうけっして頼らない。彼を求めることはあるかもしれない。でも、求めるのと必要とするのとは別だ。

一人で水に浮くことができる。

一人で生きていくこともできる。

彼がとなりに浮いて、ときたま手を触れてきた。ソフィアは空を見上げた。深い青に染まった広大な空に白い雲がいくつか浮かんでいる。

とてものびやか。とてもきれい。喉の奥に鈍い痛み。

彼を見ようとして横を向いた瞬間、口いっぱいに水を吸いこんでしまい、しぶきを上げながらあわてて立ちあがった。水が顎まで来た。浮かんでいるあいだに深いほうへ流されていたに違いない。一瞬、パニックを起こしそうになり、咳をしながら彼の手をひっぱって岸のほうへよたよた戻った。

「きみ一人でたっぷり五分は浮かんでたと思うよ」ヴィンセントが言った。「上出来だ。浮くことができれば、泳ぎはあっというまにマスターできる」

「でも、今日はやめておくわ。偉業達成は一度に一つずつにして、勝利の喜びに浸りたいから」

「ぼくは泳いでくる」ヴィンセントはそう言うと水中にひきかえし、力強いストロークで遠くへ泳いでいった。

ソフィアは膝まで水に浸かって立ったまま、それを見守り、彼の喜びを肌で感じていた。でも、どうやって岸まで戻ってくるつもり？　馬鹿な人。今日はフィスクさんが横についてるわけじゃないのに。

水から出てタオルを肩にかけた。しかし、腰を下ろしはせず、彼から目を離そうともしなかった。片手を目の上にかざして太陽の光をさえぎった。

17

ヴィンセントは数分のあいだ、ケージから逃げだした小鳥や野生動物の気持ちを理解することができた。たまっていたエネルギーのすべてを泳ぎに注ぎこみ、自由と、自分の筋肉の力と、水の心地よい冷たさを楽しんだ。

もちろん、この陶酔感が長く続くはずはなかった。最初はマーティンがいないことにもわくわくしていたのに、自分がいかに無謀なことをしているかを悟るのに長くはかからなかった。

自分はいまどこにいるのだろう？　どうやって岸に戻ればいいのだろう？　岸からどれぐらい離れたのか、どの方角へ進んだのか、まったくわからない。

水を切って進むのをやめ、立ち泳ぎに変えた。足がつかなかった。パニックを起こしそうになった。しかし、パニックを起こしても問題は解決しないし、なんの理由もなくいきなり襲いかかってくるいつもの発作とは種類が違う。現実的な理由から発作が起きかけているだけだ。自分の力で撃退できる。

ある考えが浮かんで心が落ち着いた——最悪の場合でも、このまま泳いでいけばいずれ湖畔にたどり着く。湖のどのあたりかはわからないとしても、とりあえず岸に上がり、誰かが見つけてくれるまで待てばいい。かならず誰かが気づくはずだ。

しかし、かわいそうなソフィアが島にとり残されてしまう。

自分の愚かさを反省することになりそうだ。

「わたしはここよ」かなり離れていると思われる場所からソフィアの声がした。

困ったことに、戸外にいると、声がどこから聞こえてくるかを正確に判断するのがむずかしい。距離がある場合はとくに。

「ここよ」ソフィアが叫んだ。

ヴィンセントは方角の見当をつけて、そちらへ泳いでいった。

「もう少し左」彼女に言われて方向を調整した。

かなり時間がかかった。しかし、彼女の声が導いてくれた。最初は叫び声だったが、徐々に声量を落とし、やがて話し声とほとんど変わらなくなった。

「もう足がつくはずよ」ついに彼女が言った。「左のほうへ歩いて。わたしはここよ」

彼女から進んで迎えに来ようとはしなかった。それがヴィンセントにはありがたかった。ソフィーを怯えさせてしまっただろうか。きっとそうだ。

彼の足が乾いた固い地面を踏みしめたとき、ソフィアが肩にタオルをかけてくれた。

「あなたの半分でもいいから、ちゃんと泳げるようになる日が待ち遠しいわ。きっと、世界でいちばんすてきな感覚でしょうね」

だが、その声はかすかに震えていた。

「誘導してくれてありがとう」ヴィンセントは言った。「きみがいなかったら、ぼくは向こう側の湖畔にたどり着いて、庭のなかでも屋敷からいちばん遠い一角をうろつくことになっていただろう」

「わたしが自分でボートを漕いで帰るのは無理だと思ったから。でも、あの奥のほうってすごくすてきね。湖の向こうには木々しかないと思ってたけど、きっと、絵のような効果を狙って植えたものだったのね。湖に影が映るでしょ。木々の向こうには芝生と小道と東屋がある。どう使えばいいのかわからないほど広大な土地もある。でも、わたし、いいことを思いついたの」

ソフィアの声はまだ震えていた。彼の身が危険なことを知っても、自分で助けに行くことも、助けを呼びに行くこともできなかったのだ。

「ほう？」タオルで身体を拭きながら、ヴィンセントは言った。「どんなこと？」

「教えてあげない。内緒よ。びっくりさせてあげる。ただの愚かな案かもしれないけど、実現できると思うわ」

「待たされたあげくにびっくりさせられるのはいやだな」

ソフィアは笑った。彼女が芝生に腰を下ろしていることにヴィンセントは気づいた。タオルを広げて、彼女の傍らに寝そべった。

「すまない、ソフィー」一分か二分してから言った。

「えっ？」

「心配させてしまって。ぼくが調子に乗って泳いでるあいだ、きみはずっとぼくを見張ってなきゃいけなかった。ぼくが無責任だった。二度としないと約束する」

「ううん、そんな約束をしてはだめ。守らなきゃという思いに縛られてしまうもの。あなたの気持ちはよくわかるわ」

「本当？」ヴィンセントは彼女のほうへ顔を向けた。

「世の中にはとても危険な山にのぼる人がいる。とても危険な場所へ探検に出かける人もいる。なぜかというと、危険に挑戦したり、不可能と思われることを試したりせずにはいられないから。あなたもときどき、視力のない世界から解放されたい、もしくは、それをめざして限界まで挑戦したいという衝動に抵抗できなくなるんでしょうね」

「たぶん」ヴィンセントはおとなしく答えた。「とにかく泳ぎたかったんだ」

「まあ。わたし、偉そうな演説はもうやめるわ」ソフィアは笑った。

これがマーティンなら、彼を庇うようなことは言わなかっただろう。罵倒するだけで、好意的な言葉など一つも口にしなかったはずだ。しかも、罵倒のすべてが本気に決まっている。だが、泳いだあとの気分は爽快だった。地下室で鍛錬したあとで感じる心地よさとは別の種類のものだった。眠くなってきた。草と水の匂いがした。遠くで小鳥たちがさえずっている。たぶん、向こう岸の木々に止まっているのだろう。すぐ近くから虫の音が聞こえてくる。どこかで蜜蜂がブーンと飛んでいる。

夢のように幸せだ。

彼の額にかかっている濡れた髪を、羽根のごとく軽やかな温かい指がどけた。指が離れるまでヴィンセントはじっとしていた。ソフィアは傍らに横たわるかわりに、すわっている。上からぼくを見つめているに違いない。

ソフィアと結婚したのが賢明な判断だったことを、ヴィンセントは実感した。彼女といると、いつも心が休まる。二人でしゃべるのが楽しい。彼女のユーモアが好きだ。一緒にいるとくつろげる。彼女が好きだ。向こうもきっとぼくが好きなはずだ。愛の行為もぼくは大好きだ。

おたがいに独り身であまり幸せではなかったころに抱いていた夢を、大きな幸せをもたらしてくれる結婚生活のなかでも持ちつづけるつもりでいたとは、二人ともなんと愚かだったのだろう。

それらの夢が完全に消え去って二度と話題にのぼらないよう、ヴィンセントは願った。

彼女のほうへ顔を向けて手を伸ばした。膝小僧に触れたので、彼女が膝立ちになってこちらを見下ろしているのだと気づいた。

なぜ？

「ソフィー」ヴィンセントは呼んだ。

彼女が彼の手を両手で包んだ。

ヴィンセントの顔に注いでいた日差しが何かにさえぎられ、ソフィアが彼にキスをした。

キスしたときにソフィア以上に甘く応えてくれる唇がもしあるとしても、彼にはとうてい想像できなかった。彼女に両腕をまわすと、ソフィアがしなだれかかってきて、彼の肩に両手を置いた。二人は温かな唇を重ねて、舌をからめ、軽く歯を立てながら、しばらく物憂げにキスを続けた。うっとりするキスだった。

「ああ……」ヴィンセントはつぶやいた。

「ああ……」ソフィアも同じつぶやきを漏らした。

「たぶん、うちで雇ってる庭師全員と、ほかにも邸内で働く召使い何人かが湖の岸に並んで、この光景を楽しく見物してるんだろうね？」

「一人もいないわ。それに、鬱蒼たる茂みを切り払わないとここまで来られないし、わたしたちの背後には神殿があるのよ」

「なら、邪魔が入る心配はないんだね？」

「そうよ」ソフィアの唇が彼の唇に触れていた。「邪魔する人は誰もいない」

ヴィンセントは下穿きを脱ごうとして手を下ろしたが、ソフィアがふたたび膝立ちになり、指をすべりこませて、彼のかわりにひきおろした。彼が腰を浮かせると、そのまま脱がせてくれた。

いつのまにこれほど大胆になったんだ？

ソフィアが彼に覆いかぶさり、へそのところに唇をつけた。キスをしながら唇を上へすべらせていき、やがてふたたび彼とキスを始めた。

ああ……！

「この地面じゃ、きみの背中を支える柔らかなマットレスにはならないから、ソフィー、ぼくの上に乗ってごらん」

自分はこれまで冒険心に欠けていた――そう気づいて少し恥ずかしくなった。二人の愛の行為はけっしてマンネリでも単調でもないと思っていた。身体を重ねるたびに、それまでとは違う喜びを経験していた。とはいえ、いつもソフィアが下になり、彼が覆いかぶさる形だった。閨《ねや》のことにかけては最高の創意工夫に富む男、などと称えられることはけっしてないだろう。

ソフィアをひきよせると、彼女はヴィンセントの上に身を横たえた。小柄で、甘い温もりに満ち、湖の水と夏の熱気の匂いがする身体。ヴィンセントはふたたびキスをしながら、両手を彼女のヒップにすべらせて腿をつかみ、その脚を自分の脚の両側に広げさせた。シュミーズは長いタイプではなかった。その下には何も着けていなかった。

ソフィアは膝を曲げて身体を支えた。腰を浮かせ、膝立ちで彼にまたがる格好になった。

ヴィンセントは誰かが太陽に燃料を追加して炎を高く立ちのぼらせたような感覚に包まれた。自制心が消え去るのを感じ、あの部分がさらに硬くなった。もしそんなことが可能だとすれば。自分も膝を曲げ、草の上に足をすべらせた。彼女のヒップに両手をあてて自分の上に導こうとした。

しかし、ソフィアはすでに彼に触れていた。彼女の両手の指でごく軽くなでられて、ヴィンセントはおかしくなりそうだった。顎をのけぞらせ、頭を草むらに押しつけて、彼女のリードに任せることにした。

ソフィアは彼のものを自分にあてがうと、なめらかな動きでいっきに身を沈めた。ヴィンセントは危うく大恥をかくところだった。何もしないうちに彼女のなかで果ててしまいそうになったのだ。

ソフィアの喉の奥から低いうめきが漏れた。

ぎりぎりのところまで身体を持ちあげ、ふたたび沈めた。何度もそれをくりかえし、いつしか確かなリズムを刻みながら彼と一緒に動きはじめていた。身体の奥の筋肉で彼を締めつけ、しばらくすると、二人の動きに合わせてヒップをくねらせはじめた。

これがあのソフィー？

極限まで硬くなったときの痛みに近い感覚を無視するなら（そして、ヴィンセントはじっさいにしばらく無視したのだが）、その喜びはえも言われぬものだった。彼女は熱く潤い、彼を包みこんで脈打っていた。

ヴィンセントは彼女が身を沈めるのに合わせて腰を突きあげ、彼女が身体を浮かせたときは自分も退き、相手の動きに合わせて律動をくりかえしたが、やがて、彼女のリズムが崩れるのを感じた。未知の何かに、理解できない何かに彼女が触れようとしているのを感じた。

ヴィンセントは彼女のヒップをさらにきつくつかむと、腰を突きあげ、退き、突きあげ、そこで静止した。ソフィアの身体がこわばり、喜悦の声が漏れ、彼と一つになったままで砕け散った。彼は無謀なまでの激しさでふたたび動きはじめ、やがて、ソフィアに続いてあの輝かしき性の喜びの絶頂に達した。

ソフィアはいまも膝を突いたままだった。ヴィンセントは両手を彼女のウェストにまわしてひきよせ、自分の上に横たわらせた。両脇にあった彼女の脚をまっすぐにさせた。指で彼女の髪を梳《す》き、片方の頰を自分の肩にもたれさせた。

夢のようだ！

「幸せ？」

「ん……」ソフィアは彼の肩のところでくぐもった声を上げた。

きっと、二人ともとろとろと眠りこんでいたのだろう。とうてい快適とは言えない感覚のなかで、ヴィンセントは目をさました。

「ソフィー？」

「ん……？」

「ひどく暑くて、二人とも汗びっしょりだ。そうだろう？」

汗で肌がぬるぬるしていた。ソフィアのシュミーズまで湿っていた。

「ん……」

「では、奥さん、起きてぼくを水中へ案内してくれ」

腰まで水に浸かったところで、ヴィンセントがソフィアに水をはねかけると、彼女もお返しに水しぶきをかけた。もちろん、彼女のほうが有利だ。狙う相手が見えているのだから。

だが一方、彼のほうは水に潜ってソフィアの膝の裏をどんと押すことができた。ソフィアは水中に沈んでしまい、顔を出したときには咳《せ》きこんでいた。

ヴィンセントはソフィアの背中を軽く叩いて、片腕を彼女の肩にまわした。

「命を落とさずにすみそうかい？」

「咳が止まればね」ソフィアはそう答え、またしても咳きこんだ。「湖の水を全部飲んじゃったのかしら」

「さあ、わからない。ぼくには見えないもの」

「でも、肌の感覚でわかるわよ」ソフィアはヴィンセントに不意打ちをかけて、彼の膝の裏を左足でどんと押した。そのため、ヴィンセントは彼女が湖の水をすべて飲んではいなかったことを自分の肌で知ることとなった。

彼が水から顔を出すと、ソフィアは同情するかわりに笑いだした。とても楽しそうな響きだった。


ミス・デビンズは奇跡をもたらす天才だった。彼女から音楽の手ほどきを二回受け、日に一時間ずつ練習したおかげで、ソフィアは楽譜の線と、音楽記号と、羽根のようなさまざまなしっぽをつけた小さな音符を理解できるようになった。もっとうれしいことに、それらの音符をピアノフォルテの鍵盤で再現することも、さらには両手で弾くこともできるようになった。最初のうちは、右手と左手でそれぞれ違う旋律を弾くなんてぜったい無理だと思っていた。しかし、ごく簡単な練習曲ではあったが、弾いてみると、無理ではないことがわかってきた。

さらに、ミス・デビンズの忍耐力のおかげでヴィンセントのハープも上達し、簡単な旋律なら一度も間違えずに弾けるようになっていた。

ただ、ソフィアはほどなく、音楽の演奏が自分のいちばんの情熱にはなりそうもないことを悟った。我慢して練習を続けているのは、もともと我慢強い性格だし、上流の女性に求められる嗜《たしな》みを何一つ身に着けていないからだった。それに、きちんと演奏すれば、楽器は調和のとれた美しい音を生みだしてくれる。ソフィアの夫にとっては音がとても大切だ。

しかし、ソフィアのいちばんの情熱は、夫に喜びをもたらすことができないものだった。ソフィアがそれについて語るのを夫は喜んでくれるけれど。彼女のいちばんの情熱はつねに、スケッチをすることだった。ミス・デビンズは兄の家から帰ってきたとき、夫と死に別れた妹を連れてきていて、妹はこの先ずっとミス・デビンズの家で暮らすつもりでいた。妹の名前はアグネス・キーピング。画家だった。水彩画が中心で、野の花を好んで描いていた。ソフィアはその精緻な絵に感嘆し、アグネスはソフィアの風刺画に驚きの目をみはり、物語の挿絵を見て楽しそうに笑った。ソフィアがその物語を読んで聞かせると、もう大喜びだった。ストーリーそのものはヴィンセントとの共同制作だが、ドラゴンとネズミを主人公にしたもともとの話はヴィンセントが一人で考えたものであることを、ソフィアはきちんと説明した。

「ご夫婦そろってすばらしい才能ね」アグネスは言った。「この挿絵を見てお話を聞けるのがダーリー卿の甥御さんと姪御さんだけだなんて、とっても残念だわ。しかもその子たち、あと一週間もしないうちに自宅に帰ってしまうんでしょ？　あなたたちのこの可愛い物語をぜひ出版すべきだわ」

ソフィアはうれしくなって笑った。

「わたし、いとこがいるの」アグネスは言った。「ええと、正確に言うと、亡くなった夫のいとこなんだけど。住まいはロンドン。彼だったら――いえ、いいの。あなたさえかまわなければ、わたしから彼に手紙を書くわ。いいかしら」

「もちろんよ」ソフィアは本を閉じた。そのいとこがなぜソフィアの本に興味を持ちそうなのかについて、アグネスは何も説明しなかったし、ソフィアのほうも尋ねなかった。アグネスが帰るときに、バーサとダンの最初のお話を書いた本を彼女に預けた。

アグネスはソフィアにとって初めての本物の友達になってくれた。

また、裁縫クラブの面々はソフィアにとって初めての親しい知り合いになった。全員、一人の例外もなく、針仕事の腕前が自分よりはるかに上だと知って、ソフィアはかなり萎縮していたのだが、それがかえって幸いして、みんなが親切にしてくれたのかもしれない。誰もがソフィアの力になろうとし、裁縫を教え、努力を褒めてくれた。ソフィアも裁縫の名人たちの指導のもとでぐんぐん上達した。針を動かすことに喜びを感じるまでになった。

湖の島までボートで出かけたあの午後、ヴィンセントは正しいことを言ったのだ――ソフィアはそう悟った。誰にだって同性の友達が必要だ。

ヴィンセントも近隣の人々と親しくなりはじめていた。ハリソン氏という二、三歳年上の妻帯者が——妻は裁縫クラブのメンバーでもある——ある日、何人かの紳士と一緒にヴィンセントを釣りに誘いだし、上手に魚を釣る方法をみんなで彼のために工夫してくれた。ハリソン氏はまた、二、三日おきに屋敷に顔を出してヴィンセントに新聞を読んでくれるようになり、そのあと二人で腰を落ち着けて政治や経済の話をするのが習慣になった。

とはいえ、ソフィアとヴィンセントのあいだに距離ができたわけではなかった。夕刻、専用の居間に二人だけで腰を下ろすことがしばしばあったし、二人で散歩に出たり、音楽室で一緒に練習したりすることもあった。あるときは一緒に乗馬に出かけた。もっとも、これは二人だけではなかった。馬番頭がソフィアのそばに控え、フィスク氏がヴィンセントと並んで馬を走らせた。しかし、すばらしい思い出になった。ヴィンセントは屈託がなくて楽しそうだったし、ソフィアは乗馬に挑んだ自分の勇気に胸を躍らせていたのだから。もっとも、これ以上スピードを落としたらうしろ向きに進むことになるとヴィンセントに言われたが。

ある日の午後、裁縫クラブの集まりを終えて徒歩で戻ってきたソフィアは、厩から屋敷のほうへ大股で歩いていくフィスク氏を見かけた。たぶん、裏のパドックでシェップの訓練の様子を見守っていたのだろう。犬の訓練が終わりに近づいていて、クロフト氏が毎日のように屋敷に顔を出していたし、犬とヴィンセントはどんどん絆《きずな》を深め、ぴったり息の合った動きができるようになっていた。ただ、最初に一つだけ、ソフィアが残念に思ったことがあった。犬をペット扱いしてはならない、ヴィンセント以外の者が頭をなでたり、ついてくるように言ったり、そばにすわらせたりするのは厳禁だ、とクロフト氏に言われたのだ。

もちろん、筋の通った意見だ。犬の注意がすぐよそへそれるようでは、四六時中すべての状況下でヴィンセントの目となる役目を果たすことができなくなる。

フィスク氏はソフィアのほうへ軽く会釈をし、ソフィアがそばまで行く前に急いで屋敷に入ろうとした。

「フィスクさん」ソフィアは呼んだ。「待って」

彼によく思われているのかどうか、ソフィアにはわからなかった。正直なところ、少し怖い人だと思っていた。暴力的という意味ではない。ソフィアに危害を加えたり、乱暴な口を利いたりすることはけっしてないだろう。しかし、いったん胸に刻みこまれた思いはなかなか消えないものだ。彼はヴィンセントと強い友情で結ばれていて、最初のうち、ソフィアのことを、自分の主人にして友人でもあるヴィンセントにふさわしい女だとはけっして思っていない様子だった。いまも同じ気持ちなのかどうか、ソフィアにはわからない。気にすることはない——とは思うが、やはり気になる。

フィスク氏は眉を上げ、足を止めた。

「順調に進んでいます？」ソフィアは訊いた。「シェップの訓練は」

「クロフトはここでの彼の役目が完了したと思っています、奥さま。旦那さまはいましがた、犬以外の誰にも頼らず、手すりにただの一回も触れることなく、湖まで行って戻ってこられました」

「じゃあ、手すりを造る必要はなかったかしら」

「いえ、奥さま。旦那さまが大きな自由を手にするために役立つものがあるなら、どんどん用意すべきですし、一人の人間や一つのものに頼りきるのは賢明なこととは言えません。人は死にます。犬も同じです。手すりは崩壊することもあります」

「じつは相談したいことがあったの」ソフィアは言った。

フィスク氏が警戒気味の表情で彼女を見た。

「湖までの小道が完成したから、次はもうじき、自然歩道を整備して夫が安全に歩けるようにし、夫が散歩を楽しめるようにいい香りで満たすための工事が始まる予定よ。庭師頭から、その目的に合う木々や茂みのほかにハーブも植えてはどうかと助言をもらったの。でも、わたしはそれ以外にも計画を立ててるのよ。非常識で愚かな計画かもしれない。それを聞いたら、誰だってわたしを嘲笑するでしょうね。でも、愚かかどうか、あなたになら正しく判断してもらえると思うの」

ソフィアは下唇を噛んだが、フィスク氏は沈黙したままだった。彼女をじっと見つめるだけだった。怖くなるほど大柄でたくましい。

「庭の東側に沿った塀の内側には何もないでしょ。草むらが三キロほど続いてるだけ。それから、南側を見てみると、東側の塀までずっと森が続いてるわけではない。少なくとも一キロほどはむきだしの土になっている。次は北側の丘だけど、塀のところまでは延びておらず、丘の向こうは幅広の平坦な土地が続いている。すべてを合わせると、南からスタートして北西の角まで障害物にほとんど出会うことなく、塀の内側に沿って歩くことができる。距離にして八キロぐらいになるわ」

すでに調査ずみだ。ある小雨模様の午後、ヴィンセントは荘園管理人との打ち合わせに忙しかったし、ヴィンセントの姉たちは誰一人外で運動する気がなかったので、全行程を一人で歩いてみたのだ。

「奥さま?」フィスク氏は戸惑いの表情だった。

「競馬場のコースはカーブを描いてる。そうでしょ?」ソフィアは彼に尋ねた。「レースのとき、馬はスタートからゴールまで直線コースを走りつづけるわけではない。たとえ騎手からの合図がなくても、カーブに沿って走っていく。そうじゃない? つまり、まっすぐ走りつづけて防護柵に衝突するようなことはない」

「そうですね。ゆるやかなカーブであれば」フィスク氏はむずかしい顔になっていた。「そういうことを考えておられたのですか、奥さま」

「ええ。できると思います? そういう場所があれば、ヴィンセントはなんの危険もなく馬でかなりの距離を歩むことができる。ギャロップで走ることさえできる。そして、コースの両側に手すりをつければ——ぜったい必要だと思うけど——そこでランニングもできるわ。いっきに八キロ走れるのよ。往復で一六キロ」

フィスク氏がソフィアの顔をじっと見ていた。まっすぐに目を見ていた。ソフィアには彼の表情が読めなかった。その点では典型的な召使いと言えよう。

「愚かな思いつきかしら？」ソフィアはふたたび下唇を噛んだ。

「旦那さまには相談されましたか」

ソフィアは首をふった。「いいえ、まだ」

「庭師たちが勝手に進めることはできません」フィスク氏はむずかしい顔で言った。

「工事の連中をかなり雇わなくてはなりません。莫大な費用もかかります」

「ヴィンセントには莫大な財産があるわ」

一瞬、フィスク氏の唇が歪《ゆが》んだ。いまにも笑みが浮かびそうだった。

彼はそこでソフィアを驚かせた。

「旦那さまを愛しておいでですか」と尋ねた。ぶっきらぼうで、冷酷と言ってもいいような声だった。

ぶしつけな質問だったが、ソフィアにはそれをたしなめる気はなく、気分を害することもなかった。返事をしようとして口を開きかけ、ふたたび閉じた。

「あの人はわたしの夫です、フィスクさん」

フィスク氏はうなずいた。

「計画は可能だと思います。しかし、わたしに何がわかるでしょう？　それに大規模な工事になりそうだ。ただ、ヴィンセントの夢が実現することになる。そうですね？」

「ええ。ありがとう」

ソフィアは厩のほうへ向きを変え、呆然と彼女を見つめるフィスク氏をその場に残して歩き去った。動揺していた。馬鹿だと思われそう。でも――。

〝ただ、ヴィンセントの夢が実現することになる。そうですね？〟

犬の訓練が終わったようだ。ヴィンセントとクロフト氏が厩の向こう端で立ち話をしていた。黒と白のまだら模様の牧羊犬シェップは、短いリードを握ったヴィンセントのそばにおとなしく、だが、警戒の目を光らせてすわっていた。クロフト氏の姿は厩の陰に隠れて見えなかった。

「……手すりをつけるのも奥方さまの思いつきだったのですね」クロフト氏が言っていた。「犬のことと同じように。そして、今度は子爵さまのために自然歩道を整備してそこにも手すりをつけるのだとか？」

「ぼくは幸せ者だ」ソフィアが歩調をゆるめるあいだに、ヴィンセントが笑顔で言った。「このお屋敷には、あなたのあらゆる希望を叶えようとするレディがあふれていますね」クロフト氏が言った。「あなたを羨まない男がどこにいるでしょう、子爵さま」心から楽しそうに笑った。

「そうとも」ヴィンセントも一緒に笑いだした。「世話を焼いてくれる女性には事欠かない。しかも、今度は妻までも。だが、ぼくは少しずつ自由を手に入れようとしている。いや、公平に言うなら、妻がぼくを自由にする方法を考えてくれている」

ソフィアはそこで、自分への賞賛の言葉を聞こうとして歩調をゆるめたことを後悔した。

〝しかも、今度は妻までも〟

〝だが、ぼくは少しずつ自由を手に入れようとしている〟

腹立たしく思っているなどという言葉はなかった。正反対だった。夫がもっと自由に行動できるよう工夫する妻に感謝してくれている。

ソフィアはそのために心を砕いてきた。最初は彼に恩返しがしたくて、目が見えない不自由さを少しでも減らすための方法を見つけようとした。

成果が上がりすぎたのだろうか。

ああ、ヴィンセントと交わしたあの愚かな協定のことなど考えたくもなかった。彼のほうも、考えないことにしようと言った。しかし、協定を消し去ることはできない。彼がいまも自由に焦がれているのは明らかだ。

「こんにちは、奥方さま」彼女の姿に気づいてクロフト氏が挨拶をよこした。帽子を軽く持ちあげて微笑し、会釈をした。

ヴィンセントが彼女のほうに顔を向け、温かな笑みを浮かべた。

「ソフィー？　裁縫クラブは楽しかったかい？」

「ええ。ジュリア・ストックウェルが生まれたばかりの赤ちゃんを連れてきたから、みんな、赤ちゃんをあやすのにお裁縫と同じぐらいの時間を使ってしまったわ。赤ちゃんを見ると、人はどうして夢中になってあやすのかしら。赤ちゃんがちゃんと守ってもらえるようにという自然界の配慮なの？　こんにちは、クロフトさん。奥さんの手の火傷《やけど》はよくなりました？」

「まだ跡が残ってますが、ひどい痛みは消えたようです。ありがとうございます。奥方さまが心配しておられたと家内に伝えておきます。今回の奥方さまの案は大成功だったと思います。ついさっきも、犬が子爵さまを誘導してなんの支障もなくここと湖を往復したんですよ。しかも、この犬はまだとても若い」

「クロフトさん、牧羊犬の訓練にかけてはあなたがこの州でいちばんだというあのお言葉は、誇張ではなかったのね」

「ありがとうございます。奥方さま。それから、犬は今日よりこちらで暮らすことになります」

「そうしてくれ」ヴィンセントは言った。「きみがぼくの目を連れて帰ることは二度とない、クロフト。ぼくには目が必要だ」

クロフト氏は彼の馬と馬車を出すために厩に入っていき、ソフィアとヴィンセントは歩いて屋敷に戻ることにした。杖はどこにもなかった。シェップが主人の横についているだけだった。ソフィアはいつもと違って彼の腕をとろうとしなかった。

〝ぼくの目〟

「ソフィー」ヴィンセントが手を伸ばして彼女の手を握った。「どうやってきみにお礼を言えばいいんだろう？」

「リジーと犬のことをあなたに教えてあげたから？　でも、秘密にしておく理由はないでしょ？」

「それから、湖に続く小道の件も。そして、もうじき自然歩道ができあがる。そこにハーブと香りのいい花の咲く木々を植えるそうだね。それは誰の思いつきだい？」

「木々はわたしよ。ハーブのことまでは考えなかったけど、きっとすてきな歩道ができあがるわ。楽しく散策できるようになるわよ。ねえ、わたし、別の計画も立ててるの」重い心でソフィアはつけくわえた。「それについては、またあらためて話をするわね」

「重大な秘密？　きみが湖で言っていたこと？」

「フィスクさんはいい考えだと言ってくれたわ」

「マーティンが？」ヴィンセントは彼女のほうに顔を向けた。「あいつと話をしたのかい？」

「ついさっき」

「よかった」ヴィンセントは微笑した。「あいつはきみのことをぼくの良き妻だと思っている。最初に何回かそう言ったときはしぶしぶという口調だった。だが、いまは違う。きみに感心し、ぼくがいい選択をしたことを認めている」

「まあ」ソフィアは言った。しかし、賞賛の言葉も気分を浮き立たせてはくれなかった。

わたしはこの人の人生に存在する女性の一人に過ぎない。この人はお母さんと、おばあさんと、お姉さんたちを愛している。わたしに好意を持ってくれているのも確かだ。ただ、それでも――わたしはやはり、彼と彼が求めてやまない自由のあいだに立ちはだかる女性の一人に過ぎない。

玄関へ続く外階段のところでシェップが立ち止まった。ヴィンセントも足を止めると、犬は彼の前にまわっていちばん下の段まで誘導し、ふたたび立ち止まり、それから一緒に階段をのぼった。

「いまから客間へ行くんだろう？」屋敷に入ったところでヴィンセントが尋ねた。「そろそろお茶の時間？ まさか、間に合わなかったなんてことはないよね？」

「大丈夫よ」ソフィアは彼を安心させた。「時間までに戻れるよう気をつけてたから。今日は、みなさん、家にいらっしゃるわ。お帰りになってしまったら、寂しくなるわね」

「みんな、安堵と失望が半々というところだろうな。安堵しているのは、きみがみんなの望んでいた理想の妻だから。失望しているのは、ぼくの人生に入りこんで世話を焼く必要がなくなったから」

そうね。これからはわたしが世話を焼くことになる。

この二日間、クロフト氏がシェップと一緒に屋敷に泊まりこんで、邸内で犬の訓練をおこない、ヴィンセントが頻繁に使うすべての部屋へ案内できるようにした。シェップはいま、二人の先に立って玄関広間を通り抜け、階段をのぼって、客間に入っていった。にぎやかな挨拶の声に迎えられた。二歳から五歳までの子供五人も含めて全員がそろっていた。エレンの子供のキャロラインとアーシュラの子供のパーシヴァルが猫のタブと遊んでいた。抱っこされてても、なでられてても、自慢のおもちゃみたいに連れまわされても、猫はまったくいやがる様子がないので、さきほど、彼女の居間からタブを連れてきてもかまわないと子供たちに言っておいたのだ。

猫が起きあがってシェップに警戒の目を向け、背中を弓なりにしてシャーッと威嚇する準備を整えた。シェップが軽蔑の視線を返すと、二匹のあいだに暗黙の了解が成立した。まるで昨日のうちに二匹の顔合わせがすんでいたかのようだ――こっちの領分に入りこむな。そうしたら、自分もそっちの領分に入ったりしないから。

ソフィアは二人掛けのソファにすわり、ヴィンセントがその横にすわった。

犬が誰の助けも借りずにヴィンセントを案内してまわるという案を知ったときには、母親は震えあがり、声高に反対した。ソフィアが息子の安全をないがしろにしていると思ったのだ。しかし、昨日、邸内で犬の行動を見ていたし、今日の午後もおそらく、ヴィンセントの祖母と一緒に窓からじっと見ていたのだろう。

エレンの二歳になる娘、アイヴィーがヴィンセントの膝によじのぼり、ヴィンセントはこの子のおもちゃにと鎖つきの懐中時計を渡した。自分では時刻を見ることができないのにヴィンセントが懐中時計を身に着けていることを知ったとき、ソフィアは胸を打たれたものだが、彼はつねに懐中時計を持ち歩いている。

「そうそう」お茶のトレイが運ばれてきたすぐあとで、ヴィンセントの母親が言った。「手紙が来てたわ、ソフィア。あなたの居間に置いておきましたからね」

手紙が届くとソフィアはいつも心が躍る。結婚するまで一度も手紙をやりとりしたことがなかったし、いまも頻繁にあることではない。しかし、バートン・クームズの牧師夫人から手紙をもらうようになった――サー・クラレンス夫妻とヘンリエッタは社交シーズンの残りを過ごすため、ロンドンに戻ったという。また、レディ・トレンサムからも何度か手紙が来たし、レディ・キルボーンからも一度来ている。さらには、いささか厳格な感じのレディ・バークリーまでが、自宅のあるコーンウォールに戻ったあとで手紙をくれた。

「ありがとうございます」ソフィアは微笑した。あとで手紙を読み、それから居間の小さな書き物机の前にすわって、返事を書く喜びに浸ることにしよう。

「タブの体重が増えてきたわ」お茶を飲みながら、ソフィアは言った。「毛もなめらかになって艶が出てきたし」

「きみも体重が増えたようだね、ソフィア」アンソニーが言った。

「アンソニーったら！」妻のエイミーが天井に視線を向けた。「まさにすべての女性が言ってほしいと思うせりふだわ」

「違う、違う。デブになってきたという意味じゃないんだよ、ソフィア。ここに来たときの痩せこけた感じがなくなったと言ってるだけなんだ。顔がふっくらして、目鼻立ちと調和している。体重が増えたほうがすてきだよ。さてと、エイミーに叱られる前に、口にチャックをするとしよう」

ヴィンセントがソフィアに笑顔を向け、祖母が微笑してうなずき、ソフィアに向かって片目までつぶってみせた。母親も微笑してうなずいた。

するど、みんなにはお見通しなの？　わたし自身は体重の増加をまったく自覚してないのに。そんなことがある？　結婚してまだ二カ月しかたっていない。でも、ぜったい間違いない。裁縫クラブで女どうしのおしゃべりに耳を傾けてきた。すべての症状があてはまる。病気ではないものに対して〝症状〟という表現が正しいとしたら。

ソフィアは自分の両手を見下ろして、赤くなった頬が目立たないよう願った。突然、惨めな気持ちになった。跡継ぎができたかもしれないとわかれば、ヴィンセントはもちろん喜ぶだろうが、本心では妻と子供に縛られるのに抵抗があるはずだ。子供がほしいと彼が言ったことは一度もない。とにかく、これまではまだ一度もなかった。二人が考えてもいなかった問題が出てきた。別々に暮らすときが来たと判断したとき、どちらが子供をひきとることになるのだろう？

結局は二人で暮らしつづけるのかもしれない。でも、幸せにはなれないだろう。いや、二人の協定に幸せという条件は入っていなかった。では、〝満ち足りた〟と言い換えよう。二人が満ち足りた人生を送ることはないだろう。

タブが二人掛けのソファに飛び乗ってソフィアのそばで丸くなり、パーシヴァルが小さな手で猫をなでようとしてソフィアの膝にすわった。

ソフィアはこの子に笑いかけ、こみあげてきた涙で喉の奥が痛くなるのを感じた。

18

ヴィンセントの姉たちと家族はもうじきそれぞれの自宅に帰ることになっていたし、祖母も秋にはバースに戻る予定だった。バースの友人たちと暮らしが恋しいのだろう。ヴィンセントの母親も同じ理由から、バートン・クームズのコヴィントン荘に戻ることを真剣に考えていた。家政婦だったプランケット夫人を説得すれば、ふたたび住み込みで働いてくれるに違いない。

みんなを見送るのは悲しいことだろう——ヴィンセントは思った。家族のことが大好きだし、いまでは、みんなが彼の一挙手一投足に目を光らせることも、力の及ぶかぎりすべてのことを肩代わりしようと主張することもなくなったので、家族への愛情が前以上に強くなっていた。

みんながソフィアを受け入れて、好意まで持つようになった。ソフィアがわずか二カ月で夫のためになしとげたことについて、母親は賞賛をこめて語っている。犬のことだけはまだ半信半疑のようだが。

みんなを見送るのは悲しいことだが、ほっとする部分もあるだろう。祖母も母も姉たちも、ヴィンセントの行動をいちいち気にかけずにそれぞれの暮らしが楽しめるようになるし、彼はソフィアと二人きりになれる。二人で過ごすのは快適だと思う、と結婚前から彼女に言ってきたし、事実そのとおりになった。少なくとも彼のほうはそうだし、ソフィアも彼との暮らしを楽しんでいるはずだ。

生涯二人で快適に過ごせることをヴィンセントは願っていた。心からの願いだった。どんどん自立した人間になってきたが——その多くは妻の努力の賜物《たまもの》だ——ソフィアのいない人生は考えられなかった。それどころか、怖くて考えることもできなかった。

シェップの訓練は完了したとクロフトが宣言した日の夜、二人は専用の居間の二人掛けソファに並んですわっていた。猫が妻の足元に寝そべり、丸めたしっぽをヴィンセントの足にのせていた。シェップはソファの横で彼に寄り添っている。ヴィンセントがソファ越しに手を伸ばせば、犬の頭をなでることができる。犬が大きく息を吐いて眠りにつこうとする音が聞こえた。この奇跡をヴィンセントはいまも完全には理解しきれずにいた。目をとりもどしたような感覚だった。完璧とまでは言えないかもしれないが、行動の自由を大幅にとりもどせるのは間違いない。

しかし、いまの彼は犬や自分の自立のことを真剣に考えていたのではなかった。ソフィアが朗読するヘンリー・フィールディングの『ジョウゼフ・アンドルーズ』に耳を傾けていたのだ。ここ二週間ほど、二人でこの物語を楽しんでいた。一章分の朗読を終えたソフィアが本を脇に置いた。

「大きな図書室のある家で暮らすのって、天国で暮らすのにちょっと似てるわね」

「ぼくも天国にいるような気がするだろうな。秘密を明かしてもらえなくてやきもきしたりせずにすめば」

「まあ、そのこと？」ソフィアはためらった。「馬鹿な女だとか、出しゃばり女だとか思われるかもしれない。じつはね、乗馬コースを造ってはどうかと思ったの。コースに使うのは庭の東側と北側の塀の内側、そして、南側は塀の内側の木々のない場所。地面をきちんと整備して、両側に手すりをつけて、曲がり角をゆるやかなカーブにすれば、とくに合図がなくても馬はカーブを曲がることができる。距離にしてほぼ八キロ、あなたは馬でそこを進むことができる。ギャロップで駆けることだってできるのよ。それと、お望みなら、ランニングコースとして使うこともできる。手すりに手をかけて。あるいは、シェップが一緒でもいいわね。犬は走るのが大好きに決まってるもの。あなたはそこで自由を満喫できる」

ヴィンセントは思わず噴きだすところだった。途方もなく壮大な思いつきだ。こんなことを考えるのはソフィアぐらいしか……。

だが、噴きだしはしなかった。かわりに、そのようなコースを頭に思い描いた。距離にしてほぼ八キロ。障害物なし。人の合図がなくても馬が歩いたり走ったりできるように設計されたコース。彼自身もランニングができるよう設計されている。何物にも邪魔されることなく何キロも走ることができる。頬に新鮮な空気を受けて。

自由。

「庭師たちには大変な作業になるわ。労働者をたくさん雇わなくてはならない。それから、設計者も。設計と工事が完了するまでに長い月日がかかるし、費用も莫大なものになると思う」

ヴィンセントは息を呑み、唇をなめた。

早くも馬に乗っているような気がしてきた――一人きりで。馬をキャンターでゆっくり駆けさせる。そして、ギャロップへ。八キロ。自分の足で走っている気分も味わえた。準備体操をしてからリズムを刻んで走りだし、八キロの距離をくたくたになるまで走りつづける。往復すれば一六キロだ。もしくは、歩くだけでもいい。次の一歩を踏みだしたらどうなるかという不安を覚えることなく、大股できびきびと歩いていける。

視力を失って六年になる。なぜこんなにかかったのだろう……。

ソフィアに出会っていなかったからだ。彼女の豊かな想像力は空想のためだけに存在するのではなかったのだ。

「フィスクさんもいい考えだと言ってくれたわ」ソフィアの声は妙に平板だった。ヴィンセントは自分がひと言も意見を述べていなかったことに気づいた。「でも、あなたはそう思わないかもしれないわね。わたしのお節介がひどすぎるって思うかもしれない」

ヴィンセントは彼女のほうを向いて笑みを浮かべた。

「きみもそこで乗馬につきあってくれる？　ピクニックランチを持っていこうか。途中で休憩して栄養補給をする必要がありそうだから」

「まあ。意地悪ねえ。わたしの乗馬だってそこまでのろくはないわよ」

「風のように馬を走らせる方法を教えてあげよう」ヴィンセントは彼女に約束した。

「馬鹿げた思いつきだと思う？　それとも、わたし、思いつくことが多すぎる？　よけいなお節介はやめたほうがいい？」

ソフィアの口調は妙に自信に欠けていた。そんな段階はもう卒業したとヴィンセントは思っていたのだが。

「きみのすごさに圧倒されてしまった。どこからそんな考えが湧いてくるんだい？」

「たぶん、まわりを観察するだけで自分では何もできない人生を送ってきたからでしょうね。何もできずに過ごした二〇年間の埋め合わせをしようとしてるんだわ」

「そりゃ大変だ。次はたぶん、ぼくのために空飛ぶ機械を作る気だね。自動操縦で空を飛んで、勝手に家に戻ってくる機械」

「まあ、ヴィンセントったら。考えすぎよ。でも、その案をもとにして、二人ですてきなお話が作れるかもしれない。二人で――」

しかし、彼が笑いだしたので、ソフィアも話を中断して一緒に笑った。

「きみの思いつきは輝いてると思う。きみ自身も輝いてる。ところで、手紙はもう読んだのかい？」

「えっ――ああ、手紙ね。忘れてた」ソフィアは立ちあがった。「二人でここにすわっていたあいだ、手紙が炉棚の上からわたしの目を見つめていたというのに」

部屋を横切る彼女の足音がヴィンセントに聞こえた。

「見覚えのない字ね。誰かしら……」

「好奇心を満たす方法があるじゃないか」ヴィンセントは指摘した。

封を切る音、便箋のカサカサいう音が聞こえた。

「たぶん、あなたのお友達からの手紙よ、ヴィンセント。あなた宛の手紙をわたしに読みあげてほしいのかもしれない」

そういうことが何回かあった。ジョージとラルフからそんなふうに手紙が来ていた。

沈黙がやや長びいた。

「どうしたんだい？」

「わたしのおじ。サー・テレンス・フライから」

聞いたとたん、ヴィンセントは怒りを覚えた。

「イングランドに戻ってきて、わたしの結婚のことを聞いたみたい」

ふたたび長い沈黙があった。

「おいで」ヴィンセントはついにそう言って片手を差しだした。

ソフィアがふたたび彼の横にすわった。だが、彼の手をとろうとはしなかった。

「結婚のお祝いを言ってきたのかい？　それとも、きみに同情してるのかな？」

ヴィンセントは彼女のためらいを感じた。

「両方が少しずつって感じかしら。わたしが社会的にも経済的にも恵まれた暮らしができるようになったことを、おじは喜んでくれている」

そして、目の不自由な男と結婚したことに同情している。ソフィアはそのことを口には出さなかった。その必要もなかった。

「なんの権利もないわ」彼女の声が震えていた。「おじにはなんの権利もない」

そうとも、もちろんなんの権利もない。ヴィンセントは片手を上げてソフィアのうなじを探りあて、慰めようとして指でさすった。

「マーサおばさんと話をしたんですって。というより、おばさんのほうから話をしたの。わたしがあなたをどうやって罠にかけたか、説明したみたい」

「えっ、ほんとに？」

「でも、おじはそれを信じていいものかどうか迷っている。わたし自身の口から話を聞きたいんですって」

「きみをロンドンに呼びつけるつもりかい？」

「ううん、こちらに来たいそうよ」

ヴィンセントはその厚かましい考えを自分がどう思ったかをはっきり言おうと思い、口を開いた。だが、何も言わずにふたたび口を閉じた。サー・テレンス・フライは彼女の身内。ごくわずかな身内の一人だ。

「その人、奥さんは？」ヴィンセントは訊いた。

「何年も前に亡くなったわ」

「子供は？」

「みんな小さなころに死んでしまって、いまはセバスチャンだけ」

「セバスチャン？」

「奥さんの連れ子」ソフィアは説明した。「奥さんっていうのは、おじとは再婚だったの」

「そして、おじさんはこれまで一度もきみに連絡をくれなかったんだね？　お父さんに会いに来ることもなかったのかい？　葬儀にも来なかった？　きみのおばさんの葬儀にも？　自分の姉か妹にあたるわけだろ？」

「よその国にいたから。おじは外交官なの。わたしはおじに会ったことも、直接の連絡をもらったことも一度もなかった。今日までは」

「直接の連絡はなしか……」ヴィンセントは眉をひそめた。「では、人を介しては？」

「わたしがメアリおばさんにひきとられたとき、おじはセバスチャンに手紙を出して、わたしの様子を見に行ってほしいと頼んだ。わたしが大事にされてるかどうか、幸せかどうかを知りたかったのね」

「ほんとに？」ヴィンセントはまだ眉をひそめていた。「で、その息子が訪ねてきたわけかい？」しかし、おじが頼んだことをソフィアが知っているのだから、訪ねてきたに決まっている。

「ええ。何度も」

ヴィンセントはなぜか以前のことを思いだした。メアリおばさんに子供はいなかったのか、ロンドンにソフィアのいとこはいないのか、と尋ねたときのことだ。ソフィアは〝いいえ〟と答えたが、わずかなためらいがあり、ヴィンセントはそれに気がついた。ときとして、ためらいには多くの意味が含まれる。

「きみより年上？」

「ええ、そう。八歳年上」

父親が亡くなったとき、ソフィアは一五歳だった。とすると、息子は当時二三歳。いまのヴィンセントの年齢だ。

彼女のうなじをさすると、手紙を読むにしては不自然なほど深く下を向いているのが感じとれた。たぶん、顎が胸につくぐらいうなだれて、目を閉じているのだろう。

「その男のことを話してくれ。何度も訪ねてきたときのことを」

「とてもハンサムな人だったわ。愛想がよくて、生気と自信にあふれていた」

ヴィンセントは黙って待った。

「とても優しい人だった。仲良くなって、二人でずいぶんおしゃべりしたわ。散歩したこともあったし、彼の二輪馬車に乗せてもらったこともあった。美術館や古い教会へ連れてってもらい、一度なんか〈ガンター〉で氷菓をごちそうしてもらったわ。わたしは父の死に打ちのめされてたけど、彼のおかげでその痛みが和らいでいった」

ヴィンセントはふたたび待った。二人のまわりの空気に悲痛な苦悩が広がった。ヴィンセントは自分の想像がはずれているよう願った。

「馬鹿な小娘だったわ。彼に恋をしてしまったの。そう意外なことじゃないわよね。それどころか、恋をしないほうが意外だわ。でね、彼に告白したの。愚かにも、向こうもわたしのことが好きなんだと思ってた。告白してしまった」

「きみはまだ一五だったんだ、ソフィー」彼女のうなじにあてた手を止めて、ヴィンセントは言った。

「嘲笑されたわ」

ああ、ソフィー。とても若くて傷つきやすかっただろう。岩のように堅固な人生を送る者でも、その年ごろは傷つきやすいものだ。

「笑われて、恩知らずの愚かな小娘だと言われた。事実そのとおりよね。どっちみち、わたしは失恋してたでしょう。彼の嘲笑に傷つき、恥をかき、世間知らずだった自分を思いだすたびに身のすくむ思いをしたことでしょう。でも、いずれ立ち直ったはずよ。きっとそう。女の子がハンサムな男の人に恋い焦がれ、そのあとで夢と希望を打ち砕かれてしまうのは、珍しいことじゃないもの」

「きみが立ち直れなかったのはどうして？」彼女が黙りこんだので、ヴィンセントは尋ねた。

「わたしたち、メアリおばさんの家の居間にいたの。部屋には鏡があった。長い鏡。彼はわたしを鏡の前に立たせ、自分は背後にまわって、わたしが彼に恋をして彼にも同じ思いを期待するのがなぜ愚かなことで、さらには少々侮辱的とも言えるのかを、わたしに説明しようとした。自分の姿と顔と髪を見てみろと言われたわ。髪は茂みみたいに伸び放題で肩まで垂れていた。自分ではどうしてもうまくまとめられないから。ガリガリに痩せた醜いチビだと言われた。好意を持ってはいるけど、あくまでも親戚の子だし、継父との約束があるから様子を見に来てただけだって。あの人、そう言いながら笑ってた。愛情から出た笑いだと思うけど、わたしにとっては残酷な響きだった。セバスチャンが帰ったあとで、わたしは自分の部屋に戻って鋏をとりだし、髪をばっさり切ったわ。その後、彼は二度と来なかった。もし来たとしても、わたしはぜったい会わなかったでしょうね」

ヴィンセントは彼女を両腕で包んで抱き寄せ、頭を自分の肩にもたれさせた。

「悪態をつくのを許してほしいが、ソフィー、そいつは下種《げす》野郎だ。五分間だけぼくとそいつの二人きりになれればどんなにいいだろう」

「遠い昔のことだわ」

「そいつはいまのぼくと同じ年だった。きみはお父さんを亡くしたばかりだった。おばさんにほったらかしにされていた。一五歳だった。まだまだ子供だった。そうしたすべてのことを別にしても、きみは一人の人間だった。そいつは紳士階級だった。ああ、ソフィー。ぼくの可愛いソフィー。きみはそのころから美しかったに違いない。いまのきみが美しいことはわかっている」

ソフィアは彼の首に顔を埋めたまま笑い声を上げ、それから泣きだした。

泣いて、泣いて、泣きつづけた。

あの下種野郎。あの……最低の下種野郎。

ヴィンセントはハンカチをとりだして彼女の手に握らせた。

「ソフィー」彼女の号泣が治まってときたましゃくりあげるだけになってから、ヴィンセントは言った。「きみは美しい。目の見えない男の言葉を信じてくれ。ぼくがこれまでに出会ったなかで最高に美しい人だ」

彼女が笑い声を上げ、しゃくりあげた。ヴィンセントは彼女の髪に唇をつけて優しく笑いながら、一緒に泣きたくなるのを必死にこらえた。彼女が洟をかんでハンカチを脇に置いた。

「あなたのシャツもネッククロスもびしょ濡れね」

「すぐ乾くさ」ヴィンセントはソフィアの肩に腕をまわした。「では、おじさんは知らん顔だったわけではないんだね」

「ええ、たぶん」

「身内だものな。お父さんのお兄さんだろ」

「ええ」

「じゃあ、ここに招待しようよ」ヴィンセントは提案した。「ようやく顔合わせの機会ができる。今後も会う気になれるかどうかは、そのあとで決めればいい。きみの暮らす家で、きみのやり方で進めるんだ。ぼくが策略好きの性悪女にひっかかったのかどうか、きみが半人前の男との惨めな結婚生活に耐えているのかどうかを、おじさん自身の目で判断してもらおう」

「わたしが結婚しなかったら、しかも、相手が子爵でなかったら、おじさんはわたしのことなんか気にもしなかったでしょうね」

「かもしれない」ヴィンセントはいったん譲歩した。「あるいは、帰国してしばらく腰を落ち着けることができたら、きみの様子を自分で確かめようとずっと思っていたのかもしれない。きみはおばさんに、つまり、そのおじさんの妹にひきとられ、次はまた別のおばさんにひきとられた。しかも、その家にはいとこがいた。きみと同年代の若いお嬢さんだ。おじさんは、そこで暮らすのがきみにとっていいことで、きみ自身もそう望んでいると思ったのかもしれない。きみが親戚に大事にされていることを確認すれば自分の義務は果たしたことになる、と思っていたのかもしれない」

「わたしに訊いてみようとは一度も思わなかったみたいだけど」

「そうだね」

ソフィアが便箋をたたむ音が聞こえた。

「きみは家族のいない寂しさを味わってきた」ソフィアをさらに抱き寄せて、ヴィンセントは言った。「ぼくの家族と過ごすときも、寂しさを感じていた。ぼくの思い違いじゃないだろう？」

「ええ」しばしためらったあとで、ソフィアは認めた。「一人ぼっちって恐ろしいことだわ。あなたの家族に優しくしてもらって、みなさんのことが大好きになった。でも――ときどき心にぽっかり穴があいてるような気がするの。身内がすべて死んでしまって、本当に天涯孤独の身だったら、そこまでの虚《むな》しさはないでしょうね」

「おじさんに来てもらおう。和やかな訪問にはならないかもしれない。だが、なるかもしれない。来てもらわないことには、どちらになるかわからない」

ヴィンセントには、その訪問が自分にとってひどく気の重いものになりそうなことがわかっていた。妻の一族には好意を持てる相手が誰もいない。しかし、忘れてならないのは、何週間か前にはソフィアが彼の家族に会うためにここまで来なくてはならなかったということだ。二人の結婚の経緯が経緯なだけに、家族から冷たい目で見られることは彼女も覚悟のうえだっただろう。しかし、ソフィアは家族の前に立った。そしてみんなに認めてもらうことができた。けっして簡単でなかったことは、ヴィンセントにもわかっている。ソフィアは人生の大半を無言のネズミとして生きてきたのに、この屋敷で受け入れてもらうために自分を主張しなくてはならなかったのだ。

ソフィアがため息をついた。

「明日、おじに手紙を書くことにするわ。収穫を祝うパーティと舞踏会の時期に間に合うよう招待するわね。そんなに遠い先のことじゃないでしょ？」

すると、ソフィアはあきらめていなかったのか。そうだな。もちろん、あきらめるはずがない。ずいぶん多くの人に宣伝してしまった彼女としては、いまさらあともどりはできないだろう。それに、ソフィアはあともどりするタイプではない。

「そうだね」ヴィンセントは言った。「舞踏会に来てほしいと頼んでごらん。ぼくの姉たちも家族全員で押しかけてくるから、きみの身内にも来てもらえればちょうどいい。遅めの披露宴という感じだね。よし、いっそのこと、披露宴にしようか。マーチ一家も呼んだらどうかな。断わってくるかもしれないが。もっとも、ぼくはそれに大金を賭けようとは思わない」

「頭がおかしくなったの？」ソフィアは大きく息を吸った。

「かもしれない」ヴィンセントは認めた。「でも、ぼくの勘だと、おそらく断わらないだろうな。いまや、姪がダーリー子爵夫人なのだから」

「やっぱり頭がおかしいのね」ソフィアはそう言って、たいしておもしろくもなさそうに笑った。

ヴィンセントは首をまわして彼女にキスをした。

「そろそろ寝る時間だ。そうだろ？」

「そうよ」

時計で時刻を確かめもせずに、ソフィアは答えた。

一日のなかでヴィンセントのいちばん好きな時間だ。


翌朝、ソフィアは居間の書き物机の前にすわっていた。ペンの羽根で顎をなでながら、おじ宛の手紙にどんな言葉を連ねればいいかを思案していた。いまのところ、〝親愛なるサー・テレンス〟〝拝啓〟〝テレンスおじさま〟を却下したあと、〝親愛なるおじさま〟と書いただけだった。正式と略式のあいだでちょうどいいバランスをとることができた。

タブがソフィアの片足の上に寝そべっていた。彼女が腰を下ろしたとたん、東向きの窓敷居から飛びおりてここに来たのだ。

ミドルベリー・パークにマーサおばとサー・クラレンスとヘンリエッタも招待すべきかどうか、ソフィアはまだ迷っていた。招待する動機が自分でもよくわからなかった。オリーブの枝を差しだすため？ 自分の幸せをひけらかすいい機会だから？ 血縁者とのつながりを虚しく求めて？

確かに虚しい。でも、ぜったいに無理と言いきれるだろうか。わたしはヴィンセントの家族に心から好意を寄せるようになった。でも、家族の仲の良さを目にすると、自分がその一部になっても、血縁者のいないわが身の寂しさがなおさら強く感じられる。

その思いをヴィンセントが理解してくれた。なんていい人だろう。

一瞬、ゆうべのことを思いだして、そちらに注意がそれた。ベッドでの彼はいつも精力的で、ソフィアを充分に満足させてくれる。とくに、島でのあの午後以来ずっと。ソフィアはいまも毎日のようにあの午後のことを思いだしている。すばらしかった。彼もすばらしかった。そして、それ以来ずっと……。

でも、ゆうべはいつもと少し違っていた。ゆうべの彼の愛撫と行為には、〝優しさ〟としか表現できないものがあふれていた。

もしかしたら、ヴィンセントがクロフトさんにああ言ったのは、わたしが思ったような意味ではなかったのかもしれない。いえ、もしかしたら、やはりそういう意味だったのかも。

もしかしたら……。

ああ、考えるのをやめられればいいのに。

〝昨日、お手紙をちょうだいしました〟と、ソフィアは書いた。

少し進歩。

〝お手紙をいただいてうれしかったです〟のほうがいい？

〝お手紙をくださるとはなんとご親切なことでしょう〟かわりにこう書いた。

そうなの？　親切なの？　いいえ、別にどうでもいい。そうでしょ？　守らなくてはならない礼儀というものがある。

それにしても、なぜわたしに手紙を？　わたしが子爵夫人になり、夫が大金持ちだから？　わたしのことを少しだけ気にかけて、目の見えない男と不幸な結婚生活を送っているのではないかと心配になったから？　マーサおばさんと話をしてみて、おばさんの家でわたしが本当はどんな暮らしをしていたかを薄々察したから？

ヴィンセントの言うとおりだ。おじさんに会って、こうしたすべての疑問に対する答えを見つけなくては。しかし、会うのは気が重かった。そのくせ、会いたくてたまらなかった。父さんの兄にあたる人。父さんはときどき、子供のころの思い出話をしてくれた。しょっちゅうではなく、ときたまだったが。どの話にもテレンスおじさんが登場した。少年のころの二人はとても仲がよかったのだろう。

〝お目にかかれればうれしく存じます〟こう書いてから、渋い顔で文面を見つめた。これで妥協するしかない。最初から書き直すなんてまっぴら。

そのとき、ドアに近づいてくる足音が部屋の外から聞こえた。しっかりした足音。フィスクさんなの？　従僕なの？　しかし、誰だか知らないが、足を止めてノックしようとはしなかった。かわりにノブがまわり、ドアが開き、ヴィンセントが入ってきた。シェップが傍らでハアハア言っている。

「ソフィー？」

「ここよ。書き物机のところ。おじに手紙を書いてるの」

「よかった」ヴィンセントがそばに来て彼女の肩に手をかけた。彼の頬に赤みが差し、美しい青い目がきらめいている。「湖まで歩いてきたんだ。シェップと一緒に。それから小道をたどって東屋まで行った。そこでしばらく休憩してから戻ってきた。きみも誘えばよかったんだが、一人でできるってことを証明したかった」

「そして、立派に証明したのね。服は濡れてないみたい。じゃあ、湖に落ちることもなかったわけね」

「ころんで鼻の骨を折ったりもしなかった。鍛錬を終えて地下室から戻ってきたとき、きみ、まだ眠っていたね。母から聞いたけど、朝食にも遅れたんだって？　体調がよくないの？」

「そんなことないわ」ソフィアはペンを置いて立ちあがった。「とっても元気よ。元気すぎるぐらい」

ヴィンセントは眉を上げた。

ソフィアは彼の空いたほうの手を両手で包み、手の甲にキスをした。

「わたしたち、子供を持つのよ。お医者さんにはまだ診てもらってないけど、ぜったい間違いないわ」

ヴィンセントは目を真ん丸にした。彼女の目をまっすぐ見つめているかに見えた。ソフィアが警戒しながら視線を返すと、彼女の手のなかでヴィンセントの手がこわばった。

「ソフィー？」彼はゆっくり微笑し、やがて笑いだした。

「ええ」ソフィアはふたたび彼の手の甲にキスをした。

ヴィンセントはシェップのリードを落とし、握られた手をはずしてソフィアのほうへ伸ばした。両腕をまわして強く抱きしめたため、ソフィアは肩から膝まで彼にぴったり押しつけられた。

「ソフィー」彼がささやいた。「本当かい？　子供？」

「ええ。ほんとよ」

彼が息を呑む音をソフィアは聞いた。

「でも、きみはこんなに華奢なのに」彼はいまもささやき声だった。

「華奢な人間だって、無事に赤ちゃんを産むことができるわ」

ソフィアはこの言葉が正しいことを願った。無事に出産できる保証はどこにもない。しかし、不安や怯えを感じてももう遅すぎる。

ヴィンセントが彼女の頭のてっぺんに頬をつけた。

「子供」そう言ってふたたび笑った。「ああ、ソフィー、子供ができたんだね！」

二人は立ったまま長いあいだ抱きあった。おじへの手紙は忘れ去られた。シェップがヴィンセントの足元で眠りこんだ。タブは窓敷居に戻って日向ぼっこを始めた。

19

そのわずか数時間後に、ヴィンセントはパニックの発作を起こすこととなった。

ソフィアはアーシュラとエレンに誘われて村へ出かけていた。姉たちは村の店で何か買いたいものがあり、ソフィアはアグネス・キーピングを訪ねて、一週間ほど前にヴィンセントと二人で作ったバーサとダンの新しいお話のための挿絵を見せることになっていた。煙突掃除の少年がとても高い建物のてっぺんにある高い煙突にはまりこみ、身動きできなくなるというお話だった。挿絵の一つに描かれているのは、煙突にのぼって少年を助けだそうとするバーサの姿で、お尻と脚だけが見えていて、残りの部分は煙突のなかに隠れている。

あとでアンディ・ハリソン夫妻がお茶に来ることになっていた。今日は荘園管理人が仕事で出かけているので、お茶のときまで二時間ほど身体が空いた。自然歩道は工事が始まったばかりだが、ヴィンセントは探検に出かけることにした。湖水地方に滞在していたころは、彼の前を歩いて丘陵地帯の道を平らにしてくれる者などいなかったのだから。だが、考えてみれば、一人で歩いたことは一度もなかった。

今日も一人ではなかった。最近、マーティンをないがしろにしていたような気がしたのだ。

もちろん、そんなふうに思うなんて馬鹿げている。マーティンはたぶん、一人の時間が増えて喜んでいるだろう。彼が村の鍛冶屋の末娘と恋をしているという噂をヴィンセントも耳にしていた。きっと似合いのカップルだろう。

マーティンを誘い、杖を持って自然歩道の探検に出てみてわかったのだが、工事中の場所を過ぎると、確かに足元は岩がごつごつしているし、両側は鬱蒼たる茂みになっている。

「自然が支配権をとりもどすのに、そう長くはかからないだろうな」ヴィンセントは言った。

「自然にとっていいことです」マーティンは答えた。「人間というやつは少しでもチャンスがあれば、自然を冒瀆しますからね」

「炭鉱とか、そういったもののことを考えてるのかい？」

「それよりむしろ、馬車道を半分ほど行ったところにある、あの馬鹿みたいな木々ですよ。刈りこまれて、滑稽な形にされて、まるでプードルみたいだ」

「トピアリーのこと？」ヴィンセントは笑った。「ほんとにそんな馬鹿みたいな形なのかい？絵のようにきれいだという話だが」

マーティンは不満の声を上げた。

「四歩先に大きな石」と注意した。「左へ寄ってよけてください。右へ寄ると、丘の下までころげ落ちてしまいます」

「ソフィアから乗馬コースのことを聞いた。うまくいくと思うかい、マーティン？」

「あそこでダービーが開催されることはないでしょう。だが、うまくいくと思います。一人で好きなだけ馬を走らせることができますよ。あなたが首の骨を折るんじゃないかと、われわれ全員がはらはらすることもなくなる」

「ソフィアがおまえに相談したそうだね」

「人に笑われるような思いつきであれば、あなたよりわたしに笑われたほうがましだと思ったのでしょう。あの人はあなたが歩く地面まで崇めている」

「こら、やめろ」ヴィンセントは笑った。「子供ができたんだ、マーティン」

「料理番とメイド全員がそう言ってます。顔の丸みと、目の表情と、そのほかわけのわからないことを根拠にして。だが、あの連中の言うことはかならずあたるみたいだ。なんで女たちにわかるのか、わたしには謎です。女にはこういうことを見抜く力がある」

「ぼくは父親になるんだ」

「奥さまがご懐妊なら、めでたく父親になるわけだ」マーティンも同意した。

そこでヴィンセントは足を止め、妻がどんなにほっそりしているか、ヒップがいかに華奢かを考えた。そして、どれだけ多くの妊娠が死産もしくは母親の死という結果になるかを考えた。両方の場合もある。また、無事に生まれてきたとしても、自分にはその子の姿を見ることができず、世間一般の父親のように子供と遊ぶこともできない。けっして……。

マーティンが彼の二の腕をつかんだ。

「そこにベンチがあります。かなりおんぼろですが、あなたの体重を受け止めるぐらいはできるでしょう」

手遅れだった。

空気がなくて呼吸できない。目が見えない。ヴィンセントはマーティンの手に爪を立てた。その手をひきはがそうとしているのか、しがみつこうとしているのか、自分でもわからなかった。

ベンチが体重を受け止めてくれるだろう。自制心をとりもどしたとき、ヴィンセントはそのベンチにすわっていた。

吸って。吐いて。吸って。吐いて。

目が見えない。それだけのことだ。

呪文のような効果があった。

発作を起こしたのは、ソフィアと馬車に乗っていたあのとき以来だった。発作から発作までの間隔がだんだん長くなっている。いずれ、まったく起きなくなるだろう。視力は二度と戻らないという事実を、意識の部分だけでなく無意識の部分でもようやく受け入れるようになるときが、いずれ来るだろう。

「その手、出血させてしまったかな」ヴィンセントは尋ねた。

「軟膏《なんこう》をすりこめばすぐ治ります。厨房の連中がからかいの種にすることでしょう。サリーにひっかかれたんだと思ってるふりをしてくれるはずです」

「鍛冶屋の娘だっけ？　可愛い子かい？」

「そりゃもちろん。しかも、腕に抱くとむっちり豊満だ。ただ、抱いたらむっちりというとこまでしか許してもらえないんです。残念ながら。向こうは結婚を望んでる。わたしがここに立ってるのと同じぐらい確かなことだ」

「それで？」

「急ぐつもりはありません。もしかしたら、わたしが彼女に飽きるかもしれない。彼女がわたしに飽きるかもしれない。彼女のスカートのなかにもぐりこむには結婚するしかない、とわたしが考えるようになるかもしれない……まあ、まだそこまで卑猥な男にはなってないし、夜の祈りを唱えるとき、おふくろに教わったとおりのいい子でいれば、今後もけっしてならないでしょうけど。ただ、尻の揺れ方がまた色っぽいんですよ、ヴィンス」

ヴィンセントは笑った。「お祈りをするときは、自分がどんな行動をとりたいのかをちゃんと知っておかないとだめだぞ。でないと、神さまが混乱してしまう」

興味深いことに、マーティンはため息をついた。

ヴィンセントは立ちあがってももう大丈夫だろうと思った。杖を支えにしてベンチから立った。脚の震えはほぼ消えていた。

華奢な人間でも無事に赤ん坊を産むことができる。ソフィア自身がそう言っていた。

それに、目が見えなくても赤ん坊に触れることはできる。抱くこともできる。

その子と一緒に遊ぶことも。

その子を愛することも。

その子。

男の子だろうか。女の子だろうか。

そんなことは関係ない。まったく関係ない。無事に生まれてくれさえすれば。健康に育ってくれさえすれば。

ソフィアが命を落とさずにすめば。

お願いです、神さま、ソフィアの命を奪わないでください。ヴィンセントの祈りに曖昧なところはまったくなかった。

「結婚祝いの品を買うために、貯金を始めることにしよう」ヴィンセントは言った。

マーティンがふたたび不満の声を上げた。

ヴィンセントは自然歩道の坂を下りながら、もうじき父親になることをもっと楽しみにしようと思った。不吉な展開を予想してくよくよ考えこんでも仕方がない。また、わが子の姿が見られないという事実を嘆いても仕方がない。

少なくとも、子供を持つことができる。

自分とソフィーの子供。

こうなれば、彼女はもちろん屋敷にとどまるだろうし、結婚しようと彼女を説得したときの愚かきわまりない提案もようやく反故《ほご》にできる。別れて暮らすという計画が妊娠によって先延ばしになる可能性については考えたものの、現実に別々の人生を歩むことになったとき、子供をどうするかまでは二人とも考えていなかったからだ。

たとえ子供の姿を見ることができなくても、誰かにわが子を奪われるなど、ぜったいに許

す気はなかった。また、ソフィアが誰にもわが子を渡さない覚悟でいることに、全財産を賭
けてもいいと思った。
そうなると、あとは二人が一緒に暮らすしかない。

愚かな提案が立ち消えになることをヴィンセントは心の底から喜んだ。ソフィアも喜んで
くれるだろうと思った。あとで相談してみよう。そうすれば、ついに二人ともこの件を忘れ
去ることができる。

パルテール庭園があると思われる方角から女性たちの声が聞こえてきた。アーシュラとエ
レンの声が聞こえた。ああ、それからソフィアの声も。村へ出かけていた三人が戻ってきた
のだ。

「わあ、これ見て」ヴィンセントがすぐそばまで近づいたとき、アーシュラが言っていた。
「すごく可愛い。現実の場所なの、ソフィア?」

「いいえ、そういうわけでは……」ソフィアが答えた。「わたしが夢に見ているコテージなの。
場所は決まってないけど、とにかくわたしが住みたい家よ」

「藁葺き屋根のコテージって大好き」エレンが言った。「まあ、このスケッチ、どれもなん
て愛らしいの。すごい才能ね。この花を見て。あら、あなたの猫がいる。それから、ドアの
ところに子犬がおすわりしてる」

「ミドルベリー・パークで暮らすのがあんまり好きじゃないの?」アーシュラが笑いながら
訊いた。

「そんなことないわ。でも、ミドルベリーは現実の世界でしょ」ソフィアは言った。「コテージはわたしの夢なの。もちろん、そこに住むことはないでしょうけど。夢に見ているだけ。でも、ああ、その安らぎ。その静けさ。その幸福」

ヴィンセントは自分が石に変わっていくように感じた。マーティンはすでに姿を消したようだ。

「あなたには現実のこの世界でも幸せに暮らしてほしいわ」エレンが言った。「いまだって幸せそうよ。それに、ヴィンセントのあんなに満ち足りた様子はこれまで一度も見たことがなかった」

「まあ。でも、誰だって虚構と現実をちゃんと区別しなきゃね」ソフィアは言った。「でないと、生涯、不満のなかで過ごすことになってしまう。夢は夢、それだけのことなの。わたしはここでとても恵まれた暮らしを送っている。こんな幸運な女はどこにもいないわ」

「ねえ、あなたのスケッチに感動したわ、ソフィア」アーシュラが言った。「家に帰ってから、子供たちがきっと寂しがるわ。あなたの絵を見ることも、ヴィンセントと二人で息もぴったりに語ってくれるお話を聞くこともできなくなるんですもの。あら、ヴィンセント。気をつけたほうがいいわよ。ソフィアにコテージの絵を見せてもらったんだけど、あなたとの暮らしに耐えられなくなったら、そこに住むんですって」

「まあ」ソフィアが言った。「お帰りなさい。散歩に出てたんでしょ？」

「マーティンと一緒に自然歩道のほうへ行ってみた。無事に戻ってきたから、これからもお話をすることができそうだ。姉さんたち、村まで出かけて楽しかった？」

ソフィアが彼の腕に手を通し、みんなの先に立って屋敷に入っていった。

ヴィンセントの心はヘシアンブーツの靴底あたりまで落ちこんでいた。

「わたしがコテージの絵を描いたのは、子供たちがあらゆるものに好奇心を抱いてることを知ったからなの。みんな、すでに〝妖精がいるのはどこの庭の奥？〟なんて質問も始めてるのよ。わたし、あのシリーズの第一巻の表紙にコテージの絵を使おうと考えたの。散歩は楽しかった？　マーティンも一緒だったのよね？」

さっきの会話を彼に聞かれてしまったことは、ソフィアにもわかっていた。

サー・テレンス・フライが招待に応じた。

サー・クラレンスとレディ・マーチも招待に応じた。ヘンリエッタも一緒に来ることになった。もっとも、おばの手紙によると、彼女は目下、夏のハウスパーティにひっぱりだこで、結婚相手にふさわしい紳士たちの注目の的になっているという。爵位を持つ紳士ばかりだが、目が高い彼女の要求水準に達する男性は一人もいないそうだ。

手紙を読んでソフィアは苦笑したが、同時に、ある種の戸惑いを感じていた。この人たちに本当に来てもらいたいの？　しかし、すでに招待してしまった。温かく迎えて行き届いたもてなしをするしかない。

おじさんにも来てもらいたい？

おじの来訪を恐れているのには、ある特別な理由があることに気づいた。おじに会って落胆するかもしれないと思うと怖いのだ。手紙をよこしたのは、たぶん、ソフィアの父の思い出を大切にしているからでも、これまで音信不通だったのを後悔しているからでもないだろう。長いあいだ疎遠だったことについて、ソフィアに満足な説明をすることは、おじにはできないはずだ。たぶん、ソフィアがヘンリエッタからヴィンセントを盗んだことを非難するために訪ねてくるのだ――マーサおばからそのように聞かされたとすれば。たぶん……。

まあ、おじの訪問を待って確認するしかない。

その反面、訪問を待ち焦がれてもいた。おなかに子供がいる。生まれてくるのが息子でも、娘でも、父方の身内の注目と愛情が不足することはけっしてない。でも、わたしの側は？子供に対して愛情を注いでくれる身内が誰かいるだろうか。

あるいは、わたし自身に対して。

ヴィンセントの姉たちと家族はいったん自宅に戻ったが、収穫祝いの舞踏会に合わせてまた訪ねてくることになっている。祖母はバースに帰る準備を整えた。そちらで家も借りたという。舞踏会がすんだら出発する予定だ。母親も友人たちの住むバートン・クームズに帰りたい気持ちが日に日に増しているが、ソフィアのお産がすむまでこちらに残ることになった。お産は早春の予定だ。

収穫祝いの舞踏会は数キロ四方に住む人々すべての熱い注目の的になっていた。ただし、この名称は実質的に消えてしまった。いまでは結婚披露の舞踏会と呼ばれている。遅ればせながらの披露宴。いまでは花嫁の妊娠を誰もが知っているのだから、遅すぎるにもほどがある。ただ、ハイウェストのドレスのゆったりしたスカートに隠れているため、おなかの小さな膨らみはまだほとんど目立たない。

舞踏会の計画を立てるにあたってはヴィンセントの母親も手伝ってくれたが、じつのところ、そんな大々的な催しを開いた経験は、ソフィアと同様、母親にもほとんどなかった。ヴィンセントの世話をするので手一杯だったのだ。

「あなたはヴィンセントのために本当によく尽くしてくれてるけど、ソフィア」ヴィンセントの母親が愚痴混じりに言った。二人で書斎に腰を下ろし、舞踏会を開くのに必要な事柄のリスト作りを進めていたときのことだった。とにかく、自分たちに思いつける範囲のことを次々とリストにしているのだが、どちらかの頭に絶えず別の何かが浮かび、そのたびに二人ともあわてふためいてパニックを起こしそうになる。「どうすればそこまでできるのかわからないわ。ときどき、何もしてくれないほうがよかったのにと思うこともあるのよ。庭に乗馬コースを造ろうなんてどこから思いついたの？　披露宴の席でヴィンセントはどうやって食事をすればいいの？　舞踏室で何をしてればいいの？」

「両方とも楽々とこなせるから大丈夫ですよ、お母さん」ソフィアは保証した。「バートン・クームズで経験済みだから、ここでもできるはずです。身内の方々やお友達もいますもの」

「そうだといいけど」ヴィンセントの母親はため息をついた。

収穫祝いの舞踏会か、結婚披露の舞踏会か、呼び方はどちらでもいいが、とにかく一〇月上旬の開催が決まった。いつものように、夏から秋へ移るのはあっというまだが、秋には秋の美しさがある。もうじき木々が色づいて葉を落とす。ふたたび新緑が芽吹く前にミドルベリー・パークに赤ちゃんが誕生する。しかし、そのことで頭をいっぱいにするのは時期尚早だった。

サー・テレンスとマーチ一家は同じ日に到着することになっていた。ただし、一緒に来るわけではない。ヴィンセントの姉たちはその数日後にやってくる。ポンソンビー子爵も。彼はここからそう遠くないところに住む年配の身内を訪問中で、二日か三日ミドルベリー・パークにお邪魔できれば光栄だ、と言ってきたのだ。

〝補聴器に向かってがなりたてたせいで声が嗄れそうだ〟と、彼の手紙に書いてあった。〝ぼくの声帯には休息が必要だ。それ以外の箇所は言うに及ばず。まさにこの理由から、きみの親切な招待を受けることにした〟

ポンソンビー子爵は皮肉っぽい目で世界を見ている人ね――ヴィンセントのために手紙を読みあげながら、ソフィアは思った。わたしと同じように、不幸な経験からそうなったのかしら。彼についてソフィアが知っているのは、ヴィンセントの親友の一人で、〈サバイバーズ・クラブ〉のメンバーということだけだ。ときたま吃音が出る点を別にすれば、肉体的な損傷を示すものはほとんどない。ただ、厭世《えんせい》的な目をしている。年はせいぜい三〇歳、いや、たぶんもっと下だろう。

マーチ一家が最初に到着した。午後の早い時間だった。ソフィアとヴィンセントが迎えに出た。ヴィンセントはシェップの誘導に頼っていた。

「マーサおばさん」御者が手を貸しておばを降ろすと同時に、ソフィアは進みでた。おばと抱きあった。いまだかつてなかったことだ。

「ソフィア？」おばの眉が驚きに跳ねあがり、その目が姪の頭のてっぺんから爪先までをじろじろ眺めた。「ずいぶんうまくやったじゃない。ミドルベリー・パークって噂どおりの豪華なところね。グランドメゾン館に負けない豪華さだわ。ヘンリエッタがこの二週間、そちらに泊めていただいてたのよ。タッカベリー伯爵から特別のご招待を受けて」

「道中、お疲れではありませんでした？」ソフィアは言った。

「ダーリー卿」マーサおばがそちらに声をかけたので、ソフィアは背中で手を組んで立ったまま周囲を見まわしているおじのほうを向いた。

「いいところへ嫁に来たものだな」そう言われて、おじを抱擁するつもりだったソフィアは思いとどまった。かわりに微笑するだけにしておいた。

「馬車の旅をお楽しみになったことと思います、おじさん」

ヘンリエッタが馬車のステップを降りていた。しかし、不意に足を止めて悲鳴を上げた。

「お父さん！　犬が！」

「こいつはぼくを守ってくれる犬なんです、ミス・マーチ」ヴィンセントが言った。「けっしてぼくのそばを離れないし、とてもおとなしい」

ヘンリエッタはステップの下段のところで身をすくめていた。「お母さん？」

「娘は子供のころに怖い思いをしたことがあるんです」マーサおばが説明した。「教会から家に帰るとき、村の獰猛な犬をなでようとして咬《か》みつかれそうになりましたのよ。主人がステッキで犬を打ち据えて追い払わなかったら、咬まれてたでしょうね。そのときの飼い主もおとなしい犬だって断言しましたわ、ダーリー卿」

「犬はぼくたちの部屋に連れて帰ることにします」ヴィンセントは言った。「そのあいだにソフィアがみなさんをお部屋にご案内します。旅の汚れを落としてしばらく休息なさりたいでしょうから。お茶の時間になったら、客間のほうで正式にご挨拶させていただきます。ミス・マーチ、あなたにしろ、ほかの誰にしろ、シェップが危害を加えることはけっしてないのでご安心ください。この犬はぼくの目なんです。さて、みなさんの無事のご到着をとても喜んでおります。身内の方々とここで過ごすことを、ソフィアがずっと願っておりました」

そう言うと向きを変え、シェップと一緒に外階段をのぼって家に入っていった。

「あの男の目？」眉を吊りあげてサー・クラレンスが言った。「妙なことを言うものだ」

ヘンリエッタがステップを降りてテラスに立ったので、ソフィアは彼女を抱きしめた。

「ミドルベリー・パークにようこそ、ヘンリエッタ」

「ここで幸せになれたのならよかったわ」ヘンリエッタは言った。「あなたはこの暮らしを手に入れるために、目の見えない男と結婚したんですものね。それだけの価値があったことを願ってるわ」

「ええ」ソフィアは微笑した。「わたしはヴィンセントと結婚して、ここで幸せに暮らしてるわ。さあ、入って。テレンスおじさんももうじき到着するでしょう」

ソフィアはおばの腕に手をかけて屋敷のなかに案内した。

この一家がやってきた理由について、ソフィアは首をひねってはいなかった。好奇心からやってきたのだ。そして、結婚を後悔しているソフィアかヴィンセントの姿を見てやろうと思って。あるいは、ミドルベリー・パークが噂ほど立派なところではないことを期待して。あるいは、ダーリー卿と結婚したのが自分たちの姪であり、ヘンリエッタでなくてよかったと思いながら家に帰るつもりで。

こういうひがみ根性を抱き、生涯にわたって誰の前でもこの態度を崩さないというのは、なんとも不幸なことに違いない。おじ、おば、いとこがいても、けっして本当の身内にはなれないことを知って、ソフィアは悲しくなった。でも、一家が何日か滞在するあいだは、行き届いたもてなしをし、礼を尽くし、できれば愛情も向けるつもりだった。

この一時間ほどあとにテレンスおじが到着したので、ソフィアとヴィンセントは出迎えのためにふたたび外に出た。今回、ヴィンセントが手にしたのは杖だった。馬車がテラスに着いてステップが下ろされ、背の高いエレガントな紳士が降りてきた。

ソフィアは瞬間的に混乱して息を呑み、何年も前の知らせはきっと間違いだったのだと思った。父親が決闘で死んだというのは嘘だったのだ。もちろん、そう思ったのはほんの一瞬だった。この男性の顔はハンサムだが、きびしさが窺える。ソフィアの父親は山のような借金を抱えていたときも、賭博場でひと財産失ったときも、にこやかな笑みを湛えた魅力を失わない人だったが、このおじにはそういうところがない。かわりに、にこやかな笑みに劣らぬ独自の強烈な存在感がある。

しかし、とにかく父親と瓜《うり》二つだ。

ソフィアはヴィンセントの腕にかけていた手をはずして進みでた。

「テレンスおじさん？」

おじはソフィアの前に立ち、さっきのマーサおばと同じように、彼女の頭のてっぺんから爪先までを眺めた。シルクハットを脱いで彼女のほうへ軽く頭を下げた。

「ソフィア？　なんとまあ、華奢で優美な子だね。話に聞いていたのとは大違いだ」

微笑したほうがいい？　膝を折ってお辞儀をしたほうがいい？　旅はどうだったかと尋ねる？　抱擁する？　ソフィアの頭は麻痺していた。

おじが手袋をはめていない手を差しだしたので、ソフィアはそこに自分の手を置いた。おじはその手を優雅な仕草で唇に持っていき、ソフィアは思わず自分の下唇を噛んだ。

「おまえが生まれたあと、一度だけお父さんに会ったことがある。お父さんはおまえのことをモップ頭の宝物だと言い、絶望に陥ってもこの子がいるから生きていけると言っていた。お父さんからそういう話を聞いたことはなかったかね、ソフィア？」

ソフィアは首をふった。唇をきつく噛んでいた。視界がぼやけ、涙があふれてきたことを知った。

「いちばん身近でいちばん大切な相手の前だと、人は胸の思いをあまり口にしないものだ」おじはソフィアの手を軽く叩いてから放した。

ソフィアは自制心をとりもどした。

「テレンスおじさん、夫を紹介させてください。ダーリー子爵ヴィンセントです」

ヴィンセントは右手を差しだし、微笑していた。

「初めまして。お目にかかれて光栄です」

握手をするためにおじが前へ出ると同時に、ソフィアの視界をさえぎるものがなくなって、馬車が目に飛びこんできた。そして、このとき初めて、おじが一人で来たのではないことを知った。もう一人の男性がステップの途中まで降り、扉の枠を背景にして立っていた。微笑を浮かべたハンサムな若い男。

「ソフィーア」セバスチャンは語尾を強調した彼独特の呼び方で言った。かつてのソフィアはこう呼ばれるたびに胸がときめいたものだった。「最後に会ったときに比べると、ずいぶん大人になったね」

ソフィアは全身の血が爪先のほうへ下がってしまったように感じた。

「セバスチャン？」彼が馬車からテラスに降りるあいだに、ソフィアは両手を前で握りあわせた。セバスチャンは六年前より胸板が厚くなっていた。さらにハンサムになっていた。昔よりもっと自信に満ちている。笑顔も昔以上に魅力的だ。

「父についてここに来ずにはいられなかった。ダーリー子爵夫人の様子をこの目で見たくてね。じつに優美な人だ」

「迷惑に思わないでくれるね」おじが言った。「セバスチャンがどうしてもおまえにもう一度会いたいと言うものだから。ダーリー卿、妻の連れ子のセバスチャン・メイコックを紹介しよう」

ソフィアが氷のように冷たいヴィンセントの表情を見たのはこれが初めてだった。鼻孔が膨らみ、唇を真一文字に結んでいる。目はセバスチャンのいる方向へまっすぐに向いている。セバスチャンが彼に歩み寄り、唇に気さくな笑みを浮かべて右手を差しだした。

「ようこそ、メイコック」ヴィンセントは言った。その声も氷のように冷たかった。

セバスチャンの右手が脇に垂れた。

ソフィアはおじがヴィンセントの態度の変化に気づいただろうかと思った。

「もちろん、迷惑だなんて思いませんわ、テレンスおじさん。お二人をお迎えできて喜んでいます。お客さま用の部屋もまだいくつか空いていますし。しばらく前に、マーサおばさんとサー・クラレンスがお着きになったのよ。ヘンリエッタも一緒に。もうじき客間へお茶を飲みにいらっしゃるわ。このまま客間へご案内しましょうか。それとも、お部屋でしばらくゆっくりなさりたい？」

ソフィアはおじの腕に手をすべりこませた。

「ほう、あの一家も来たのか」おじが言った。おもしろがっているような声だった。「おまえがあの連中を招待したとは驚きだ、ソフィア。だが、考えてみれば、わたしを招待してくれたのも驚きだ。驚きと感謝だ。お茶ならいますぐにでもいただきたい。おまえはどうだね、セバスチャン？」

「客間へ行きましょう」セバスチャンは言った。

ヴィンセントのために道案内をすべきかどうかセバスチャンが迷っているのを、ソフィアは見てとった。しかし、ヴィンセントは彼を無視して向きを変え、杖で階段を探りあてると、ソフィアとサー・テレンスのすぐうしろから階段をのぼっていった。セバスチャンがしんがりを務めた。


サー・テレンス・フライは分別のある人のようだった。会話を和やかに進めるコツを心得ていたし、最初の印象からすると、招待を受けてようやくソフィアに会えたことを心から喜んでいる様子だった。セバスチャン・メイコックの口調には自信と魅力があふれていた。あっというまにヴィンセントの母親と祖母の心をとらえてしまったし、レディ・マーチとミス・マーチは彼に話しかけるときに甘ったるい声を出すようになった。ヴィンセントはその様子から、メイコックというのはきっとハンサムな男で、たぶん金も持っているのだろうと推測した。

客間でのお茶の時間は何事もなく過ぎていった。ヴィンセントはソフィアのためにそれを喜んだ。ソフィアと親族のあいだにほんのわずかでも礼儀正しい交流があれば、ソフィアのために喜んだだろうが、それ以上の心の交流がある様子だった。とにかく、テレンスおじに関してはそう言える。彼とその妹のレディ・マーチは、ヴィンセントの印象では、口調も考え方もまったく似ていないようだ。

もちろん、このおじには説明してもらいたいことがどっさり残っている。

ヴィンセントにとってお茶の時間が腹立たしかったのは、たった一つの理由からだった。サー・テレンスとは興味深い会話を楽しむことができた。マーチ一家のトゲのある発言をおもしろがることもできた。しかし、セバスチャン・メイコックを自分の家に迎え入れ、にこやかにもてなすしかないことに、やり場のない怒りを感じていた。しかし、ほかにどんな選択肢があるだろう？　招かれもしないのにやってきた男だが、ソフィアのおじの同伴者だ。ここに滞在する権利がある。おじの妻の連れ子なのだ。

だが、できることなら、メイコックの顔に喜び勇んで手袋を叩きつけてやりたかった。すべては数年前の出来事だ――自分にそう言い聞かせようとした。メイコックもあれから変わったかもしれない。当時の彼はまだまだ若かった。とはいえ、すでに二三歳になってい た。さっきテラスでソフィアに再会したとき、彼には悪びれる様子がまったくなかった。いまこうして客間にいても、やはり悪びれる様子はない。忘れてしまったのだろうか。それとも、ソフィアがメイコックの言葉を誇張したのだろうか。しかし、彼女の記憶に残っている言葉の半分程度のことでも彼が口にしたのなら、許すわけにはいかない。

「一つ教えてほしいんだが」サー・クラレンスが言った。その声は愛想がよくて、おどけていて、小さな子供に話しかけているかのようだった。「犬がきみの目だというのはどういう意味だね、ダーリー？　そのオス犬を目のように大切に思っているということか？　それとも、メス犬かね？　きみの妻が聞いているところで感情こめてそういうことを言うのは、やめたほうがいいぞ」

　サー・クラレンスは自分の冗談に笑い声を上げ、ヴィンセントもお義理で微笑した。

「シェップはコリー、牧羊犬です」ヴィンセントは説明した。「熟練した人から訓練を受けて、ぼくの道案内ができるようになったんです。違う訓練を受けていれば、羊を誘導する犬になっていたでしょうが、それと同じことですね。つまり、ぼくも羊とそう変わらないというわけで、その事実をとてもありがたく思っています。あの犬が来てから、ぼくは大きな自由をとりもどしたのです」

　サー・クラレンスはさらに笑った。

「どうせ犬のことだから、そのうちウサギを見つけて追っかけていき、きみは木にぶつかるか、崖から落ちるか、どちらかになるだろう、ダーリー。いったいどこからそんな馬鹿げたことを思いついたんだね？」

「ぼくの妻からです。妻は生まれつき目の見えない少女が飼い犬に道案内をしてもらっているという話を聞き、ぼくにもやってみるよう勧めてくれたのです。ぼくはさっき、シェップがぼくの目だと言いました。しかし、じつを言うと、ぼくの目と呼ぶべきはソフィアです。ぼくのところにシェップを連れてきました。湖まで続く手すりつきの小道を造らせました。屋敷の裏の丘陵地にある自然歩道を整備させ、手すりをつけさせています。工事は冬までに終わるでしょう。それから、乗馬コースの案を出したのも妻で、目下、庭の縁に沿って工事中です。ぼくはそこで安全に乗馬を楽しみ、さらにギャロップで走ることもできるようになるのです。サー・テレンス、ソフィアの父上が彼女を宝物と呼んでいたというお話を、ぼくも先ほど聞かせてもらいました。ソフィアはぼくの宝物でもあります」

「コヴィントン荘にご滞在中、図々しく近づいたソフィアにあなたは大きな恩恵を施してくださいましたが、ソフィアがそのことに然るべき感謝を示していると伺ってうれしく思います、ダーリー卿」レディ・マーチが言った。「心が慰められました。正直に白状いたしますと、おばとして、当時の後見人として、ソフィアのことでいささか困惑し、恥ずかしく思っておりましたの」

「それは大違いです」ヴィンセントはおばのいるほうへ笑顔を向けた。「ぼくのほうが図々しくミス・フライに近づいたのです。結婚の申し込みを何度も断わられたあとでようやく、ミス・フライの説得に成功し、憐れみをかけてもらうことができました」

「わが家ではみんな大喜びしています」ヴィンセントの祖母が言った。「そういう結果になったことを。ソフィアはこの孫の家に降りてきたキラキラ輝く小さな天使みたいな子です。そちらのご家庭からソフィアを失ってしまったあなたをお気の毒に思います。でも、女の子が一定の年齢になったら、結婚するのが定めですものね。誰よりも先にソフィアを見つけることができて、ヴィンセントは幸運でした」

「マーサおばさん」ヴィンセントと並んでソファにすわっていたソフィアが立ちあがった。

「ヘンリエッタ、馬車の旅のあとで新鮮な空気を吸いたくて、きっとうずうずしてらっしゃるでしょうね。パルテール庭園とトピアリー庭園へご案内しましょう。九月の末にしては天候に恵まれてるわ。そう思いませんか？」

「わたしも一緒に行こう。かまわないかね、ソフィア？」サー・テレンスが言った。

その息子が自分も参加しようと決める前に、ヴィンセントは急いで言った。

「メイコック、犬が午後からずっとぼくたちの住まいのほうに閉じこめられていたから、きっと運動したがっているだろう。よかったら、ぼくと一緒に湖までのんびり歩かないか？」

「喜んで」メイコックは答えた。本当に喜んでいる様子だった。

20

「なつかしいソフィーア」セバスチャン・メイコックは彼女の名前の最後に独特の強調を加えた。「犬は彼女のすばらしい思いつきだったんだね。きみの目が不自由だなんて、こうして並んで歩いていてもほとんどわからない」

二人は湖まで続く小道をふつうのペースで大股に歩いていた。メイコックは手すりのある側を歩き、ヴィンセントはシェップを連れていた。

「自分の目が不自由だとはほとんど思わない、などと言うつもりはない。ただ、犬のおかげで、大きな自由と自信をとりもどすことができた。そう、その可能性に気づいて、挑戦するよう勧めてくれたのはソフィアだった」

「そして、いまは乗馬コースを建造中か。広大な庭だから、充分に余裕があるようだ。こちらの屋敷もみごとだし」

「ああ」ヴィンセントはうなずいた。「ぼくはとても幸せ者だ」

二人は歩きながら、とりとめもないことを和やかに話しつづけた。違う状況で出会ったなら、たぶんこの男を好きになっていただろう、とヴィンセントは思った。気さくで愛想がいい。自分の評価は辛すぎたのかもしれない。本人にはたぶん、残酷なことを言ったつもりはなかったのだ。何気なく言った言葉がどれほど相手を傷つけたか、きっと、気づいていないのだ。

「ソフィーアは昔から好奇心旺盛な子だった」視力がなくても楽しめるよう、自然歩道に沿って香りのいいハーブと木々を植えようというソフィアの計画をヴィンセントが話すと、メイコックは言った。「おもしろい子だといつも思っていた。美術館へ連れていくと、名画と称えられている作品の前に立ち、眉間にしわを寄せ、小首をかしげて、ここを直せばもっとよくなるのに、などと指摘したものだ。ソフィーアがあの冷酷なメアリおばさんにひきとられてしばらくたってからで、ぼくが継父と暮らすためにウィーンへ行く直前のことだった」

シェップがすでに足を止めていたので、ヴィンセントは湖の岸に着いたことを知った。

「うん。きみのことはソフィアから聞いている」

「そうだったのか」メイコックはくすっと笑った。「愉快なチビだった」

「愉快？」

メイコックが身をかがめて石をいくつか拾ったに違いない。石が水面を切って飛んでいく音を、ヴィンセントは耳にした。

「痩せこけた子だった」メイコックは言った。「顔色が悪くて、やつれてて、目だけが大きかった。あの豊かな髪がなかったら男の子みたいに見えただろうな。髪の量がすごくてね、自分ではうまくまとめられないみたいだった」

そう言って笑った。

「しかも、醜い子だった」ヴィンセントは向きを変え、湖の岸に沿って右のほうへ歩きながら言った。

「えっ？」

「醜い子」ヴィンセントは言った。「きみが彼女にそう言ったんだ」

「ぼくが？」メイコックはふたたびくすっと笑った。「で、向こうはまだ覚えていた？ まあ、きみにその話をしたのなら、覚えてたわけだ。確かに醜い子だった。ぼくは彼女を見守ることを継父に約束し、その約束を守っていた。メアリおばは知らん顔だったからね。あんなに冷たい人はいなかった。ソフィーアはおもしろい子でね、ロンドンのさまざまな場所へ連れていったり、おしゃべりしたりするのが、ぼくもけっこう楽しかった。だが、はっきり言わせてもらうと、ぼくが彼女に恋をしてると向こうが勝手に思いこんだものだから、こっちはむっとした。冗談じゃない。ぼくには当時愛人がいて、高級娼婦《しょうふ》のなかでもとくに美女の誉《ほま》れ高き女だった。どこの紳士クラブでも、ぼくは羨望の的だった。だが、ソフィーアのほうは……うーん……」

メイコックはふたたび笑った。

「まだ一五歳だった」ヴィンセントは言った。

「これは失礼。けっして馬鹿にして笑ったのではない。昔に比べるとずいぶんきれいになった。それは断言できる。きみがまともな服を買ってやったんだね。メアリおばは一度もしなかったことだ。髪もいまではきれいに整えられている。体重も少し増えたようだ。結婚相手が絶世の美女ではなかったことも、きみにはたぶん、問題ではないだろうね」

「ぼくは絶世の美女と結婚したと思っている」ヴィンセントはメイコックに言った。

メイコックは笑いだし、それから沈黙した。

「そうだったのか」ヴィンセントがそれ以上何も言おうとしないので、笑いを含んだ声でメイコックは続けた。「きみを怒らせてしまったようだね。いや、悪気はなかったんだ。あの子は愉快なチビだ。継父がこちらに招待されたことを知った瞬間、ぼくも一緒にお邪魔して彼女に再会できたら楽しいだろうと思った。ソフィーアが馬鹿なことを言いだすまでは、あの子のことが気に入っていた。おそらく、きみも気に入っていることだろう。誰だって気に入らずにはいられない。美貌がすべてだとは思わない相手とめぐり会えて、ソフィーアは幸運だった。ぼくも彼女のために喜んでいる」

こいつ、喧嘩を売ってるのか。だが、ヴィンセントは感心なことに、たぶんそうではないと考え直した。愛想のいい男性だし、おそらくハンサムで、女性には人気だろう。ただ、性格の点で問題がある。ヴィンセントはふたたび足を止め、彼のほうを向いた。

「当時のソフィアはいささか残酷な形で父親を亡くしたばかりだった。不安定な暮らしのなかでソフィアが頼れるのは父親だけだったのに。しかも、あまり頼りにできるタイプではなかった。おばにひきとられたが、ほったらかしにされていた。不安と傷つきやすさを抱えた一五歳の女の子で、辛い人生を送ってきた。そのとき突然、友達ができた。その人がおしゃべりの相手になり、話を聞いてくれ、いろんな興味深いところへ連れていってくれた。ソフィアが恋に落ちたことになんの不思議があるだろう?」

「いや、それは——」

ヴィンセントは片手を上げて黙らせた。

「もちろん、きみが恋などするはずはない。相手はほんの子供だった。恋心を告白されて、きみは困った立場に立たされた。ソフィアに現実を教える必要があった。思い違いをさせておくわけにはいかなかった。だが、ソフィアを傷つけたくなかった。そうだね?」

「あの子は痩せこけたチビだった、ダーリー」メイコックはふたたびくすっと笑った。「当時のソフィーアをきみにも見せたかったよ。きみもたぶん、大笑いしただろう。ぼくが彼女に恋してるなどと、向こうが勝手に思いこんでたことを知ったらとくに。あとで思いだしたら笑えてきた。そのときはひどく困惑しただけだった。まいったね。ソフィーアのために午後の時間を何度も犠牲にしたのに。感謝してくれると思っていた」

ヴィンセントはさらに何か言おうとして口を開いた。しかし、言って何になる? いまでさえ、メイコックの頭にあるのは、ソフィアに告白されて自分がどんなに困ったかということだけだ。そのときのことを彼女がいまも覚えていると知っても、相手を深く傷つけてしまったことまでは思いが至らないのだろうか。

どうすれば一五歳のときの惨めなソフィーのために復讐《ふくしゅう》できるだろう? この男を湖に突き落とす? それぐらいならできるはずだ。不意打ちという手がある。だが、子供っぽいやり方だ。それに、満足できそうもない。

だが、ほかに何ができる？　目の見えない人間に。

そのとき、ふとある考えが浮かんだ。いまは脇へどけておくことにした。

「ボート小屋にボートが何艘《そう》かある」ヴィンセントは言った。「このまま天気が崩れなかったら、そのうちボートで湖に出てみたらどうだい？」

「いいね。血液の循環をよくするスポーツのたぐいは、ここではできそうもないから。ヘンリエッタを誘ってみようかな。気の利いた会話はできない子だが、外見だけは華やかだ」

「きみ、スポーツは何を？」ヴィンセントは質問した。「乗馬？　ボクシング？　ロンドンにいるときは、〈ジェントルマンズ・ジャクソン〉へ行くのかい？」

「ぼくはジャクソンの自慢の弟子の一人なんだ。つねに対戦相手をノックアウトする。ときたま、一ラウンドか二ラウンドぐらいジャクソンが相手をしてくれる。ついでに言っておくと、そんなことは誰ともしない人なんだ。手に汗握る試合を見るぐらいすばらしいことはない。そうだろう？　あっ、失礼。きみは試合を見ることができないんだったね」

「いつか午前中にでも、ぜひぼくのトレーニング室に来てほしい」ヴィンセントはそう言うと、家に帰ろうという合図をシェップに送った。「かつて戦地でぼくの従卒だった男がいまは従者を務め、ぼくの鍛錬も担当してくれている。スパーリングの大好きなやつだ。腕前もすごい。がっしりした体格でね。互角の腕を持つ相手が近くにほとんどいないことが、そいつの不満の種なんだ。もしよかったら――」

「ぼくにぴったりの相手のようだ」メイコックは言った。「ただし、気付け薬を持参するよう伝えておくほうがいいぞ、ダーリー。そいつに必要になるから」

「伝えておく」ヴィンセントは微笑した。「もっとも、向こうは、必要なのはきみのほうだと言うかもしれない」

メイコックは笑った。

「出かけてきてよかった。ここでの日々が楽しくなりそうだ。それから、もう醜い子じゃないって、ソフィーアに忘れずに言っておかなくては。まともな服とまともな髪が奇跡を起こしてくれた。そう思わないかい？」

マーティンのことだから、きっと、馬鹿だの、とんまだの、変人だの、さらにはもっとひどい罵り言葉をぶつけてくるだろう――ヴィンセントは思った。だが、スパーリングのことを説明すればたぶん大丈夫。ただし、マーティンがへそを曲げそうなことが一つある。じっさいにスパーリングをするのが彼ではないということだ。


ソフィアがおじと二人だけになれたのは、翌日の午後も半ばになってからだった。それまでは、おば夫妻とヘンリエッタを案内して迎賓室を見せてまわっていた。所有者の目が不自由では宝の持ち腐れのようなものだが、確かに豪華なしつらえだ、というのが三人の感想だった。セバスチャンとは午餐のあと、音楽室でほんのしばらく話をした。ソフィアが三〇分だけ時間を作って、ミス・デビンズから宿題に出された難解な曲を練習していたときのことだった。ピアノフォルテの前のベンチにすわったとたん、指が一〇本とも言うことを聞かなくなるという厄介な癖が出てくるのはなぜなのか、ソフィアには理解できなかった。でも、ヴィンセントがハープをマスターできるなら――その日も近いという感じだ――わたしだってピアノフォルテをマスターできるはず。少なくとも、上手に弾けるよう努力することはできる。

「ソフィーア」セバスチャンが言った。「すばらしく洗練されたレディになってきたね」

「演奏の腕前を人前で披露できる日が来るのかどうかは疑わしいけど」

「昔、よくスケッチしてたよな。なかには辛辣な才気にあふれたものもあった」

「いまは物語の挿絵を描いてるのよ。子供向けのお話。ヴィンセントの甥と姪が喜んでくれるから、彼と二人でお話作りをしてるの。で、わたしが挿絵を描いて絵本にしてるのよ」

「へーえ、そうか」セバスチャンが微笑すると、目尻に魅力的なしわが刻まれた。「ぜひ見せてほしいな。ぼくはあのとき、ウィーンの継父のところへ出かけて、予定よりずっと長く滞在することになってしまった。あちらのオペラや音楽には飽きることがないからね。帰国したときには、メアリおばさんはすでに亡くなり、きみはマーサおばさんの家にひきとられていた。どっちもどっちって感じだけどな。きみに会いに行くべきだった。おたがい、気が合ってたから」

「あなたが国を出てたなんて知らなかった」ソフィアはベンチの上で向きを変え、彼にしっかり視線を据えた。「でも、あなたが訪ねてこなくなって、わたしはほっとしたのよ、セバスチャン」

「ぼくがきみのことを醜いと言ったから？」セバスチャンは表情をこわばらせ、それから笑顔に戻った。「だけど、事実そうだっただろ、ソフィーア。いまでは、誰かに髪を整えてもらい、きれいな服を着て、昔ほどガリガリではなくなっている。前よりずっときれいになった。ぼくももう、醜いなんて言わないからね」

「でも、セバスチャン、わたしはあなたのことが好きだった。そして、あなたを信じてたのよ」

「好きになるのは当然だ」セバスチャンは笑った。ひどく愉快そうな笑い声だった。「鏡を見れば、ぼくがほんとのことしか言ってないのがわかったはずだ。でも、もう遠い昔のことだ。いまは美女と呼べる一歩手前まで来ている」

まあ。すてきな褒め言葉ですこと。ソフィアは彼に笑みを返した。

「こう申しあげれば安心なさると思うけど、あなたのことはもう愛してないわ、セバスチャン。さて、ボンネットをとってこなきゃ。テレンスおじさんと散歩に行く約束なの」

「そうか」セバスチャンは彼女のためにドアをあけた。「失恋の痛みはもう残っていないと知ってほっとしたよ、ソフィーア。きっと、ダーリーのほうがきみの好みに合ってるんだね」

「彼にはわたしの姿を見ることができないから？」

セバスチャンはおもしろい冗談でも聞いたかのように笑った。

ものを見る目が五年間で大きく変わってしまうのは、なんという驚きだろう。彼はハンサムだ。魅力的だ。愛想がいい。でも、他人を思いやる心がない。

玄関広間でおじが待っていた。

「ミドルベリー・パークがイングランドの名建築の一つとされている理由がわかったよ」ソフィアが近づいていくと、おじは言った。「少し前に、おまえのお姑《しゅうとめ》さんが迎賓室を見せてくれた」

「庭のほうもそれに劣らず立派なのよ」おじの先に立って玄関扉を通り抜け、外階段を下りながら、ソフィアは言った。「湖へご案内しますね。元気がおありなら、湖畔を歩いてヒマラヤ杉の小道と東屋まで行きましょう。ざっと見ただけの人は、湖の向こうの木立が庭の端だと思うかもしれないけど、じつは違うんです」

おじが腕を差しだしたので、ソフィアはそこに手をかけた。おじと何度か顔を合わせるうちに、父親によく似ているという印象が薄れてきた。父親のような魅力的な物腰や人好きのする微笑はない。かわりに優雅さと完璧な礼儀を備えている。

「小道をたどって、行けるところまで行きましょう」ソフィアは言った。

朝のうちは小雨模様だったため、芝生が濡れていたが、正午を過ぎたころから雲が消えて気持ちのいい午後になった。大気中にわずかに秋の気配が感じられる。

「小道はできたばかりかね？　景色とみごとに調和している。おまえが思いついたそうだね、ソフィア」

「腕をとってくれる人がいないと、ヴィンセントはパルテール庭園から先へ行けなかったの。

ほかの人に頼らないと何もできないなんて、気が滅入ると思うのよ。そうでしょ？　あるいは、一人だと小さな区画から出ることもできないなんて」

「子供と同じ扱いだね」おじが静かに言った。自分に言い聞かせているかのようだった。「ただ、子供が可愛がられ、大切にされて、自立した一人前の大人に成長するためには、それもやむを得ないと思う。わたしの人生経験のなかでいまも辛くてならないのは、三人の子供を幼いうちに亡くしたことだ。自分の弟が羨ましかった。いや、〝嫉妬〟と言ったほうがいいかな。ずいぶん若いころに仲違《なかたが》いしてしまった。弟の奔放な生き方のせいではない。それは性分だから仕方がない。じつは、弟が盗みを働いたのだ——まあ、当時はそうとしか思えなかった——わたしが結婚するつもりだった女性を妻にしてしまったのだ。お母さんに関するそういう話を、おまえは知ってたかね？　やがて、おまえが生まれ、無事に成長した。わたしはそれが腹立たしかった。弟に腹を立て、おまえに腹を立てた。おまえに憎まれても、ソフィア、わたしは文句を言える筋合いではない」

おじの言葉に衝撃を受けて、ソフィアの心は麻痺してしまった。自分の兄とのあいだに何があったのかを父親が話してくれたことは一度もなかった。ソフィアの想像ははずれていたのだ。兄のほうと結婚しなかったことを、母は後悔していたのだろうか。

「おまえのお母さんが出ていったとき、知ってのとおり、わたしはおまえをひきとろうと申しでた。いや、何も聞いてないかもしれないな。そのころ、われわれ夫婦は自分の子を二人亡くしていた」

「わたしをひきとる？」ソフィアは驚いておじを見上げた。

「弟の生き方は幼い子供にふさわしいものではなかったからね。おまえのお母さんが出ていってからはとくに。だが、もちろん、弟は拒絶した。それを責めるつもりはない。わたしが弟の立場でも、やはり断わっただろう。だが、仲直りはもう無理だった。わたしの申し出を弟が拒絶したことで、さらに険悪になってしまった」

ソフィアがおじの話について熟考するあいだ、二人とも黙りこんだ。周囲で展開する大人の世界のドラマを子供たちが知ることはほとんどない。

「湖の設計者が誰なのか知らないが」おじは言った。「湖に島と神殿を造ったその人物は、絵のような美しさに対する鋭い目を持っていたようだな。ボートはあるかね？」

「ええ」ソフィアは答えた。しかし、ボートで島に渡ろうなどという提案がおじから出ないよう願った。水に浮く方法をヴィンセントに教わり、新しいやり方で愛を交わし、彼をいっそう深く愛するようになったあの午後以来、島へは一度も行っていない。

二人は向きを変えてボート小屋を通り過ぎ、湖畔を歩いた。

「うちはばらばらの家族だった、ソフィア。理由はよくわからないが、誰もがたがいにあまり愛情を持っていなかった。そんななかで、おまえのお父さんとわたしだけが子供のころは大の仲良しだった。ばらばらだったのは、弟や妹たちだけでなく、わたしの責任でもあったと思う。わたしはよそよそしい性格なのだ。妻から一度、冷たい人だとなじられたことがあり、自分では冷たいなどと思っていなかったので傷ついた。しかし、喧嘩のあとで妻の非難

について じっくり考え、こんな態度では冷たいと言われても仕方がないと認めざるをえなくなった。何かが起きても、渦中に飛びこんで自分もその一部になるかわりに、周辺でうろうろするのがつねだったからね。政治家や陸軍士官ではなく外交官になったのも、たぶんそれが理由だったのだろう」

ソフィアは何も言わなかった。何を言えばいいのかわからなかった。

「おお」湖の向こう側にまわり、奥の木立を過ぎたところで、おじは言った。「おまえの言いたいことがわかったぞ。庭を設計した人物が、屋敷から見えないこのような場所に小道を造った理由もな。ここなら誰にも邪魔されることがない。散策や考えごとをするのにぴったりの場所だ。あるいは、本を持ってくるのにもぴったりだ。わたしが何を考えているかわかるかね？　こんなことを考えたのは、じつは初めてなんだが。恋人どうしが散策するのにもぴったりの秘密の場所だ」

「そうね」ソフィアは言った。

「ダーリーと二人でここを歩いたりするのかね？」

「ええ。ときどき」

二、三回、二人で東屋まで歩いたことがある。ソフィアは本を持っていき、東屋で休憩して彼のために朗読した。東屋にいるときに雨が降りだしたこともあった。すると、ヴィンセントが、ガラスの屋根に雨のあたる音は世界でいちばん心地よい響きの一つに違いないと言った。そして、ソフィアを膝にのせ、ソフィアは彼の肩に頭をもたせかけ、雨がやむまで黙ってすわっていた。

この思い出に胸がじんと熱くなった。胸がじんとする思い出はほかにもまだまだある。

でも、彼は自由を求めている。わたしが彼のそばにいれば、世話を焼きたがる女がまた一人増えるというだけのこと。それに、かつて夢に見ていたコテージの絵のことで彼のお姉さんたちと交わした会話を、彼に聞かれてしまった。

ただ、わたしのおなかには子供がいる。この先も彼と暮らすことになるだろう。いま彼から離れることはできない。向こうも離れていくはずがない。

二人で幸せな日々を送ってきた。仲良く暮らしている。二人でしゃべり、笑いあった。二人の待ち望んでいた子供が生まれる。家族と、良き隣人たちと、親しい友人たちに恵まれている。すべてに恵まれている。

〝すべて〟という言葉がどうしてこんなに重苦しいの？

「結婚して幸せかね、ソフィア？」おじが尋ねた。

「ええ」

そうよ。嘘はついていない。

「たぶんそうだと思っていた。おまえたちの仲むつまじさは傍目にもよくわかる。おまえのほうが狙いをつけて図々しく追いかけたのかね？」

「マーサおばさんがそう言ったの？」

「もし本当だとしても、おまえを非難しようとは思わない。ほとんどの者がそうやって伴侶をつかまえるのだから。しかし、おまえの場合はどうも違うようだ。たぶん、ヘンリエッタがダーリーを狙い、もしくは、マーサとクラレンスが娘のために彼を狙い、おまえはそこに巻きこまれ、ダーリーはおまえと結婚することにしたのだろう。少なくとも、マーサたちの話を聞いて、わたしはそう推測した」

「村でパーティがあって、ヘンリエッタが新鮮な空気を吸いたいと言って、ヴィンセントを外へ誘いだしたの。そして、ほとんど人の通らない裏道へひっぱっていった。わたしはショールを持って二人を追いかけた。ヘンリエッタのショールだと思いこんだふりをして」

おじがくすっと笑った。

「そのあとでひと騒動持ちあがったんだな、たぶん。そこでマーサの怒りからおまえを救いだすために、ダーリーが結婚を申しこんだ」

「お断わりしたのよ。でも、向こうはあきらめようとせず、結婚はわたしだけじゃなくて彼のためにもなるって言ったの。もちろん、嘘に決まってる。でも、とにかく結婚したの」

「いや、それは違う。おまえよりダーリーのほうが、得るものが多かったと思う」

「馬鹿なこと言わないで」ソフィアは笑った。「ヴィンセントがいなかったら、わたしはロンドンでどん底の暮らしをしてたかもしれないのよ」

おじは小道の真ん中で足を止め、ソフィアを見下ろした。「いまのは冗談だと言ってくれ。マーサがおまえを放りだすなどと、そんな脅しをかけたわけではあるまい？」

「すでに放りだされてたわ。パーティのあとで、真夜中に。わたしは教会に逃げこみ、翌朝、牧師さまが見つけてくれたの。噂を聞いてヴィンセントが牧師館を訪ねてきた」

　おじは目を閉じ、ソフィアが彼の腕にかけていた手を空いたほうの手で包んだ。

「ああ、ソフィア。すべてわたしの責任だ。メアリにひきとられたおまえが哀れにもほったらかしにされていたことは、セバスチャンから聞いていた。だが、わたしはウィーンで多忙な日々を送っていたため、おまえの様子を見にイングランドに帰国する暇がなかった。やがてメアリが亡くなって、今度はマーサがおまえをひきとった。マーサのところにはおまえと同じ年ごろのヘンリエッタがいたから、その子と仲良くなって前より幸せに暮らせるだろうと思いこんだ。すまないことをした。本当に申しわけない。ロンドンにいる知人の何人かにひそかに尋ねてみたところ、ここ二、三年の社交シーズンのあいだ、貴族社会の無数の催しにヘンリエッタが出ていたのは確かだという返事だったが、おまえの噂を耳にした者は一人もいなかった。社交界デビューもさせてもらえなかったのかね？　舞踏会にもパーティにも連れていってもらえなかったのか？」

「ええ。父やその最期のことをみんなに思いだされるのを、マーサおばさんは恐れていたから」

「ああ。わたしの責任だ。だが、詫びるだけでは安易すぎる」

　二人はふたたび歩きはじめ、東屋の近くまで来た。

「人がおたがいに詫びることもできないのなら、許しは与えられず、傷口が膿《う》むだけだわ」

「深い傷を負ったのかね？」おじがソフィアに尋ねた。「わたしが傷つけてしまったのだろうか？」

「そうね」

おじがゆっくり息を吸い、吐きだすのが聞こえた。

東屋に入ろうと言われなくて、ソフィアはほっとした。おじが向きを変え、二人は小道をゆっくりひきかえした。

「おまえを助けるために何かしたくても、いまではもう遅すぎる。わたしの助けなどもう必要ないからな。おまえにはダーリーがいる」

「それから、彼のお母さんと、おばあさんと、三人のお姉さんと、その家族もいる。でも、わたし自身の身内は誰もいないのよ、テレンスおじさん。マーサおばさんと、サー・クラレンスと、ヘンリエッタがいるだけ。誠意をこめておつきあいしたいけど、温かな関係は望めないでしょうね。そうだわ、おじさんも身内ね」

「身内からずいぶんひどい仕打ちを受けてきたんだな。われわれ全員に背を向けたほうがいいかもしれないぞ、ソフィア」

「父とおじさんが背を向けあったように？　二人がおばさんたちに背を向けたように？　身内がそんなふうじゃいけないわ。わたしがほしいのは愛する身内、そして、わたしを愛してくれる身内。血のつながった身内。高望みしすぎ？」

「人に温かく接した経験がわたしはあまりなくてな」

「やってみない？　辛くてならないのは子供たちを亡くしたことだって、さっきおっしゃったでしょ。でも、おじさんには姪がいるのよ。実の息子や娘のかわりにはなれないけど、おじさんに可愛がってもらいたい。そして、甘えさせてもらいたい」

ソフィアはそこで息を呑んだ。喉の奥から嗚咽がこみあげてきそうできまりが悪くなった。

おじはふたたび足を止め、ソフィアのほうを向いた。

「ソフィア、おまえのように愛らしい子にはこれまで会ったことがない。たぶん、うちの子たちは……。だが、ここにはいないし、永遠にいないままだ。人と抱きあうのがわたしは得意じゃないんだが」

「わたしは得意よ」ソフィアはそう言っておじの腕のなかに身を置き、おじの腰に腕をまわして肩に頬をつけた。

おじが彼女を抱きしめ、二人は身じろぎもせずに長いあいだ立っていたが、やがて身体を離した。

「許してくれるか？」

「ええ」

「おまえの現在と未来の一部になってもいいかな？」

「ええ」

「彼を愛してるかね、ソフィア？　本当に幸せな結婚をしたと言って、わたしを安心させてくれるかね？」

「両方ともイエスよ」

ええ、とてもいい結婚だ。子供のためにこれからも一緒に暮らしていくだろう。そして、やがては子供たちのために。でも、二人を結びつけるのは子供たちだけではない。ああ、信じられない気がする。家族になる。家族として愛しあう。そして、愛と仲間意識と忍耐力がどういうものかをヴィンセントと二人で子供たちに教えていく。

「ダーリーはじつに幸運な男だ」

ソフィアは微笑しておじの腕をとった。

「早く戻らないとお茶に間に合わないわ」おじに言った。

21

　ヴィンセントは細心の注意を払ってベッドから静かに下りた。ソフィアがようやく眠りに戻ったところだった。三時半からずっと寝られなかったの——六時少し前にヴィンセントが目をさましたとき、ソフィアはそう言った。何時だろうと思って時計を見たのだという。寝返りばかり打っていたせいで彼を起こしてしまったのではないかと言って謝った。

「怖いのかい？」ヴィンセントは彼女に訊いた。

「もちろんよ」うめくような声でソフィアは答えた。「それから、神経がたかぶってる。それから……怖い」

　披露宴と舞踏会が二日後に迫っていた。ヴィンセントにわかるかぎりでは、すべてが綿密に計画され、ごく小さな点に至るまで準備が整っていた。姉たちが今日中に着く予定だし、フラヴィアンもやってくる。一〇キロ四方に住む人々が招待され、なかには、遠くから来るために泊まっていく人もいる。発送した招待状のうち、欠席の返事が来たのは一通だけで、招待を受けた男が不運にも納屋の屋根から落ちたせいだった。妻が下から大声で呼んで招待状をふってみせたため、そちらに気をとられてしまったのだ。脚を二カ所骨折したそうだ。

気の毒に。

　ヴィンセントが最近親しくしているアンディ・ハリソンやその他何人かの男性の意見では、ミドルベリーの舞踏会が終わったあとは不気味な静寂が広がるだろうとのことだった。話題がなくなってしまうからだ。何一つなし。そう予想して、みんなで陽気に大笑いした。

　ヴィンセントは妻を抱きしめてキスをし、すべてうまくいく、失敗するはずがないと言って安心させた。

「グロスターから楽団が到着する。料理は時間どおりに完璧にできあがる。招待客は一人残らずやってくる。そして、きみがおじさんと二人で一曲目の列の先頭に立つことこそ、この舞踏会にふさわしく望ましいことだ。ステップを忘れたり、自分の足や他人の足につまずいてころんだりするようなことはない。ミス・デビンズにしっかりステップを教わり、音楽室でおじさんと練習を重ねたおかげで、場数を踏んで上手に踊れるようになったじゃないか。きみがぼくにあれこれ押しつけたことも、もちろん迷惑だとは思ってないよ。

　ところで、どういう意味だい、ソフィー。〝ぼくにあれこれ押しつけた〟ときみが言ったのは。迎賓室での大々的な催しをそろそろ復活させようというのは、ぼくたち二人で決めたことじゃなかったっけ？　舞踏会を開くのも二人で決めたことじゃないか」

「そんなふうに言ってくれるなんて優しいのね」ソフィアは言った。彼の胸に顔を押しつけているため、声がくぐもっていた。「でも、やっぱりわたしのせいだわ。ミドルベリーの女主人が立派に務まることを自分に証明したかったの。歴代の子爵夫人と肩を並べられることをみんなに示したかった」

「きみは立派にやってるよ」少しずつ伸びてきた巻き毛にキスをして、ヴィンセントはソフィアに言い聞かせた。「というか、いまからやろうとしている」

「でも、そこが問題なの。〝いまからやろうとしている〟というのが。もう一度寝てちょうだい、ヴィンセント。起こすつもりはなかったのよ。わたしはじっと横になってるから。でも、舞踏会が終わるまで一睡もできそうにないわ」

だが、三分もしないうちにソフィアが眠りに落ちたので、ヴィンセントは静かにベッドを出て、彼専用の化粧室のほうへ行った。シェップがさっと立ちあがり、冷たい鼻を彼の手に押しつけに来る音が聞こえた。犬の頭をなで、耳を優しくひっぱってやった。

「おはよう、坊や」小さく声をかけ、うつむいて、いつものように頬をなめさせた。「おまえのために急いで散歩に行こう。それがすんだら、ぼくは約束がある」

じつを言うと、彼もゆうべは眠れないまま横になっていたのだが、それはソフィアより前のことだった。面目丸つぶれになるのだろうか。この二日ほど、マーティンを相手に練習し、思いきり罵られた。向こうは叱咤《しった》激励のつもりだったかもしれないが。

「あなたがどうやってやるつもりか、まったく理解できませんよ」マーティンはぼやいた。「けど、あなたはやる覚悟でいる。わたしの金なんかぜったい賭ける気になれませんね。賭けるとしたら、あのにやけた野郎に全財産賭けたいぐらいだ。ボクシングクラブのオーナーのジャクソン本人とスパーリングしてるやつなんでしょう？　ほらだったらいいんだが。もし本当なら、倒すのにてこずりますよ」

ほらでなかったら、恐るべき対戦相手ということになる。おかげでヴィンセントは寝つくことができず、胃をむかむかさせていたのだった。怪我を恐れているのではない。小さいころは野生児みたいなものだった。殴り倒された回数は、相手を殴り倒した回数と同じぐらい多かった。いつだって起きあがり、こぶしを固めて飛びかかっていった。いまの彼が恐れているのは、いったん心に決めたことをやり抜けなかった場合、自分はだめな人間だという思いに苛《さいな》まれるのではないかということだった。

視力を失ったせいで男らしさも消えてしまったのではないかという不安があった。悩んでも無駄なことだ！　しかし、夜中の物思いは抑えこむのがむずかしい。

ヴィンセントが地下に下りていくと、すでにマーティンが来ていた。

「ほんとにやる気ですか。伝統的なやり方に従って、わたしが喜んでかわりを務めますよ。あっというまにノックアウトして、地下室の天井とその上の天井すべてを透かして星が見えるようにしてやります」

「ジェントルマン・ジャクソンの相手ができる男なのに？」

マーティンはくりかえすのも憚《はばか》られるような言葉を口にした。

「ぼくが信用できないのか、マーティン」

「この世の誰よりも信用してますよ。しかし、いくらあなたが残酷な子爵さまでも、どうしてそんなお楽しみを求めるのか、わたしにはわかりません」

「子爵夫人がぼくの妻だからさ」

「ああ。そういう理由でしたか」マーティンは納得した。「わたしだって、もしサリーに関わることであれば、他人のこぶしには頼らず自分で片をつけるでしょう」

ヴィンセントはニヤッと笑い、鍛冶屋の娘を口説きつづけているマーティンに何か言おうとした。前に娘の話が出たときは、結婚するまでお預けだと言っていた。しかし、そこで上のドアが開いて陽気な声がした。

「ダーリー？　下にいるのかい？　きみの従卒も一緒に？」

「二人ともここにいる」ヴィンセントは答えた。「下りてきてくれ、メイコック。明かりは充分にある。マーティンがランプをいくつもつけてくれた」

「おお、すばらしい洞窟だ」セバスチャン・メイコックの声が近くなった。「ここで鍛錬してるのか、ダーリー。こちらが指導者かい？」

「マーティン・フィスクだ」ヴィンセントは言った。「ぼくの友人であり、従卒であり、従者であり、指導者でもある。一人何役もこなしている」

「きみ、ずいぶん大柄だな」メイコックは言った。「その肩と腕の筋肉からすると、しっかり鍛えていると見える」

「精一杯やってます」マーティンは答えた。

「だから、スパーリングでぼくに勝てると？」メイコックは笑った。「腕力だけでなく、技術も必要なんだぞ。知ってたかい？」

「一度か二度、そういう話を聞いたように思います」マーティンは言った。

「わかった。上半身裸になって準備ができているようだな。ぼくもシャツとブーツを脱いで、いざ始めるとしよう。気付け薬と包帯を持ってくるよう、ダーリーから聞いてるね?」

「はい、言われています」

「では、ラウンドを設けない試合ということでいいね?」ヴィンセントは言った。「こぶしのみを使い、ルールを守って戦う。下半身へのパンチは禁止。いずれか一方が降参したら、もしくは、ノックアウトされて一定の時間内に起きあがれなかったら、試合終了」

「申し分ない条件だ」メイコックは言った。「長くはかからないだろう。この屋敷の料理番が朝食を早めに用意してくれるといいのだが、ダーリー。全力でのスパーリングほど食欲増進に役立つものはない。あまり早く倒れないようにしてくれよ、フィスク。準備はいいか?」

「大丈夫です」マーティンは言った。「それでは、いざ。ランプは一カ所に集めておきました」

「いや、もとのように別々に置いてくれ」メイコックは命じた。「三個とも同じ場所にあると、影ばかりが目立ってしまう。ランプにつまずかないよう、おたがいに注意しよう。ダーリー、階段の少し上のほうにすわっていてくれ。何かの拍子にきみにぶつかったりしたら大変だから」

そう言って笑った。まったくよく笑う男だ。

「きみ、一つだけ誤解しているようだな」ヴィンセントは言った。「きみのスパーリングの相手はマーティンではない。ぼくだ」

短い沈黙があり、やがて笑い声が上がった。今度は大笑いだった。

「そいつは傑作だ、ダーリー。一秒後にはきみの完敗だぞ。よし。始めてもいいかな、フィスク。ランプを別々に置いてくれ。地下は暗いんだな」

「さらに暗くなるぞ」ヴィンセントは彼に言った。「どうやら、こちらの説明不足だったようだ、メイコック。ふつうの条件で戦うのは不公平だ。ぼくの目に光をとり入れることは残念ながらできないが、きみの目から光を奪うことはできる。そうすれば、おたがい同じ条件になり、フェアな戦いができる。ぼくが単なるスパーリングではなく〝戦い〟と言っているのには理由がある。悲しみに沈む傷つきやすい一五歳の女の子に醜いという言葉を投げつけ、等身大の鏡の前に無理やり立たせて自分の姿を見るよう命じたら、その子は深く傷つくだろう。絶望に陥るだろう。のちにぼくの妻となる女性にそんな仕打ちをした以上、きみはぼくを敵にまわしたことになる。ぼくの報復を受けて当然だ」

「やれやれ」メイコックはまたしても笑った。「もう何年も前のことだぞ。しかも、事実以外の何物でもなかった。嘘をつけばよかったというのかい？　お世辞を言ったほうがよかったのかい？——やれやれ！」

「ランプを消しました、旦那さま」マーティンが言った。「やや右寄りに三歩前へ」

「真っ暗闇じゃないか」メイコックは言った。憤慨していた。「いますぐランプをつけろ」

「防御の姿勢をとるようお勧めする」やや右寄りに三歩前へ出ながら、ヴィンセントは言った。マーティンの助けを借りるのはここまでだ。左右のこぶしで短いジャブを出しながら相手の位置を探りあて、顎をめがけて右フックを打った。

「おい！　卑怯だぞ」

「手を縛られてるのかい？」ヴィンセントは訊いた。「足に鎖をつけられてるのか？　耳栓でもしてるとか？」

前方の裸の胸にジャブを放ち、左フックを見舞い、右アッパーを打った。

メイコックもなかなかのもので、とっさに反応し、両方のこぶしを上げて防御した。フットワークを使ってパンチの届かないところへ逃げた。ヴィンセントのパンチが空を切った。

しかし、もちろん、フェアな戦いとは言えない。ヴィンセントは闇の世界で生きている。耳を使い、第六感を使って、誰かが、あるいは、何かが近づいてきたことを察知するのが得意だ。主な手がかりとなるのは音だ。足の裏が床にぶつかる音、しだいに苦しそうになる息遣い。そして、ときには抗議か嘲笑。嘲笑のほうはとくにメイコックのパンチが命中したときで、何度かあった。もっとも、必殺パンチは一度もなかった。顔には一度も命中していない。ヴィンセントからも声をかけた。それがフェアな戦いというものだ。

「きみの悪いところは、メイコック、表面しか見ない点だ。美貌を目にすると、すばらしい人間だと思いこむ。平凡な容貌を目にすると、繊細さに欠ける退屈な人間だと思いこむ。あこや貝を目にしても、なかに高価な真珠が入っているとは思いもしない」

メイコックが真ん前にいた。ヴィンセントが左のジャブを矢継ぎ早にくりだしてそれを確認すると、向こうが反撃に出たが、右からのアッパーに対して彼の顎が無防備になった。丸太のように床に倒れた。

「まぐれ当たりだ」起き上がりながら、メイコックは言った。「ジャクソンのボクシング・サロンにきみを呼んで、一分でいいから、こっちのやり方で勝負したいものだ、ダーリー。どっちの腕前が上か、すぐにわかるだろう」

「そして、ジェントルマン・ジャクソンと友人知人全員がきみのすばらしい才能を称えるわけだな」ヴィンセントはそう言って、ふたたび相手をノックダウンした。

どこがメイコックの顎でどこが顔かを判断するのはむずかしかった。顔は避けるつもりだった。階段をのぼれば、家族と顔を合わせることになる。二日後には披露宴と舞踏会が予定されている。しかし、今回はメイコックの鼻にパンチを浴びせたような気がした。

メイコックはふたたび立ちあがった。少なくとも臆病者ではないらしい。

ヴィンセントは顎に強烈なパンチを受けて一瞬ふらつき、相手の手の届かないところまであとずさった。

「きみは後見人にほったらかしにされている孤独な少女を見た。その子はきみを崇拝していたのに、きみが見たのはみっともない外見だった。ぼくはその子の成長した姿さえも見ることはできないが、彼女のなかにある美しさははっきり見える。そのまばゆさに心の目がくらむ思いだ」

「正直なのは残酷なことかもしれないな」メイコックが苛立った様子で言った。「それを問題にするのなら、ぼくから彼女に謝っておくよ。もう醜い子ではなくなった。すでにそう言ってはあるが」

こいつは何も理解していない。たぶん、理解力がないのだろう。ヴィンセントはふたたびメイコックをノックダウンし、メイコックのほうは一秒か二秒もしないうちに立ちあがった。

「ぼくは彼女の美しさだけでなく悲しみも目にした。自分は醜くて誰にも愛してもらえないと思いこんでいる悲しみだ」

「きみに目があれば、ダーリー、わかるはずだ――」

ヴィンセントは相手を完全にノックアウトするつもりでパンチを叩きこんだ。

命中した。

ヴィンセント自身の荒い息遣いを除いて、地下室はしんと静まりかえった。

「メイコック？」

くぐもったうめき声がしただけだった。

「ランプがいりますか」マーティンが訊いた。

「うん、一個つけてくれ。頼む、マーティン」

「まったくの意識不明ではありません」しばらくしてから、マーティンが報告した。

メイコックがふたたびうめいた。

「さあ、わたしの手につかまって立ってください」マーティンが言った。「ここの階段にすわって。災難でしたね。ダーリー卿を説得してやめさせようとしたんですが、だめでした。

この人とわたしは子供のころ、互角でノックダウンしあったものですが、それはこの人が視力を失う以前のことでした。いまではさらに獰猛になっています」

ヴィンセントはタオルを見つけて汗を拭いていた。マーティンがメイコックの手当てをしているのが気配でわかった。

「怪我の程度は？」

「鼻血が少々」マーティンが答えた。「一日か二日ほど、鼻が篝火《かがりび》のように目立つことでしょう。顎のあたりが少し赤くなり、腫れています。目はあざになっていません。胸と腕がしばらく内出血で変色すると思いますが、シャツを着てしまえば誰にもわかりません」

「ぼくはだまされてここに連れてこられた」メイコックが言った。

「罰を受けるために連れてこられたんだ」ヴィンセントは彼に言った。「マーティンに命じてきみを縛りあげてもよかったんだぞ。だが、かわりに、フェアな戦いのチャンスを与えてやったんだ」

「フェアだと！」メイコックは食ってかかった。「人をさんざんコケにしておいて」

「それはよかった」ヴィンセントはニッと笑った。「上に戻って説明を簡単にすませたかったら、本当のことを言うしかない。きみとぼくが遊び半分でスパーリングをしたのだと。真っ暗闇でやろうと、きみがスポーツマンらしく提案してくれたので」

「馬鹿にされるのはごめんだ」メイコックは言った。

「誰もしてないよ。だが、きみとぼくとマーティンが真相を知っていれば、それでいい。ついでにソフィアも。ぼくから話すつもりだ」

　階段をのぼっていく足音が聞こえた。上のドアが開き、それから閉じた。

「情けない腰抜けでしたね」マーティンが言った。「いい気味だ。あいつがダウンするたびに、早く起きあがるよう心で念じていました」

「卑怯だったかな？」ヴィンセントは訊いた。

「罰を与えるためなら仕方ないです。向こうも重傷は負っていない。プライドが傷ついただけだ。しかし、あなたの思いは伝わってないでしょうね」

「そういう感性はないやつだと思う」ヴィンセントはうなずいた。

「あなたの顎にすてきなあざができそうだ。ほら、この濡れタオルで押さえましょう。少年みたいに見える子だと、わたしは前に言いましたよね。彼女と結婚するつもりだとあなたから聞いたときに。わたしのこともノックアウトしたいですか」

「おまえはあれから改心した。それに、ソフィアに直接言ったわけではないし、そんなことはぜったいしなかったはずだ。うっ！　痛い。それに、事実、少年みたいに見えたことだろう。かわいそうに。髪がツンツンに短かったわけだから。いまはずいぶん伸びたぞ」

「けさの鍛錬はもういりませんね？」マーティンは言った。「わたしは上に戻って風呂の湯を運ばせることにします。いいですか？」

「ああ、頼む、マーティン」

　指を曲げてみると、ずきずき疼いた。顎を動かしてみると、しばらくは痛みが続きそうだとわかった。

ソフィアを愛している。その思いがどこからともなく湧きあがった。

そう、愛しているとも。彼女はぼくの妻、二人でいるとくつろげる。おしゃべりを楽しみ、一緒に笑ってきた。ベッドですばらしい時間を過ごしてきた。そして、彼女のおなかにぼくの子供がいる。もちろん、愛しているとも。

いや、違う。突然の思いが意味しているのはこれではない。

ぼくは無条件で彼女を愛している。

しかし、彼女はいまも田舎のコテージを夢に見ている。


ソフィアは遅くまで寝ていた。間に合わせるのはもう無理だという気がした。もっとも、何を間に合わせなくてはならないのか、具体的には一つも浮かんでこないのだが。結婚披露の舞踏会まであと二日、必要な準備は全部終わった。あとはすべてが動きだすのを待ち、不手際が起きないよう、見落としたことがないよう祈るだけだ。

見落としたことは何もなかった。昨日はヴィンセントと二人で馬に乗り、ラッチリー家へ見舞いに出かけさえした。納屋の屋根から落ちたあの不運な小作人のところへ。そう、馬に乗って。ポニーを卒業したソフィアが片鞍《かたくら》を着けたおとなしいメス馬でヴィンセントの横を歩き、彼の反対側にフィスク氏がつく形で。見舞いを終えて屋敷に帰り着いたとき、フィスク氏が、歩くよりは少し速かったとまで言ってくれた。

ソフィアは最近、フィスク氏のことが好きになってきた。ぶっきらぼうな人だが、彼の視線がソフィアに向くとき、その目に微笑に似たものが浮かんでいるように思えることがある。

ヴィンセントとソフィアは、舞踏会の日に旅行用の馬車を差し向けるので夫婦そろってミドルベリーに来てほしい、とラッチリー氏を説得した。舞踏室の安全な片隅にソファを置くことを約束した。そこにすわって骨折した脚を休ませ、舞踏会のにぎわいを目にしたり、隣人たちとしゃべったりすればいい。夫人のほうはそのあいだにダンスや友人たちとの散策が楽しめる。もちろん、一泊してもらい、翌日馬車で家まで送っていく。

ソフィアは食欲がなかった。朝食を抜くことにした。いけないことだとわかってはいるのだが。自分だけでなく、おなかの赤ちゃんのためにも栄養をとらなくてはならない。もうしばらくしたら食べることにしよう。その前に時間を見つけて外に出よう。肌寒い朝のようだが、雨にはなっていない。マントをはおって出かけた。

遠くへ行くのはためらわれたので、パルテール庭園をしばらく散策した。ソフィアの身内もヴィンセントの身内も、彼女の基準からすれば朝が遅いほうだが、まだ寝ているとしても、たぶんもうじき起きてくるだろう。だったら、あまり遠くへ行かないほうがいい。それに、今日はさらに多くの人が到着する。

わたしにも身内がいる！　この新たな思いを噛みしめ、とても温かな満足感に包まれた。おじさんがいる。おばさん夫妻といとこまでいる。わたしが今後もつきあいたいと頼めば、わたしの人生の一部になってくれるだろう。それを馬鹿だと言う人もいるかもしれない。おばさん一家はあまり好感の持てる人たちではないし、わたしに優しくしてくれたこともなかった。三年のあいだ住むところと食べるものを与えてくれただけ。でも、それを恨むのはやめよう。けっして恨まないでおこう。セバスチャンを恨まなかったのと同じように。セバスチャンは愛想がいいだけの弱い性格で、自分のことしか考えられず、若い女の子が夢中になる価値のある男ではないが、でも、わずかに残された身内の一人だ。身内がいるだけでソフィアは満足だった。

屋敷に戻ろうとしたとき、誰かが馬車道を急ぎ足でやってくるのが見えた。女性だ。トピアリー庭園を抜けてまっすぐ延びる道に曲がった女性を見て、アグネス・キーピングだと気づき、ソフィアは出迎えに行った。朝の訪問には早すぎる時刻だが、大歓迎だ。

「アグネス」おたがいに声が届く距離になったとき、ソフィアは呼びかけた。

アグネスは明るい笑みを浮かべ、折りたたんだ紙をふってみせた。

「礼儀にかなった時間になるまで待てなくて」息を切らしながら、アグネスは言った。「郵便が早朝に届いたから、わたしも早朝に飛んできたのよ。デニスからの返事はもうないものとあきらめてたら、手紙が来たの。男って筆不精で困ると思わない？」

ソフィアは微笑し、どちらも足を止めた。デニスって誰だろう？

「デニス・フィッツハリス」アグネスが説明した。「亡くなった夫のいとこ。出版業者よ」

ああ、あのいとこ。でも、出版業者だなんてアグネスからはひと言も聞いていない。ソフィアは眉を上げた。

「バーサとダンの第一話を本にしたいんですって」アグネスは言った。「そのあとのお話にも目を通したいそうよ。ほら。自分で読んでみて」折りたたんだ便箋をソフィアの手に押しつけた。

本当だ。出版したいと言っている。ストーリーと挿絵の両方を気に入ってくれたようだ。フィッツハリス氏の意見によると、子供たちが大喜びするだろう、子供のためだけに書かれた本がほとんどないので市場としても有望だ、とくに、こんな楽しい挿絵がたくさんついた本はどこにもない、とのこと。著者名を〝ハント氏〟だけにしてはどうかとの提案もされていた。このように些細《ささい》なことに称号を使うのはダーリー子爵もお望みではないに決まっているし、レディ・ダーリーのほうも、俗悪な人間だと思われるのはおいやだろうから、というのだった。出版の前払い金としてかなりの額が提示されていた。

ソフィアは笑みを含んだアグネスの目を見上げ、微笑を返した。満面の笑みと言ってよかった。やがて二人そろって笑いだし、抱きあい、馬車道でくるくる踊りだした。

「女流作家になるのは俗悪なことなの？」ソフィアは訊いた。

「すごく俗悪よ」アグネスは答えた。「挿絵画家になるより悪いわ。〝俗悪〟以上に侮辱的な形容詞があるかしら。もしあるとすれば、あなたに捧げるべきね。というか、あなたが本の表紙に名前を出すことを許可した場合に」

「わたしの本の表紙」ソフィアは思わずアグネスを見つめた。「わたしの本。わたしとヴィンセントの本。ああ、アグネス！」

「そうよ。すてきじゃない？　でも、わたし、急いで帰らなきゃ。三〇分もしないうちに戻るって姉に言ってきたから。明後日の夜のために、一張羅のドレスの裾に新しい飾りを縫いつける手伝いをするって約束したの。姉はぜったい夜までかかるって言うのよ。うんざりしちゃう」

アグネスはいま来た道を急いで戻っていき、ソフィアは屋敷のほうへひきかえした。

「夫を見なかった？」玄関広間で従僕に尋ねた。

たしか、パール夫人とレディ・マーチと一緒に朝食の間におられるはずです、と従僕は答えたが、ソフィアが西翼の廊下を急いで歩いていくと、ちょうどヴィンセントが朝食の間から出てきてドアを閉めたところだった。

「ヴィンセント」ソフィアは叫んだ。

ヴィンセントは彼女のほうを向き、軽く首をかしげて眉をひそめた。

「どうしたんだ？　苦しそうな声だが」

「息が切れただけ。郵便屋さんがミス・デビンズのところに手紙を配達してくれて、彼がわたしたちの本を出版したいんですって、ヴィンセント。ただ、わたしの名前じゃないの。俗悪だから」

ヴィンセントの表情は変わらなかった。眉のひそめ方がひどくなっただけだった。

「彼？　郵便屋が？　何が俗悪なんだい？」

「表紙に女の名前を載せることが」ソフィアは説明した。「だから載せないみたい。それに、あなたから見れば、こんなところで称号を使うのは軽薄なことかもしれない。だから、〝ハント氏〟だけにしてはどうかって、彼から提案があったの」

「親切な人だね」ヴィンセントは不意に笑顔になった。「ソフィー、〝彼〟って誰のこと？　いったいなんの話？　郵便屋とミス・デビンズがどう関係してるんだい？」

「無関係よ」

とたんにヴィンセントは爆笑し、しばらくして彼女も一緒に笑いだした。

「アグネス・キーピングのところに手紙が届いたの。〝バーサ＆ダンと教会の尖塔に突き刺さったクリケットのボールの冒険〟の物語を、アグネスが亡くなったご主人のいとこに送ったの。覚えてる？　その人、じつは出版業者で、物語が気に入ったから、それを買いとってハント氏の名前で出版したいっていうの。あなたとわたしを俗悪という汚名から守るためにね。出版したがってるのよ、ヴィンセント、国中の子供たちが楽しめるように。あとのお話も読みたいそうよ」

ヴィンセントの顔には微笑が貼りついたままだった。

「きみのお話を出版したいというんだね、ソフィー」

「二人で作ったお話よ」

「だったら、ハント夫妻の名前で出すか、出すのをやめるか、どちらかだ」

「そう思う？」

「思う」

彼の笑みがふたたび大きくなり、ヴィンセントは腕を広げた――シェップも杖もなしだ。ソフィアはそこに飛びこんだ。彼の腕がソフィアをしっかり抱き止め、抱えあげて大きく回転させた。朝食の間からかなり離れたところで彼女を下ろすと、彼女のほうを向いて立った。笑っていた。ソフィアも笑っていた。

「うれしい?」彼が訊いた。

「あなたは?」

「うれしい」

「わたしも」

そのとき、ソフィアの笑みが薄れた。廊下の照明はそれほど明るくないが、彼の顎の左側が腫れて変色していることにソフィアが気づくには充分だった。

「どうしたの?」ソフィアは彼の頬を片手でそっと包んだ。彼がすくみあがって身をひいた。

「ドアにぶつかってね」質問するような口調で答えた。片手を上げ、指先で慎重にそのあたりに触れた。

ソフィアは彼の手をとり、ひっくりかえして手の甲を見た。

「関節もぶつけたの?」

「重いドアだった」

ソフィアは彼が脇におろしていた反対の手をとり、自分の両手にのせた。

「ものすごく重いドアだったんだ」

「何があったの？」

「地下室でスパーリングをした」ヴィンセントは白状した。「けさ、メイコックが地下に下りてきたから、スパーリングでもしたら楽しいんじゃないかと思って。平等な条件にするため、闇のなかでやってはどうかと、メイコックがスポーツマン精神を発揮して提案してくれたので、マーティンがランプを消した。あいにく、メイコックの惨敗になってしまったが、それは予測できたことだった。ぼくのほうが暗闇に慣れてるからね」

ヴィンセントは彼女にニッと笑ってみせた。

ソフィアは探るように彼の青い目を見た。まっすぐ見つめかえされているような気がした。

「遊び半分でやったんじゃないでしょ？」彼に尋ねた。「わたしのためね？」

ヴィンセントはしばらく返事をしなかった。

「きみは一五歳だった。辛い思いばかりしている傷つきやすい子だった。なのに、メイコックは釘《くぎ》を打ちつけたブーツできみのハートを踏みにじった。いや、もっと悪い。きみの自尊心を踏みにじったんだ。きみに自分は醜いと思いこませてしまった。じつを言うと、きみみたいに美しい妖精のような子はほかにいないというのに」

「まあ、ヴィンセント」ソフィアは涙が頬を伝ってマントに吸いこまれるのを感じた。涙がもうひと粒、反対の頬を伝った。「遠い昔のことよ。向こうも悪気はなかったんだし。ただ、細やかな感情に欠けてるだけ。懲らしめる必要はなかったのに」

「いや、あった。視力はなくしたかもしれないけど、ソフィア、それでもぼくは男だ。ぼくの女を守る必要があれば、かならず守る」

ぼくの女。一瞬、石器時代の穴居人の姿を想像した。片手で女の髪をつかみ、もう一方の手で棍棒《こんぼう》をふりまわして穴居人その二を撃退しようとしている姿。いつか絵に描いてみよう。

しかし、ほかの男たちと同じでありたいという彼の気持ちは理解できた。子供のころのヴィンセント・ハントはいつもガキ大将で、あらゆる遊びや悪ふざけの先頭に立っていた。青年時代にはたぶん、乱闘の先頭に立っていただろう。セバスチャンは怒りをぶつける値打ちのある男ではない、とソフィアが言ったところで、ヴィンセントの怒りは消えないだろう。

「ありがとう」ソフィアはそっと言った。「ありがとう、ヴィンセント。指の関節に軟膏を塗った？　顎には？」

「マーティンはそういうことを勧めるような軟弱者ではない」

男って困ったものね。

「じゃ、わたしのキスで治してあげる」

その言葉どおりにキスをした。

わたしのために戦ってくれた。暗闇で。そして、勝利を収めた。あざとすりむいた関節をごまかすために話をでっちあげ、地下室にいた三人の男性以外には真相を悟られないようにした。いまはそこにわたしが加わった。

本当は喜んでいる場合ではない。暴力からは何も生まれない。幸運にも結婚を申しこまれ、そのあとも優しくしてもらって、わたしは癒された。それに、五年のあいだに大人になった。

暴力は必要なかった。
それでも、ソフィアはうれしかった。
ヴィンセントがわたしのために戦ってくれた。
わたしが彼の女だから。
そして、わたしがこの世でもっとも美しい妖精のような女だから。

22

ソフィアは舞踏会のための身支度をした。これほどの興奮と、これほどの緊張と、これほどくらくらしそうな感覚は、生まれて初めてのような気がした。いや、生まれて初めてだった。

「ほらね、奥さま」ソフィアに反論されていたかのような口調で、ロジーナが言った。「だから申しあげたでしょう」

「ええ、そうね」ソフィアはうなずき、化粧室の姿見に映った自分を見つめた。ロジーナが肩のうしろに立っている。自分が等身大の鏡の前に立ち、誰かが背後に立っていたときのことが思いだされた。

昨日、午餐のあとでセバスチャンが彼女を脇へ連れていった。前日に比べると鼻の腫れがひき、顎と頬の両側のあざはどす黒さが消えて青に変わっていた。昨日はみんなにからかわれるたびに楽しそうに笑い、今度また目の不自由な相手を誘って遊び半分にスパーリングをするときは、かならず真夏の正午に戸外でやることにすると宣言した。

「ソフィーア」二人だけになったところで、セバスチャンは言った。「ダーリーのやつ、きみがメアリおばさんの家で暮らしてたころ、ぼくがきみを手ひどく傷つけたと思いこんでいる。きみを傷つけてしまったのは仕方のないことだったんだ。きみがぼくに恋心を抱いてたなんて知らなかった。その気持ちを煽り立てるようなまねはできなかった。ぼくから見れば、きみはまだほんの子供だった。恋の相手として見ることはできなかった」

「ええ、もちろんそうよね」ソフィアは同意した。確かに彼の言うとおりだ。しかし、論点はそこではない。

「もちろん、きみもわかってただろ。ぼくが醜いと言ったのは、きみをからかってただけだって」

ええ、と答えるのがいちばん簡単だっただろう。どっちみち、これだけ年月がたてば、もうどうでもいいことだ。だが、それでは、ヴィンセントの昨日の挑戦が無意味になってしまう。やはりどうでもよくはない。セバスチャンの言葉の影響がその後何年もわたしにつきまとって離れなかったのだから。

「いいえ、セバスチャン。わからなかったわ。だって、からかいの言葉じゃなかったもの」

「やれやれ」セバスチャンは気まずそうな顔になった。「まあ、きみの言うとおりかもしれないな。告白されて戸惑い、どう答えればいいのかわからなくて困りはてたんだ。それに、ほんとにおかしな格好の女の子だったからね。いまのきみはずいぶんきれいになった。どうかぼくの心からの謝罪を受け入れてほしい。きみにとってはかえって幸いだったかもしれないぞ。ぼくにああ言われて、たぶん、きれいにならなくてはという気持ちになったのだろうから」

許さないと思いつづけたところで何になるだろう？　鼻を少々赤く腫らした顔で彼がにこやかに笑いかけている。それにヴィンセントがすでにこの男を懲らしめてくれた。

「謝罪を受け入れることにするわ、セバスチャン。それに、今日はあなたのほうが風采の上がらない姿だし。明日になれば、たぶん、もう少しましになるでしょうけど」

ソフィアが笑いながら彼のほうへ右手を差しだすと、セバスチャンも愉快そうに笑ってその手をとった。

「奥さまのメイドになれて、あたし、とっても喜んでます」ロジーナが言った。「奥さまのためにいろんなおしゃれが工夫できますもの」

ロジーナがさらに有頂天になるまえに、化粧室のドアにノックが響いてヴィンセントが入ってきた。

「子爵さま」ロジーナは膝を折ってお辞儀をした。

「ロジーナ」ヴィンセントが声をかけた。ロジーナは部屋から下がった。

ヴィンセントの装いはいつもきちんとしていてエレガントだが、今夜は身体にぴったり合った黒の燕尾服《えんびふく》、刺繍《ししゅう》が入った銀色のチョッキ、淡いグレイの膝丈ズボン、白のストッキングと麻のシャツ、黒の靴という、堂々たる姿だった。膝丈ズボンはいまの流行ではないが、彼がこれをはいたことをソフィアはとても喜んだ。ズボンが脚の線をひきたて、チョッキがウェストをひきたてている。肩から胸にかけてのラインからすると、身体にじかに布をあてて上着を仕立てたかのようだ。金色の髪はいつものごとくやや長めで、いまはブラシをかけてきれいに整えてあるが、すぐまたいつもの魅力的な乱れた髪に戻ることだろう。

「うっとりするほどハンサムよ、子爵さま」

ヴィンセントは笑った。「そう思う？」

「思うわ」

「ねえ」ヴィンセントが彼女のほうを見つめた。「きみの装いを説明してくれ」

「豪華よ」ソフィアは答えた。その口調に自虐的なところはほとんどなかった。「ドレスは明るいターコイズブルー、スカートは柔らかくて、ふわっとしていて、裾に幅の広いひだ飾りがついてるの。胸元と背中が大きくあいてて、袖は短いパフスリーブ。ダンスシューズと手袋は銀色。扇子は素材が中国の竹で、手の込んだ細工がしてあり、繊細な絵が描いてあるの。それから、髪がすてきなのよ、ヴィンセント。ロジーナはきっと魔法の指を持ってるんだわ」

「ロジーナの給金を倍にしようか」ヴィンセントが彼女に訊いた。

「ええ、最低でも倍にして。ようやく顎の下ぐらいまで伸びたところなのに、ロジーナが長い髪に見せてくれたの。どんなふうにしたのか、わたしには見当もつかないわ。サイドをきれいになでつけて、うしろでまとめてあるの。頭の上に巻毛を集めたおかげで、豊かな髪を高く結いあげたように見えるのよ。それから、カールした髪を耳のところにわざと幾筋か垂らしてある。しばらくしたら、うなじにも垂れてくるんじゃないかしら。わたしの頭はきっとヘアピンだらけよ、ヴィンセント。ただ、鏡をのぞいても一本も見えない。レディ・トレンサムの専属美容師の人が言ったとおりだった。ロジーナの意見も同じで、このスタイルが首のラインをひきたててくれるの。それに、わたし、頬骨の形が確かにきれいだわ。年上に見える。あ、大人っぽいって意味よ。前より……えっと……」

「きれいになった？」ヴィンセントは言った。「無理だよ、ソフィー」

「ええ、そうよね」ソフィアは同意した。

「もう充分にきれいなんだから、それ以上きれいになるのは無理だ」

ソフィアが笑ったので、ヴィンセントは彼女に笑みを向けた。

「幸せ？」

彼女の笑みが薄れた。

「今夜の舞踏会が終わったときにもう一度質問してね」ソフィアは答えた。その瞬間を選んで、おなかの赤ちゃんが横向きの宙返りらしきものをおこなった。「大惨事が起きないかぎり、答えはたぶんイエスだと思うけど」

「おいで」ヴィンセントが片手を伸ばして彼女を抱き寄せた。

「髪をつぶさないでね」

ヴィンセントは顔を低くしてソフィアにキスをした。彼女もキスを返し、彼のウェストに腕をまわして身体をすり寄せた。

「ぼくのチョッキをつぶさないでくれ」唇を重ねたままで彼がささやき、さらに深いキスをした。
ソフィアは身を離し、扇子を手にして彼の腕をとった。
招待客を迎えなくてはならない。

あたりの様子をソフィアが説明してくれた。迎賓室の様子については以前にも説明を受けているが、ヴィンセントがここに足を踏み入れたことはあまりなかった。さほど興味もなく、ただ、泊まり客が大感激すると聞かされて、自分がそのように豪華な迎賓室の所有者であることにある程度の満足を感じているだけだった。

今夜の説明は、もちろん、以前のものより生気にあふれていた。なぜなら語り手がソフィアだから。そして、迎賓室が本来の役割を果たしているから。

大広間はカードルームと、舞踏室のにぎわいからしばらく離れたい人々のための休憩室に変わっていた。休憩室にはテーブルが四卓とソファが多数。大理石の大きな暖炉で火が燃えている。壁は羽目板張りで、幅の狭いオーク材ともっと幅広のものが交互にはめこまれ、幅広の部分には風景が描かれている。高い折り上げ天井も絵に飾られている。至るところに金箔が使われ、天井の中央から大きなシャンデリアが一つだけ下がっている。今宵のためにすべてのろうそくに火がついている。

小さなほうの広間はとなりの大広間のちょうど半分のサイズで、同じような装飾だった。軽食が用意されている——おいしそうなおつまみと菓子、ワイン、蒸留酒、レモネード、お茶。

迎賓室のダイニングルームはあとで夜食と乾杯とスピーチに使われることになっている――それから、ヴィンセントの祖母の提案で、四段重ねのウェディングケーキも用意されている。ソフィアが妊娠三カ月ほどで、ヴィンセントの手の感覚を信じるなら、おなかの膨らみも目立ってきたというのに、ウェディングケーキとは！

ヴィンセントはもっとおなかが目立つよう願っていた。誇りではちきれそうだ。ただ、不安を必死に抑えこんでいる部分もあった。

舞踏室は大広間の二倍の広さで、しつらいは似ていなくもない。違っているのは、大広間は羽目板に絵が描かれているのに対して、舞踏室には鏡がはめこまれていることだ。天井にはシャンデリアが三個、端のほうに一段高くなった楽団用の席、磨きこまれた艶やかな床、テラスへ向かって開け放たれたフレンチドア。

一見の価値がある絢爛《けんらん》豪華な場所に違いない。しかし、今夜はいつも以上に豪華だった。客があふれているからだ。もちろん、社交シーズンのロンドンで舞踏会を開く女主人たちがこよなく愛する大混雑ではないが、ヴィンセントの身内と、ソフィアの身内と、近隣の人々が一人残らず集まっている。そして、フラヴィアンもいる。

誰もが宝石をきらめかせ、羽根飾りを揺らし、さまざまな色彩に輝いていることを、ソフィアがヴィンセントに教えてくれた。彼女の聞いた噂では、ロンドンの舞踏室では年若い令嬢もにきびの若者も物憂げな態度をとるのが流行りだという。ヘンリエッタも社交界にデビューした年はそれを練習したものだった。今夜は、そんな顔をした者は一人もいない。

「きみのおばさんといとこも？」最後に到着した客たちがドアの前で出迎えを受け、舞踏室のなかへ案内されたところで、ソフィアがそのことをヴィンセントに報告すると、彼が尋ねた。

「ええ」ソフィアは笑った。「二人とも偉そうな顔をするのに大忙しよ。とってもご機嫌みたい。あの一家は今夜の重要人物ですもの。近隣の人たちがみんな、尊敬と賞賛の目で一家を見てるわ。マーサおばさんの髪の羽根飾りは高さが一メートル以上あるに違いないわ。みごとな揺れ方よ」

「その意見、風刺漫画家っぽい感じだな」

「じゃ、一メートル以下に訂正」ソフィアは譲歩した。「おばさんは誰とでも話をしてるわ。サー・クラレンスも。あの胸があれ以上膨らんだら、チョッキのボタンが全部いっぺんに飛んでしまいそう。あら、いけない！　お願いだから、わたしを止めて」

「止めるもんか」ヴィンセントは言った。「じゃ、ヘンリエッタは？」

「ポンソンビー子爵の気をひこうとしてる。でも、子爵のほうは一曲目をアグネス・キーピングに申しこんだみたい」

「一曲目といえば、そろそろ……」

「そうね」周囲で交わされるにぎやかな会話のざわめきのなかでさえ、彼女が大きく息を吸う音が聞こえた。「テレンスおじさんはどこ？　あ、こっちにやってくる」

「一曲目の音合わせをするよう、わたしから楽団に合図を送ろうか、ダーリー」サー・テレンスが訊いた。「わたしが見たかぎりでは、ソフィア、大成功の一夜になりそうだぞ」

ヴィンセントはソフィアの手をとり、唇に持っていった。

「さあ、楽しんでおいで」

ヴィンセントはドアのそばに立ったまま、曲の調べと、人々のダンスシューズがいっせいに木の床を叩くリズミカルな音に耳を傾けた。彼自身の足もいつのまにか床を軽く叩いていて、思わず微笑した。

一人ぼっちにされたわけではなかった。昔の伝統をここまで豪華に復活させた彼を褒め称えるために、近隣の人々がやってきて、そのまま雑談に移ったりした。祖母が来てしばらく彼の腕をとった。アンディ・ハリソンの妻がグラスワインを持ってきてくれた。

わずかなあいだにずいぶん多くのことをなしとげた。ソフィアのおかげだ。だが、ソフィア一人の手柄ではない。自分に正直にならなくては。自分もがんばった。身内の女性たちの息苦しいほどの保護下から抜けだした。誰も傷つけることなく（そう思いたい）。シェップと一緒に訓練に励んで、この六年間には考えられなかったほど大きな自由を得ることができた。荘園管理人の書斎や戸外で彼と長い時間を過ごして、荘園の収支状況を把握し、さまざまな判断に積極的に関わるようになった。近隣の人々や小作人たちと仲良くなった。本当の友達が何人かできた。釣りに出かけた。ソフィアが過去五年間の酷い心の傷から、そしてたぶん、それ以前の一五年間に陥った自信のなさからも立ち直れるように手を貸した。夫婦のベッドの上と外の両方で、真実の幸せとまではいかなくても、満ち足りた思いとある程度の喜びでソフィアを包むことができた。ハープを弾くときには、手近な窓に投げつけてやりたいといちいち思わなくてもすむようになった。来年か再来年には、かなりの腕前になっているかもしれない。そして、もうじき自分の本が出版される。

最後のところで思わず笑みがこぼれた。いまも彼の爪先が床を軽く叩いていた。ソフィアはフラヴィアンと踊っているようだ。

〈サバイバーズ・クラブ〉の仲間の一人にミドルベリーまで来てもらえたことが、ヴィンセントは心の底からうれしかった。昨日は季節はずれの寒さだったので二人とも大外套《がいとう》にくるまり、パルテール庭園のベンチに二時間以上すわっていた。しばらくするとソフィアも加わり、フラヴィアンはペンダリス館で春におこなわれる恒例の〈サバイバーズ・クラブ〉の集まりに、ヴィンセントが来年は参加できないことが残念だと言った。

「だが、それはこいつが、も、もっと偉い人のお召しに応じるためだからね」フラヴィアンは愉快そうな声で言った。「お祝いを申しあげることにしましょう、レディ・ダーリー。それとも、ぼくは知らないほうがいいのかな」

もちろん、ソフィアに子供ができたことを、フラヴィアンはわざわざ教えてもらうまでもなかった。

「どういう意味かしら」ソフィアは尋ねた。「ヴィンセントが参加できないって。参加するに決まってるでしょ。この人の義務だわ」

「お産のすぐあとなんだよ、ソフィー」ヴィンセントは言った。「たとえ野生の馬でも、ぼくをきみからそんなに早くひきはなすことはできない」

ソフィアはしばらく黙りこんだ。フラヴィアンも無言だった。

「だったら、かわりに、みなさんをここに呼びましょうよ。何もかも台無しになってしまう？　ペンダリス館でなきゃだめ？　みなさんが何年間かをあそこで過ごし、自然とあそこに集まることにしたのは、わたしも知ってるわ。でも、ペンダリス館でなきゃだめなの？　場所のことより、みんなで集まることのほうが大事なんじゃない？　ヴィンセント、みなさんをここにお呼びしてもいい？　来てくださいますか、ポンソンビー卿。それとも、一年だけヴィンセント抜きということになっても、コーンウォールへいらっしゃるほうがいい？」

「できなくはないし、そのつもりもあるよ、ソフィー」ヴィンセントは言った。「でも――」

「〝でも〟はなしだ、ヴィンセント」フラヴィアンが言った。「あなたの、そ、聡明さは表彰ものだ、レディ・ダーリー。われわれ七人の頭を集めたところで、解決策は見つからなかっただろう。そ、そうだろ、ヴィンス？」

「もしかしたら、ほかの方たちがあなたに反対なさるかも」ソフィアは言った。

「も、もしかしたらね」フラヴィアンはうなずいた。「答えを知る方法が一つある」

「ベンから連絡はあったかい？」ヴィンセントは彼に尋ねた。「ほかの仲間のところには？」

「消息不明なんだ」フラヴィアンは言った。「この春のきみと同じだな。お姉さんの姿をロンドンで見かけた者がいる。ベンのやつ、イングランド北部に住む姉のところへ泊まりに行くとか言ってたのに、ロンドンで誰かがお姉さんを見かけたときは、スカートにしがみつくベンはいなかったそうだ。もしかしたら、きみと同じように湖水地方のヒースの野を歩きまわり、花嫁を連れて戻ってくるのかもしれない。そうでないよう願いたい。伝染性なのかなあ」

いまやダンスは最高潮に達していた。努力がすべて報われてソフィアも大喜びだろうと確信したおかげで、ヴィンセントは気持ちが楽になった。

今宵本当に大切なのはそれだけだ——ソフィアが幸せでいてくれること。いかなるときもそれがいちばん大切だ。そう思って少し悲しくなった。

ソフィアがこんなに幸せなのは生まれて初めてだった。今宵、不都合なことは何も起きなかったし、舞踏会もそろそろ終わりに近づいているので、気分が楽になり、手違いはもう起きるはずがないと自信が持てた。

もちろん、ぜったいないとは言いきれない。大事な瞬間がまだ残っている。

一曲残らず踊った。また、ヴィンセントの母親と姉たちを見習って、踊りたい者がかならず踊れるように気を配った。ミドルベリーの舞踏会に壁の花がいてはならない！ヘンリエッタまでが一曲残らず踊った。相手は一人を除いて自分より身分の低い男ばかり、と思っていたに違いない。例外はポンソンビー子爵だけ。三曲目の相手が彼だった。子爵のほうはアグネスと二回踊った。

夜食も大成功だった。迎賓室のダイニングルームはまばゆいほどの豪華さだし、料理も最高の出来だった。乾杯とスピーチがあった。ヴィンセントも挨拶をした。また、ケーキも登場した。二人でケーキにナイフを入れたあと、召使いたちが切り分けてトレイに並べた。客にひと切れずつ配ってまわるためだった。ヴィンセントとソフィアが二人でまわったものの、彼はトレイを持つことも、ケーキを配ることもしなかった。かわりに、会話で一人一人を魅了した。この人が三年間も屋敷にひきこもっていたなんて驚きね――ソフィアは思った。ヴィンセントはこの何カ月かのあいだに、バートン・クームズで育ったころと同じく、みんなの人気者になっていた。

夜食のあとのダンスがまだ二曲残っていて、最初がワルツだった。全体を通じてワルツはこれ一曲のみだった。というのも、いまだに田舎にはあまり浸透していないからだ。しかし、ソフィアはワルツを踊れるようになっていた。音楽室でテレンスおじからステップを教わったのだ。ヴィンセントのほうも、半島の戦地にいたころ、ワルツを踊る人々を見たことがあり、ステップを知っていた。ソフィアがおじとワルツの練習をしたとき、ヴィンセントもその場にいて、ミス・デビンズの弾く曲に合わせて彼が片足を軽く動かすのをソフィアは目にしていた。

次はワルツという発表があったのは、ソフィアが彼のそばにいたときだった。彼は周囲ににこやかな笑みをふりまいていたが、ソフィアには、彼にとって試練の一夜だったに違いないという思いがあった。いいえ、ひょっとしたら、そうでもなかったのかも。みんなとのおしゃべりを楽しんでいる様子だった。自分の屋敷の舞踏室に立ったことで、気分が高揚していたのかもしれない。

でも、豪華絢爛たる様子を眺めることも、みんなのダンスに積極的に加わることもできないなんて悲しすぎる。

「ワルツよ、ヴィンセント」ソフィアは言った。

「そうか」ヴィンセントは微笑した。「じゃ、きみも踊らなきゃ。おじさんと？　二人で練習してただろ」

「あなたとよ。ワルツはあなたと踊りたいの」

ソフィアは両手で彼の手をとり、少しあとずさってダンスフロアに立った。

「ぼくと？」ヴィンセントは笑った。「無理だよ、ソフィー。みんなの前で醜態をさらすことになる」

「もしかしたらね」ソフィアはうなずき、もう一歩あとずさった。

ダンスフロアに出た者はまだ誰もいなかったので、二人の姿が周囲の人々の注意をひき、たちまち驚きが広がった。人々の話し声がうんと低くなった。

「だめだよ」ヴィンセントは笑った。「ソフィー――」

「ワルツを踊りたいの。わたしの夫と」

誰かが――ハリソン氏？――ゆっくりと拍手を始めた。ポンソンビー子爵が加わった。ほどなく、舞踏室の客の半数がリズムを合わせて拍手しているように思われた。

まあ、どうしよう。この瞬間がこんなに目立つものになろうとは、ソフィアは予想もしていなかった。しかし、目立たないようにしたくても、もう手遅れだった。

「わたしとワルツを踊って」できるだけ小さな声で言った。

しかし、周囲に聞かれてしまった。

「奥さんとワルツを踊れよ」ハリソン氏が言った。今度は間違いなく彼だった。

やがて、ハリソン氏の周囲から呪文のような声が湧きあがった。

「奥さんとワルツ。奥さんとワルツ」

「ソフィー――」ヴィンセントは笑いだした。

ソフィアも笑いだした。

そして、ヴィンセントは誰もいないフロアへソフィアと二人で出ていった。

「ぼくがとんでもない醜態をさらしても」舞踏室全体に聞こえるような大声で言った。「みなさん、どうか見なかったふりをしてくださいね」

ヴィンセントはふたたび笑った。

楽団が最初の旋律を奏でた。ほかの人々がフロアに出るのを待たずに曲が始まった。

最初は硬くなってぎこちない動きしかできず、ソフィアは彼に大恥をかかせるのではないかと不安になった――自分が恥をかくのはもちろんだ。しかし、ステップを丹念に練習してきたのだ。また、おじに全面的に協力してもらって、傍目にはわからないように自分がリードする方法も練習してきた。

彼がステップを踏めるようになり、彼の指がソフィアのウエストのうしろにあてがわれ、反対の手が彼女の手に心地よく委ねられた。顔を上げ、ソフィアの目のほうに笑みを向けた。彼にターンさせられて、ソフィアは笑い、二人で転倒しないよう、ダンスフロアから飛びださないよう、必死にこらえた。

人々がこれまで目にしたなかでもっとも優美なワルツだとは、たぶん言えなかっただろう。だが、それでもすばらしかった。しかも、フロアは二人だけのものだった。みんなが二人の邪魔になるのを恐れたのか、それとも、二人のダンスを見ているのが楽しかったのか、ソフィアにはわからない。踊っている途中で、ほとんどの人が曲に合わせて手拍子を打っていることに気づいた。

「ヴィンセント」数分してからソフィアは言った。「許してくれる？」

「たぶん、一世紀ほどあとに」

「本気なの？」

「よし、じゃ、一〇年ほどあとに」

そこでまた彼がソフィアをターンさせたが、今度は彼女も予想していたので無事に切り抜けることができた。

「前から、前からずっとこうしたかったの」ソフィアは言った。

「ワルツを？」

「あなたとワルツを踊りたかった」

「ああ、ソフィー」ウェストにあてがわれた彼の手がわずかにこわばった。「ごめんね。目が——」

「ううん、見えてる」ソフィアは彼に言った。「目以外の全身を使ってあなたは周囲を見ている。ダンスを楽しんでるって言って」

「楽しんでるよ」彼に抱き寄せられて、危うくぶつかりそうになった。「うん、楽しんでるとも」

頭上でろうそくの光が回転していた。色とりどりのドレスが舞踏室の周囲でパステルカラーの万華鏡となった。鏡がろうそくの光と宝石のきらめきを無限に増大させた。

「すばらしい音と香り」ヴィンセントは言った。「この瞬間を永遠に忘れないだろう。ソフィー。ぼくはいま、本当にワルツを踊ってるんだね」

ソフィーは上唇をきつく噛んだ。すべての客に泣き顔を見られたりしたら、それこそとんでもない醜態だ。そのとき、なぜか、ドアの近くにアーシュラと一緒に立っているヴィンセントの母親の姿が目に入った。母親の頬を涙が伝っていた。

やがて、音楽がやんだ。次のワルツの旋律が流れる前に、ほかの人々もフロアに出てきた。

セバスチャン・メイコックがソフィアのところに来て今宵最後のダンスを申しこんだとき、ヴィンセントはワルツを踊る前にソフィアがとった態度と同じく、彼女に選択の余地を与えようとしなかった。

「残念ながら、妻の相手はすでに決まっている、メイコック。ぼくだ」

ソフィアの驚いた顔が見えるような気がした。

「ええ、そうなのよ」一瞬のためらいもなく、ソフィアは言った。「でも、申しこんでくれてありがとう、セバスチャン。年配のミス・ミルズにパートナーがいないみたいよ。緑色のドレスの人」

「まさか、ロジャー・ド・カヴァリーを踊りたいなんて思ってないでしょうね」メイコックがミス・ミルズにダンスを申しこむために立ち去ったのを見届けてから、ソフィアは言った。

「妻と二人で静かなテラスを歩きたいと思っている。でも、外に出ると、きみにはたぶん寒すぎるだろうな」

「誰かに言って、わたしたちのマントを持ってきてもらうわ」ソフィアはそう言ってすぐに彼のそばを離れた。

しばらくすると戻ってきた。そのわずか二分ほどあとに、誰かに低い声で礼を言い、彼に夜会用のマントを手渡した。フロアにカントリーダンスの列ができる気配が彼の耳に伝わってきた。ざわめきが高まっている。これが最後のダンスだ。

テラスに出ているのはヴィンセントたち二人だけのようだった。あたりの物音からそれを感じた。ソフィアに尋ねてみると、やはりそうだった。驚くことではない。ひどく寒い夜ではないが、風の冷たさが肌を刺す。

「幸せかい？」腕をからめてパルテール庭園と思われるほうへ彼を連れていくソフィアに、

ヴィンセントは尋ねた。

息を吐く音が聞こえた。

「幸せよ。何もかもうまくいったわ。そうでしょ？　うまくいきすぎたぐらい。ああ、ヴィンセント。もっと頻繁に開かなきゃ。そうだわ、来年の春にあなたのお友達が集まったときにでも。ねえ、みなさん、来てくださるわよね？」

ヴィンセントはそれには返事をしなかった。

「ソフィー、ここに残ってくれるだろ？　赤ん坊のためにも。きみだけじゃなくて赤ん坊とも別れることになるなんて、ぼくには耐えられないし、きみも赤ん坊をぼくのところに残していくなんてできないはずだ。そうだろう？」

「ええ、もちろんできないわ。そうね、もちろん、ここに残ります。ただ、申しわけなくて――」

「ぼくはきみのコテージのことをとても申しわけなく思っている。コテージとそこでの暮らしをきみが何よりも願っていることは、ぼくも知っている。しかし――」

「ううん、ヴィンセント。そんなことないわ」

「だけど、きみが庭でアーシュラとエレンにスケッチブックを見せていたとき――」

「お話の挿絵のために描いたのよ。わたしの夢のコテージにするつもりはなかった。ただ、タブをどうしても絵のなかに入れたくなったの。ええ、確かに夢に見ていたコテージよ、ヴィンセント。わたしの人生がどうしようもなく空虚で孤独だったとき、そして、自分のことを可愛げのない醜い子だと思いこんでいたとき、そのコテージ以上にすばらしいものはないと思ったの。でも、いまの現実の人生と比べたら……そうね、惨めだわ」

「それってつまり、コテージへの憧れは消えたってこと？　おなかが大きくなってなかったとしても？」

「ええ」ソフィアはきっぱり答えた。「当然でしょ。でもね、ヴィンセント、自分が女でなければよかったのにと思うの」

「えっ？」ヴィンセントは笑った。正直なところ、頭が少しくらくらしていた。

「あなたの人生に干渉しようとする女の一人に過ぎないんですもの」

「いったいなんの話だい？」

「あなた、クロフトさんに言ったでしょ。あの人がシェップをここに置いて帰った日に。わたしもあなたの世話をして自立を妨げる女の一人に過ぎないって」

「そんなこと、ぜったい言ってない」ヴィンセントは憤慨した声で答えながら、自分が何を言ったかを正確に思いだそうとした。「嘘でもつかないかぎり、どうしてそんなことが言える？」

「でも、言ったのよ。この耳で聞いたんだから」

「ソフィー、母と姉たちはぼくを狂おしいほど愛していて、ぼくのかわりになんでもやってくれたから、向こうに悪気はないんだが、ぼくは息が詰まりそうだった。そこにきみが現われて次々とすばらしいことを思いつき、母たちとは正反対のことをしてくれた。おかげでぼくは自由をとりもどして、大きな自立を手に入れた。馬鹿だなあ。あの日、きみが何を聞いたにしても、ぜったい誤解だよ。きみがぼくの自由を奪ったなんて、ぼくが言うはずはない。ぜったいに。きみはぼくの人生に光を呼びもどしてくれたんだ」

「じゃ、わたしがここに残ってもかまわないの？」

ヴィンセントは自分たちが歩くのをやめていたことに気づいた。

大きなため息をつき、クロフトに何を言ったのかを正確に思いだせればいいのにと思った。

「きみを愛している。わかるね」

ソフィアはいまも彼の腕に手をかけていた。頭をかしげて彼の肩に頰を寄せた。

「ええ、わかるわ。あなたはいつもとても優しくしてくれる。わたしも愛してるわ」

「ああ、言葉というのはもどかしい」ヴィンセントはふたたびため息をついた。「人を欺くものでもある。意味がたくさんありすぎて、結局は無意味になってしまう。ぼくがコヴィントン荘で歌った歌を覚えてるかい？　〝そなたをわが物にできるなら王冠を捨ててもいい〟この歌詞を覚えてる？」

「ええ」ソフィアは彼の腕にかけていた手をはずした。

「ぼくもすぐさまやってみせる。もしぼくに王冠があれば、いくつ持っていようと、すべて捨てよう。きみのために。きみを愛しているとぼくが言うのは、そういう意味なんだ」

ソフィアがぎこちなく息を吞む音が聞こえた。

「でも、あなたは王冠を持ってないわ」

「だったら、ミドルベリー・パークを捨てよう。ぼくの称号も。それらときみのどちらかを選べと言われたら、迷う余地はない。そんな選択をしなきゃいけない危険はどこにもなさそうなときに、こう言うのは簡単だ。だけど、選択を迫られたら、きみを選ぶに決まっている。迷いはない。きみを愛している」

「ヴィンセント」ソフィアは彼の手の片方を両手で包んでいた。

「それはぼくたちの協定には含まれていなかった。そうだよね？　満ち足りた人生を送るだけでも、ぼくは充分に幸せだよ、ソフィー。きみがそれ以上の重荷を背負いこみたくないと言うのなら。それでかまわない。二人とも満ち足りてるから。そうだろう？　ただ――ぼくが自分勝手なんだ。どうしても言っておきたかった。きみに告げておきたかった。でも、忘れてくれていいんだよ。もし――」

「かまわないですって？」ソフィアは金切り声に近い叫びを上げてヴィンセントに飛びつき、危うく彼を突き飛ばしそうになった。彼の首に腕を巻きつけた。「愛してると言ったばかりなのに、忘れてくれてもいいですって？　忘れるわけないでしょ。この広い世界の何よりも、ついでに、太陽と月と星よりも大切だわ。とても、とても、あなたを愛してる」

「ほんとに？」ヴィンセントの腕がソフィアにまわされ、彼女を抱き寄せた。「ほんとかい、愛しい人？」

「〝とても〟をあといくつか増やすわ」

「それはぼくのために残しておいてくれ」ヴィンセントは彼女の髪に唇をつけて微笑した。

ロジーナの結ってくれた髪が崩れかけているように感じられた。

ソフィアが彼のほうへ顔を上げたので、ヴィンセントはキスをした。

背後の舞踏室から、楽しげな会話と笑い声が、そして活発なカントリーダンスの音楽が聞こえてきた。遠くでフクロウが鳴き、犬が吠えた。冷たく軽い風が二人のマントの端をとらえた。

そのすべてをヴィンセントはしばらく無視した。世界のすべてを胸に抱きしめていたからだ。ああ、そうだ。ついでに、太陽と月と星も。

そして、永遠の時間までも。

訳者あとがき

メアリ・バログの新シリーズ〈サバイバーズ・クラブ〉の第二作をお届けしよう。

前作『浜辺に舞い降りた貴婦人と』でめでたく結ばれたトレンサム卿ヒューゴ・イームズとグウェンドレン。婚礼の席に〈サバイバーズ・クラブ〉の面々ももちろん全員出席……のはずだったのに、残念ながら二人が欠席だった。戦場で脚を負傷したサー・ベネディクト・ハーパーと、視力を失って帰国した天使のように美しい顔立ちのダーリー子爵ヴィンセント・ハント。サー・ベネディクトはイングランド北部に住む姉のところを訪問中のためやむなく欠席。ダーリー子爵のほうは自宅を留守にしていて、どこにいるのか家族もわからず、困っているという。

本書『終わらないワルツを子爵と』は姿を消してしまったこの眉目秀麗なる子爵、ヴィンセントの物語である。

じつはこのヴィンセント、子爵家の大切な一人息子で、早く結婚して跡継ぎを作ることを一族から期待されている。しかも、戦争で視力を失って戻ってきたため、家族の過保護ぶりは尋常一様ではない。祖母と母と三人の姉から大切にされ、ヴィンセントはそんな自分を幸せ者だと思いつつも、ときにみんなの愛情に窒息しそうになる。復活祭から一カ月が過ぎたとき、屋敷に祖母の友人一家が招待されてやってくる。若く美しい令嬢とヴィンセントの縁組を両家が望んでいるのは明らかだった。

子爵としての自分の義務は心得ているヴィンセントだが、まわりのお膳立てで結婚するのはまっぴらだった。自分の妻は自分で選ぶつもりだった。だが、周囲はどんどん縁談を進めようとする。切羽詰まった彼はついに、信頼できる従者のマーティンと御者だけをお供に、こっそり家を出ることにした。家族とのあいだにしばらく距離を置き、今後自分がどんな生き方をしたいのかをじっくり考えたうえで、家に戻って家族に自分の気持ちを伝え、新たな人生を始めるつもりだった。この冒険旅行の先に思いもよらぬロマンスが待っていようとは夢にも思わずに……。

『浜辺に舞い降りた貴婦人と』では、愛に不器用な大人の男女のロマンスがしっとりと描かれたが、本書はそれとは打って変わった雰囲気で、若者と乙女の初々しい恋物語が綴《つづ》られていく。ヴィンセントがめぐり会う相手は、両親を亡くして親戚にひきとられ、粗末に扱われて、娘らしいおしゃれにも楽しみにも無縁の暮らしを送っている少年のような外見の女の子。でも、想像力豊かで、思いやりがあって、聡明で、ヴィンセントはたちまち惹かれてしまう。

若い二人が力を合わせて人生を切り開いていく微笑ましい姿を見ていると、誰もが心から応援したくなることだろう。二人の愛らしいロマンスをどうか心ゆくまで楽しんでいただきたい。前作でめでたく結ばれたトレンサム卿夫妻も登場して、二人のために大いに力になってくれる。結婚してから、ヒューゴもグウェンドレンもずいぶん性格が明るくなったようだ。きっと、幸せな新婚生活を送っているのだろう。

もちろん、〈サバイバーズ・クラブ〉の面々もにぎやかに登場する。渋い魅力を湛えたスタンブルック公爵、あいかわらずクールな雰囲気のレディ・バークリー、軽口を叩いてばかりのポンソンビー子爵とベリック伯爵。ただ、ヒューゴの結婚式に参列できなかったサー・ベネディクト・ハーパーだけが顔を見せないままだ。

あるとき、みんなの雑談中に彼の噂が出た。イングランド北部に住む姉のところへ泊まりに行ったはずなのに、誰かがロンドンでその姉の姿を見かけたという。しかも、彼は一緒ではなかったらしい。どういうことだろう？

シリーズ三作目 The Escape はこのサー・ベネディクトの物語である。なぜ彼は消息を絶ってしまったのか。どこで何をしているのか。そんな疑問に答えてくれるこの作品を一日も早くみなさんのもとにお届けしたいと願っている。

二〇一八年一月

ライムブックス

終《お》わらないワルツを子爵《ししゃく》と

著　者　メアリ・バログ
訳　者　山本《やまもと》やよい

2018年2月20日　初版第一刷発行

発行人　成瀬雅人
発行所　株式会社原書房
〒160-0022東京都新宿区新宿1-25-13
電話・代表03-3354-0685　http://www.harashobo.co.jp
振替・00150-6-151594
カバーデザイン　松山はるみ
印刷所　図書印刷株式会社

落丁・乱丁本はお取替えいたします。
定価は、カバーに表示してあります。
 ISBN978-4-562-06507-3　Printed in Japan